Never Fall for
Your Fiancée
by Virginia Heath

7日間の婚約者

ヴァージニア・ヒース
岸川由美[訳]

ライムブックス

7日間の婚約者

主要登場人物

ミネルヴァ・メリウェル……………………木版画家
ヒュー・スタンディッシュ…………………フェアラム伯爵
ダイアナ・メリウェル………………………ミネルヴァの長妹
ヴィーナス（ヴィー）・メリウェル………ミネルヴァの末妹
オリヴィア……………………………………ヒューの母
ジェレマイア・ピーボディ…………………ヒューの義父
ジャイルズ・シンクレア……………………ベリンガム卿。ヒューの親友
ルクレーシャ・ド・ヴェール………………女優
ペイン…………………………………………スタンディッシュ・ハウスの執事

1

一八二五年一一月末

嘘《うそ》をつくことの難点は、気をつけていないと自縄自縛になりがちなことだ。ヒューがついた大嘘はもはや手のつけようがないほどふくらみ、狂犬病の犬みたいにうなって泡を吹き、その歯を彼の尻に食いこませんとしているが、彼にはどうすることもできなかった。

傾斜した華やかな母の字を読み間違えたのではないかと、もう一度すがる思いで手紙をじっと見つめた。しかし、悲しいかな、彼の命運もついに尽きた。母は今月の一日にボストンを出港する船の切符を買い、潮の流れと貿易風に乗って航海が順調にいけば、ハンプシャーでクリスマスを迎えるつもりでいるらしい。つまりそれは、彼がその手紙を受け取った時点で母を止めるにはすでに手遅れで、意図的にそうなるよう仕向けられたことに疑いの余地がなく、彼の母親と義父、そして山ほどの厄介ごとが、いま現在もこちらへ向かって大西洋のどこかを着々と進んでいるのを意味していた。さらにまずいのは――それよりまずいことがあるとすればだが――彼らの衝動的で迷惑きわまりない船旅の目的がひとつしかないことだ。

母と義父は、ようやく喪が明けた息子の婚約者と対面し、親しくなることを切望している。
存在しない婚約者と。

「現実を認めろ、きみはもう終わりだ」ヒューの親友で、公爵家の冷めた跡取りであるジャイルズは、根っからの悲観主義者だ。そのジャイルズが八枚目のビスケットを口に放りこみ、思案げに噛《か》みながら自宅の天井を見つめた。「いまは逃げるが勝ちかもな？　長期のヨーロッパ旅行へ出かけて、母君たちが帰りの船に乗ったら戻ってくればいい。きみの義父は事業を経営しているんだろう？　ぼくの経験から言うと、その手の人間は恐ろしくつまらない性格で、いつまでも事業をほったらかしておくことはできないものだ」

「逃げるくらいなら、母にすべてを白状したほうがましだ。放っておいたら、母はぼくのいないあいだに根掘り葉掘りして真実を残らず暴きだすだろう。そうなれば、どれだけ小言を聞かされるか。いいかい、そもそもミネルヴァという女性がいることにしたのは、母が帰国してぼくの花嫁探しに手を貸すと脅してきたからだ。きみは母のしつこさを知らない。自分が恋愛結婚をしてからというもの」ヒューは不愉快そうに顔をしかめた。「母は息子の幸せに取り憑《つ》かれたも同然なんだ。理想の女性と結婚しないかぎり、息子が本当には幸せになれないと思いこんでいる。それがミネルヴァではないと判断すれば、母は即座に後釜を見つけてくるだろう」

「少なくともきみの残された片親は、息子に幸福な結婚をと願っているんだろう。うちの父なんて、息子に政略結婚をさせようと、ぼくが何度断っても週に一度は退屈な花嫁候補を連れてくる。父のせいでハイドパークでの乗馬を少しも楽しめなくなったよ。いまでは得体の知れない恐怖さえ覚える。乗馬道《ロットン・ロウ》は気の合うレディたちと出会える、いい場所だったのに」

ジャイルズの言う〝気の合う〟とは、秘密厳守で気軽に情事を楽しみ、永続的な関係を求めないという意味だ。ジャイルズとヒューが長いあいだこれほど親しくつきあってこられた理由はいろいろあるが、そのひとつが基本的に女性の趣味が似ていて、どちらも永続的な関係を忌み嫌っていることだった。

「それはしかたないだろう——いまは頼むから目の前の問題に集中してくれないか。ぼ、ぼくの問題に。どうすればいい？」

「逃げるのがいやなら、潔く嘘の報いを受けるんだな。懺悔《ざんげ》は魂の救済になると聞いたぞ。まあ、数週間以内に本物の婚約者を用意するか、せめて幻でも作りだせれば、話は別だが」

なんの助けにもなっていない。「メイフェアには喜んでぼくのかりそめの婚約者になり、国を横切ってハンプシャーまで引きずっていかれ、そこで退屈なクリスマスを過ごしてもいいと言ってくれる、礼儀正しくて若い淑女が一〇〇人はいるだろうからな」

「どうして礼儀正しい必要があるんだ？」

「ミネルヴァは礼儀正しいからだよ！　ぼくが作りだしたのはまさにそういう女性だ。そうでなければ母が満足するはずないし、実のところ、あくまで想像の産物だったから、これは必要悪だと考えて、すべての母親が望むような、いわば息子の花嫁の鑑《かがみ》のごとき女性像を作りあげたんだ」

「〝人を欺かんとして張られた蜘蛛《くも》の糸のなんともつれたることか……〟」

ヒューは友人をにらみつけた。「ぼくが危機の真っただ中にあるときに、演劇の台詞《せりふ》を引用する必要があるか？」

「演劇が好きでね」

「ぼくはきみの助けを請いに来たんだ。叡智《えいち》に満ちたなんらかの助言を得に。なぜなら、きみはこの世界におけるぼくのいちばんの親友ということになっているからな。それなのにきみがしたことといえば、ビスケットを食べ、ぼくはもう終わりだと告げただけだ」

「もう終わりだからだよ」ジャイルズは新しいビスケットを振ってみせた。「二年前にきみがこの狂言を始めたとき、ぼくは叡智に満ちた助言を惜しみなく与えたが、きみは軽率にもそれをすべて無視しただろう」

これまた、なんの助けにもなっていない。「当時は、すばらしい案だと賛同したじゃないか。あのときのことは、きみの顔についている鼻と同じくらいはっきり覚えているぞ！」

「たしかに賛同はしたさ。実際に名案だったし、ぼくは強烈な羨望に駆られたよ。うちの父も大西洋の向こう側で暮らしていれば、ぼくだって婚約者を作りあげることができるのにって……。そのうえきみには、ぼくに欠落している、感情豊かな文章を書く才能がある。肺結核にかかったミネルヴァが長きにわたる闘病生活を送っているあいだ、きみは健気《けなげ》にも彼女のベッド脇に腰かけて本を読んでやり、病の治癒を祈りながら心の中で運命のいたずらを呪っていたという、あの胸を打つ手紙の数々にはぼくも涙した。それは認めよう」九枚目のビスケットが消えたあと、友人はたしなめるように指を振った。「だが、そこで彼女は悲劇的な死を遂げたことにしろと、ぼくは言ったはずだ。かわいそうに、あれだけ長いこと病床に臥《ふ》せっていたんだから、永遠の眠りにつかせてやれと。肺結核は徐々に体を蝕《むしば》むロマンティックな病だし、きみはひとり残された傷心の恋人を演じることができた。そうすれば少なくとも数カ月は時間を稼げたはずだ。それなのにきみは、ずるずる芝居を続けた。〝すべてのよいことには必ず終わりがある〟という、ぼくのすばらしい助言に逆らって」

「あの時点で彼女を死なせることはできなかった！　もし終わりにしていたら、ふりだしに戻って、母の怒濤《どとう》のような縁結び攻撃にふたたびさらされていたはずだ。最後のほうには、母はぼくを元気づけるために船の切符を買うところだったんだぞ！」

　もっとも、ジャイルズの言うとおりなのはわかっていた。世間の人々の前では軽薄で浅はかなふりを慎重に装っているものの、ジャイルズが間違えることはほとんどなく、たいていは腹立たしいくらい正しい。ヒューは降参して息を吐きだした。自分はやりすぎたのだ。そして、塗り固めた嘘がいまや破綻しようとしていた。「いいだろう、ミネルヴァが奇跡的に回復したことにしたのはいささか強引だったと認める」

「去年、スコットランドのケアンゴームズ山脈で彼女の父親が急逝したって話よりはましだったけどな！　酔っ払って母君に手紙を書くのはやめるよう、ぼくは忠告しなかったか？」

「わかっているさ。きみはたしかに忠告したし、その忠告は正しかった。だが、結婚式の計画を立てる手伝いをするために帰国すると母に粘られて、あわててしまったんだ。ぼくの嘘を信じさせるのに苦労した。去年のクリスマスのアメリカ訪問はそのせいで苦い思い出になったよ」下手に出たほうがジャイルズの同情を買えるだろうか？　「ぼくはきみの忠告を聞くべきだった。これで満足か？」

「後悔先に立たずと言うだろう？　もっとも、きみの母君が完全に納得していなかったのは明白だな。そうでなければ現在、渡英の途にあることもなかっただろう。きみにちょっとした貴重な警告を与えよう。母君がきみを追いこむためにここへ向かっているのは、誰の目にも明らかだ」ジャイルズは大いに楽しんでいる様子でにんまりとした。

「つくづくなんの助けにもならないな」ヒューはむっとして立ちあがった。「きみが嫌味しか思いつかないなら、ぼくは失礼して良識ある友人たちに相談に行くよ」

「ぼくたちに良識ある友人などいないだろう」ジャイルズははなはだお呼びでないときに、むかむかするほど正しいことをまたも口にした。「だが本当に帰るのなら、ついでに呼び鈴を鳴らしてくれないか？」腹にのせた空っぽの皿を持ちあげる。「ビスケットがなくなったのでね」

ヒューは紳士クラブ〈ホワイツ〉へ行ったものの、さらに気が滅入《めい》っただけだった。友人は誰も来ておらず、店は座り心地のいい袖椅子に腰かけて社会情勢に不平を並べるほかは何もすることのない、哀れで無愛想な年配の独身男たちでいっぱいだった。だから彼は店をあとにし、帰宅するよりはましだと、底冷えのするピカデリーをあてどなく歩いた。昔から内省するのは苦手だった。心がつぶれんばかりの罪悪感をつねに抱えている気がしても、本質的には楽天家なのだ。内省しても感傷的になるか、後悔するかだ。そのふたつの感情は、今朝の朝食の席でペインが、彼の忠実な執事が半熟のゆで卵二個の隣に母からのいまいましい手紙を置いたときからすでに、充分ヒューを蝕んでいた。彼はふと気がついた。自分はこれから母を悲しませるのだ。

またしても。

父と同じように。

母からの手紙に——そして蛙《かえる》の子は蛙という事実に——ヒューはすっかり食欲を失った。そういえば、あれきり何も口にしていない。これでは脳が解決策を見つけられないのも無理ないのでは？　重大な決定や大事な計画は空っぽの胃袋でするべきものではない。彼はコンデュイット・ストリートの〈ライオンと子羊亭〉へ行くことにした。あの居酒屋なら間違いなく腹が満たせるし、社交界に属する人々が利用することはないから、誰にも邪魔されずに、この窮地について考えられる。ヒューは早道をしようと細い裏通りに入りながら思案した。

どうすればいいだろう？

軽率かどうかは別として、ジャイルズに言われたとおり、ミネルヴァはとうの昔に死んだことにしておけばよかったと思う。架空の婚約者は一時しのぎとして生みだされただけだ。母を足止めしつつ、口論になるのを避け、時間稼ぎをする方便だ。ヒューは内省以上に口論が苦手で、人を失望させるのが嫌いだった。人を傷つけるのはとりわけ嫌いだ。中でも母を傷つけるのは。

すぐに縁結びをしたがるいらだたしい癖をのぞけば、ヒューは母を敬愛していた。母は息子にだまされていいような女性ではない。息子のために最善を願っているだけであり、息子の幸せを求めて飽くことなく自分を犠牲にしている。最愛の男性となかば無理やり再婚させなければならなかったほど、母は息子ひと筋なのだ。そのせいで、母は息子にも同じことをしようとしているに違いない。自分がいくばくかの幸せをつかんだことに後ろめたさを感じ、罪悪感を軽くすべく、息子の幸せも見届ける必要があると考えているのだ。

母にとって、それは息子が結婚することを意味するのだが、なにゆえそうなのかは神のみぞ知るだ。母の二度目の結婚が成功だったのは明らかとはいえ、一度目の結婚が遺《のこ》したものはヒューの心から消えず、これからもつねにそこにあるだろう。そうに決まっていた、彼は実父と瓜《うり》ふたつなのだから。

いや、ほぼ瓜ふたつと言うべきか。

彼の愛する父は夜はぐっすり眠れていた。しかし一方のヒューは、自分には安らかな眠りなど訪れないことを知っている。あれほどの心の痛みの元凶となり、その罪悪感をすべて背負いながらどうして眠れる？　ヒューは歩きながら思わず身震いし、かぶりを振った。自分には道徳規範がある。男たるもの、婚姻の誓いを守り抜くと心に決めているのでないかぎり、結婚すべきではないのだ。その崇高な約束を果たすために間違いなく必要なふたつのものが、自分には欠けている。目移りしない目と、偉大な愛を捧《ささ》げることのできる無私の心だ。

この世に生まれ落ちて三一年、多くの女性たちを愛してきたものの、そのうちの誰ひとりとして、彼の移り気な目と心を立派な夫となるべく正常に機能させてはくれなかった。嘘つきというスタンディッシュ家の男特有の傾向に加えて、ヒューには女性にだらしなかった父の血が流れており、それはこれからも変わらない。そう考えれば、やはり彼は結婚に向いていないのだ。

家に帰っても迎えてくれる者はなく、〈ホワイツ〉に足繁《あししげ》く通うしかない、あの哀れで無愛想な年配の独身男たちの仲間入りはしたくないものの、ヒューはそうなる運命なのだとあきらめてもいた。歴史に反論することはできない。スタンディッシュ家の男は結婚に不向きなのだ。それは石碑に刻まれた事実であるとはいえ、少なくともヒューは無私の心を気高く貫いて結婚を避けていた。いずれ老いさらばえたときには、ジャイルズとふたりして〈ホワイツ〉の袖椅子に座り、社会情勢をともに嘆くことになるのだろう。ふたりのうちどちらかが永眠するまで……。

みじめな未来を想像し、またもや感傷的になってしまった。自分が老いさらばえるのはまだまだ遠い未来のことで、いまは放蕩《ほうとう》を楽しむ気ままな若者でありながら。

少なくとも、以前は楽しんでいた。この一年は放蕩三昧の楽しさも色褪《いろあ》せ、仲間たちと調子を合わせるためだけに遊び歩くことを自分に強いるのがしばしばだった。それがヒューを不安にさせていた。〈ホワイツ〉の陰鬱な袖椅子に恐怖しながらも、着実に老いがにじり寄っている兆しに思えてならなかった。

独身生活をもっと満喫しようと自分に約束したものの、最近は言い訳をしてばかりだった。ミネルヴァを最初に作りだした頃には熱心に通っていた賭博場からも足が遠ざかりがちで、気のありそうな女性を口説き落とすのもやめてしまった。女性と戯れはするが――それはもちろんだ――気ままな独身生活もかつてほど気ままではなくなったというのが、厄介な事実だった。

しかし、これは道義上の問題だ。

内省を強いられないかぎり自分にはないことにしている魂の奥底ではわかっているのだ。ミネルヴァという幻影にしがみついているのは、自分は結婚を考えるにはあまりに父に似すぎていることを母に認めるのを避けるためだと。この悲劇的な事実は母の心をずたずたに切り裂くだろう。

ところが、長いこと独善的な抵抗にしがみつき、架空の婚約者など作らずに正直に話しあうのを避けつづけてきたために、自分は何もかも台なしにした。腹が満たされたら解決策が奇跡的に現れるものと心から期待しよう。そうでなければ本当に終わりだ。

言い争いを目にしたのは、サックヴィル・ストリートのなかばまで来たときだった。

「支払う用意ができたら払うよ、マダム、いまはまだ無理なんだ」年配の紳士は玄関扉の前の階段の最上段に立っていた。服装からして、これから外出するところか、帰宅したところだろう。その下の歩道では、女性がひとり、ヒューに背中を向けている。紳士と同じく、厚手の冬用コートを着ているものの、こちらは着古したものだ。ウールの分厚いマフラーと、厚左右ばらばらのミトンはどちらも手作りに見える。頭はベルベットの巨大なボンネットに覆われていた。

「ミスター・ピンクウェル――わたしは自分が働いた分のお金を要求しているだけです」自信を感じさせる、落ち着いたきれいな声だ。成熟した声ですらある。それに、身なりに反して意外にも上品な言葉遣いだった。ゆうに一〇年は時代遅れのコートのデザインからすると、三〇代から四〇代のあいだの、おそらく女手ひとつで数人の子どもを育てている寡婦だろう。この世界は一部の者には残酷だ。その問題について、ヒューはしばしば真剣に考えをめぐらせていた。

女性は背筋をぴんと伸ばすと、細い肩を後ろへ引いて胸を張った。相手の紳士に軽蔑のまなざしを向けているのだろう。女性ながらあっぱれな態度ではないか。「もう四週間も待たされています、サー。今回こそ、払っていただくまで帰りません」

年配の紳士はヒューの視線に気づいて顔を赤らめた。「わざわざ玄関先で呼び止めて、人に恥をかかせる気か！」

「仕事をさせるためにわたしを雇ったあげく、支払いを拒否しておいて、よくもそんなことが言えますね。もうひと月になります、ミスター・ピンクウェル。それも冬場のひと月です。わたしは充分に待ちました」

ヒューは血が滾《たぎ》るのを感じた。悪党め！　哀れな女性がいますぐにでも金を必要としているのは明白ではないか。彼女のほうこそ正当な支払いを受け取るために通りで恥をさらす必要はないのだ。「よろしければお手伝いしましょうか、マダム？　おひとりでは大変なようですので」だめ押しとして、ヒューは侮蔑をこめて男をじろりと見据えた。

女性が振り返り、彼は相手がマダムではなく、ミスだと気がついた。それもとても愛らしいミスだ。本当にとても愛らしい。あまりの愛らしさに、しばし呼吸を忘れたほどだ。

「まあ、ありがとうございます、サー。あなたこそ紳士ですわ」彼女の視線は金を出し渋る男へと戻り、牛乳を凝固させんばかりに嫌悪感のこもった目でにらみつけた。「こちらのミスター・ピンクウェルは広告に掲載する挿絵の制作をわたしに依頼し、『ザ・モーニング・アドバタイザー』紙、『ザ・クロニクル』紙に二度、そして今朝の『ザ・タイムズ』紙にもその広告を出しているのに、約束した代金をいまだにわたしに支払っていないんです。九シリング三ペンスが未払いだわ」

ヒューは目移りしやすいスタンディッシュ家の目を彼女の愛らしい顔から引きはがした。

「それで、そちらの言い分はどうなんですか、ミスター・ピンクウェル？」

「もちろん、用意ができたら払うとも。だが、いまは無理だ」

「こちらのレディの仕事に不満でも？」

挑まれて、男はむっとした。「三流の出来だ」

「それでもあなたは『ザ・タイムズ』紙と『ザ・モーニング・アドバタイザー』紙、そして『ザ・クロニクル』紙に掲載するに足ると判断されたんですよね？」

「『ザ・クロニクル』紙は二度よ」魅力的な若いレディは断固として言いはなった。「それにあの広告のおかげで、新規の取引が大幅に増えたはずです。彼が支払いを拒んでいる九シリング三ペンスよりずっと稼いだに違いないわ、だってとても人目を引く挿絵ですもの」

彼女は手提げ袋《レティキュール》から新聞紙の切り抜きを取りだしてヒューに手渡した。四角い切り抜きの真ん中には、〝特許薬ピンクウェルの肝臓強壮剤〟とラベルのついた薬瓶の細密な絵が描いてあった。瓶の左側には、疲れきっていまにも膝をつきそうなげっそりとした男が描かれ、右側では同じ男がピンクウェルの特許薬をのみ、たった一週間でみなぎる元気を取り戻している。広告上部の目立つところを横切る旗印には、〝ピンクウェルで元気ぴんぴん〟と謳《うた》われていた。これなら商品名を覚えやすい。

「これはたしかに人目を引く挿絵だ。ぼくも買ってみたくなるな。あなたは才能ある芸術家ですね。ミス……？」

「メリウェルです。お褒めいただきありがとうございます、サー」

「ミスター・ピンクウェル、ぼくは挿絵に関してとくに目がきくわけではないが、私見を述べさせてもらうなら、このすばらしい挿絵には九シリング三ペンスの価値が充分にあるし、それ以上でもおかしくないと思う」ヒューは意図的に相手を見おろした。ミスター・ピンクウェルが最低限の意味で紳士であることは明白とはいえ、ヒューが貴族社会に属していることも間違いなく明白なはずだ。

「余計な口出しはせんでくれ、サー」

どうやらそこまで明白ではなかったらしい。「実のところ、ぼくはサーではなく、閣下だ」

これまで敬称を間違われても相手を咎《とが》めたことは一度もなかった。それは人をうろたえさせるのが好きではないからだが、ミスター・ピンクウェルは鼻柱の一本や二本へし折られても自業自得だろう。「支払いを拒んでいるのは、支払えないからですか？　それほど経済的に行き詰まっているんですか、サー？」通りすがりの人たちが何ごとかと足をゆるめて聞き耳を立てているのを意識し、わざと大きな声を出す。「そういう事情なら、未払いの代金を分割で支払うことでミス・メリウェルに納得してもらってはいかがでしょうか？」

この侮辱は絶大な効果を発揮し、ミスター・ピンクウェルの顔はみるみる紫色になった。「よくもわたしにそんな口を！」そう言いながらも、すでに分厚い財布を取りだし、玄関先からふたりを追い払おうと中身を引っかき回している。ヒューは手袋をした手を差しだし、手のひらに叩《たた》きつけられた硬貨をひとつひとつ声に出して数えずにはいられなかった。

「そら！　持っていけ！　九シリングだ」ミスター・ピンクウェルは財布をポケットに押しこもうとした。

「あと三ペンス」ヒューはミス・メリウェルにウインクした。「三ペンスをお忘れなく、サー」

残りの硬貨は投げつけられたも同然だった。「ふたりとも帰ってくれ！　二度とあんたは雇わないからな、ミス・メリウェル！」ミスター・ピンクウェルはそう言い捨てたあと、鍵と長々格闘した末に、飛びこむようにして中へ入って扉を叩き閉めた。

歩道に取り残されたヒューは微笑《ほほえ》んだ。「どうぞ」硬貨を彼女のミトンの真ん中に落とす。

「全額取り立てに成功だ」

彼女が表情を輝かせた。まるで陽光のシャワーを浴びせかけられたようだった。心臓が鼓動を打つ一瞬のうちに、彼女の顔は〝並外れて愛らしい〟から、〝美しい〟に一変した。こんなに愛くるしい瞳は見たことがない。色は深いグリーンで、形は少し猫を思わせ、長くて黒いまつげに縁取られている。

「お世話になりました、閣下。困っていたところに手を貸していただいて、ありがとうございます。本当にご親切なんですね」

「たいしたことじゃない。ぼくは窮地に陥った乙女に弱いだけさ」どんなに無視しようとしても、ヒューは窮地にあるもの全般に弱かった。乙女から迷子の犬まで。弱者から世界じゅうの捨て子まで。これは自分では決して認めることのない弱みだ。放蕩に耽《ふけ》る気ままな独身男は、そんなつまらないことに心を砕いて時間を無駄にしない。ましてや、いまいましい良心がちくりと痛むたび、匿名で援助するなどとんでもない。「輝く甲冑《かっちゅう》をまとった騎士を気取るのが昔から好きなんだ」乙女ならいいが、世にはびこる社会的良心というものになると話は違う。彼の慈善活動が公に知られたら、いい笑い物にされるだろう。

「わたしにとって、あなたはまさに騎士だわ」彼女にそう言われると、なぜか身長がぐんと高くなったように感じた。「あらゆる手を尽くして代金を支払ってもらおうとしていたんです。玄関先での待ち伏せは最後の手段だったわ。あなたが現れてくれなければそれも失敗していたでしょうね」

「それはどうかな。きみは支払ってもらうまで梃子《てこ》でも動かないように見えたが」

「たった九シリングとはいえ、お金はお金ですもの」彼女はそれが道理だとばかりに肩をすくめたが、九シリングが彼女にとって大金なのは見ればわかった。着古した服、踵《かかと》のすり減ったブーツ。ここはメイフェアでもいちばん地味な一角とはいえ、金を払ってほしいと懇願しているところなど、その金がよほど必要でないかぎり、誰だって見られたくはないはずだ。

「支払いを踏み倒されたことが噂《うわさ》になったら、ただ働きをすると言っているようなものだわ」彼女は硬貨をレティキュールに慎重にしまってから、もう一度微笑んだ。「何度でも言わせてください、本当にありがとうございました、騎士閣下。それでは、すばらしい一日を」彼女が去ろうとすると、ヒューはなぜか名残惜しさに駆られた。

「きみは芸術家なのかい？」

「芸術家なんて、おこがましいわ。木版画を手がけているんです」

「木版画？」

「木の板に絵を彫りつけて……ほら……印刷機を使って刷るんです」手振りで表現しているのは印刷機だろう。「わたしはいわば彫刻師です。依頼人の注文に合わせてデザインを制作するの、花束や旗印……下剤とか」

「なかなかの隙間市場だな」

「ええ」彼女の笑みにあきらめの色がにじんだ。「ごく狭い隙間です」

「なるほど、木版画家に会ったのはきみが初めてだ。ところで、ぼくはヒューだ、ミス・メリウェル」彼は手を差し伸べた。「ヒュー・スタンディッシュ、フェアラム伯爵」

彼女がその手を取って握手を交わした。妙なことに、いつまでも彼女の手を握っていたくなった。

「わたしも伯爵にお目にかかるのは初めてです、だからおあいこね。わたしはミネルヴァよ」

世界が静止したようだった。まさか、そんなことが？

「ミネルヴァ？」

「ええ……名前負けしているでしょう。学者気取りだった父が、自分の娘全員にローマ神話の女神の名前をつけたんです。わたしの名前は知恵と芸術の女神からもらったものだから、合ってはいるんでしょうね。これでも芸術家の端くれですもの、たとえやっているのは下剤の広告のデザインでも」

「ぼくは今日初めて、本当に〝ミネルヴァ〟という名前の女性にめぐり会う幸運に恵まれたよ」救済の小さな芽がたちどころに花開き、ヒューは自分が破顔するのを感じた。「なんとすばらしい、完璧な偶然だ」

2

「本物のミネルヴァはどうなったの？」

自分が怪訝《けげん》そうな顔をしているようミネルヴァは願った。穴をかがってある分厚くてごわつく長靴下が、ブーツに染みこむ冷たい雪泥で湿るのを無視して、顔をゆがめているのではなく。貴族からハンプシャー州にある邸宅で一週間婚約者を演じてくれたらお金を払うと申し出を受けるなんて、毎日あることではない。実際、それはあまりにとっぴな依頼で、そんな提案を警戒しないのはまぬけだけだし、ミネルヴァはまぬけではなかった。とはいえ、良識が命じるほど警戒心が働いていないのは、報酬として二〇ポンドを提示されたからだ。

きっちり二〇ポンド！

国王の身代金にも相当する。

そんなお金をこの手に握ったことは、考えるまでもなく一度もないし、ぼろぼろの古いレティキュールにいま入っている、苦労して稼いだ九シリング三ペンスよりきっちり二〇ポンド多いお金だ。その九シリング三ペンスだって、すぐになくなる。五シリングは家賃の滞納分に充て、いますぐ立ち退きを迫られるのを回避しなくてはならないし、もう一シリングは来月分の前払いに回す必要がある。七シリング目はストランドにある画材屋〈アッカーマンの芸術の宝庫〉で使うことになるだろう。木版画家はたとえ仕事にあぶれた貧しい職人でも、ペンとインク、そして鋭い小さな彫刻刀なしにはお金を稼げないのだから。残るのはたった二シリングと三ペンスで、それは次の仕事が入るまで食べ物などの贅沢品《ぜいたくひん》に回せるものの、この調子では依頼にありつけるのは数週間先になるかもしれなかった。

商売敵たちの半額で仕事を引き受けてはいても、ミネルヴァには定期的に仕事をもらうのに必要なつてがなかった。その責任は彼女にある。長年、セント・ポール大聖堂近くの同じ印刷屋からしか仕事をもらっていなかったのだ。彼女が制作する名刺は社交界の裕福な顧客たち、中でも淑女たちに人気が高く、老ミスター・モートンはたくさんの注文を彼女に回してくれた。

ポスターや広告に使われる精緻な絵のほうが単価は高いものの、その手の依頼はめったになく、彼女の生計を支えていたのは簡素な名刺のほうだった。仕事があるあいだに新規客の開拓をミネルヴァが怠ってしまったのは、その必要がなかったからだ。ミスター・モートンが亡くなり、繁盛していた店がおよそ一年前に看板をおろすまでは。ほかに推薦してくれる立派な後援者もいない彼女は、以後、仕事探しに苦労しつづけていた。

せめて自分で広告を出すことができたら、一夜にして収入を三倍にする自信があるのに。大衆は広告をとても真剣に受け止める。人目を引くものならなおさらだ――そして彼女の広告はつねに人目を引いた。

「本物のミネルヴァはいない。ミネルヴァはぼくが作りだした女性だ」輝く甲冑をまとった彼女の騎士は、おかしくなるくらい決まり悪そうに認めた。決まりの悪そうな顔は彼によく似合う。もっとも、公正を期して言えば、彼はなんでも似合いそうだった。彼の顔と体つきなら、ずた袋を着ていてもさまになるだろう。

「なんのために？」フェアラム卿《きょう》くらい魅力的で、しかも誰あろう伯爵さまで、非の打ちどころのない仕立ての服から察するに相当な財産家なのだろうから、架空ではなく、本物の婚約者になりたがる女性は列を成すほどいるはずだ。彼の靴にはきっと穴だって空いていない。長身で、堂々たる広い肩幅をして、落ち着いた色味の金髪にきらめくブルーの瞳の彼は、ミネルヴァが思い描く輝く甲冑をまとった本物の騎士そのものだった。もしそんな騎士を描く機会があれば、フェアラムは間違いなく彼女のインスピレーションの源になるだろう。厚手のコートを着ていても印象的なのだから、鎖帷子《かたびら》姿の彼は衝撃的に違いない。自分にあくまで正直になるなら、こうしてまだ彼の前に留《とど》まっているもうひとつの理由はそれだ。芸術家としての彼女の目は、完成された男性美に間違いなく釘《くぎ》付けになっていた。

フェアラムはため息をついたあと、顔を曇らせた。「ひどく情けないやつだと思われるだろうが、あいにくそうするしかなかったんだ。母の執拗《しつよう》な縁結びを終わらせるために彼女を作りだした」

「ちょっと過剰な気がするけれど」彼のために縁結びをする必要がいったいどこにあるのだろう？　女性たちのほうから彼の前に身を投げだすに決まっているのでは？　ただ彼と並ん

で歩くだけで鼓動が乱されている。そしてそれは、彼女だけではないらしい。この五分間で少なくとも三人の女性がうっとりとフェアラムを眺めていたことに、ミネルヴァは気づいていた。平均すると九〇秒にひとりを魅了しているわけで、しかもここはたいして人通りがない。これが人混みの中だったら、一分にひとりは軽く達成できそうだ。

「過剰？」フェアラムが足を止めて彼女に向き直った。彼に惚《ほ》れ惚《ぼ》れとしていたミネルヴァの中の浅はかな女性は、目の前の光景にため息をつきかけた。「きみには家族はいないのかい、ミス・メリウェル？」

「いるわ。妹がふたり」あとふらりと家を出ていったきりの父も、たぶんまだどこかにいる。どこにいるのかは誰も知らないし、すでに亡くなっていてもおかしくはない。心の一部では、そうであるよう願っていた。それなら養育を放棄して三姉妹を置き去りにしたせめてもの理由になる。でもミネルヴァの心の大部分では、何も期待していないし、期待したこともなかった。父は昔から、とくに頼りにできる親ではなかったのだ。

「家族のせいで発狂しそうになることはないか？」

しょっちゅうよ。ほぼ毎日のように妹ふたりを喜んで亡き者にしてやりたくなる。「たまにはあります、閣下。家族同士はそういうものですもの」

「だったら理解できるだろう、最も親しい家族に我慢の限界まで押しやられ、普段ならしないような軽はずみな行動を取ってしまうことがあるのを。母はそういう人なんだ。母のことは敬愛している……もちろんね。母はすばらしい女性で、やさしくて、寛大で、善意の人だ。

父亡きあとは女手ひとつでぼくを育て、その務めを立派に果たした。何もかも母のおかげだ……それでも、ぼくはたまに……」彼は大きなため息をついた。

「お母さまの首を絞めたくなる？」

その言葉にフェアラムは微笑し、輝く真っ白な歯を見せた。口の両脇に、放蕩者らしいとても魅力的なえくぼが現れる。ああ、彼は本物の美男子だ。

危険なほどに。

この男性を相手にするには、持てる分別を総動員する必要がありそうだ。「そうなんだ。母は手ごわい女性で、自分のやり方を通すのに慣れている。そして隣に妻がいれば、息子はもっと幸せになれると思いこんでいるらしい」

「そしてあなたは、その考えに真っ向から反対しているのね？」ミネルヴァはふたたび歩きだした。彼が鼓動に与える奇妙な影響が顔に出ていたら困るし、じっと立っていると、左のブーツの靴底にできた穴をふさいでいる油布の隙間から雪泥が入ってくる。

「もちろんだ！」彼はミネルヴァの問いかけに驚いた様子だ。「ぼくは現状のままですばらしい人生を送っている。小言を言ってばかりの女性に縛りつけられるのを望む理由がどこにある？」

「すべての女性が小言を言うわけではないわ、閣下」

「たしかにそうだ――だが、ぼくは人一倍おだやかな女性の忍耐力すら枯渇させ、最後は小言屋へ変えてしまう男なんだ。これは昼のあとに必ず夜が来るように避けられないことだ」

フェアラムのいたずらっぽい笑みは、ミネルヴァの胸とおなかに不思議な作用を引き起こした。「すでにお決まりのパターンでね。母だって昔は小言屋じゃなかった。母がこうなったのはすべてぼくの責任だよ。ぼくは軽薄すぎ……身勝手すぎるんだ。夫としても、父親としても、ぼくはまったくの期待外れになるだろう」

「わたしの経験では……」個人的な経験だ。「たいていの男性は夫としても父親としても期待外れだけど、それが夫や父親になる障害にはならないようよ」

「これまた、たしかにそうだ……しかし、ぼくは彼らと違い、自分のいたらなさを痛感し、その罪悪感に深く苦しんでいる。気の毒な妻の人生をみじめなものに変える自分をぼくは決して許せないだろうし、子どもにとって自分がいい手本になるとは思えない。息子はぼくと同じ道をたどり、娘は早々にぼくに愛想を尽かすだろう」

型にはまらない視点だ。いろいろな意味で新鮮。「あなたはあらゆる責任を避けているのね」自分もそうできればどんなにいいだろう。

「できるかぎりは」そう認めた瞬間、フェアラムは自分自身にはなはだ失望したかのように言葉を切った。深いブルーの瞳のきらめきが翳《かげ》り、ミネルヴァはすぐさま寂しさに駆られた。けれどもそんな表情は一瞬にして消え、彼の瞳はふたたびいたずらっぽい輝きを放った。

「〝仕事ばかりして遊ばないとつまらない人間になる〟と言うだろう、そしてぼくはつまらない人間になるのはごめんだ、ミス・メリウェル。単にぼくは結婚に向いていないんだよ。結婚に求められる献身と無私の心がぼくにはない。ぼくは軽薄すぎるが、それで幸せなんだ」

口をつぐみ、心配そうに横目でちらりと彼女を見る。「きみには甘やかされた身勝手な男に見えるだろうね」

「わたしはあなたについて何か言える立場ではないわ」

フェアラムが微笑み、またもやミネルヴァの鼓動は高鳴った。「そう言ってくれる女性はきみが初めてだ。やさしいんだね」

ミネルヴァは笑みを返した。返さずにはいられなかった。数々の欠点があると自ら公言していても、彼は無私の心でミネルヴァに助けの手を差し伸べてくれた。そんな人はもう何年もいなかった。

だからといって、彼のとんでもない提案に応じる気にはならないけれど。

「わたしは原則として、相手の靴を履いて一キロ歩き、同じ立場に立ってみなければあれこれ言う権利はないという考えなんです、フェアラム卿」

とはいえ、雪が染みこむ彼女のブーツで歩きたがったり、その日暮らしを体験したがったりするほどまぬけな人には憐《あわ》れみを覚える。彼女の暮らしに甘える余地はどこにもないし、断じてそれは彼女の求めている人生でもなかった。あいにく、その暮らしを変えるには二〇ポンドでは足りそうにない。「正直言って、責任を避けたがる気持ちは責められないわ。責任は人をすり減らすこともあるもの」

ミネルヴァの場合がそうだった。妹ふたりを育てる責任とそれにまつわる何もかもが、彼女ひとりの肩にのしかかっていた。一九歳の誕生日から、彼女は妹たちの母であり、父だった。妹たちが無事に嫁ぐまで、ふたりの養育を引き受け、必要なことをする以外に選択肢はない。いまでは自分の子どもをもうけることにはほとんど興味を持てず、何かよほど劇的なことが起きて心境の変化でもないかぎり、自分が子育ての責任を負いたがるところは想像できなかった。親業は重労働だ。

妹たちのことは愛しているけれど、自分の面倒を見るだけでよかったらどんなにいいだろうと、週に一度は夢想してしまう。贅沢だってできるのでは？　新しい靴に新しい服、木版画用のもっと高級なペンと彫刻刀。静かに座っていられる自分だけの場所。そこで毎日、数時間だけでもひとり静寂に浸る……。高望みではないでしょう？

現実は、狭い部屋に三人でぎゅうぎゅう詰めになって暮らし、稼いだお金は一ペニー残らず必需品に消えていく。そのことを思いださせようとしたのか、お金がなくて今朝は朝食抜きだったことに文句を垂れるように、彼女のおなかがぐうっと鳴った。それを言うなら、ミスター・ピンクウェルのせいで昨日も朝食抜きだったけれど。二〇ポンドあれば、朝食も、昼食も、夕食も、三人分を一年間まかなえる……。

あきれた！　この調子ではろくに状況もわからないまま、フェアラムの存在とバターつきトーストに眩惑《げんわく》されて、彼の手に食いつくようにしてこのとんでもない提案を受け入れてしまう。

ミネルヴァは関心がなさそうな顔を繕い、いささか懐疑的な仮面をかぶった。「あなたのお母さまの縁結びが、我慢の限度を超えたというお話だったわね？」

「我慢の限度を超えたうえに、窒息させられそうになっている。ぼくだって辛抱強く我慢しつづけたんだ。何年ものあいだ、次から次へと若い淑女たちを目の前に突きつけられても。どこへ行こうと、何をしようと、そこには必ず誰かいるんだ――まつげをぱちぱちさせた女性が。自分の家すら拷問部屋になってしまった」彼のコロンの香りがふっとして、ミネルヴァは思わず身を寄せて吸いこみそうになった。「ぼくをものにしようとする若い淑女たちとおしゃべりをしながら、お茶を飲むのも、食事をとるのも苦痛だった。中にはどこまでも粘る淑女もいたと言っておくよ。彼女たちはありとあらゆる手段に訴えてきたんだ、ミス・メリウェル。数々のとんでもない企《たくら》みには、母もしばしば全面的に加担し、そのせいでぼくの生活はきわめて困難になった。幸いいまも独身でいられるのは、正直、奇跡にほかならない。ちょうど二年前、母からの攻撃に万策尽きたぼくは、それを食い止めるためにとっさにミネルヴァを作りだした」

「なるほどね」

もっとも、納得したわけではない。どんなに手に負えない状況だったとしても、婚約者を作りだすのは極端すぎる。気づかれずに嘘をつき通すのは至難の業だろう。彼の母親がそこまで息子を結婚させたがっているなら、なおのことだ。母親は真偽を確かめようとしたのでは？　架空の婚約者に会おうとしなかったの？

「お母さまはハンプシャーにこもっていらっしゃるの？」

母親が彼のミネルヴァとまだ顔を合わせていないのはそのためかもしれない。考えにくい話だけれど、ありえないことではない。まただ、とミネルヴァは思った。自分は信じがたい話を無理に信じこもうとしている。なぜ彼を信じようとするの？　ばかげた質問ね、答えはもうわかっているでしょう。

二〇ポンド、それに目を喜ばせる広い肩。この恥ずべきふたつの事実のせいで、自分には中身があるとつねに自負している彼女も軽薄になってしまったらしい。

「母は、現在はボストン在住だ。リンカンシャーではなく、アメリカのボストンに。義父がアメリカ人だって話したかな？」

「アメリカから縁結びを続けているの？」そうなると文字どおりの離れ業で、彼の肩がどうあれ、話に信憑性《しんぴょうせい》を与える助けにはならない。

「母はこうと決めたらやり通す女性なんだよ、ミス・メリウェル。それにあきれるほどのロマンティストでね。ぼくの結婚を見届けることは母の唯一の生きがいで、距離などものともしない。少なくとも母が英国にいたときは、ぼくも目を光らせていられたし、母の計画が事前に耳に入れば逃げることができた」フェアラムが顔をしかめる。「だが渡米後は、母の企みはいっそう予測不可能になった。ぼくを結婚させる母の作戦は、手紙を通して苛烈をきわめつづけ、しかも母は顔が広いからロンドンでいくらでも手先を補充し、自分が始めた破壊活動を引きつづき展開させることができる。母がアメリカへ行って数カ月もすると、ぼくのもとには招待状が殺到し、社交界の重鎮であるご婦人方や、娘を玉の輿《こし》にと意気ごむ紳士たちが毎日のように訪問してくるようになった。観劇へ行けば見知らぬ相手につかまるし、外へ出ればべらべら話しかけられる」

「お気の毒に」裕福な貴族が抱える問題は、彼女の問題とはなんと違うのだろう。交換してもらえるなら、奥歯を抜かれたっていい。彼の世界に暮らすのは、ミネルヴァの世界で暮らすより間違いなくずっと魅力的だ。すてきな衣服。快適な家具。どんな気まぐれにも応えてくれる使用人たち……。

「だが期待したほどの結果が得られなかった母は、単身で帰国すると脅し、ぼくたちで一緒に完璧な花嫁を見つけるまで自分の幸せは犠牲にすると言いだした。ぼくが罪悪感を覚えて、いずれは屈すると踏んでのことだ。ぼくは罪悪感を覚える理由がひとつもないときでさえ、恐ろしいほど罪悪感に苦しんでいるからね。それに、自分の幸せを犠牲にしてまで帰国した母は、当然ながらぼくにべったりくっついていようとするだろうし、ぼくがそれをいやがることも母は承知だ。紳士たるもの、親にはつねに反抗すべきだ。そう思わないかい？」

「ちょっとした反抗は男性の独立心の証《あかし》なんでしょうね」反抗できるなんて、贅沢の極地では？

「そのとおり！　ただ……ぼくの場合はいささか収拾がつかなくなり、すぐに乗船券を手配すると母に脅され、あわててしまった。そして、ミネルヴァを作りだした――軽薄で身勝手だったぼくに、人生にはもっと大きな意義があることを教えてくれた、育ちのいい若いレディを」

彼女ならその条件にぴったりだとでもいうように、フェアラムはミネルヴァに向かって手を動かしたあと、ふたたび顔をしかめた。「ミス・メリウェル、ぼくにはきみと同じくペンの才能がある――ぼくの場合は絵ではなく文章の才能だが。ぼくは母のロマンス好きを逆手に取り、〝急いで帰国の途につく必要はありません。なぜならついにキューピッドの矢に射貫かれ、ぼくの心は救いようがないほど途方に暮れているのですから〟と宣言した。ぼくは暴走する馬車から窮地に陥った美しい乙女を救いだし、魅力的なその瞳をのぞきこんだ瞬間、真っ逆さまに恋に落ちたことを事細かに、そして大げさに母への手紙に書き綴《つづ》った。実に説得力のある手紙で、自画自賛にはなるが、なかなかの美談に仕上がった。自分ではあまり自慢に思えないがね」

「あなたは切羽詰まってミネルヴァを生みだしたの？」切羽詰まるのがどんな気分かはよく知っている。切羽詰まった若いレディは、たった二〇ポンドのために、ハンサムで魅力的ながら軽薄な紳士の婚約者のふりをすることを真剣に考えそうになる。

「そうだよ、ただの一時しのぎのつもりだった。白状すると、母は大喜びするわ、縁結び攻撃はぴたりと止まるわ、近々執りおこなわれるはずの結婚式への招待を母にうきうきと待たれるわで、ぼくは少々調子に乗りすぎてしまった。現状を維持するため、嘘に尾ひれをつけていったんだ」

「丸々二年間も？」

「ぼくは自由に誘惑されたんだよ、ミス・メリウェル。自由は人を酔わせる麻薬だ」フェアラムはつかの間、宙を見つめ、ミネルヴァの目移りしやすい芸術家の目は、彼の高貴な横顔を何にも妨げられることなくじっと見つめる機会を与えられた。幸い、ミネルヴァの良識が一時的に欠落したことには気づきもせずに、彼はそのあと力ないため息をついた。「だが、なんたることか、恐れを知らない母はぼくのあらゆる妨害工作にとうとうしびれを切らしてしまった。母は帰国して結婚式の準備を手伝うため、乗船券を手に入れた。万事休すだ。ずっと嘘をつかれていたことを知ったら、母はひどく悲しむだろう。母を傷つけるつもりは毛頭なかったのに……」彼は本当に悲しげに見えた。途方に暮れている姿までさまになる。

「だから、きみが必要なんだ。きみがぼくの婚約者を演じてくれれば、母は息子にだまされていたことを知らずにすむ」

「嘘をつきつづけても、苦しみが長引くだけじゃないかしら?」

「嘘をつきつづけるつもりはない。きみはほんの二、三日だけ、ぼくのミネルヴァになってくれればいい。どんなに長くても一週間だ。そのあいだに母ときみを引きあわせ、結婚式の段取りを母にその目で確かめさせたら、そのあとは……」フェアラムは肩をすくめ、いかにも心許《こころもと》なげに眉根を寄せた。「そのあとは、長きにわたった婚約がその場で解消されるもっともな理由を見つけるさ。そして母は、息子が傷心のときに折りよくそこにいるわけだ」

なるほど、これがこの話の不愉快な真実だ。あの二〇ポンドは不名誉なお金であることがこれではっきりした。

「ふたりでお母さまをだましたあと、わたしに悪役を演じさせるのね?」

「細かいところまではまだ詰めていない」

「そうでしょうね」

二〇ポンドは魅力的とはいえ、このばかげた計画が成功すると、彼女が同意すると思っているのなら、この男性の頭はどうかしている。どんなに糊塗《こと》しても嘘は嘘でしかない。メリウェル家は困窮しているかもしれないけれど、道徳観念を持っている。少なくとも娘たちは。

「わたしは見ず知らずの方をだますようなことはできません、フェアラム卿。あなたのお母さまはわたしを傷つけるようなことは何ひとつされていないのに、嘘が発覚すれば、わたしの取った行動に彼女は間違いなく傷つくわ。そんなことに加担するのはお断りよ」

ミネルヴァはくるりと背を向けた。崇高な決断をくだしたところで、ミスター・ピンクウェルの件では彼に助けられたことを思いだした。「先ほど助け船を出していただいたことには感謝します、閣下。あなたが窮地を乗り越えられるよう祈っています。それでは、よい一日を」

悪銭ではあったものの、二〇ポンドの夢にもさよならだ。夢を見ているあいだはすてきな時間だった。

それに、彼もすてきだった。

フェアラムと並んで歩き、彼から受け取ったお金で何をしようかと夢見たほんの短い時間は、二四歳に戻れた気がした。

「四〇ポンド払うと言ったら？」

足がふらついた。四〇ポンドあったら、少なくとも二年分の家賃を払えるし、残りのお金でちょっとした贅沢もできる。クラーケンウェルの陰鬱な部屋からついに引っ越し、どこかもっとすてきな場所で心機一転することも可能だ。もっと広い場所で。もっとちゃんとした地区の見晴らしのいい部屋で。四〇ポンドあったら、自分で広告を出し、ロンドンの狭い一角に縛られずに顧客を広げ、画業でまっとうな暮らしを送れるようになる。

四〇ポンドあったら、可能性が開ける。自分たちの暮らしを変えられる可能性が。

3

「やっぱり気に食わない」ロンドンを出発して以来、ダイアナは同じ文句を二〇回は繰り返している。「何もかもちょっと都合がよすぎるのよ。危険かもしれないし、わたしの意見を言わせてもらうなら、正直、こんなの間違っているわ」

ミネルヴァは長妹の意見は求めていなかった。本を読むか、緑豊かな田園風景が窓の外を流れていくのを眺めていたい。なんだってかまわない。フェアラム伯爵の家に到着するまで、自分のせいで妹たちまで巻きこんでしまった、このばかげているが間違いなく実入りのいい計画について考えるのを避けられるのなら。

これから自分は、甘やかされた英国貴族がついたとんでもない嘘がばれないよう、彼の婚約者を演じに行くのだ。狭い馬車の中で向かいに座るダイアナに仏頂面をされなくても、ミネルヴァは自分たちがこれからしようとしていることに気まずい思いをしていた。正直なところ、この芝居に同意したことを心底恥じ入っているのだから。もっとも、言い訳をさせてもらえば、そうしたのは切羽詰まった状況だったからにすぎない。

まさしく、切羽詰まった状況だった。

もしも、とおぞましい可能性に考えを馳《は》せることで、ミネルヴァは自分を慰めた。もしも輝く甲冑をまとった騎士が思いがけず現れて、けちなミスター・ピンクウェルの丸々とした手から九シリング三ペンスをもぎ取ってくれなかったら、いまこの瞬間にも、三姉妹は路上で眠っていたかもしれないのだ。罪のないささやかな嘘に加担するだけで、数年間は路上暮らしの心配がなくなる。それに、つかの間でも贅沢な暮らしを味わうことだって、害にはならないはずだ。

ダイアナが腕を組んで姉をにらんだ。「お姉さま、わたしたちはいつからそこまで落ちぶれてしまったの?」

あなたが貸本屋で顧客に嚙みついてクビになり、家賃を払えなくなったときからよ! ミネルヴァはいらだちながらも、その言葉を口には出さなかった。俯瞰《ふかん》して見れば、ダイアナひとりを責めるのは不公平だ。もし客に〝その頭には脳みそが入ってないのか、このあほう〟なんて言われたら、ミネルヴァだって良識を働かせて困窮状態を顧みる間もなく、妹と同じことをしていたかもしれない。姉妹は三人とも、あまりに率直で勝ち気なのだ。三姉妹の窮乏生活に追い打ちをかけはしたものの、ダイアナの失職は貧困への滑りやすい坂道をさらに転がり落ちることになった唯一の理由ではなかった。四〇ポンドと引き換えに、ハンサムだけれど信用ならない男性にミネルヴァが己の品位を売り渡したのも、ダイアナのせいではないのだ。

その四〇ポンドが、そもそも己の品位を売り渡さなければならなかったことへの恥ずかしさを薄めてくれるよう期待しよう。

　末の妹のヴィーはそわそわした様子で唇を噛んでいる。表面上はどんなに落ち着いて見えても、学問好きな彼女はまだ一五歳なのだとミネルヴァはあらためて感じた。「きわめて不適切なのは言うまでもないわ――三人の未婚女性が付添人《シャペロン》もなしに独身男性の田舎屋敷に滞在するなんて」ヴィーは手袋をした自分の手をじっと見おろした。本で覚えた上流社会の礼儀作法にこだわっているらしいが、メリウェル家がここまで落ちぶれ、立派な求婚者が現れる見込みもないいまとなっては、なんのためなのかわからない。「それに、本人と彼がよこした使用人がそう言っているだけで、その人がフェアラム伯爵だという証拠もないわ」

「彼の態度は伯爵のそれだったわ」言うまでもなく、ミネルヴァはそれまで伯爵など見たこともなかったのだが。ロンドンでも、彼女たちが暮らす地域で伯爵を見かける機会はごくまれだ。クラーケンウェルに暮らす腕時計職人や名高い商店の経営者はどんどん減っていて、遊び人や掏摸《すり》の数はそれよりは多いけれど、住民の大部分は下層民が占めていた。けれども家賃は安いのだから、貧乏人に選《よ》り好みはできない。「とにかく彼が伯爵であろうとなかろうと、こんな立派な馬車を所有しているんだもの、裕福なのはたしかでしょう――しかもこれは予備の馬車なのよ！」

　いつもは冷静で思慮深い三姉妹の最年長が、彼の富に少しばかり気圧《けお》されているように見えるかもしれないと、ミネルヴァはふたりの妹をまっすぐ見据えて厳しい現実を口にした。

「あなたたちがわたしの決断を不満に思う気持ちはわかるわ。わたし自身、心から賛同しているわけじゃない。だけどわたしたちの目下のみじめな状況を考えると、はっきり言って、彼の寛大な提案を断るのは愚か者だけよ」

「せめて先に彼に会わせてほしかったわ、ミネルヴァお姉さま。そうすれば彼の人となりを自分たちの目で判断できたもの。わが家へお茶に招くとか……」

何度も人手を渡ったみすぼらしい家具、剝《は》がれた塗装、消えることのない貧民街の悪臭。そんなありのままの環境をフェアラムに見られるところを想像すると、ミネルヴァは身がすくむ思いがした。「わが家へ招待できるわけがないでしょう?」彼の執事を通すのだって恥ずかしかったのだ。執事の視線はあらゆる場所へ向かったあと、気の毒そうに彼女の目に据えられた。「フェアラム卿はメイフェアに住んでいるのよ!」

ふたたびヴィーは一五歳であることをたちどころに忘れ、眼鏡越しに目の色を変えて長姉をにらんだ。「貧困は恥ではないわ、ミネルヴァお姉さま」

その言葉は父のかつての口癖で、子どもの頃はよく聞かされたし、いまも信じていたかもしれないが、それは父が自分の手に余るようになると子どもたちをさっさと貧困の中に見捨てなければの話だ。しかも父は、ミネルヴァが一九歳になり妹たちの面倒を見られるようになると同時に姿を消した。あの人でなしは自分の後釜として彼女を育てたのだ!

「貧困には喜びもないでしょう、ヴィー。みじめさがあるだけ――わたしたちがよく知っているようにね」季節がひとつ過ぎるたびに暮らしは厳しくなり、妹たちと同様に、ミネルヴァは年齢以上に年を取っていた。

年を取り、疲弊し、延々と続く生活の苦しさにじわじわと心がすり減っていた。

これが二四年の人生の悲しい事実だ。「姉妹で明けても暮れても身を粉にして働いているのに、それでもやりくりできるだけのお金を稼げていないわ」

生活は厳しく、日に日に厳しさを増していた。運命が大きく変わりでもしなければ、いずれヴィーまで一日じゅう働いて生活費を稼ぐことになるだろう。腐敗した環境から末妹を守るためにできるかぎりのことをしてきたけれど、こき使われ、使い捨てにされる労働力の仲間入りをしたら最後、ヴィーの子ども時代はそこで終わる。急いで大人にならないと、やさしく、本好きで多感な末妹は、社会にいいように利用されるだろう。

「フェアラム卿の奇妙な提案にあなたたちが不安を覚えるのはよくわかるわ、本当よ。だって、たしかに奇妙で普通ではないもの。自分のしていることが道徳的に問題があるのも重々承知している。だけど、いまのうちに率直に言っておくわ――わたしは彼の婚約者役を喜んで演じるつもりよ、必要なら復活祭まででもね。伯爵の田舎屋敷で充分な報酬をもらって他人のふりをするのが、いまの暮らしよりつらいとはわたしには思えないの。道徳心で食卓に並べる食べ物や屋根のある暮らしはまかなえないわ！」

「それはそうだけど」ヴィーはまだ心配顔だ。誰が彼女を責められるだろう？

この数日はちょっとしたつむじ風のようだったに違いない。水曜日、ヴィーの長姉は屋根のある暮らしを守るためミスター・ピンクウェルを説得しに出かけていった。木曜日、その長姉は口約束だけを頼みに、ヴィーが会ったこともない男の馬車に力ずく同然で彼女を押しこみ、南岸地域へ行って他人の屋根の下で暮らそうとしているのだ。少々スキャンダラスで、たっぷり甘やかされている独身男性の屋根の下に。たとえばヴィーかダイアナが、〝これからみんなで引っ越して、悪党かもしれない男性の偽りの婚約者とその家族を演じるわよ〟と帰宅するなり宣言したら、ミネルヴァはかんかんに怒るだろう。それなのに、ふたりがしぶしぶながらもここにいるのは、家長というミネルヴァの不運な立場がものを言ったからだ。ふたりは敬意を払うのと同じくらい、その立場に立たされた姉を気の毒に思っているのだ。

「どんな人かわかっていればよかったのにと思っているだけよ」

「ひょっとすると殺人鬼かも」ダイアナは昔から三人の中でいちばんの空想好きだ。「これはすべて、飽くなき殺人への渇きを癒すための罠《わな》なんじゃない？」

「新聞の読みすぎよ」長妹はいつの日か掲載されるのを夢見て記事を提出しつづけているが、三流新聞の責任者は毎週新聞を発行する前に、たいして才能のない男性記者の綴りと文法をダイアナに修正させてわずかな賃金を払うだけだ。「この世はよからぬことを企んでいる人ばかりだと思いこんでいるんだから」

「わたしは視界をさえぎるものがない、透明なレンズを通して人生を見るのが好きなだけよ、お姉さまが使っているらしいバラ色がかったお人好《ひとよ》しのレンズではなくね。お金をもらって裕福な男性のお相手を務めるほうがましだと、本気で考えているの？　そんなばかげた嘘に同意するなんて、お姉さまは何を考えていたのかしらね」ダイアナは出発前に大急ぎで新聞を調べ、そこから判明したフェアラム卿の評判は、ミネルヴァも否定できないが、大きな心配の種だった。彼は自由な暮らしぶりといわゆる女性関係の両方で、新聞のゴシップ欄に何度か登場していた。本人は伯爵として過剰な責任を負っているともっともらしく訴えていたが、とうていそうは思えないほど頻繁に。その結果として、彼はミネルヴァの心の中でぼろぼろの騎士に格下げされた――もしかすると騎士ですらないのかもしれない。詐欺師や悪党なのかも。

「お姉さまの伯爵は放蕩者にほかならないわ。別の放蕩者と徒党を組んで、放蕩する放蕩者よ」ダイアナは震える指先を突きつけてきた。「いいこと、彼はお姉さまを誘惑しようとハンプシャーへ誘いこんだに決まってる。お姉さまはこれから身を滅ぼすのよ」

「それにしてはずいぶん回りくどいし、不必要な手間をやたらとかけているわ。誘惑するだけならロンドンで簡単にできたでしょう」ふたりそろって目を丸くする妹たちに、ミネルヴァはあわてて弁解した。「もちろん、わたしは誘惑されないわよ！　彼に誘惑される気などないし、そんなことをされたら黙っていないわ」

そもそも自分みたいな女が、その場かぎりの関係以上のものを伯爵から求められるはずもないけれど。ミネルヴァはあまり魅力的な獲物ではないかもしれないが、そんな関係を許すには彼女の自尊心は高すぎるのだ。心がぐらついてもいなかった。フェアラムは軽薄すぎる。それに芸術家の目は目移りしやすいとはいえ、彼女には高い道徳規範がある。当然ながら。

「わたしがフェアラム卿に求める関係はただひとつ、仕事としての関係よ。身の破滅に関しては――わたしが何をしようと、わたしの評判なんて誰も気にしないと思うわ。あなたたちの評判もね。わたしたちは自分たちを紳士の娘とみなし、不運な隣人たちより上の身分だと考えているけれど、それはお父さまが紳士を名乗っていたからにすぎないし、お父さまが誰よりも作り話が上手なのはあなたたちも知っているわよね」

人は切羽詰まると、いまのミネルヴァのようにばかなことや無謀なことに手を出すものだし、フェアラム卿は法に触れることは何もしていない。だいいち路上暮らしを余儀なくされたら、よい評判がなんの役に立つだろう？　何より、そこまで堕《お》ちたらそんな暮らしに終わりがあるのだろうか？　ダイアナとヴィーは身のためにならないほど愛らしいので、頑丈なドアで守られなければ街中のならず者の餌食になってしまう。

ミネルヴァはこれから言うことの衝撃をやわらげるため、妹たちに微笑みかけた。「世間からすれば、わたしたちなんていてもいなくても一緒よ。なんの価値もない。踏みつけられ、必死にあがく、名もない三つの魂。ロンドンはそんな人たちであふれ返らんばかりだわ。わたしたちが何をしようと誰も気にしないし、わたしたちの不品行を覚えている人は、善行を覚えている人同様にいないのよ」

「そんなのはひねくれた考えよ」わたしは納得できないわ。絶対にいずれ何か問題になる。そうに決まっている」

「ヴィー、本気でいつの日か立派な紳士がクラーケンウェルを訪れ、つぎはぎだらけのすり切れた服の下に育ちのいいレディがいるって気づいてくれると信じているの？　もしもそうなら、あなたのロマンティックなくだらない考えを喜んで粉々に打ち砕いてあげるわ。だって、そんなことは決して起きないし、わたしは失望のあまり立ち直れなくなるあなたを見たくないもの。現実の暮らしはおとぎ話とは違うのよ」

ミネルヴァもかつてはそんなくだらない夢を見ていたときもあるが、夢は叶《かな》わないのだと早々に気がついた。一夜にして親代わりになったことで、世の中を現実的に見るようになったのだから、おかしなものだ。つらい人生を送るよう運命づけられた人はいるもので、彼女たちの人生は実の父親ですら耐えられないほどつらかった。ミネルヴァが愛していると勘違いしていた若者もそうだ。妹たちがくっついてくると知るや、彼はあわててミネルヴァと縁を切った。もはや恨んではいないけれど、忘れられない教訓だ。

「わたしたち姉妹には自分たちしかいない」ミネルヴァは末妹の手を握った。残酷だとわかっているのに、そうせざるえないことが歯がゆかった。「だからわたしはこんなろくでもないことを、あえてやるの――わたしたちのために。自分でやらなければ誰も助けてはくれない。四〇ポンドを拒むことはできなかったわ！　そのお金があれば、どれだけのことができるか考えた？　まともな食事やもっといい住まい、新しい靴が手に入るのよ。ヴィーにはすてきな眼鏡を新調できるし、それぞれにドレスを一、二着あつらえることだってできる」

「殺されなければの話よね」ダイアナの悲観主義の前にはミネルヴァも惨敗だった。「実の母親に二年も嘘をつき通せる男は、わたしに言わせれば、なんだってやりかねないわ。だって、伯爵の正体が無差別殺人鬼だなんて怪しむ人がいる？　しかもロンドンから遠く離れた場所でしょう。ミネルヴァお姉さまが言ったように、わたしたちはいてもいなくても一緒なの。無価値で、名もなく、すぐに忘れ去られるわ。標的としては申し分ないわよね。伯爵は困窮していそうな若い女性に愛想よく近づいては、騎士よろしく救いの手を差し伸べ、お金を餌に己の邪悪な世界へ誘いこんだあと……」指で喉をかき切る仕草をする。「眠っているあいだにばらばらにして、庭に埋めるの。それか森にね。田舎屋敷には森がつきものでしょう。貴族に狩られる哀れなライチョウや鹿の棲息《せいそく》場所が必要だもの。これから連れていかれる不平等の館はきっと森に囲まれているわよ。そして都合よく人里離れているはず。わたしの言葉を覚えておくことね」

ヴィーが眉根を寄せた。「どうして人里離れていると都合がいいの？」

「わたしたちの悲鳴が誰にも聞こえないからよ」

ミネルヴァはダイアナをにらみつけた。そして自己弁護のために家長の権限を振りかざし、妹たちが彼女を苛《さいな》むのをやめさせようとした。そうでなくとも、もう充分に不安と良心に苛まれているのだから。

「ふたりとも、わたしはこの状況の奇妙さやそこにひそむ危険性を軽視はしていないわ。欲得ずく、無神経、そんなふうには思われたくないけど、不快な事実は変わらない。わたしたちにはいますぐお金が必要なの。そして彼はうなるほどお金を持っていて、ごく短い期間だけ彼の嘘につきあうのと引き換えに、喜んで分け前を与えてくれる。白状すると、彼の申し出を引き受けたときは四〇ポンドのこと以外、ほとんど考えていなかった。四〇ポンドと、いまよりましな場所で暮らせることしか。あなたたちを連れていくことにしたのは、置いていけばふたりに心配をかけるとわかっていたからよ。どうしても嘘の片棒を担ぐのがいやなら、甘んじて受け入れるわ。言ってくれれば、次の宿駅で降ろすから、郵便馬車で帰宅してちょうだい」

レティキュールに手を差し入れてシリング銀貨二枚と黒ずんだペニー銅貨二枚を取りだし、そのわずかなお金を手のひらにのせて差しだした。これが姉妹の全財産だった。三人はつかの間無言で硬貨を見つめた。「もしくは、もっと簡単にお金が手に入るいいアイデアがあるのなら教えて。このまま何もしなければ、冬が終わる前にお金が底をついて橋の下で身を寄せあうことになるわよ」

当然ながら、どちらの妹にもいいアイデアはなかった。

「それならお願いだから文句や批判はおしまいにして、この状況でできることを精いっぱいやりましょう。少なくとも、ハンプシャーは暮らしやすいはずよ」

御者が頭上の屋根を叩く音が、彼女の言葉に最後通牒《つうちょう》の響きを添えた。「スタンディッシュ・ハウスです！」

華やかな馬車はそこで向きを転じ、バネのきいた車輪が不意に私道の砂利を嚙んだ。もう引き返すことはできない。ミネルヴァの運命は決定した。ゆっくりと深く息を吸いこみ、胃の中で飛び交う蝶《ちょう》たちがおとなしくなるよう念じる。効果はなかった。窓の外へ目をやっても、馬車道に沿って生い茂る木々しか見えなかった。

「言ったでしょう、森に囲まれているって」蛇のようなしつこさでダイアナが言う。「わたしたちの居場所は誰も知らないから、助けに来る人もいないのよ」ふたたび人差し指で喉をかき切るまねをする。

「助けが必要になったらお父さまが来てくれるわ」にこやかに断言するヴィーに、姉たちははっとした。三姉妹の末っ子は、ろくでなしの父親がいつか戻ってくるといまだに信じているのだ。「お父さまがクリスマスに帰ってきたときのために、ここの住所を書き残してきたもの」

ダイアナはミネルヴァへさっと目をやった。それは末っ子が父について思い違いをしているときにいつもよこしてくるまなざしだ。〝わたしでは逆効果だからまかせた〟と訴えるまなざし。実際、そうなのだ。ダイアナの歯に衣《きぬ》着せぬ物言いは、感受性の強いヴィーを動揺させるだけだった。

「ダーリン、クリスマスになってもお父さまは戻ってこないわ」

「どうして知ってるの？　戻れないってお父さまから手紙が来たの？」

聞いていると胸が痛むが、父が出ていったときヴィーはまだとても幼かったのだ。そのせいで何年も前に父が最後の手紙で書いてきたことを鵜呑《うの》みにして、末妹は子どもみたいな希望をいまも抱いている。しばらく留守にすると告げる父のそっけない手紙の最後に"それではまた"と書いてあったのを、ヴィーは必ず戻るという約束だと受け取った。帰ってこなくなる前も、父はたびたび家を留守にしていたのだ。父と暮らしていた、クラーケンウェルのじめじめした狭苦しい部屋に姉妹がいまも留まっているいちばんの理由はそれだった。子どもたちを置き去りにした掃きだめに、父が舞い戻る気になったときのためにと、引っ越しを提案してもヴィーは聞く耳を持とうとしない。けれども四〇ポンドを手にした暁には、最優先で引っ越すつもりだ。クラーケンウェルの救いのなさは姉妹を蝕んでいた。クラーケンウェルはあらゆる夢の墓場だ。これまではヴィーを末っ子として甘やかし、守ってきたけれど、父に背負わされた負の遺産から、いいかげん三人とも出ていくときが来ていた。

「この五年間、一度も手紙なんて来ていないでしょう。そろそろ現実に向きあったほうがいいわ、お父さまから手紙が来ることはこれからもないのよ」

「来るに決まってる。お父さまは手紙を書けるようになったら、すぐによこしてくれるわよ」メリウェル姉妹の末っ子は流れる景色へとぷいと顔をそむけた。おもしろくない会話はいつもこうして一方的に打ち切るのだ。次の瞬間、ヴィーの目が大きく見開かれた。「ねえ、あれ！　お屋敷が見える！　すごく大きいわ！」

三人そろって窓に顔を押しつけ、これから一週間かそこら、わが家となる屋敷を初めて目にした。

「なんてきれいなの」ダイアナでさえ壮観な眺めに思わず満面の笑みを浮かべている。「まるで宮殿だわ」

ダイアナの言うとおりだ。石造りの真っ白な大邸宅は左右対称のパラディオ様式で、暮れなずむ空と鮮やかな対照を成していた。ぴかぴかの窓にはすでに蠟燭《ろうそく》の明かりが灯《とも》り、円柱はそびえんばかりだ。ミネルヴァはこんな屋敷は見たことがなかった。身のほど知らずだったと、ここまで思い知らされるのも初めてだ。彼女を説き伏せてここへ来させたあの気さくで親しみやすい男性は、当人の暮らす屋敷の壮麗さと矛盾していた。田舎屋敷があると言われたときは、こんな場所だとは夢にも思わなかった。ここは別世界だ。ミネルヴァにはまるで理解できないし、なんら共通点もない世界。けれども彼女はほどなく、少しも臆していないふりをして、ハンサムで魅力的な爵位持ちのこの大邸宅の主《あるじ》と婚約している淑女の役を、彼の母親の前で演じなくてはならないのだ。

　とんでもないことだわ。

　無意識に、手持ちの中でいちばんいいドレスのスカートを見おろした。この芝居のためにと、後先を考えずに買った新しいリボンにもかかわらず、古く、色褪せて見える。リボンでどれだけ飾り立てようと、この着古したドレスがスタンディッシュ・ハウスにふさわしいものになることはない。四〇ポンドで魂を売ったときから目をそむけてきた現実に無理やり向きあうと、胃の中の蝶たちは、あわてふためいて翼をばたつかせる小鳥の群れに変身した。伯爵と、名もない娘と、とんでもない大嘘。

　自分はいったい何を考えていたのだろう？

4

到着した馬車の音が聞こえ、ヒューはミス・メリウェルに計画を提案したときから苛まれている神経のいらだちを無視した。

「彼女が到着した」気づくと立ちあがって上着を伸ばしていたのは、両手をどうすればいいかわからなかったからだ。「挨拶に行こう」

「なぜぼくが行かなきゃいけないんだ。結局のところはきみの客だろう。これがきみの茶番であるようにね。ぼくがこのばかげた状況に最初から反対していたのはきみも覚えているだろう」そう言いながらも、ジャイルズはほぼ一日じゅう座っていた椅子からゆっくりと身を起こし、にやりとした。「その女性がきみが言うほど美人なのかには興味があるがね。もしもそのとおりなら、彼女には好奇心をそそられる。いったいどんな魅力的な若いレディが、四〇ポンドなんてはした金のために遊び人の婚約者を演じることを引き受けるんだ？」

「四〇ポンドははした金ではない」ミス・メリウェルが着ていたみすぼらしいコートから判断するに、おそらく彼女の稼ぎの一年分を上回るだろう。そしてそのことが、目下ヒューの眠りを妨げている罪悪感の主な理由のひとつになっていた。自分は彼女には拒絶できない提案をしたのだ。率直に言って、大いにスキャンダラスな提案を。すべてはわが身のかわいさのために。それでも承諾したのだから、気の毒なミス・メリウェルはよほど暮らしに困っていたに違いない。

執事のペインの報告によると、彼女とその妹たちはロンドンの貧困地域にある質素きわまりない部屋で暮らしており、その事実もヒューを悩ませていた。彼女が困窮しているのは明白だ——しかし彼女の言葉遣いは上品で、自信を漂わせる立ち居ふるまいはしつけのよさを感じさせる。彼女がすばらしく聡明《そうめい》なのは、並外れた美しさと同じく一目瞭然だった。一家がいかにして落ちぶれたのか、彼の社会的良心はその真相を解き明かしたいと願っていた。彼女は四〇ポンドを大幅に上回る報酬を手にしてここを去るだろうと、いまから予想がつく。少なくとも、それで彼の罪悪感はいくらかやわらぐはずだ。「思いださせておくが、ぼくはびた一文払わないのに、力添えをするチャンスに飛びついたのはきみだぞ」

「飛びつくに決まっているだろう！　最高におもしろくなるのは約束されているんだからな。愉快な道化芝居には目がないのでね。そしてこいつは、目を覆うような大混乱になること請けあいだ。だとすれば——ぼくがそれを見逃すわけがない！」

「なんの励ましにもなっていないぞ」

「きみの親友として、嘘偽りのない真実を告げるのがぼくの務めだ。これが当然の結果を迎えようと、ぼくは同じ理由からきみのかたわらに立ちつづけるさ。根拠のない励ましが欲しいなら、癇《かん》に障るぼくたちの仲間の中からまぬけをひとりつかまえてくればいい。だけど、落とし穴の場所をきみにきちんと教えてやる者がそばにいてやらないとな。そしてこのばかげた芝居がひとたび始まったら、きみの人生の残骸をきみとともに厳しい目で眺めるのに、ぼく以上の適任者がいるかい？　〝だから言っただろう〟と誰かに告げることに勝る喜びはない」

ペインが魔法のごとく戸口に現れた。「ミス・メリウェルがご到着です、閣下。お通ししてよろしいでしょうか？」

「ああ……もちろんだ」

目を丸くした若い女性三人がほどなく居間へ入ってきた。しかし、ヒューの目が吸い寄せられたのはその中のひとりだけだ。彼女の愛らしさは記憶していたとおりだった。今日の彼女がなおさら愛らしいのは、すでにボンネットを取っていて、ヒューが初めて彼女の髪を目にしたせいだろう。暗い色の髪は漆黒に近く、くるりとひねって後ろでまとめられているが、かなりの長さがありそうだ。ゆるくカールした後れ毛が顔を縁取り、雪花石膏《せっこう》のような肌の白さと美しいグリーンの瞳の印象的な対比を強調している。

そしてその目は、感服するほどの大胆さで彼の目を見据えていた。

形の崩れた分厚いコートを着ていない彼女は、美しい体つきをしていた。控えめながらも、きれいな丸みを帯びた胸、華奢《きゃしゃ》ではあるが小柄ではない体格、そして――簡素なスカートの揺れからわかるかぎりでは――すばらしく長い脚。平均よりも身長が高いところがいい。社交界でもてはやされるブロンドではなく、人気のない黒髪なのがさらにいい。総じて、彼女はこれまでヒューが出会ってきた若い女性たちとはまったく違っていながらも、まさに彼が思い描くミネルヴァそのままだった。特別。唯一無二。男なら、エスコートするのが誇らしくなる女性。

とはいえ、自分は彼女を凝視しすぎている。おおっぴらに。

礼儀を思いだして友人を振り返ると、ジャイルズの目には称賛の色が浮かんでいて、それを見るなりヒューは友の目をつついて彼女を見るのをやめさせたくなった。ジャイルズにはおよそ不当な仕打ちだろうが。「ミス・メリウェル――ようこそ、心から歓迎するよ。ぼくの友人を紹介しよう、ジャイルズ・シンクレア、ベリンガム卿だ」

「ハーペンデン公爵の跡継ぎの？」妹のひとりが眉をひそめた。「あなたのことは新聞で読んだわ。たしか、先週の金曜にも記事になったばかりよね」

ジャイルズは見るからに喜んでいる。「記事に？　ぼくはろくでなし呼ばわりされていたかい？」

「骨の髄までろくでなしだと書かれていたわ」

「それはよかった。ぼくは新聞と噂話の両方を信奉していてね、大衆を楽しませつづけるために、自分なりに貢献したいと考えている」

「あなたは恥を知るべきよ」

ミネルヴァは身をよじり、申し訳なさそうにヒューを見た。「ダイアナは何に関しても確固たる意見を持っていて、始終それを口にせずにはいられないの」

「ぼくなら拍手を送るね」ジャイルズならそうだろう。「誰かと共有しなければ、意見を持つことになんの意味がある？」

口の達者な妹もこれには大いに満足した様子だ。「激しく同意するわ、ベリンガム卿」

歯に衣着せない妹がそれ以上何か言う前に、最年長のミス・メリウェルが決まり悪そうにさえぎった。「お目にかかれてうれしく思います、そうよね、ダイアナ？」あまり年の離れていなさそうな妹をにらみつける。

ダイアナには姉ほどの輝きはなかった。愛らしい顔立ちと黒髪は同じでも、ヒューから見れば、見つめずにはいられない、透明な引力がない。

「ミス・ダイアナ——むろん、狩猟の女神ディアナにちなんだ名だね」ヒューは会釈をしてから、友人へ向き直った。「ミスター・メリウェルは娘たち全員にローマ神話の女神から名前をつけたそうなんだ。おもしろい趣向だと思わないか？」ダイアナへ顔を戻す。「その名前はミス・ミネルヴァの名前に負けず劣らずきみにぴったりなのかな？」

「そうであるよう願います、フェアラム卿。わたしは心の中では戦士ですもの」

「きみのお好みの武器はなんだい？」ジャイルズはダイアナの手を取って口づけすると、厚かましくも彼女の手の甲からなかなか唇を離そうとしなかった。

ダイアナがさっと手を引き、にらみつける。「まずは鋭い言葉と的を射た叱責よ、閣下。それで致命傷を与えることができなかったら、なんであれ手近な鈍器か鋭利なものを使うわ」

「ぼくは彼女が気に入ったよ」ジャイルズはヒューの脇腹を思いきり小突いた。「自分の考えを持っていて、それを口にするのを恐れない……ミス・ダイアナ、ぼくたちはとてもうまくやれそうだ、ぼくにはつねに遠慮なくものを言うと約束してくれるならね」

「それは保証するわ、閣下」

「こっちはわたしの末の妹、ミス・ヴィー・メリウェル」

哀れなミネルヴァはダイアナを絞め殺しそうな様子ながら、いらだちを冷ややかな笑みの下に隠した。もっとも、長妹をにらむ目つきはかなり恐ろしげだ。もちろんジャイルズは大いに楽しんでいて、ずけずけものを言う長妹と舌戦を繰り広げたがっているようだし、長妹のほうもその気に見えた。それを止めるべくヒューは前へ進みでると、姉妹の最年少で、見るからにいちばん恥ずかしがり屋のミス・メリウェルと握手を交わした。上のふたりと違って金髪だが、野暮ったい眼鏡の奥には姉たちと同じく猫を思わせるグリーンの瞳があり、その目はすっかり圧倒されて不安げに見えた。

「ヴィーという名前のローマ神話の女神は思いだせないな。そもそもヴィーなんて名前は初めて聞くよ。珍しい名だね」彼女をくつろがせようと微笑みかけた。

「ヴィーは自分の名前が大嫌いなの」ダイアナの声には聞き間違えようのないいじわるな響きがあった。「自分には不釣りあいなんですって。だからみんなヴィーって呼んでるけど、本当の名前は……」

「ありがとう、もういいわよ、ダイアナ……」

「ヴィーナスっていうの。美と愛の女神で……」

「もういいと言ったでしょう、ダイアナ」遠慮知らずの妹が言い終える前に、ふたたびミネルヴァがさえぎった。末妹は恥ずかしさのあまり顔を真っ赤にするばかりだ。あんなに赤面して、かわいそうに。助け船を出してやらなくては。

「嫌いな名前を背負わされる気持ちなら、ぼくもわかるよ、ミス・ヴィー。ぼくのミドルネームなんて遍歴者《ペレグリン》だ。ひどい名前だろう？　おっと、礼儀作法を失念していたね。椅子に座ろうか」ヒューがにっこりして肘を差しだすと、末妹は恥ずかしそうに笑みを返して彼の腕を取り、舌鋒《ぜっぽう》の届かないところまで無事に連れだされた。「ペインが紅茶とお菓子を用意している。長旅で疲れただろうね。ロンドンはハンプシャーから遠くてどうも不便だ」

全員が腰かけると、気まずさのベールに包まれた。さて、次はどうすべきか。世間話は妥当ではないだろう。かといって、これから演じてもらう嘘について前置きなしにいきなり持ちだすのもどうかと思われた。偽りの婚約者とその家族と初めて顔を合わせたとき、人はどんな会話をするものなのだろう？　やることは山ほどあり、それを実行する時間はおそらくわずかだ。本当なら、いますぐ始めたいところだった。万が一のために。

「旅はどうだった？」

「とても快適でした、閣下。あなたの馬車はすばらしい乗り心地だわ」

「それはよかった」ヒューの目は姉妹のくたびれた服と履き古したブーツを観察した。「うれしく思うよ」ほかにも言いだしにくい話をしなくてはならなかった。姉妹の衣服ではふさわしくないのを見越して、すでに仕立屋を雇ってあり、のちほど職人たちが到着したら姉妹の採寸をし、母の眼鏡にかなう衣服を急いで新調させることになっている。そしてミス・メリウェルとその妹たちに必要なのは、新しい服だけではなかった。この二日間でヒューはいくつもの計画を立てていた。リストを作成し、無数の指示を出し、かりそめの婚約者が知っておくべきことをすべて記した覚え書きまで用意した。そこまで準備万端にしておきながら、言いだしにくい話をさらりと切りだせる言葉をなぜ考えておかなかったのか？「それで、ゆうべ宿泊した宿は……満足のいくものだったかな？」

「すてきな宿でしたわ、閣下」最年長のミス・メリウェルが無理して微笑む。「それに、とても快適でした」

「すばらしい」ヒューはもっと教養豊かな話はないかと頭を絞った。なんでもいいからもっと……。

だめだ。

情けないほど何も出てこない。炉棚の上にある金箔貼《きんぱく》りの置き時計が、これまでになく大きな音で時を刻んだ。「すばらしい」今日は彼の語彙にはそれしかないらしい。ヒューはブーツの中で爪先を丸め、情けを期待してジャイルズへ懇願の目を向けた。しかし友はわざととぼけた顔で見返すばかりで、その目は愉快そうに生き生きしている。

すばらしい。

「ハンプシャーを訪れるのは初めてかい？」

「そうです、閣下。馬車の窓からの景色はとてもきれいでした」

ああ、これまた空虚な質問で予想どおりの答えが返ってきた。ヒューは死にたくなってきた。ミス・メリウェルも同じく居心地が悪そうだが、果敢に努力してくれている。ずけずけとものを言う長妹はこちらをにらみつけ、内気な末妹はそれに自分の命がかかっているかのように膝を凝視し、ジャイルズは明らかに笑いをこらえている。こらえきれていないが。ティーカップのカチャカチャという音が遠くから聞こえたとき、ヒューは大声で万歳せんばかりだった。「紅茶が来たようだ！　すばらしい」このいまいましい言葉に反吐《へど》が出そうだ。

彼は帰還した放蕩息子のごとく執事を迎えに行きそうになるのをぐっとこらえた。かろうじて。だが、かなり危なかった。「急いでくれ、ペイン。レディたちは腹ぺこのはずだ」

　執事はあきれ顔で天を仰いだあと、上品なひと口サイズのサンドイッチをトングではさんで皿に分け、そのあいだメイドが紅茶を注《つ》ぐのを全員が必要以上にじっと眺めた。使用人たちが退室すると、今度は全員そろって食べることに専念した。魅力的なミネルヴァだけは食べるのを拒み、自分の皿を悲しげに見つめている。

「卵のサンドイッチか」ジャイルズは愉快そうに眺めてのんびり言ったあと、ダイアナにウインクした。「まさにぴったりじゃないか。厨房《ちゅうぼう》へ行けば卵の殻が取ってあるかな？　あるならペインを呼び戻して絨毯《じゅうたん》の上にたっぷり撒《ま》き散らしてもらおう、全員でその上を歩けるようにね。卵の殻を踏んで歩く《ウォーク・オン・エッグシェル》（〝気を遣う〟という意味）と言うじゃないか」

「率直にお話をしてよろしいかしら、フェアラム卿？」ミネルヴァが背筋を伸ばした。

「ハレルヤ！」またもやジャイルズだ。「ぜひそうしてくれ。誰かが率直にならなくては」

彼女はジャイルズを無視してヒューをじっと見つめた。魅力的なグリーンの瞳に渦巻く感情は読み取れないが、それでも疑いようもなく彼を不安にした。

「わたしたちはみんな、言うべきことを言いだせずにばつの悪い思いをしてここに座っているようだから、全員がふたたび楽に呼吸できるよう、わたしが言います」ぴんと背筋を伸ばし、ヒューの魂まで見据えるような目でまっすぐ彼を見た。「いまのあなたは、自分の婚約者を演じさせるためにわたしを――赤の他人を――雇うという、ばかげた窮地に自ら飛びこむほど愚かだったことを恥じている。そしてわたしは、それに同意するほどお金に困っているのを恥じている」ふうっと息を吐いて肩の力を抜き、両手をぱっと突きだした。「はい！これでおしまい。気まずい理由を口に出したのだから、みんなずっと楽に感じるはずだわ」けれどもミネルヴァは楽になった様子はなく、落ち着かなげに見えた。ひどく落ち着かなげに。「フェアラム卿、ちょっといいかしら……ふたりだけで話せる？」

「ああ……もちろんだ。こちらへどうぞ」ヒューは悪い予感を覚えつつ、居間から書斎へとミネルヴァを案内した。お互いにくつろげればと、張りだし窓のそばにある袖椅子に腰をおろし、彼女にも座るよう身振りで勧めた。しかし彼女は腰かけなかった。じっと立っているわけでもなく、ペルシャ絨毯の上をやみくもにぐるぐる歩いている。

「大丈夫かい？」

「いいえ、フェアラム卿！　何ひとつ大丈夫ではないわ。ここへ来たのはとんでもない間違いでした」不意にぴたりと足を止め、羽目板張りの壁に向かって勢いよく手を動かす。「わたしはこんな暮らしとは無縁なんです、閣下。なんの関係もない。こんな豪華なお屋敷は見たことがないし、そこでくつろぐなんてとうてい無理よ。身のほど知らずだったし、あなたもわたしを雇ったのは大きな間違いだったわ」

「そうは思わないな」ヒューは動揺が声に表れないよう気をつけた。彼女に手を引かれては困るのだ。その結果どうなるかは考えるだに恐ろしい。「母がミネルヴァに期待しているのは育ちのいい淑女であって、生粋の貴族ではない。そしてきみは間違いなく、育ちのいい淑女らしい言葉遣いとふるまいを身につけている。それどころか、母はきみに貴族の血が流れていないことをむしろ喜ぶだろう。アメリカ人と再婚してからというもの、母は階級についてことのほか自由主義的な考えを持つようになり、上流崇拝には嫌悪感を覚えると断言しているくらいでね。アメリカ人は実に平等主義な国民だ。もともと母は貴族であることを鼻にかけるたちでもなかったしね。母はとても庶民的だ。ぼくと同じで」

ミネルヴァは狂人でも見るような目で彼を見ている。

「フェアラム卿、あなたはとても親しみやすい方のようだけど、このお屋敷に庶民的なところなんてひとつもないわ」絨毯の上でゆっくりと回る。「わたしはこんなのは見たこともない。これがあなたの暮らしなんでしょう？　これが！」彼女は急に、打ちひしがれた表情になった。「宮殿暮らしをする女性を演じることになるとわかっていたら、この話には決して応じなかったわ」

「たしかに、初めて見るスタンディッシュ・ハウスは少々威圧的かもしれないね……だが所詮はただの家でしかない。レンガとモルタルでできているところはほかの家と同じだ」

「ただの家？」ミネルヴァは納得していないらしい。「だったらわたしを見てちょうだい！　わたしが伯爵の婚約者で通るように見える？」彼女はスカートを握って広げた。服を見るべきなのだろうが、ヒューの目は彼女の顔から離れたがらず、彼は不意にその顔に触れたくなった。その衝動に屈するわけにはいかなかったので、両手を背中で組んだものの、それでは艦隊を点検する厳《いか》めしい提督のようかもしれないと気がつき、手をほどいて手のひらを外に向け、前へ出した。

「ミス・メリウェル、きみが鏡をのぞくとき、その目に何が映るのかはぼくにはわからないが、ぼくに見えるのはとても美しく聡明で、自信に満ちている女性だ。これはきみと出会ったときに――きみが話すのを聞くよりも前に――受けた第一印象だからたしかだよ。きみには独特の雰囲気がある、ミス・メリウェル。人混みの中でもきみを際立たせる何かがあるよ」

「わたしに？」

「そうだとも。もしぼくが本物の婚約者を求める気になったら、まさしくきみのような女性を求めるだろう。きみは大切なものをすべて持っている。それ以外はすべてただの飾りだ。そして飾りは、簡単にあとづけできる。今日の午後には仕立屋が到着して飾りつけを手伝ってくれる。それにきみだけでなく、妹さんたちもお披露目《ひろめ》の準備が万全に整うよう、細心の注意を払ってこれから数日の計画を立ててあるんだ」

ミネルヴァはぐらついていた。それは顔つきでわかった。ぐらつき、四〇ポンドというはした金を喉から手が出るほど求めているのは明らかだ。ヒューはすっかり自分が恥ずかしくなった。「今日はもう遅いし、疲れただろう。ぼくの経験では、疲れていると何もかも悪く感じるものだ」慰めの言葉は彼女と自分へ向けたものだった。「きちんと食べてぐっすり眠れば、たいしたことじゃないように思えるさ」

「そうかもしれないけど……」

「そうなると断言するよ。それに、急ぐことはない。ペインにきみたちの部屋まで案内させよう。食事は部屋へ運ばせるから、熱い風呂に入って今夜は三人ともゆっくりするといい。朝になって気持ちが落ち着いたら、もう一度集まろう」彼女がそっと唇を噛む。大いにこちらの気を散らす仕草だ。しかしためらうのはよい兆しであり、ヒューはそう考えたことを即座に後ろめたく思った。

「ここで二、三日過ごして、この屋敷と屋敷の者たちにもっと慣れてみてはどうかな？　計算したところ、母の到着まで最低でも二週間はある。最低二週間だ。しかもそれは、貿易風がつねになく激しく吹いたと考えた場合だよ。実際は、あと三週間ほどかかるだろう。それだけあればきみたちの準備は充分に整うし、屋敷にもすっかり慣れるさ」いよいよとなったら彼女に拝み倒そう。「二週間滞在して、それでも無理だと感じたなら、そのときは帰ってもらってかまわない、四〇ポンドを受け取ってね」

「そんな——全額をいただくことはできないわ」ミネルヴァはせわしげにまばたきした。申し出を頭から拒めないことを恥じ入っているらしい。「約束を果たせないのに……」

「では、半額だ。一週間で二〇ポンド。それでお互いに恨みっこなしとしよう」

「乗りかかった船だものね、閣下……」

「婚約者なら、ヒューと呼んでもらわなくては……ミネルヴァ」

彼女の気が変わり、決断した直後にそれを後悔されてはいけないと、ヒューは手を突きだして握手を交わした。手袋やミトンに覆われていない彼女の手は、ヒューの手のひらにすっぽりおさまった。彼女の指のぬくもりを感じるなり、ヒューの背筋に何か奇妙な、まるでうずきのようなものが走った。それが広がる前に急いで手を引くと、厳めしい老提督のように見えようとかまわず、両手を背中に回してこぶしを握った。これで奇妙な感覚はすぐに引き、乱れた神経もいつもどおりになるだろう。「すばらしい」

しかし、そうはならなかった。

5

「たぶんこれが必要になるだろう。頭に入れておいてくれ。ぼくの家族にきみの病のことを尋ねられた場合に備えて」

「わたしの病？」ミネルヴァは本を受け取って表紙を見つめた――『肺の病に関する論文全集』という表題が彼女を見つめ返す。「ええと……わたしはなんの病を患っていたの？」〝ミネルヴァになる〟ための最初のレッスンを一時間受けたところで、彼女はすでにあっぷあっぷしていた。ヒューは嘘をひとつ、ふたつついただけではなかった。世界を丸ごとでっちあげていたのだ。

「肺結核だよ」

「肺結核！」

彼は決まり悪そうにうなずいた。「ミネルヴァは病死し、ぼくは彼女の死を引きずる予定だったんだ」

「わたしに肺結核にかかっているふりをさせるつもり？」ミネルヴァはあぜんとしてまばたきした。「これが婚約を終わらせるあなたの大計画なの？　あなたが責任を逃れられるよう、お母さまがいらっしゃるあいだにわたしを病死させようなんて考えているなら、あなたはわたしの演技力を買いかぶりすぎているんじゃない?」

「もちろん違うさ。それではあまりに荒唐無稽だ」ヒューは必死で口元に笑みを浮かべないようにしている。彼は気取りのない人だ――だからこそ夜明けに階段でばったり会ってこの話を始めたときも、すぐに打ち解けることができた。そのせいで彼が伯爵であることをころりと忘れてしまう。けれども彼が指摘したように、ふたりは婚約しているだけでなく、熱烈に愛しあっていることになっているのだから、最初から礼儀作法はお呼びでないのだろう。もっとも、彼は最善のときでも礼儀作法にこだわる人ではなさそうだとミネルヴァはにらんでいた。「きみは去年のクリスマス前くらいに、奇跡的に回復している」

「回復」ミネルヴァは耳を疑って彼を見据えた。「肺結核から? 結核は不治の病よ」

「絶対に助からないわけじゃない」ヒューは本をとんと叩いてウインクした。「下調べはちゃんとしてある。すぐれた嘘つきは――スタンディッシュ家の男は漏れなくそうであることを警告しておこう――つねに事実に基づいて嘘をつく。患者が結核を克服した事例がいくつかあるんだ。たしかに多くはないし、きみが当初かかっていた医者たちの誤診だった可能性も疑われる。スイスから招いた新しい医者は神の御使《みつか》いで、彼のおかげできみは死の淵《ふち》から救われた。実際、きみが彼の治療を受けはじめると、たちどころに変化が現れた。婚約を終わらせる方法については、別の考えを用意してある。そっちはきみの死を伴わないから大いに安心してくれ」

「ぜひ聞かせて」

「きみはジャイルズと駆け落ちする」

ミネルヴァはしゃべろうとして口を開けたが、言葉が出てこなかったので口を閉じた。ヒューはあぜんとする彼女の表情を見て微笑んだ。「何よりいいのは、これは不意打ちだから、きみたちのどちらも相手に熱をあげているふりをしなくてすむ。母が到着して数日後、きみとジャイルズは真夜中にこっそり出発する。目を覚ましたぼくはきみの置き手紙を見つける。そこにはきみの葛藤や、放蕩者で鳴らしたぼくの友人に対するあふれる想《おも》い、抗《あらが》いながらもお互いに惹《ひ》きつけられたことが記されている……。ここからが傑作なんだよ……一年前に自らの命を落としかけ、その後父親を亡くしたことで、きみは短い人生を、心から愛する男性とともに悔いのないよう生きなければもったいないと考えるにいたったというわけだ」

「妹たちも連れて駆け落ちするの？」

「それは変だろう。家族連れの駆け落ちなんて聞いたことがあるかい？　いいや、きみが姿をくらましたことで、当然ながらダイアナとヴィーはショックを受け、急ぎ馬車でわが家へ戻り、ぼくは愛する人の裏切りをひとり嘆くんだ」

「傷ついた英雄の典型ね。それなら本人にはいっさい非がないわ」

「そうだろう！　完璧な計画じゃないか？　突然降りかかった悲しみ。哀愁漂うところが実にいい。これでふたりの関係に明確な終止符が打たれる」

「終止符が打たれる関係はひとつじゃないでしょう」

「どういうことだ?」

「あなたを裏切ったジャイルズとも、友人の縁を切るものとあなたのお母さまは考えるはずよ」

ヒューは手を払ってその意見をしりぞけた。「それについては何か考えるよ」

「こんなの狂気の沙汰だわ。それはわかっているんでしょうね?」

彼は温厚な笑みを浮かべてうなずいた。おそらくその笑みでいつも数々の窮地を逃れてきたのだろう。「飾りつけのことは考えてあると言っただろう」

「〝飾りつけ〟どころじゃないようね、ヒュー」ミネルヴァは大量の覚え書きを見おろして、ゆっくり息を吐いた。彼の計画がいかにばかげているか、彼の嘘がどれほど不自然かを、なぜわたしが気にするの? 報酬のお金はセイレーンの歌声のように彼女を誘惑した。最後までやり通せば四〇ポンドの大金が、一週間しか続けられなくても二〇ポンドという魅力的な金額が手に入る。事情はどうあれ、それは最も楽に稼いだ二〇ポンドになるだろう。最低でも一週間は真剣に打ちこむとかたく約束したのだから、報酬分はきちんと貢献するつもりだ。

腹をくくって母親に許しを請う代わりに、ヒューがこのばかげた芝居を続けるというなら、好きにすればいい。失敗したときは、たぶん失敗するだろうが、それは彼女が全力を尽くさなかったからではない。

「悪くはない解決策だと思うわ」ペンをインクに浸して掲げる。「さっきの続きだけど、わたしが病にかかっていたおおよその時期はいつなの?」すぐれた木版画と同じで、細部にこそ気を配らなければならない。

「きみは二四年の春に体調を崩しはじめた。秋には、ぼくは最悪の事態を覚悟した」

「だけど、わたしはそこから奇跡的な回復を遂げてクリスマスを元気に迎えたのね」

「ぼくの記憶では一一月の初旬頃だ。きみのベッド脇を離れ、ボストンにいる母を訪ねていけるくらいきみは元気になっていた」

「あなたは何カ月留守にしていたの？」

「三カ月だ。きみは毎週ぼくに手紙を送ってきた」ヒューは執務机の引き出しを開け、リボンで縛られた手紙の束を取りだした。「きみは疑問に思うかもしれないな。これを書いたのはジャイルズだ。毎週恋文を送ってほしいというぼくの頼みを、彼は額面どおりに受け取り――」苦い顔をして彼女の前に束を置く。「いつものごとく、ぼくをだしにして楽しんだ」

ミネルヴァは興味を引かれ、いちばん上の手紙をリボンの下から抜き取って開いた。

いとしのヒュー――

ああ！　あなたを愛してる！

あなたが存在するだけで体じゅうが震えます

帰ってきて

ひとりにしないで

あなたの不在に肝臓が痛みます

「これをあなたのお母さまに見せたなんて言わないでね」

「直接は見せていない……だが白状すると、自分の寝室に一、二通、さりげなく置いておいた。母が興味をそそられたときのために。そして、まず間違いなく母は興味を引かれていた。ときおりね」ヒューはにこりとし、安心させるようにミネルヴァの手をそっと叩いた。「すべての手紙が韻を踏んでいるわけではないし、ここまでひどい詩ばかりでもない。そのへたくそな詩を寝室の目立つところに置いたりはしないさ。全部にざっと目を通して中身を把握したら、二度とそんな手紙できみの目を汚さなくていい」

ミネルヴァは手紙の束を肺の病に関する分厚い学術書の上にのせると、ヒューの顔に意識を集中させた。彼の壮大な作り話を消化するより、そのほうがずっと楽だ。彼は本当に、魅力的で整った顔立ちをしている。

見事に均整の取れた顔。輝くブルーの瞳……。だめよ、四〇ポンドに集中しなさい、わかりきっているヒューの魅力にではなく！　夜明けに彼に連れられて書斎へ来てからというもの、その魅力に気を散らされてばかりいる。神経が過敏になってよく眠れず、好奇心に駆られて探検へ出かけたら、まさかの当主も早起きをしていた。彼の評判を考えると意外だ。

「あなたは一月に帰国したのね？」

「そう。一月下旬だ。ぼくの留守中に、きみの病は明らかに快方へ向かった」

「そうでしょうね。次は何が起きたの？」

「帰国後、二、三日も経《た》たないうちに、六月の結婚を提案する母の手紙が舞いこんだ。波止場でぼくを見送るなり、手紙をしたためたに違いない。そして、これから乗船券を購入するところだと言ってきた」

「あらあら。次の引き止め工作の気配を感じるのはなぜかしら?」どの嘘も、どの試みも、ひどく浅はかな身勝手さから来ているに違いなく、ヒューが自分ではまりこんだ墓穴にはなんら同情するところがないのに、彼に好感を覚えずにいられなかった。

ミネルヴァはこの状況について夜通し考えをめぐらせ、議論の余地のないいくつかの結論にたどり着いていた。おかげでこの芝居に手を貸してしまったことを、不思議と、あまりくよくよ考えなくなった。ヒューは世の中を知らないのだろう。世の中の人たちが毎日向きあわなければいけない現実を何も知らないのだ。彼にしてみれば、どんなことでもお金で解決できる——お金の価値も本当の意味ではわかっていないに違いない。生まれてこの方、彼が本物の仕事に少しでも似ていることでさえ、やったことがあるかどうかははなはだ疑わしかった。

ミネルヴァの暮らしている世界では、ヒューは五分と生きていけないだろう。だからミネルヴァが彼の世界に数時間でも耐えられるのは、すぐれた強さの証になる。彼がふたたび微笑み、そのあまりに魅力的な瞳のきらめきに、ミネルヴァはつい笑みを返していた。数多《あまた》の欠点はあれども、彼は遊び人の例に違《たが》わず、究極の人たらしなのだ。「きみは早くも、ぼくのことがよくわかってきたようだね」

「それで何をしたの、ヒュー？」

「悪いが、きみに悲劇に見舞われてもらった。きみの父親がぼくがまだ洋上にいるあいだに急逝し、夏に結婚式を挙げる見込みは彼とともに葬られた。喪中という遵守すべき期間があり……」

「偶然にも、それがクリスマス直後に明ける。あなたのお母さまは頭が鈍くはないようね」

ヒューの計画には不都合なことに。従って、一週間のレッスンのあとでやっぱり無理なら、彼の母親が到着する前にこの芝居を打ち切りにすることで、ミネルヴァはヒューを己の愚行から救いだし、多くの意味で彼に恩恵を施すことになる。

あるいは最後の最後まで見届け、すべてが壊滅的に失敗するのをこの目におさめて、ようやくヒューも人生と人生にまつわる自分の思い違いをきちんと学ぶことができたと自己満足するべきかもしれない。その場合には、立派に四〇ポンドを稼いだことにはなるだろう。

「母は気が長いたちじゃない」

「どういうわけか、あなたに我慢しているお母さまは聖人並みに気の長い方に思えるけれど。あなたのその扱いにくさは昔からなの？」

「母を聖人候補に挙げるのはやめてほしいな。母は脅威だよ。それに、信じてほしいが、ぼくはこうならざるをえなかったんだ」ヒューはため息をついて自分の受難ぶりを印象づけたあと、ふたたび微笑んでそれを台なしにし、ミネルヴァをどきりとさせた。それらを当然のこととして、自らの欠点をすべて痛感している男性には、どこか気のおけないところがある。

「きみに繰り返される前に言っておくが、ああ、何もかもばかげているのは承知しているよ。それに、いいや、これがうまくいく見込みがあるとは思っていない」

「思っていないの？」

彼は金髪を揺らしつつ、あきらめ顔で首を横に振った。「ジャイルズは成功率は三割と見ている。だが、ぼくに何が言える？　永遠の楽天家であるこのぼくに。やってみるだけの価値はあるはずだ……それにきみはのみこみが早いから、ぼくもやる気が出るよ」

「情報をすばやくのみこんで忘れずにいるのは昔から得意なの。苦手なのは運動のほう。わたしは恐ろしく不器用だから」

「あれほどすばらしい芸術家でありながら、なぜそんなことを言うんだい？」

やさしいお世辞にミネルヴァの胸は温かくなった。「器用なのは手先だけなの……ついでに警告しておくと、ダンスは踊れないから絶対に踊らせないで。足の動きはぎくしゃくするし、バランス感覚は最悪。音楽の才能は皆無で、身のこなしに優雅さはまるでない。この身長が悪いのよ。手脚が長すぎて、リズムに合わせると、末端の動きに時差が出ちゃうの」

ヒューは頭をのけぞらせて大笑いした。「ちゃんと覚えておくよ。もっとも、ここで運動能力が必要になる理由は思いつかないけどね」空になったカップを持ちあげて眉根を寄せる。「朝食の前にもう一杯紅茶をどうかな？」彼は炉棚の上の置き時計に目をやってからすっと立ちあがり、呼び鈴を引っ張った。「ずっと話していたから喉が渇いた」

「悲劇といえば――わたしの父はどうやって亡くなったの？」ミネルヴァは椅子の背に寄り

かかって腕を組んだ。おもしろい話になるのは彼が語りだす前からわかっていた。欠点は多いけれど、ヒューは一流の語り手だ。

「スコットランドのケアンゴームズ山脈を歩いている最中だった」

「一月に」

「ああ、そうだ——愛する家族の再三の忠告を振りきってね。もっとも、彼の頑固さはスコットランド人にありがちで……きみにはスコットランド人の血が半分流れていることは話したかな？」

「あなたは数々のことと同様に、そこのところの詳細をわたしに伝え忘れたようね」まだ一日目なのに、彼とのやり取りが楽しくてたまらない。「それは大事なこと？」

「彼が親戚を訪ねて一月にそこにいたのを考えればね。スコットランド人は年越し《ホグマネイ》の集まりを大切にするだろう。だから彼は、必ず大晦日《おおみそか》まではランドリッジ家で過ごすんだ」

ペイン以外の使用人には、彼女たちはランドリッジ三姉妹として紹介されていた——これは暴走馬車からヒューが救出したことになっている架空のミネルヴァに彼があらかじめつけていた名前だ。「ランドリッジは典型的なスコットランドの名前ではないわ。それに……」覚え書きをぱらぱらめくり、どうでもよさげな詳細を見つけ、指で差す。「あなたによると、わたしをチッピング・ノートンに暮らすランドリッジ家の分家出身にしたのは——そのまま引用するわよ——〝わざわざチッピング・ノートンまで出向く者なんていないから、誰もきみの血筋を厳密には問いただせない〟からなんでしょう」

「いいかい、ぼくはその大事な細部のために多くの睡眠を奪われていたとき、図書室で興味をそそるスコットランドの歴史書を発見したんだ。その本のおかげで、きみの父親は英国のランドリッジ家と、マクファーソン氏族《クラン》に属するスコットランド女性の息子にすることができた――ちなみにマクファーソン家の祖先の故郷は実際にケアンゴームズなんだ」自分で紡いだ物語のくだらないこだわりに、ヒューもくすくす笑っている。「母はこういう詳細にうるさいんだよ」

「ケアンゴームズで何があったの？」

「それは寒さの厳しい一月だった。大地は真新しい雪に分厚く覆われ、さらに降り積もる見通しだった。天気が荒れると言われたのに、きみの父親は日課の散歩へ出かけた。吹雪になる前に戻るつもりだったのだろう。しかし……」おかしそうに瞳をきらめかせてかぶりを振る。「遺体が発見されたのは三日後、吹雪が過ぎてからのことだった。一メートル近い雪の下に埋もれていた。かちかちに凍ってね。痛ましい、本当に痛ましい悲劇だよ」

「あなたは気が触れているんじゃないかと思えてきたわ」そう言いながらもミネルヴァは笑っていた。だって、笑わずにいられる？

「それはいっぺんに話を聞いたからだよ。要約するとミセス・ラドクリフのゴシック小説に似ていなくもないな……」

「ミセス・ラドクリフの小説は『ミス・ミネルヴァ・ランドリッジの試練と苦難』よりはるかに真実味があるわ」

「だが一年半かけて、この物語が一章ずつ進んでいくのを想像してごらん」ヒューは聞こえなかったふりをして、彼女の指摘を陽気にはぐらかした。「それなら話はよどみなくすらすらと進む。すぐれた小説と人生全般においてそうであるように、華々しいドラマが起きるのは短いあいだだけで、残りの数カ月は何も起きない。ぼくは単に物語のハイライトをきみに話しただけだ」

「非現実的な出来事がてんこ盛りの部分をね」

「しかしながら、かつ何より重要なことに、運命が哀れなミネルヴァに試練と苦難をてんこ盛りで与えようと、母はぼくの誠実さを信じて疑っていない」

「なぜならスタンディッシュ家の男性は嘘が上手だから?」

ヒューはうなずき、一瞬、あきらめ顔になると、ふたたびどこか途方に暮れているように見えた。だが、きっと思い過ごしだろう。彼から四〇ポンドもらう罪悪感を減らそうと、そんな想像をしたに違いない。

「悪いのは遺伝だ」そう言って彼は悦に入った笑みを浮かべた。さっきのはやはりミネルヴァの想像だったらしい。「母は毎回、手紙できみのことを訊《き》いてくるよ」

「まあ、大変」

「〝まあ、大変〟なんて言うのは悲観主義者だけだ」

紅茶をのせたトレイが運ばれてきたので、ヒューは話を中断した。そしてミネルヴァが紅茶を注ぐのをじっと見つめた。彼の視線が気になり、なんでもない動作が試験のように感じられる。しかも、ヒューが注視しているのはポットではなく彼女だ。こんなに自意識過剰になるのは生まれて初めてだった。注ぎ方が間違っている？　彼はミネルヴァの話し方を評価しているのだろうか？　エチケットを？　嘆かわしいほど不適切ないちばんいいドレスを？　すくみあがらずにいるには、頑固な自尊心にしがみつくしかなかった。「かわいそうなお父さま。それに、かわいそうなわたし。せっかく死の淵から生還した直後に、愛する人を失うなんて。運命はなんて残酷なの」

「気持ちはわかるよ。だがあらゆる苦難にも負けず、きみは立派だった。勇敢で毅然《きぜん》としていた」

「わたしも聖人候補に入れてもらえるかしら？　それだけの苦難のあとで、まだあなたに耐えなければいけないんですもの……」

「正直、きみが聖人候補になっていないことが不思議だ。この一年、きみはランドリッジ家の支えだった。絶対的なよりどころだ。きみの強さがなければ、きみの母親は悲しみに押しつぶされていただろう」

「わたしには母親がいるの？　興味深いわね。どんな方？」

「幸い、きみの家族に関する詳細はあくまで曖昧にしてあったんだ」

「あなたらしくないのね」ミネルヴァはふうっと吹いてから、おそるおそる紅茶を口に含んだ。

「そうなんだよ！　しかし、それは先見の明があったということさ。おかげで、どんな女性がやってこようと、あるがままを受け入れればいいんだからね」

ミネルヴァは紅茶にむせた。

「〝やってくる〟ですって！　まさか母親役まで雇ったわけではないでしょうね？」

「すべて細心の注意を払って計画したと言っただろう」ヒューはことのほか誇らしげだ。「しかも彼女は本職の女優だ！　ジャイルズは大の演劇好きでね。彼がじきじきに推薦した女性だ。礼節的にもきみにはシャペロンをつける必要がある」それはこれまでのところお互いに気にもしていなかった点だ。クラーケンウェルの貧しい境遇にある若い女性には、礼節を気にするなんて贅沢をする余裕はなかった。

「〝肝臓が痛みます〟なんて文を書き、骨の髄までろくでなしであることを誇りにする男性の推薦で大丈夫？」

ヒューは虚をつかれた様子だ。「ジャイルズは友人だ。意図的にぼくの邪魔をするはずがない……。少なくとも、そんなことはないとぼくは考える」つかの間思案したあと、顔のそばにハエがいたみたいに手を払う。これもまたふたりの大きな違いだ。ミネルヴァは他者には最悪を覚悟すべしと学んでおり、彼にはその教訓を学ぶ必要がなかったのだ。「なんにせよ、彼女はあさって到着するから、不合格ならお披露目の前にお払い箱にすればいい」

「本当にあなたはどこまでも楽天的ね」

「非難しているように聞こえるな」

ミネルヴァは平然と肩をすくめた。「多少の楽観性は結構よ――それが適切な場合には。

でも、あいにくわたしは現実主義者なの」

「なぜだい？」ヒューが興味津々で見つめてきた。まるで本当に関心があるかのように。そのせいでミネルヴァは気後れするのを忘れて率直に言った。

「なぜなら、わたしの経験において運命は、人生全般と同じようにいつだって残酷だからよ。誰もがあなたみたいに気ままな人生を楽しんでいるわけではないわ」

どんな反応を予期していたにせよ、それは彼が見せた反応とは違っていた。ヒューは不意に真剣な顔つきになり、この金の鳥籠の外にあるミネルヴァの世界をありのままに見ようとするかのように、彼女の目をのぞきこんだ。真剣な顔つきが思いつめた表情に変わる。「ああ、ミネルヴァ……」彼の手が伸びてきてミネルヴァの手をとらえ、その感触にほっとすると同時に心がかき乱された。気がつくと、思いやりに満ちた彼の瞳をじっと見つめていた。彼に触れられた肌だけでなく、胸の中まで温かくなるのを強く意識した。

「何をしているの！」

ダイアナの声に、ミネルヴァはさっと手を引き、ティーカップの後ろへ隠した。心の琴線に触れられた気がした、不思議な一瞬への動揺が顔に出ていないよう祈り、紅茶をすする。いまのはなんだったの？　普段は男性の前で哀れなまぬけになどならない。それに、そこに朝日と夕日が見えるかのように男性の目を見つめたことはこれまで一度もなかった。妹たちはほんの一メートルほど離れたところに立ってこちらを見つめているが、ふたりが部屋へ入ってきたことにまるで気づかなかった。彼の肌が自分の肌に重なった瞬間、部屋も家具も良識も蒸発したのだ。

「ヒューは、知っておくべき大事な詳細をわたしに教えていたのよ」

「それだけじゃなかったみたいだけど」ダイアナは彼をじろりとにらんだ。「あなたのことも新聞で読んだわ、フェアラム卿。そして、ひとつも感心しなかった。わたしはおかしなことには目をつぶらないわよ」ダイアナは非難の目を姉へ転じた。「これはあくまで仕事上の関係だと思っていたけど？」

「もちろん仕事上の関係よ！」ミネルヴァは耳たぶが赤くなるのを感じた。「あなたはいつものごとく、なんの根拠もなしにばかげた結論に飛びついているんだわ。馬車でヒューを殺人鬼呼ばわりしたようにね！」われながら卑怯《ひきょう》だけれど、目下の状況では、妹をひるませなければその視線に耐えかねて、こちらがすくみつづけることになる。

「ぼくのことを殺人鬼だと思っていたのかい？」少なくともヒューの注意はそれた。

ダイアナは強情そうに腕を組んでいる。「あなたは自分がろくでなしだということを否定するの、閣下？」

「ろくでなしと殺人鬼ではずいぶん違う」

「ダイアナは想像力がたくましいんです」

「ぼくの想像力に匹敵するたくましさだ！」

よかった、彼は笑っている。「きみの不信感を払拭させてくれ、ミス・ダイアナ。自覚しているかぎり、ぼくは人を殺《あや》めたことはないし、近々その現状を変えるつもりもない。それから念のために言っておくと、おかしなことは何もなかった。ぼくたちは本当に、ぼくの架空の婚約者の過去について話をしていただけだ」彼女の手を握ったことがヒューになんらかの影響を与えていたとしても、当人はうまくそれを隠しており、ミネルヴァは余計に自分が滑稽に思えた。なぜなら、彼女はいまも影響されているのだから。顔を真っ赤にせずにいられるのは、純然たる意志の力のおかげだ。「ぼくが保証する、不適切なことは何も起きていないし、これからも起きることはない」

「わたしも保証するわ、閣下。あなたは普段は思慮深いわたしの姉を惑わせたかもしれないけれど、わたしはだまされませんからね！」

「では、ぼくはきみに行動で示すよう努めよう、ミス・ダイアナ。ゆくゆくはきみにもわかってもらえるだろう、ぼくにはきみたち姉妹の誰も手にかけるつもりはないとね」

「守れない約束はするものではないわ、ヒュー」止める間もなくミネルヴァの口から言葉が飛びだした。「二、三日もしたら軽率に請けあったことを後悔するわよ。ダイアナ——フェアラム卿に謝りなさい。根拠もなしに人を糾弾してまわることは許されないの」相手が伯爵であればなおさらだ。たとえ気さくな伯爵であっても——こちらの財布の紐《ひも》を握られている場合は。

長妹の顔には反省の色はまるでない。「謝罪するわ」

「きみの謝罪を受け入れよう」

「朝食へ行かないの、ミネルヴァお姉さま？」いつもふたりの姉の仲立ち役を務めてくれるヴィーが、気まずい雰囲気に歯止めをかけるべく和平のきっかけを差しだし、三人の顔をきょろきょろと見た。「もうすぐお食事の用意ができるとペインが言っていました、閣下」

「すばらしい」ヒューは立ちあがると、ミネルヴァが腰をあげるのに手を貸そうとしたが、ダイアナから不審げな鋭いまなざしを向けられ、思いとどまった。ばつが悪そうに両手を背中に回し、礼儀正しい微笑みを顔に張りつける。「では、行こうか？」お先にどうぞと三姉妹に身振りで示す。「ぼくたち四人で話しあうべきことがたっぷりある」

ヴィーはいそいそと出ていったものの、ダイアナは館の主に最後にもう一度釘を刺さなければ気がすまなかった。

「気をつけることね、フェアラム卿。ここに滞在するあいだは、わたしが姉の監視役になり、鷹《たか》のごとくあなたに目を光らせるわ。わたしの監視下では、いっさい姉を口説いたり誘惑したりさせないわよ」

「ダイアナ！」

声を荒らげたミネルヴァに笑みを向けたヒューは、とんでもなくハンサムで、本物のいたずら好きに見えた。

「それはぼくへの挑戦かな、ミス・ダイアナ？　ぼくは挑まれると逆に燃えるんだ」

6

「先が丸いボウル状になっているスプーンはスープ専用でございます」ペインはヒューの母のいちばんいい銀器を剣のように振るっていた。「欲しかろうと欲しくなかろうと、スープを断ることはできません。スープを断るのは絶対にいけません」

「スープスプーンとデザートスプーンの区別がつかない者がいるか？」ジャイルズのささやきに、この一〇分ほど邪魔されることなく暖炉からミネルヴァを眺めていたヒューはわれに返った。「彼女たちは本当に紳士の娘なのか？」

「彼女はうまくやっているよ」実際、この四日間はうまくやっている。最初は無理だと尻込みしていたものの、ミネルヴァはなんでも楽々とやってのけた。優雅さに欠けると本人は言い張っていたものの、一般的なテーブルマナーのレッスンは明らかに無用だった。彼女はどこから見てもレディそのもので、繊細でなめらかな身のこなしはヒューの目を楽しませてくれた。このレッスンを受けることに彼女がこだわったのは、妹たちのためだろう。「あの女性はのみこみが早い。どんなことでも一度説明すれば二度と忘れない」

ミネルヴァのそういうところがいい。その口から次に何が飛びだすのか予測不可能なところも。彼女は頭の回転が速く、率直にものを言う。彼女以上に笑わせてくれる女性がこれまでいただろうか。もっとも、目下ふたりのやり取りはすべて、姉に輪をかけて率直にものを言うダイアナの監視のもとではあるが。それはあまり愉快ではなかった。ミネルヴァとふたたびふたりきりになれたら、尋ねたいことが一〇〇万はある。

「ミネルヴァのことじゃない！　きみが彼女を眺めているのはわかっているさ――無理もないがね」ジャイルズは長いダイニングテーブルに三人だけで座っている姉妹へ視線を戻した。「彼女は絵画のように美しく、一緒にいて楽しい。そのうえ立ち居ふるまいを心得ている。口の減らないダイアナも、その点は同じだ。心配なのは末っ子だよ。ここに到着してからというもの、ずっと怯《おび》えた鹿のようだ。彼女ではきみの母君の目はごまかせないぞ」

ジャイルズの言うとおりだった。ヴィーは苦戦している。

「彼女は若い。まだ子どもも同然だ。だが、あのふたりに少しでも似ていれば頭はいいだろうし、きっとすぐに追いつく」ただし、教わったときはどんなにうまくやれても、あらためてひとりでやろうとすると、哀れなヴィーはかちかちになり、頭が真っ白になってしまうようだ。

それを裏づけるかのごとく、ペインの指示が部屋の向こう側から聞こえた。「皿を傾けるときはこのようにするのです、ミス・ヴィー」白手袋をつけた執事の指がスープ皿の繊細な取っ手へとヴィーの指を導き、奥へとわずかに傾けさせる。「そしてスプーンの半分より向こう側の縁だけがスープに浸《つ》かるようにして、ほどよい量を慎重にすくいます」ペインは新たな役目を心から楽しんでいるらしく、熱心な生徒たちが自分の動作をまねるのを見守った。

「そうです、ミス・ダイアナ！　すばらしい、ミス・ミネルヴァ！　それでは少し多すぎますね、ミス・ヴィー……あわてる必要はございません。たかがスープ……洗えば落ちます。みなさん、完璧ですよ。それではスプーンを唇までそっと運びましょう。音をたてるのは、どんなに小さな音でも、ご法度でございます。スープは静かに飲まなければなりません」

「なぜスープを断ってはいけないの？」毒舌家の妹ダイアナは、謎めいたスープの作法をすでに体得して飽きたのだろう。おどおどしている末っ子にいらつき、さっさと先へ進みたがっている。一方ミネルヴァは、ヴィーの母親みたいにふるまってばかりだった。この調子ではさらに一時間、ひょっとするとそれ以上の時間が、だらだらと無駄になりそうだ。「メイン料理の練習をしたときは、なんでも好きなものを選んでいい、白い目で見られることはないって言ったでしょう。なぜスープの場合はそうではないの？」

「考えてわかるものではございません。スープは不可侵の領域とだけ申しあげておきましょう。しかしながら、もしお口に合わない場合には、スプーンを差し入れてぐるぐる回しつづけることは許容されております」ペインはセーブルのスープ皿に入れたスプーンを大げさに、気取ったそぶりで回してみせた。「たとえば閣下はホワイトスープを毛嫌いされており、ホワイトスープが供されているあいだはただただ、ぐるぐるかき混ぜておられます」

よく似たグリーンの瞳が三組、部屋の奥からいっせいに彼のほうへ向けられたが、ヒューが目を合わせたいのはそのうちひと組だけだった。なぜそうなのかは考えたくなかった。なんにせよ深くは。理由は表面的なものだけでいい。

魅了されている。

明らかな欲望が心の底からわいてくる。

その自覚はあっても、決して行動に移すつもりはない。

昨日、自分の性格をダイアナに半ば正確に言い当てられたとき、いたずら好きで負けず嫌いなヒューは、その脅しを挑戦と受け取った。だが彼女は理解していないのだ、ヒューは非常に高潔なゆえに、心にある誓いを立てていることを。これはジャイルズも知らないことだ。ミス・ミネルヴァ・メリウェルに心惹かれ、一緒にいると楽しいかもしれないが、彼女がここにいるのはヒューに加勢を頼まれたからにすぎない。だから、この芝居の顚末《てんまつ》がどうなろうと、彼がミネルヴァの信頼を悪用し、彼女を裏切ることは決してない。これはあくまで契約なので、彼女の運命を、そして人生全般を、これ以上残酷なものにする気など、ヒューにはまるでなかった。

あのときミネルヴァが言った言葉が衝撃的すぎて、ヒューは思わず手を伸ばして彼女の手を握ったところをダイアナに見られてしまった。なぜあんなことを言ったのか、ミネルヴァに尋ねようにも、あれ以降ふたりきりになれる瞬間がない。何があったにせよ、彼女にはスタンディッシュ・ハウスでの短い滞在をいい思い出にしてほしかった。楽しみがほとんどないらしい人生へのせめてものねぎらいに。

エメラルド色の美しい瞳がおもしろそうに彼を見ていた。「ヒュー、あなたが毛嫌いしているのはスープ全般、それともホワイトスープだけ？」

「ホワイトスープだけだ」ヒューは芝居がかったため息をつくと、いつも彼に非難の目を向けてくる〈オールマックス〉の気取ったご婦人方よろしく、つんと鼻をあげた。最年少のミス・メリウェルがくすくす笑う。「凡庸な味しかしないからさ。だが、それでも供されなくてはならない」

「それはどうして？」

「なぜならホワイトスープはいまの流行《はや》りで必須《ド・リガー》とされ、当然出されるべきものだからだ」

「そして〝ド・リガー〟なんてフランス語の言い回しも同じく、必須さ《ド・リガー》」ジャイルズがいつもの退屈そうな口調でつけ加えた。「だから目下の流行語にうまく精通《オ・フエット》しているふうに聞こえるよう、あらゆる会話にふんだんに盛りこまなければならない。近頃では、退屈きわまりない話し好きはほぼ例外なくフランス語がペラペラだ」

目を丸くしているヴィーに、ヒューはやさしく微笑みかけた。「ジャイルズの言うことは気にしないでくれ、ミス・ヴィー。きみをからかっているだけだから。フランス語を話す必要はない。退屈な話し手になる必要も。きみは普段どおりに魅力的でいれば、食事の席で楽しい会話ができるよ」

「自分の嫌いな料理を食卓に出すのは食料の無駄でしかないわよね？　この国でも恵まれない大勢の人たちが飢えているのに」

毒舌家のダイアナがまたもやヒューに戦いを挑んできた。こちらがどんなに機嫌を取ろうとしても、ダイアナはなぜかことさら彼女を目の敵にしている。もっとも、彼女の言うことにも一理ある。ヒューは自分が恵まれすぎていることに罪悪感を覚え、落ち着かない気分になった。ミネルヴァの運命と人生全般が残酷だったことを知って以来、かつてないほど後ろめたさが増した気がする。

「使用人たちは心得ていて、礼儀上ぼくの皿にも注ぐがほんの少しだけだ」ヒューは恥じ入って見えないよう最善を尽くしつつ、ホワイトスープは不必要な贅沢品であり、今後はメニューから外そうと胸に誓った。「とはいえ、客人の多くはホワイトスープを喜んでいる。食料を無駄にすることに関しては――スタンディッシュ・ハウスではとても気を遣っているんだ。厨房から出た残り物の大半はブタの餌にしている。まれに料理人が料理を作りすぎたときは、これは舞踏会や晩餐会《ばんさん》などでだが……」なんたることだ、なおさら恵まれすぎているように聞こえるぞ！

「余った分は領民や教区内の恵まれない人々に配られる」テーブルマナーの簡単なレッスンが発端で、テーブルを料理で彩ることをこうも後ろめたく思うとは。

「みんなスープの作法は身についたようだな、ペイン。次へ進もうか」

執事はまずミネルヴァのスープ皿をさげた。「ありがとう、ペイン」

「こちらこそお礼の言葉をありがとうございます、ミス・ミネルヴァ。ですが、晩餐中に使用人に礼を言うのは作法に反しております」

「そんなのおかしいわ。どうしてなの？」

ペインは予想どおりの反応に満足し、萎縮したくなるような視線をヒューへ投げかけると、声を落とすふりをしつつ、しっかり聞こえるように言った。「それは、わたしどもより身分が上の方々は、使用人とは目に見えないものだとお考えだからです。実際には無視するなど、単に無作法なのですが」

ヒューは嫌味な執事の批判をいつものごとく軽く受け流した。なんだかんだ言ってもヒューはこの執事に甘く、その反骨精神には感服しているのだ。「無作法といえば、自分より身分が上の者を客人の前でいさめるのは無作法じゃないのか、ペイン。ご婦人方、これがほかの屋敷だったら彼は即刻解雇されているでしょう。ペインがいまもここにいて、その無礼さにもかかわらず給金をたっぷりもらっているのは、雇い主であるぼくの寛大さの証だ」

「こちらの屋敷に不承不承お勤めして一〇年、これまで解雇されなかったのは、わたしが内々に関与させられた数々の愚行――もしくは尻拭いをさせられた数々の悪ふざけの証でございましょう。そのどれをとってもフェアラム卿を恐喝するネタとなります。今回のこともその愚行のひとつに含まれるでしょう。わたしが酒に溺れるようになったとしてもおかしくはないのです。お母君をだますとは！　しかも丸々二年間も。なんともやりきれません。わたしがこちらでたっぷりお給金をいただいているのは、閣下もわたしもお互いに承知しておりますように、この忠誠心をもっとよいよその雇い主へ捧げる誘惑に駆られることがないようにです」ペインは残りの皿を集めると、テーブルの上座へ戻った。「では――正しいナイフとフォークのおさらいをしましょう。こちらが肉用のナイフで、こちらが魚用のナイフ。間違ったナイフを使ってはいけません……」

「この芝居を成功させるにはメリウェル姉妹の末っ子を排除するしかない」ジャイルズは唇をほとんど動かさずにしゃべるというらやましい特技の持ち主で、いまヒューの耳がそうであるように、彼の唇のそばに耳がなければ、どんなに耳がよくてもまず聞き取れない。

「彼女をどこかにやれないのか？　家に送り返すとか？」

「ミネルヴァが承知しない」こちらが提案したときから、その点は明確だった。三人一緒か、誰も行かないか。とはいえ、哀れなヴィーのお粗末さは心配の種だった。深刻な心配だ。鋭い母の前でもこの調子なら、彼の計画は始まる前に息の根を止められるだろう。

「彼女はいくつだ？　一六か？」

「一五だ」

「一五！　家族のもとへ送り返してやれ、ヒュー。そのほうが親切というものだ。彼女もほっとするだろう」

「送り返しても待っている家族はいない」だから、どうにも面倒なのだ。「あの姉妹はほかに身寄りがないらしい」ロンドンの最も貧しい地域にあるささやかな住まいを訪れたペインが、その短い滞在中にほかの家族を見ていないのはたしかだ。

「〝らしい〟？　それでは答えにならないだろう。なぜ尋ねなかった？　きみは入念な下調べがご自慢だったんじゃないのか？　まさか〝ミネルヴァ〟の適任者を選ぶなんて重大な決断を、名前がミネルヴァだという理由だけでくだしたわけじゃないだろうな？」

「もちろん違う！」決め手は名前だけではない。ミスター・ピンクウェルの件もあった。それに彼女には何かがある。身のこなし。しゃべり方。外見……。

「あきれた！」ジャイルズが天を仰いだ。「きみは本当に名前だけで選んだんだな！　なんてことだ――紳士の娘というのもたしかなのか？」

「三人とも紳士の娘らしい物腰だ」これもヒューには答えられない質問で、ただちにどうにかする必要があった。なぜなら彼も知りたいからだ。彼女のことを。ミネルヴァは苦しくなるほどヒューの興味をかき立てた。

「きみは終わりだ」

「そればかりだな」

「ぼくはこの大惨事からいますぐ手を引こうと思う」

「だが、きみはそうしない。これを楽しみすぎているからな」

「〝だから言っただろう〟ときみに言いはなつのが楽しみだよ」ジャイルズは腕を組んでから、扉の近くで目立たないよう注意を引こうとしている従僕を身振りで示した。「彼女が来たようだ」

「ほらね――これでぼくの巧妙で緻密な計画のピースがもうひとつ、あるべき場所にぴたりとはまる。行こう……ミネルヴァの新しい母親とご対面だ」

「どうかあたくしのことは、ミセス・ランドリッジと呼んでちょうだい。娘たちからは〝お母さま〟でかまわないわ。あたくしはもう役に入りこんでいますから」適齢の女優はほどよく育ちがよさそうに見えながらも母親らしさがあった。ミネルヴァの母親役としては最適だ。

彼女はいきなりヒューの腕をつかんで顔を寄せてきた。「あたくし、どんな役柄でもそうなんですの、閣下。どんな《every》。役柄《role》でも」Rで巻き舌になるのも好きらしい。

「それは……」舞台についても、舞台人についても、ヒューの知識は皆無と言っていい。たぶん、こういう芝居がかった言動も彼らには普通なのだろう。「実にいいことですね」

「私見では――あたくしに熱烈に賛同してくださる批評家の方々の尊敬すべき見解でもあるんですのよ――完全な没入がすぐれた人物描写を生みだしますの」

彼の袖をつかんでいた手がぱっと宙に浮く。なぜかは知らないが彼女の声はやたらと大きく、すぐそばの黄色い縞《しま》模様のソファに座っているのではなく、舞台上から神々に向かって呼ばわっているかのようだ。「たとえばレディ・マクベスを演じたときですわ。これはドルリー・レーン劇場で大成功をおさめ、長期公演になった舞台ですけれど、あたくし、三カ月近くもすっかり狂気に駆られていましたのよ。夢遊病にまでかかりましたわ」

「夢遊病に？」さすがにそれは常軌を逸していないか？　「そこまで役に打ちこまれるものなんですね」

「演劇は芸術ですわ、閣下。あたくしのように称賛されるには身も心も捧げなくてはなりません」懐かしそうに微笑んでいるのは、完全なる狂気ではなく、幸せな思い出をまぶたに浮かべているからだろう。「舞台を目にした方々は、あれほど悲劇的で妖しげな、迫真の演技は見たことがないと口をそろえていらしたわ――そしてあたくしの知るかぎりでは、以来、あたくしの演じたレディ・マクベスを超えた女優はおりませんの。けれども、あたくしの演技の真髄を本当に理解している方は皆無なのです」ルクレーシャ・ド・ヴェールは身震いし、たわわな胸をつかんだ。「よろしいこと……あたくしは彼女になるんです、フェアラム卿……筋肉のひと筋ひと筋、髪の一本一本、細胞のひとつひとつにいたるまで……あたくしは世の中に誤解されたマクベスの妻その人でした！　これがあたくしの奥義です」

「なるほど」ヒューはジャイルズに顔を向け、目をしばたたいた。どう解釈すればいいものやら見当もつかないし、友人は純粋におもしろがって頭のおかしな女性をわざと推薦したのではないかと怪しんでもいた。ところがジャイルズはしたり顔をするでもなく、うんうんとうなずいており、隣に座る風変わりな女性に少なからず熱をあげている様子だ。

「あれはまさに偉業だった。ぼくは続けて四度も観《み》ましたよ。ミセス・ド・ヴェール、あなたの演技に感動し、涙したものです」

「うれしいわ」おかしな女性は月でも進呈されたかのようにジャイルズの腕をぎゅっと握った。「だけど、あたくしはミセス・ランドリッジよ。かわいらしい三人の娘を持つ寡婦です。いまも愛する夫の死を深く嘆いておりますの」目に本物の涙を浮かべる。「けれども大切なミネルヴァが閣下の手によって救いだされ、本人にふさわしい幸せを見いだしたのは、あたくしの喜びです」

彼女は涙のにじむ目をヒューに据えて下唇を震わせた。「あなたのような方にめぐり会った娘はなんという果報者でしょう！　あなたは何か月もベッド脇で娘を見守り……その間あきらめることを拒絶しつづけた！　あたくしの大事なミネルヴァと、もうじきあたくしが誇りを持って息子と呼ぶことになる男性ほど、お似合いのふたりはいませんわ」丸々とした彼女の手で頬を包まれて、ヒューまでいささか感情が高ぶってきた。「あたくし、あなたを崇拝いたします！」

「それはどうも」

「ほらな、まさに迫真の演技だろう」

「たしかに。実に真に迫っている」せわしなく上下する豊満な胸さえ、悲哀と喜びを同時に伝えてくるようだ。「こんな演技はこれまで見たことがない」ヒューは口の端が弧を描きはじめるのを感じた。「これならうまくいきそうな気がしてきたよ」

「ヴィーの問題を片付けられたら、だがね」

7

「居間で紳士方がみなさまをお待ちです」ペインはミネルヴァとすばやく視線を交わした。

「閣下がみなさまにぜひご紹介なさりたい方がお越しのようでございます」

ミネルヴァは初めて会ったときからしたたかな老執事に好感を覚えていたものの、スタンディッシュ・ハウスに到着してからの彼はまさしく天からの恵みで、彼女が恥をかかないように目を配り、彼女が放りこまれたおかしな状況に心から同情している様子だった。ペインは彼女の導き手と相談相手の両方になり、この右も左もわからないお金持ちの世界で彼女に貴重な知識を与えると同時に、寄りかかることのできる、思いやりに満ちた柱になってくれた。ミネルヴァは尋ねるつもりのないなんらかの理由から、ペインは彼女の成功を望んでいるのだ。

ペインは毎朝、ミネルヴァが寝室を出るなり迎えに来て、入り組んだ巨大な屋敷で彼女が迷子にならないよう案内しながら、妹たちを呼びに行く前に、ヒューとベリンガム卿がその日用意しているレッスンの内容を彼女に予習させてくれた。ミネルヴァが正しい作法がわからないときはいつもそばにいて、教えたあとは背景にすっと溶けこむ、すばらしい特技の持ち主だ。ペインのおかげで自信のあるふりができるし、妹たちもいきなり与えられた役柄を自信を持って演じられる。

ペインにはダイアナをなだめる特別な才能があるらしく、ヒューとはただ手を取りあっていただけなのに――ミネルヴァのほうはただそれだけには感じなかったけれど――その現場を目撃して彼を派手になじったそのあと、ダイアナは丸二日近く行儀よくしていた。いまだにがんばってミネルヴァに張りついているとはいえ、レッスンもまじめに受け、概してそつなくこなしている。

一方、ヴィーにはミネルヴァもダイアナも気を揉《も》んでいた。この大邸宅の壮麗さになじめないうえ、ランドリッジ姉妹になるために課せられた新たな要求に悪戦苦闘している。とはいえ、ヴィーはまだ一五歳なのだ。一五歳になったばかりの難しい年齢だ。子どもでも大人でもないのに、ひとりでなんでもできると思いこみ、自分の意見を主張する年頃。

「妹さま方のご準備のためにお時間をお取りしましょうか、ミス・ミネルヴァ?」

偽の母親のことをまだ伝えていないのをペインは察したようだ。ヴィーに話す勇気がなかったのだ。「ええ、お願いするわ、ペイン。閣下には用がすんだらすぐに行きますと伝えてもらえるかしら」

広いダイニングルームで姉妹だけになったところで、ミネルヴァは深く息を吸いこみ、明るい笑みを浮かべた。「みんなとっても順調ね。楽しいでしょう?」

「本物の仕事よりね」ダイアナの指は新しいデイドレスの袖を縁取るレースに無意識に触れ

ていた。今朝、この芝居用の衣装の第一弾が仕立屋から届いたとき、長妹はこの青いドレスを見て言葉を失った。姉妹は三人とも新しい服に着替えていた。季節柄、生地はウールだが、まるでリネンのように柔らかく、床に流れ落ちる裾がふわりとひだを作る。ミネルヴァの大胆な縞模様のドレス同様に——ふたりは年長なので——ぴったりと体に沿うダイアナの胴着《ボディス》は襟ぐりが深くくれていて、美しい体つきを際立たせた。ヴィーのやさしいパステルカラーのドレスもデザインは似ているが、こちらはハイネックだ。鼻の上には新しい眼鏡がちょこんとのり、ミネルヴァが苦労して代金を払った不格好な眼鏡よりよく似合っていた。「いい暮らしなのはたしかだし、お料理は絶品だわ」

「そんなこと、どうでもいいでしょう！　ここはわたしたちには場違いよ。家に帰りたい」

最初の夜にもヴィーは同じようなことを言った。

「すぐに帰れるわ、ダーリン……長くても、あと数週間よ……帰るときにはいままでよりずっと裕福になっているわ。あなたもどれだけたくさん本を買えるか考えてみて」

「そうかもしれないけど……」

「そうなのよ！　それまでのあいだ、自分とは違う誰かを演じるのをわたしは大いに楽しんでいるわ。よくお父さまのためにお芝居を演じたわね。あなたも覚えている？」

「ええ、覚えてる」ヴィーの表情がぱっと明るくなる。過去の話に触れて忘れ去られた思い出に光を当てると、末妹はいつも上機嫌になった。自分勝手な父は芝居を観てくれてもせいぜい五分が限度で、そのあとはふたたび酒を飲むかどこかへトランプをしに行くか——あるいはそのとき入れこんでいる商売女と一夜を過ごすかだったけれど。

「あなたはいつも演技が上手だったわね。わたしは紙で仮面を作り、ダイアナはどんな衣装でもシーツをうまく畳んでそれらしく見せて、三人で何時間でも稽古した。いまはちょうどそれと同じよ。あなたは小道具や舞台装置がないのを嘆いて、わたしがどんなにたくさん仮面を作っても、すべての登場人物を演じるには三人では足りないと言っていたでしょう」

「そうだったわね。すごく楽しかった」

「でもいまは、小道具も舞台装置もそろっているわ。それに聞いてちょうだい、登場人物がもうひとり増えるのよ」

「もうひとり？　誰なの？」

「ヒューのミネルヴァには母親がいるから、彼はその役を演じてもらうために本物の女優を雇ったの」このことはまだダイアナにしか話していなかった。一度にたくさんのことを知らせては、ヴィーは持て余すだろう。「おもしろそうでしょう？」

「これからその人に会うのね？」今回ばかりはダイアナも全力で姉を応援し、ヴィーににっこりと笑いかけた。「わくわくするわ！　どんな人かしら？」

「会いたくないわ」末妹は色を失っている。「わたしたちにはお母さまがいたのよ。お母さまは亡くなった。誰であれほかの人を〝お母さま〟と呼ぶのは、お母さまの思い出に対する冒瀆《ぼうとく》でしょう」

とはいえ、ヴィーには本物の母親との思い出はほぼない。母が亡くなったとき、ヴィーは二歳だった。一一歳になったばかりだったミネルヴァでさえ、ときとともに記憶は褪せていた。顔はおぼろげに思いだせるものの、声は忘れてしまい、鮮明な思い出がいくつかあるだけで、ほとんどははっきり覚えていない。いまでは母と過ごした歳月よりも母のいない歳月のほうが長いのだから当然だ。ミネルヴァが覚えているのは、生活に疲れ果てた虚弱な女性だった。泣いてばかりで、いつも夫と言い争っていた。自分は紳士の娘だと言っていた女性。

「ただのお芝居よ、ヴィー……冒瀆にはならないわ。彼女は架空のミス・ヴィーナス・ランドリッジの母親であって、あなたの母親ではない。あなたは役を演じているんだもの。ヒューがこしらえたお話を聞かせたでしょう。わたしたちの架空の父親は急逝し……」昨日は〝架空〟という言葉をつけ忘れたせいで、末妹をわっと泣かせてしまった。「わたしたち三人と架空の母だけが残されたの。母親がいるのに、シャペロンなしに姉妹だけでここに滞在しているなんて説明がつかないでしょう。あなたは礼儀作法に忠実よね、ヴィー。だったら、これは礼儀上必要だとわかるはずよ」

「わたしはいや！」

「架空の父親が急逝したとわたしが言っても、まばたきひとつせずにいられたでしょう」

「それは自分がいやなら〝お父さま〟と口にする必要がないからよ。うなずいて悲しい顔をしていればいいし、悲しいのは本当だわ。だけどほかの人を〝お父さま〟とは絶対に呼ばない！」

「それなら、あなたがその女性をお母さまと呼ばなくていいよう、みんなで工夫してはどうかしら?」理想的ではない。だが子どもみたいにどぎまぎすることなくヴィーがヒューの母親の前でできることといったら、せいぜい座っているくらいなのだから、これでも前進だ。

「名案ね!」ダイアナはヴィーの肩に腕を回した。「直接話しかけられたときだけしゃべって、〝お母さま〟って言葉はいっさい口にしない! いいじゃない、ヴィー……これならできるでしょう。はるばるここまで来たんだし、ミネルヴァお姉さまの言うとおりだもの。フエアラム卿のお金なしじゃ、一年もせずに三人して路頭に迷うのよ」

「赤の他人をお母さまと呼ぶくらいなら、路頭に迷うほうがましだわ!」

「いいかげんにしなさいよ、ヴィー!」ダイアナが新たに見いだした忍耐力は長持ちしなかった。「赤ちゃんじゃあるまいし! 人にはね、笑顔を浮かべてぐっとこらえなきゃいけないときもあるの!」うんざりとして姉の目を見る。長妹のまなざしが訴えかけていることは明確だった。わたしは精いっぱいやったわよ。

〝もうヴィーを甘やかさないで!〟

「ヴィー、少なくとも一週間はここに留まって、そのあいだは全面的に協力するとフエアラム卿に約束しているの。お願いだから、これだけは協力して、ヴィー——そうしてくれないと困るの」

「いや!」

視界の隅に、姉と妹にしびれを切らすダイアナの顔が見え、ミネルヴァは頭に血がのぼった。強情を張りつづけるヴィーにも、言うことを聞かせることのできない自分のふがいなさにも腹が立った。

「いいえ、協力するのよ！」ヴィーの親になりたいと思ったことはない。ましてや厳しい親になどなりたくないが、今日のヴィーはそんな親を明らかに必要としていた。全員のために。

「あなたは路頭に迷うほうがましかもしれないけれど、たったふたりしか残っていないあなたの家族は違うと断言できるわ！　そして、わたしたちの無責任な父親が戻るまで——戻ることがあるとすればだけど——いやでもこの家の家長はわたしなの。だからあなたがいくら文句を言おうと、決定権はわたしにあるわ！」

「お父さまは無責任じゃない！」

「だったらお父さまはどこにいるの、ヴィー？」

末妹がぐうの音も出ないくらい打ちのめされた様子を見るのを待たずに、ミネルヴァはダイニングルームから飛びだした。居間の入り口にたどり着いたところでようやく足を止め、妹たちもついてきただろうかと振り返る。けれどもその短いあいだに、短気を起こした自責の念が怒りに取って代わっていた。ダイアナの後ろに立つ末妹はいまにも泣きだしそうな顔をしていて、ミネルヴァの心はぼろぼろと涙をこぼした。とはいえ、ああするしかなかったのだ。多感なヴィーを傷つけるのはつらいけれど、世界は彼女を中心に回っているわけではないことを教えなくてはならない。父が出ていったとき、ヴィーは子どもだったかもしれないが、ミネルヴァだってまだ大人とは言えず、妹たちの育て方なんて見当もつかなかった。ミネルヴァにはそれができたし、その過程で自分生きていくには急いで学ぶしかなかった。

の人生はすべてあきらめたのだから、ヴィーだってひとつくらい協力しても死にはしないでしょう？

ミネルヴァは何も言わずにドアをノックして中へ入った。ヒューがさっと立ちあがる。彼女が入室すると、ヒューはいつもすぐに腰をあげる。そのささやかな心遣いがうれしかった。

「淑女のみなさん！　ミセス・アガサ・ランドリッジをご紹介したい――夫を亡くし、チッピング・ノートンから到着したばかりのきみたちの母親だ」

金髪に銀色のものが交ざる、丸々とした顔の年配女性は、三姉妹を見て顔を輝かせ、ミネルヴァに駆け寄ってきた。「まあまあ！　お目にかかれてこんなにうれしいことがあるかしら。それに、あたくしの娘たちはなんて美しいの？」ヒューに向き直って、彼を小突く。「こんな美人ぞろいだなんて聞いておりませんよ、閣下。グリーンの瞳と長身は父親譲りになるんでしょうね」そう言うなり、なぜだか下唇を震わせる。「あの人にもう二度と会えないなんて」

「きみたちの新しい母親は、演じる役柄すべてに完全没入するらしい」ヒューの輝く瞳がミネルヴァの目をとらえた。「よって、滞在中はどんなときでも徹底的にミセス・アガサ・ランドリッジでいるそうだ。夫を亡くしたばかりでいまも嘆き悲しんでいる母親でいてくれる」

香水のにおいがぷんぷんする風変わりな女性は、ミネルヴァをしかと抱擁した。ミネルヴァは目をぱちくりさせ、困惑気味にヒューへ目を戻した。「でも、父親が亡くなったのは一年前じゃなかった？」

「最愛の人を亡くしたのに、一年がなんだというの、ミネルヴァ？　夫の死によって、あたくしは失意のどん底へ突き落とされたわ。完全に立ち直ることはもうないのかもしれなくてよ」新しい母親は彼女を放すと、同じようにダイアナを抱きしめた。「マイ・ダーリン……」腕を伸ばして自分の顔を引く。「なんてことかしら！　あたくしのミネルヴァに負けず劣らず美人ね！」涙にうるむ目が、いまにも逃げださんばかりに不安げに入り口にたたずむヴィーへと向かった。「そしてあなたが、あたくしのヴィーナス……」

「あなたのものじゃない！」ヴィーは足まで踏み鳴らし、廊下を走り去った。

新たな母親はショックを受けた様子で、小さな手を胸の上でひらひらさせた。「自分の名前に敏感なんじゃないかとは思っていたわ……」

「名前じゃないわよ」ダイアナがいらだたしげため息をついた。「この状況に敏感になっているの。母親がいるふりをするのは、本当の母親の思い出に対する冒瀆になるんですって」

「ごめんなさい。この件については、わたしがもっと早くヴィーに話しておくべきだったわ。いきなり言われたものだから、ヴィーはのみこむのに手間取ってしまって……」これ以上子どもじみた強情を張りつづけるなら、ヴィーをつかまえて首を絞めてやる。「すぐに妹と話してきます。妹も落ち着けば、きちんとふるまえるはずよ」

ヒューとベリンガム卿が奇妙な視線を交わした。あれはあまり信用していない目だ。

「いや……頭の中を整理できるよう、しばらくひとりにしてあげたほうがいい。きみとダイアナから、午後のレッスンで学んだことをあとでヴィーに教えてやってくれ。どのみち彼女がいないほうがはかどるだろうし……。ヴィーは家が恋しいんじゃないのか？　家に残っている家族のことが」

「家に残っている家族？」ミネルヴァが口を開く前にダイアナが言った。「わたしたち姉妹以外に家族はいないわ」

ヒューの整った顔に同情の色が浮かぶのをミネルヴァは見つめた。「父親もいないのか？」

「いないわ」長女に責任をなすりつけて、いなくなった。けれどもミネルヴァは、ほかの人がいる前でそのことを話したくなかった。そこで、風変わりな新しい母親へ向き直った。

「まずはお互いをよく知ることから始めるべきですね……」

〝男は服装で決まる〟と最初に言った人は、女性については何もわかっていなかったのだろう。鏡に映った女性はまるでお姫さまのようで、ミネルヴァはそれが自分だとは思えなかった。それでも、紛《まが》い物になった気はした。これから最悪の悪夢と向きあう紛い物。

「準備はできた、ミネルヴァお姉さま？」一方、ヴィーは興奮を隠せないでいる。昨日の無作法なふるまいのあと、姉妹で話しあっても三女は強情を張りつづけたものの、それは仕立屋からしゃれた乗馬服三着が届くまでのことだった。見事な乗馬服は、ここしばらく屋敷に閉じこもっていたから、今朝は馬で村まで行きたいという、伯爵の意向を知らせるペインからの言づてとともに届いた。これに大喜びしたヴィーはふたたび協力的になり、なんにでもすぐに過剰反応しないようもっと気をつけると誓った。乗馬を習うのはヴィーの夢だったのだ。

反対に、ミネルヴァにとっては悪夢だ。

馬に近づきたいとも思ったことがなく、これまでは守ってくれる安全な馬車や有能な御者なしに馬と接することは、どうにか避けてきた。

馬は巨大で予測不可能で足が速く、率直に言って、恐ろしい。その背に乗るなど、ミネルヴァからすれば地獄以外の何物でもない。もしかすると乗馬に必要なもの――つまり馬から落ちずにいられるバランス感覚と運動神経――があったなら、今日の試練は試練でもなんでもなかったかもしれない。けれどもひょろりと長い彼女の四肢はまるで協調性に欠け、生来の不器用さから落馬して首の骨を折るかもしれないと本気で心配しており、一時間も馬に乗るくらいなら、スペインの異端審問を受けるほうがましだった。

「急いで、ミネルヴァお姉さま！　殿方がお待ちよ！」いまやダイアナまで彼女をせかしている。「ベリンガム卿が言っていたわ、乗馬の基本を覚えたらちょっと先にある村まで馬で行くんですって。本物の、英国のひなびた村よ！　見るのが待ち遠しいわ。わたしは悪臭の漂うロンドンでの暮らしより、村の暮らしにずっとあこがれているの。中世まで歴史をさかのぼれる建物もあるそうよ」

遠出を恐れているのはミネルヴァひとりらしいが、ようやくヴィーに笑顔が戻り、ゆうべの食事以来、ダイアナの口からは辛辣な言葉や悲観的な言葉は何ひとつ飛びだしていないのだから、妹たちの楽しみに水を差すことはとてもできない。

「先に行っていて。階下《した》で会いましょう」

乱れた神経を落ち着かせるため、少しのあいだひとりになる必要があった。運がよければ、ヒューはおとなしい小さめの馬とか、亀といい勝負の年寄りののろまな馬とかを彼女用に選んでくれているだろう。背の低い馬なら、避けようのない落馬をしたときも痛くはないかもしれない。

それほどは。

迫りくる悲運を覚悟し、ミネルヴァは頭にのせた、羽根飾りつきの風変わりな帽子に新品のハットピンをもう一本刺した。帽子というより飾りだけれど、とてもすてきで、しかも彼女が着ている華やかなワインレッドの乗馬服に合うよう特別にあつらえられていた。ベルベットの分厚いスカートは普段着慣れているものより後ろ側が長いが、豪華な生地で優美な裁断だ。体にぴったりしたボディスは軍服風の編み紐《ブレード》で縁取られ、ぴかぴかに輝く真鍮《しんちゅう》のボタンが二〇個並んでいる。そして何より、新品だ。中古の服しか着たことがないのをヒューに認めるつもりはないものの。

鏡の中の自分を見て、深々と息を吸いこんだ。伯爵の婚約者の紛い物としてこれから直面するすべての試練の中で、乗馬は彼女の演技力を最も試されるものではないはずだ。ゆうべヒューが彼女に請けあったように、彼の母親の訪問中、なんであれ忙しくしていれば、あっという間に時間は過ぎ、彼の母親の注意はよそへ向けられるだろう。母親の注意がよそへ向くほど、ふたりで過ごす短い時間は楽になるのだ。

乗馬中は嘘をつかずにすみ、誰かのふりをしたり、細かい設定を忘れずにいたりする必要はない——けれども育ちのいい淑女は馬くらい乗れるもので、しかも〝馬で野原をともに全力疾走するのがふたりの何よりの楽しみだ〟と、ヒューは自分の母親に繰り返し話してしまっていた。少なくとも、ヒューは全力疾走も駈歩《かけあし》もなしにするとかたく約束してくれた。ミネルヴァは鞍《くら》にお尻をのせ、そこから落ちないようにしていればいいのだ。

それほど難しいことではないでしょう?

8

ヴィーとダイアナには、手を貸す必要はなさそうだった。ジャイルズは乗馬の基本をふたりに手取り足取り教えてやり、完全没入型のミセス・ランドリッジは、ふたりが乗っているおとなしいポニーと牝馬《ひんば》のあいだに入って、淑女らしい乗り方の秘訣《ひけつ》を伝授してくれた。ミネルヴァはまだ来ていなかった。馬丁を呼びにやろうとしたとき、厩舎《きゅうしゃ》脇の庭の端にいる彼女の姿が不意に見えて、その美しさにヒューは息をのんだ。

なんと美しい体つきだ！

大胆なベルベットの乗馬服を見事に着こなしている。思わず駆け寄ってしまいそうになり、ヒューは意識して足取りをゆるめた。ジャイルズに見られていたら大変だ。ミネルヴァに抗いがたい魅力を感じていることや、彼女にまつわるみだらな空想を抱き、さらに夢の中で現実化するという困った癖のことは教えずとも、友人は彼をからかう材料をすでに充分持っている。「ようやくご登場だ！　捜索隊を出そうとかと思っていたところだよ」

ミネルヴァは緊張している様子だった。彼女がこんなに緊張しているところは初めて見るし、馬に向けられた猫を思わせるグリーンの瞳は不安に満ちていた。「どれがわたしの馬かしら？」

「あそこにいる栗毛《くりげ》の牝馬だ」ヒューは、石畳の上でおとなしく待っている、かわいらしい雌の子馬を指差した。「名前はマリーゴールド。訊かれる前に言っておくと、名づけたのはぼくではない。母だ。ここの牝馬はどれも花の名前がついている。雄は、ぼくが母にはひとつとして名前をつけさせなかった。だから、そこにいるハンサムな馬はネコヤナギなんてばかげた名前ではなく、ガリレオと呼ばれている。おいで、マリーゴールドに紹介しよう」彼に肘を取られても、ミネルヴァはついてこようとせず、その場から動かなかった。

「あの馬はちょっと……その……大きいんじゃない？」ミネルヴァの目がヴィーの乗っている小柄な葦毛《あしげ》のポニーへさまよったあと、マリーゴールドへと戻るのをヒューは眺めた。

「きみは上背があるだろう、ミネルヴァ。あれより低いと地面に足を引きずることになる」

彼女の目はマリーゴールドから動かない。「それが悪いことのように言うのね」

「悪いことだ――哀れな馬にとってはね」

ミネルヴァの目がようやく彼のほうへ向けられた。「小さな馬では、わたしが乗ったらつぶれると言いたいの？」

「まさか」ヒューはにっこりすると彼女の手を自分の腕にかけさせ、足取りの重い彼女を引っ張った。一見なんでもない体の触れあいの、酔いしれんばかりの心地よさを無視しようとしながら。「いいかい、ミネルヴァ、初めて馬に乗るときに少しばかり警戒するのは当然のことだ。とはいえマリーゴールドは体こそ巨大だが、こんなにおとなしい馬はいないと約束する。なんなら、馬に乗ったまま眠りこけたって心配ないくらいだ」

「馬に乗ったままでいられたらの話でしょう！　わたしはバランス感覚がまるでないのよ、それに……」

「それにきみは、不必要に大げさに考えている。乗馬はダンスとは違うよ。主に求められるのは座っていることだけ――それならきみも生まれてからほぼずっと、意志を持って考えることなくやっているだろう。ほら、座って、それから自分で確かめてごらん」

　これについては、ゆうべ夕食後にふたりでじっくり話しあっていた。廊下で彼女につかまり、やっぱり乗馬を習う必要はないと思いつくかぎりの理由を並べ立てられたときは、ミネルヴァは怖がっているのではなく気が進まないだけだろうと思っていた。だが、いまのこわばった表情と見開かれた目から判断するに、彼の勇敢な偽りの婚約者は、気が進まないのではなく、本気で怖がっているのだ。そして、おそらく怖がっているというより恐怖を感じているのだろう。ヒューは彼女が怖《お》じ気《け》づくところを初めて見て……奇妙な感情を覚えた。

「きみも驚くくらいすぐに、こつをつかめる。単にまっすぐ座っていればいいんだ。妹さんたちを見てごらん」

　合図に合わせて走るよう彼からお金を渡されていたかのように、ダイアナが姉の馬と同じくらい大きな牝馬を軽く駆けさせた。愛らしい顔に笑みを浮かべて苦もなく手綱をさばき、練習用の放牧場内を回りだす。すぐにヴィーもそれに続いた。「ふたりとも乗りはじめて五分と経たないのに、見てごらんよ。正直、こつなんてないんだ。マリーゴールドのことは大きくて頑丈な椅子だと思えばいい。鞍に腰をのせたら、手綱をしっかり握って馬の向きを変えるときにだけ動かせ。ぼくの馬はみんな、手綱のわずかな動きにもしっかり反応するよ」ヒューは手を伸ばしてマリーゴールドの鼻面を撫でてやった。「ほら……きみも撫でてみて。噛んだりしない」

ミネルヴァはおそるおそる彼の動作をまねておざなりに撫でた。マリーゴールドはまばたきひとつしなかった。「ほらね？　おとなしいものだ」

待機していた馬番が踏み台を持って駆け寄り、地面に置いた。ミネルヴァは決然として片足をのせ、反対の足ものせ、そこで凍りついた。「横鞍のほうが難しいんじゃない？　上にまたがるのではなく、危なっかしく馬の横側にぶらさがるんでしょう？」

「そんなことはない。ぶらさがってはいないよ、きみの……その……ヒップは馬の上にあるんだから」ヒューは横鞍の持ち手を握ってぐいと揺さぶり、頑丈さを示しながら、頭の中では彼女のヒップのことを考えていた。「安全そのものだ。ぼくを信用してくれ」

「横鞍に乗ったことのない人に言われても、信用できないわ」

痛いところを突かれ、彼はすぐにごまかした。「鞍に腰をのせたあとは、手綱でもバランスが取れる。馬に乗ってからやり方を見せたほうがいいな」鞍を頭で示す。「右手でスカートを持ったら……ぴょんと乗って」

ミネルヴァはかさばる分厚いスカートを片手に持ち、倒れそうになりながらぎこちなく片脚を曲げたところで、いきなり彼を振り返った。その顔は困惑し、パニックを起こしかけている。「ぴょんと乗るって、具体的にはどうするの？」

「そこは次の機会にして、今日はぼくがきみを乗せようか？」返事を待たずにさっさと彼女の腰に手を置き、女性的な曲線を手のひらに感じたとたん、ヒューはほっとした。すると不意に彼女の腕が首に回され、今度はぎょっとした。これではほとんど抱擁だ！　彼女にきつくしがみつかれ、押しつけられた柔らかな胸が速い呼吸に合わせて上下するのをいやおうなく感じる。目の前に彼女の唇があるが、ワインレッドのベルベットに頬を押さえられているせいで、視線をどこへも動かせなかった。もっとも、ヒューはベルベットにはたいして注意を払っていなかった。彼の大きな両手はミネルヴァの腰をすっぽりと包みこみ、彼女の脈打つ喉からは官能的な香水の香りがしているのだ。寒い冬の朝にもかかわらず、彼の肌はたちどころに燃えあがった。「放してくれないと抱えあげられないよ」

ミネルヴァはわずかに腕をゆるめただけだ。

「ぼくの肩に手を置いてくれないか？」苦しげな声が出たのは、彼女に首を絞められているからではなく、この親密な体勢がヒューの体によからぬ影響を与えているからだ。彼女の長い両脚はヒューの胴にぴったり張りついていた。すみやかに行動を起こさないと、ヒューの体のまずい部分が誤って彼女の太腿にぴったり張りつくことになる。

「ごめんなさい。抱えあげられるのは初めてなの。あなたの指摘したとおり、わたしは小柄ではないから。わたしを落とさないと約束してくれる？」

「ミス・メリウェル、スタンディッシュ家の男はほぼあらゆることに関して信用ならず、経験則的にも信用すべきではないとはいえ、淑女を落とすことは絶対にない。たとえその淑女が小柄ではなくてもね。そのことはどうか信用してほしい」

ミネルヴァはようやく少しだけ体を引き離し、ヒューの肩に手のひらをのせて彼の目をじっとのぞきこんできた。彼女の眉間のしわにキスをして、不安を静めてやりたい。「初めてのことばかりだわ」

ヒューにとっても初めてのことばかりであり、断じて愉快ではなかった。ほてった皮膚は頭蓋骨から浮いているようだし、心臓は肋骨《ろっこつ》を乱打し、両手は秘められたものを見いだす長い旅へふらふら出ていこうとしている。万が一にも正気と高潔さを失わないよう、ヒューはぐずぐずせずに彼女を鞍の上へと放りあげた。

ミネルヴァはどすんと鞍に尻をついて小さな悲鳴をあげたあと、あわてて手綱をつかもうとして鞍から滑り落ちかけた。バランスを取ろうとじたばたする彼女をヒューは自分の体でまっすぐ支えた。本人が言ったとおり、彼女は小柄ではない。腕いっぱいに抱えた体の魅力がいやというほど意識される。右脚を鞍の持ち手に引っかけるやり方の説明は省略し、いつになくもたつく指で、できるだけ冷静に彼女の右脚をつかんで代わりにやってやりながら、これはほかの誰かの脚で、ものすごく長くて形のいいミネルヴァの脚ではないと思いこもうとし、無様に失敗した。自分はいつから脚フェチになったんだ？　香水フェチに？　ばかげた小さな帽子フェチに？

「次は左足を鐙《あぶみ》にかけて」

ミネルヴァの左足はむなしく宙をかき、シルクに覆われたふくらはぎがちらりと見えた。ヒューは不届きな足首をブーツ越しにあわてててつかむと、それがあるべき場所へ遠慮なく突っこみ、後ろへ飛びのいた。この事態に少なからず狼狽《ろうばい》し、困惑していた。

ただの脚じゃないか。毎日見ている脚にこうも大げさに反応するなんておかしいだろう。そうだ、ほとんどの人間に脚は二本ある。女性にさわったことのない若造でもあるまいし！何十人もの女性のありとあらゆる場所にさわり、一糸まとわぬ女性の脚を何十組も見てきた。だが、それらに対してこんな反応を経験したことはない。

ひょっとして自分は病気なのか？

そうに違いない。

間近に迫る母の訪問と、このこみ入ったいまいましい芝居のせいで、神経がまいっているのだ。あるいは、この状況に心がかき乱されているのか。種々の理由から、ミネルヴァは禁断の果実であり、ヒューに流れる移り気で多情なスタンディッシュの血のせいで、それをひと口囓《かじ》りたくなるのは不思議ではない。すべては遺伝だ。そうに決まっている、いまいましい女性のふくらはぎがなまめかしいとしても！

とにかく現状を受け入れ、あれこれ考えず先へ進むにかぎる。「ぼくの馬を！」そしてさっさと別のことをして、いまのことは忘れよう。

ヒューは馬丁が連れてきたガリレオの背にさっとまたがった。マリーゴールドの上でミネルヴァはかちかちに固まり、意味もなく目を見開いている。「では、手綱のさばき方をご披露しよう……」

運動が苦手というミネルヴァの言葉は嘘ではなかった。ここまで無様な乗馬をヒューは見たことがない。計画の成功がかかっていなければ、大笑いしていたところだ。彼の母親は熱烈な乗馬愛好者だ。そして母には、ミネルヴァも乗馬好きだと伝えてある。日課の運動のために乗馬をしましょうと、母が言いださない可能性は万にひとつもない。

ミネルヴァが哀れなマリーゴールドからまだ落ちていないこと自体が奇跡だった――とはいえ、少なくとも背中はまっすぐ伸びている。

だいたいのところは。

それに、少なくともぱっと見た感じでは〝恐怖を感じている〟から〝単にびくびくしている〟へと進歩した。普段の動作にはまるで無駄がなく、筆とインクと才能ある優雅な手だけで〝特許薬ピンクウェルの肝臓強壮剤〟の回復効果に命を吹きこむことのできる女性なのに、いまのミネルヴァは帽子掛けも同然だった。背中は棒のようにまっすぐで、四肢は妙な角度で固まり、村まで苦労して馬を進めている。なお悪いのは、馬の足取りに合わせて体を上下させるのをどう見てもまだ理解していないことだ。思いだしたように体を上下させてはいるものの、動きがかたく、調子が合わずに豊かなヒップを鞍にぶつけている。

ジャイルズと残りの一行はとうに先へ行っていた――ヒューに命じられて。ヒューが練習用の放牧場で根気よく彼女にぐるぐる回らせているあいだ、友人は鞍上《あんじょう》のミネルヴァという奇妙な見物《みもの》をヒューが好む以上に愉快がったのだ。ミネルヴァもそのうちこつをつかむはずだと一縷《いちる》の望みをかけたが、悲しいかな、軽いパニック状態の直立した帽子掛けが彼女の限界だった。

いまはありがたいことにふたりきりで、村までの小道を慎重に進んでいるところだった。うまくいけば店が閉まる前に到着するかもしれないが、ヒューは期待していなかった。

「言ったでしょう、運動はまるでだめだって」ミネルヴァが元気のない声で弁解する。「引き返したほうがいいわ」

「そんなことはない。きみはうまくやっているよ」ヒューは笑顔で励ました。「力まないほうが、肩の力が抜けるんじゃないかな」

「肩の力を抜いたら、落馬しちゃうでしょう」マリーゴールドが落ち着かなげに尾を振ると、ミネルヴァは一瞬、ふらふらとぐらついた。みじめそうな顔をする彼女に、ヒューはすまない気持ちでいっぱいになった。乗馬みたいに簡単なことで彼女の自信を奪うはめになると誰が思う？「この馬はわたしが嫌いなんだわ」

「きみのことが嫌いなわけじゃない。問題は……」岩みたいにかたい姿勢を見て、ヒューはため息をついた。「馬は繊細な動物で、騎手の気分に影響されるんだ。きみが肩の力を抜けば、マリーゴールドの緊張も解ける」

「神経質な馬の上でどうすれば肩の力を抜けるというの！」噛みつくような声に、マリーゴールドは鼻を鳴らして馬銜《はみ》を噛んだ。

「まずは腕をだらりとさせてごらん。ほら、ぼくを見て」ヒューは鞍上で腕をぶらぶらさせた。「わかるかい——手綱はしっかり握っているから、必要なときはすぐに指示を出せる」手綱を振ってみせる。「だが腕と手首には力が入っていない。馬銜を引っ張られなくても、ぼくが手綱を握っているのをガリレオは理解している。それはお互いを信頼しているからだ」それを証明しようと左手でそっと引くと、彼の馬はすぐに反応し、細い小道でミネルヴァから少し離れた。「腕の力を抜くんだ、ミネルヴァ」

彼女は深く息を吸いこんだ。「これでよくなったかしら？」

いいや、少しも変わらない。「まあ、少しだけね——でもまだ、両袖に箒《ほうき》を突っこまれているように見える」

ミネルヴァは自分の腕を見おろした。ほぼ水平に突きだした腕は定規みたいにまっすぐだ。彼女はそれを意識的に曲げようと努力した。「いずれ馬への恐怖心は消えるかしら？」

もしかして、乗馬から気をそらせばうまくいくのか？

「そういえば、ぼくの配慮が足りなかったことに気づいたんだ。きみをぼくの、ミネルヴァにすることばかり考えて、本物のきみについてはほとんど何も知らないだろう。知っているのは、ご両親とも亡くなっていて、きみの父親が学者だったことくらいだ」

ミネルヴァは眉根を寄せた。その目は小道の前方から決して離れず、力を抜くことに専念しすぎている。「父はいないとは言ったけれど、亡くなったとは言っていないわ」危険を冒して彼にちらりと目をやる。「それに、父が本当に学者だったのかどうか、証拠はないの。

本人がそうだといつも言っていただけで。父はほら吹きだったから」

「生きているのかい？」

「さあ、どうかしら？」彼女は肩をすくめると、ふたたびぐらついた。「しばらく留守にすると手紙をよこしたあとは、なんの音沙汰もないわ」

ヒューは絶句した。「それきり戻らないのか！　きみの母親が亡くなったあとも？」

「母はわたしが一一歳のときに亡くなったの。父は、わたしが一九歳の誕生日を迎えるや、わたしたち姉妹を見捨てたわ。行き先も告げずに出ていったの」彼女は淡々と話した。「父のことはそれほど恋しくないわ。親というより厄介者だったもの。とくに最後の数年は」

「きみの父親は言語道断だ！」自分でも理由は説明できないが、ヒューは馬首をロンドンへめぐらせて全力で疾駆し、そのろくでなしを見つけて叩きのめしてやりたくなった。「いったいどんな紳士がそんなふるまいをする？」

「父が本物の紳士だとも口にしていないわ」ミネルヴァは落ち着きを失って見えた。「これも父が言っていただけなの。父は木版画家だった――わたしと同じく。まさか……婚約者を演じてほしいとわたしに頼んだのは、それが理由だったの？　わたしを育ちのいい紳士の娘だと思ったから？」

「そう思うのも無理はないだろう。きみは教養があり、言葉遣いも上品だ。それに育ちのよさを感じさせる」

「それは母譲りよ、母も紳士の娘だと言っていたから」顔を曇らせる。「だけど、これもなんの証拠もないわ。父と母はどちらも、それぞれの家族とは縁を切っていたの」

「計画全体からすれば、たいした違いはないさ。きみは育ちがいいと母に信じこませることさえできれば……」

「遠縁には紳士がいるのかもしれない――父方のほうははなはだ怪しいけれど」ミネルヴァはつかの間考えこんだあと、肩をすくめた。「父はとにかく嘘がうまかったから、すべてでたらめだったとしても驚かないわ」ふたたび危険を冒して横目でちらりと彼を見て、悲しげに薄く微笑む。「父はそういうところは利口だったの」

「だが、自分の家族に対する義務を果たす道徳心はなかったんだろう？」ヒューには信じがたかった。男が責任逃れをするものではない！

「父は救いようのない不精者で、道徳心があったかどうかも怪しいし、まじめに働くことより楽な暮らしを好んだの。それでもわたしたちが子どもの頃は、最低限の努力はしていたのよ――とりあえず住むところはあったんだから、少なくともそうだったんだと思うわ。父も木版画をやっていて、それなりに腕はよかったの。実際、わたしに教えてくれたのは父だし。皮肉にも、おかげで父は自由の身となり、近くの酒場へ行ったり女友だちと遊んだりする時間がどんどん長くなって――ついには親としての責任を完全に放棄し、わたしたちを残して突然いなくなったわ」

「すべてをきみに押しつけて」ミネルヴァがうなずく。「まったくもって言語道断だ」

「ええ、そうね――でも、それが父だったの。当時はかなり悪い人たちとつきあっていたみたいで、いなくなる直前の数日とその後の数週間は、いかがわしい人やボウ・ストリートの捕り手がひとりならず父を探しに訪ねてきたわ。父が逃げだしたのは家族の責任からだけではなかったことは明白ね」彼女はあきらめ顔で肩をすくめたが、今度は少しもふらつかなかった。「信用ならないのはスタンディッシュ家の男性だけのお家芸ではないわ、ヒュー。わたしの経験では、ほとんどの男性は信用ならない。そういうふうにできているんでしょうけど、父は別格よ。賭けてもいいわ、あなたの家の男性が過去にどんな過ちを犯したとしても、わたしの愛する父のほうがもっと悪いことをしている」

こんな賭けは受けて立つ勇気がない。「欠点は多々あれど、スタンディッシュ家の男は決して家族を見捨てたりしない」スタンディッシュ家の男は嘘をつき、家族の心を平気で引き裂き、好き勝手にふるまい、あらゆる信頼を裏切って最後は失望させるものの、自身の責任から目をそむけることはないのだ。たとえ、最も恥ずべき行いをした者であっても。

9

「わたしの話はもう充分」うれしいことに村まではもうすぐで、ミネルヴァは気の滅入る自分の過去を掘り起こすのはたくさんだった。「あなたを熱愛している婚約者が知っておくべきことを何か話して」

「ぼくの好きな色は赤だ。赤は大胆で、ほんのちょっぴりいたずらっぽいだろう。ぼくみたいにね」

「わたしが期待した驚きの新事実ではまったくないわね」もう何日も、ヒュー自身のことを何か聞きだそうとしては失敗している。質問するたび、関係ない軽薄なことやふざけた答えを返され、彼は意図的にそうしているような気がしてきた。やっぱりミネルヴァがうすうす感じているように、ヒューには見せかけ以上の何かがありそうだ。けれどもそこには、別の何かもちらりと見えた。

たとえば一日目の朝、自分の人生はあなたのみたいに気ままな人生ではないとミネルヴァに言われて、ヒューが彼女の手を取ったときの思いがけない目つき。彼の目には思いやりがこもっていた。どういうわけか彼女の状況を瞬時に理解し、罪悪感すら覚えたかのように。

彼はたいてい〝そのヒュー〟を表に出さないようにしているが、ミネルヴァが興味を引かれているのはそっちの男性だ。ペインから情報を聞きだすほど、興味を引かれている。

「ぼくの正体はもう知っているだろう。必要なことはすべてわかっているはずだ。ぼくは見た目どおりの人間だよ。有閑人。魅力的だが……かなり甘やかされていて、身勝手で、忌まわしい責任と生まれながらに持つ権利に強いられること以外は、意義のある目標などなんら達成できない無能」

ミネルヴァは道と手綱から目を離す危険を冒して彼に目をやった。ヒューはどこか気になる表情で、それが彼女の疑念を裏づけた。「そんなの、わたしは信じないわ」

「事実だよ。きみのさっきの話と照らしあわせても、恥ずかしながら、ぼくは水たまり並みに浅い人間だ。まさに見た目のままさ」

「いいえ、隠しているけど、あなたは深みのある人のような気がするわ。表向きの気ままな独身男性像が、どこか腑《ふ》に落ちない」彼はやさしく、思いやりがあるのだから。さらに、辛抱強さは間違いなく聖人並みだ。それらの資質を備えた男性がまったくの身勝手であるはずがない。それ以上に、ミネルヴァは彼に強い好感を抱いており、本人が言うほど浅い人間なら、彼女もそんな気持ちにはならなかっただろう。

「その重大な誹謗《ひぼう》中傷の証拠をお聞かせいただこう」

「あなたは早起きだわ――わたしと同じで。人はしかるべき理由もなく早起きはしないものよ」

「ぼくは誰よりも早く朝食をとるのが好きなんだ」

「嘘つきね。あなたは毎朝六時から書斎で仕事をしているって、ペインから聞いたわ」

「ペインはぼくが仕事をしていると思っているし、ぼくはその考えを改めさせるようなことはいっさいしていないだけさ。実のところ、ぼくが六時に書斎へ行くのは、夜遊びから帰宅したあと、朝食の前に書斎で仮眠するためだ」

「あなたの目ざとい執事なら主の朝帰りに気づくはずよ」

「ペインはそこまで目ざとくない」ヒューは微笑みながら、うらやましくなるほどの自信を持って手綱を操り、小道にできた穴を難なく避けた。「ぼくは長年、ベッドに入るふりをしつづけているんだ。ベッドの上掛けを乱して使用した痕跡を作ったあと、きわめて怪しげな仲間と口にするのもはばかられることをするために、寝室の窓から抜けだしている」

「口にするのもはばかられること？　本当に？」あからさまな嘘にミネルヴァは思わず笑った。「ハンプシャーの静かな一角で、いったいどんな口にするのもはばかられることをしているの？」

「主に賭けごとだな。あと飲酒に、ばか騒ぎ」ヒューは指を折りながら挙げていった。「それにもちろん、女遊びも。ぼくはあらゆる快楽を求める快楽主義の奴隷だよ」そう言って、誘いかけるように彼女にウインクする姿は、どこから見ても魅力的な色男そのもので、ミネルヴァの内にある女性の部分はほうっとため息を漏らした。「ぼくにとっては幸いなことに、夜の帳《とばり》がおりると村は不正の巣窟に姿を変える」

「ペインの話では、あなたはハンプシャーに滞在中は毎日、領地の管財人と会い、ハンプシャーにいないあいだは、毎週手紙で報告するよう彼に求めて、最低でも月に二回は監督をしに戻ってくるんでしょう」彼のウインクは、さっきミネルヴァをマリーゴールドの上に楽々と持ちあげたたくましい腕と同じように、彼女の鼓動を高鳴らせた。「表向きとは違って、こと領地の管理となるとあなたは熱心で口うるさいとペインが言っていたわ。よって、あなたは〝大いに責任感がある〟と結論づけざるをえない――そうではないと、あなたがどれほど熱心に言い張ろうとね」

ヒューは否定しなかった。「きみとペインはずいぶん仲よくなったようだな」

「好奇心が強くて訊きたいことがあるのは、あなただけではないのよ。少なくともペインは、あなたに関するわたしの質問に正直に答えてくれるわ」

「〝正直に〟だって？　なんと嘆かわしい！　その響きは気に食わないな。あのおしゃべりはほかには何を言ったんだい？」

「景気の悪化を考慮し、この五年間地代を値上げしなかったあなたを、領民たちはひとりの例外もなく敬愛していることとかよ」

「彼らがぼくを敬愛しているとしたら、商売の才覚がまるでないぼくに、容易につけこめるからだろう」ヒューは少し先にある教会を指し示した。「あれがセント・メアリーズ教会。征服王ウィリアム一世が建立した。彼は一時期ハンプシャーに居を構えていたんだ――まだウィンチェスターが首都だった時代に」

ヒューは本当に自分のことは話したくないらしい。少なくとも自分の軽薄ではない側面については何ひとつ。けれどもミネルヴァは、はぐらかされるつもりはなかった。一緒にいる時間が長くなるほど、彼にはますます興味を覚えた。たしかにヒューは美男子で、魅力的で、機知に富み、愛想のよさはこちらが病みつきになるほどだが、きらめくブルーの瞳は表に出すよりも多くのものを見ていて、彼が上手に演じているいたずら好きの放蕩者は、まったく別の男性を覆い隠しているのだとミネルヴァは確信しつつあった。窮地に陥った乙女の救出に駆けつけ、気まずい雰囲気を避けるにはどんな会話をすればいいかを心得ている男性。軽薄な男性にそんな直感力はない。「あなたはきちんと領民の面倒を見て、敬意を持って彼らに接するすばらしい領主だとペインは言っているわ。彼によると、あなたはどんなときでも領民の話に耳を傾けるために時間を作り、彼らの助言を頻繁に聞き入れているそうね」

「耳を傾けるふりだよ。ぼくの数少ない特技のひとつだ。会話に没頭しているように見えながら、実は何ひとつ聞いていない。領民はぼくが聞いていると思っている。ペインはぼくが彼らの話を聞いていると思い、きみもいまぼくがきみの話を聞いていると誤解しているのだろうが、実際には、ぼくは昼食のことしか考えていない。ほらね？　ぼくは浅いんだ。きみがどんなに意味のある会話をしようとがんばったところで、ぼくは自分のことしか考えられない」

「でも、あなたの領地は繁栄しているわ。それは、農業に革新をもたらした最新技術をあなたがどんどん導入したことが大きいんでしょう。下調べができるのはあなただけではないのよ。農業関係の本が図書室にずらりとそろっているのを見たわ。そして、どの本にも読んだ跡があった」

「読んだのはぼくじゃない」

「ペインが言うには、あなたはあなたのお父さまさえしのぐ優秀な領主だそうね。それに、あなたのお父さまは誰からも愛されていたと聞いたわ。あなたはそうなるまいと最大限の努力を払っているけれど、実際にはお父さまそっくりだとペインは言っていたわ。瓜ふたつだって。本当にそうなの？　お父さまの話はこれまで一度も出ていないわね」

「何を話すんだい？　ぼくも早くに父を亡くした。父の話をしたって感傷的になるだけだし、何も好きこのんで感傷的な気分にはなりたくないだろう？」ヒューは馬を小走りさせて彼女の前へ出ると、市が開かれてにぎわっている広場を指差し、彼女の質問をあからさまに無視した。「ああ、ほら、あそこにジャイルズの馬がつないである。みんな近くにいるんじゃないかな。そうでなくては困る。ぼくは腹ぺこだ」

出発してから初めてヒューは待ってくれず、ミネルヴァは通行人に気をつけながら、ひとりで石畳を進まなくてはならなかった。馬をまっすぐ歩かせるよりずっと集中力がいる。居酒屋にたどり着いたときには、ヒューは馬から降りて馬丁に馬を預けていた。やれやれと首を振り、こばかにしたように嘆息すると、彼女の馬の端綱《はづな》をつかむ。「一〇メートルもなかっただろう。そんなに時間がかかるものか？」別の馬丁が踏み台を持って走り寄ってくるのを、手で追い払う。「どうせ大惨事になるんだ。彼女はぼくが降ろすよ」ヒューは両腕を差しだした。「真っ白になっているこぶしを休ませて手綱を放してくれ、ミネルヴァ」

彼女はおそるおそる言われたとおりにし、ヒューの両肩をぎくしゃくとつかんだ。彼の肩はほっとするほどたくましく、不安になるくらいすてきだ……本当にやめなくては。お金で彼女に仕事をさせている男性について、こんなばかげたことを考えるのは。

ヒューが与えるおかしな影響に気づかれるわけにはいかず、彼女がいやいや座っている動物からいちばん手っ取り早く降りられる方法に思えたので、ミネルヴァは彼に向かって飛びおりた。しかし鞍から降りようとあわてるあまり、先に鐙から足を抜いておくべきだったことに気づくのが遅れた。足が引っかかり、マリーゴールドがそれを避けて横に足を踏みだし、ミネルヴァの顔面に地面が迫る。

「つかまえた!」

恥ずかしくてたまらなかったが、たしかにヒューはつかまえてくれた。宙ぶらりんになった彼女の脇腹を、たくましい腕がしっかり抱えこんでいる。彼女の片足は鐙に絡んだままで、顔の側面は彼の胸板にくっつき、胸はあろうことか彼の下腹部に押し当てられている。馬丁が彼女の足をやっとのことで鐙から解放するあいだ、ミネルヴァはヒューにしがみつき、彼のさわやかで、清潔で、男性的な香りを吸いこむしかなかった。そして足が自由になるなり、ヒューの腕に抱かれてまっすぐ立たされる屈辱に甘んじた。

つかの間、ふたりは抱きあったままたたずみ、ミネルヴァの体はそれを必要以上に楽しんでいるようだったが、ヒューはいきなり腕を伸ばして彼女を突きはなし、目をしばたたいた。

なっていたぞ」

「あきれたな！　腕を差しだしはしたが、まさかきみが出し抜けに飛びこんでくるとは思わなかった。飛びだす前にひと言あってもよかったんじゃないか。小柄な男ならぺしゃんこになっていたぞ」

「本当にごめんなさい。だからわたしは不器用だと言ったでしょう」彼の上着の襟と下襟が曲がっている。それを口実にもう一度彼に触れて襟を正すと、ふたりの視線がぶつかった。

そして見つめあった……。

「ヒュー？」その声を耳にした瞬間、ミネルヴァの指の下で彼の肩の筋肉がこわばるのを感じた。「やっぱりあなただわ！」

ヒューがすばやく振り返り、とても美しい金髪の女性と向きあった。彼女は隆とした男性の腕に寄りかかっていた。ヒューが笑みを浮かべた。それは奇妙な笑みだった。こわばった、目までは届かない笑み。「サラ……ピーターズ大尉……久しぶり……戻っていたんだね？」

「少しのあいだだけ。テディは休暇中で、一月まで連隊に戻らなくていいの」金髪の女性はヒューが気まずそうにしていることに気づいていたとしてもそれを表には出さず、満面の笑みを浮かべた。「でもいちばんの知らせは、新年には連隊がオールダーショットへ戻ることよ。わたしたちもこれからはずっとハンプシャーに配置され、実家にも近くなるの。母は大喜びしているわ」ヒューはこわばった笑みを浮かべていて、少しも喜んでいるようには見えない。「これまでは孫を甘やかせなかったから」

「すばらしい知らせだ」彼は自分の手を持て余している様子だった。落ち着かなげに動く手を背中に回して握りしめる。「すばらしい」こんなにぎこちないヒューを見るのは初めてだ。

「母君は元気にしているんだろうね？」

「ええ。わたしたちはみんな元気にしているわ」

「すばらしい」まるでひとつ覚えみたいに相槌《あいづち》を打つ。この女性の何が、いつも悠然としているヒューをこうも気まずく、ぎくしゃくさせるのだろう？

「あなたは元気にしているの？　最後に会ったのは……何年前？　二年前になるかしら？」

金髪の女性は好奇心を湛《たた》えた目をミネルヴァに向けた。「いまもロンドンで独身生活を謳歌《おうか》しているの？」

金髪の女性を凝視していた目をふとミネルヴァへ転じ、ヒューはなんであれ気を取られていたことからわれに返った様子だ。

「おっといけない、ぼくの礼儀作法はどこへ行ってしまったのかな？」ヒューはミネルヴァの手を取ると、彼の腕をしっかりつかませ、大事そうに彼女の手に自分の手を重ねた――それとも藁《わら》にもすがる思いでしがみついているのだろうか？「ぼくの婚約者に紹介させてほしい。ミネルヴァ、こちらはミセス・サラ・ピーターズとご主人のピーターズ大尉だ。こちらはミス・ミネルヴァ……」自分が与えた彼女の新たな別名が頭から抜け落ちたかのように、放心した顔でミネルヴァを見つめる。

「ランドリッジです」ミネルヴァは同じ身分の者にはそうするようペインから教わったとおり、礼儀正しく頭をさげた。お辞儀は貴族に対してのみ。地位の高い貴族には、より深いお辞儀をする。〝相手の目をきちんと見て。笑顔を忘れずに。堂々と〟「お目にかかれてうれしく思います、ピーターズ大尉、奥さま」

彼女の偽りの婚約者を口ごもらせた金髪の女性は、今度は興味津々でミネルヴァの頭から足先まで眺めた。この女性に関するすべてと、何より彼女がヒューにおよぼす影響に、ミネルヴァはなぜかいらだちを覚えた。そのせいか、ヒューに夢中になっているかのごとく、体をすり寄せた。彼の肩に不適切な魅力を覚えて、いまも胸をどきどきさせているのではなく。

「わたしたちが婚約して一八カ月になるんです」独占欲をむきだしにしているように聞こえてもかまわない。婚約者は未来の夫を独占したがるものだ。これは単に演技の一環よ。

「『ザ・タイムズ』紙の婚約発表を見落としていたようね」

「婚約発表はしていない」ヒューはようやく声を取り戻したらしい。「これまで内密にしてきたんだ。ミネルヴァは騒がれるのが好きではなく、ロンドンの社交界があまり得意ではないからね。ぼくたちが出会ったのも街の外で……」ヒューがまたもや言葉に詰まっている。本当に様子がおかしい。

「ヒューは暴走馬車からわたしを救いだしてくれたんです」いきなり胸を突いた感情は、ぎくりとするほど嫉妬の念に似ていた。けれどそうではなく、熱烈な愛情のまなざしに見えるよう願いつつ、彼を見あげた。「さっきも不従順な横鞍から救ってくれたばかりで」これではミネルヴァが失態ばかり演じているみたいだ。「彼はどんなときでも輝く甲冑をまとったわたしの騎士なんです。彼なしでは、わたしは途方に暮れてしまうわ」

あとに続いた気まずい沈黙はひどく異質だった。それは四人の中でミネルヴァだけが気まずい理由をわからずにいるのが最大の原因だろう。彼女はひしひしとそう感じた。

ヒューの手は、海で溺れる者が流木にしがみつくように彼女の手を握っている。ピーターズ大尉はまだひと言も発しておらず、彼の美しすぎる妻が顔に張りつけている笑みはミネルヴァの言葉と同じく偽物だった。

「あなたのお母さまはどうされているの、ヒュー？　いまもアメリカの生活を楽しんでいるのかしら？」

「大いに」

「海を渡って新天地へ移るなんて、本当に勇気がおありだわ」

「母のことはよく知っているだろう」ミセス・ピーターズが知っているのは明らかだ。「母は強い」ヒューの前腕が袖の下で硬直していた。彼は逃げだしたいのだ。彼らのあいだに何かいわくがあるのは明白なのと同じくらい、ミネルヴァはそれを確信した。ヒューと美しいミセス・ピーターズには過去がある。ふたりきりになったら、必ず真相を突きとめよう。

「おふたりにお会いできて光栄でした。だけど、もう失礼しなくては」ミネルヴァはヒューの腕をぎゅっと握り、指の下で彼の緊張がいくぶんやわらぐのを感じた。「わたしの母と妹たちが、ベリンガム卿と一緒に市場で野放しになっているんです。あんまり長くまかせきりにしていたら、彼の正気が心配だわ」

「そうだな……ジャイルズを助けないと」ヒューは礼儀正しく会釈した。「どうか母君によろしく伝えてくれ」

「あなたのお母さまにもよろしくお伝えしてね」手袋をはめた繊細な手がミネルヴァの腕にそっと触れる。「わたしたちもあなたとお目にかかれてよかったわ、ミス・ランドリッジ。ヒューがようやく身を固める気になって本当にうれしい。街がお好きでないなら、もっと頻繁にハンプシャーに滞在するよう、あなたから彼を説き伏せてもらえないかしら？　そうすれば、わたしもあなた方を訪ねていけるわ……」美しいブルーの瞳がヒューの目をとらえる。ミネルヴァには彼女の瞳が伝えるものを読み取ることはできなかった。「そのときがとても楽しみよ」

10

過去からの不意打ちをヒューは嫌悪していた。ミネルヴァの前でそれが起きたことがなおさらいやだった。みんなで市場をぶらぶら見てまわるあいだも、埋もれていた苦々しい記憶が掘り起こされる中、ヒューはミネルヴァの視線が自分に注がれているのを感じた。

客で混みあう居酒屋の個室では、意図的にふたりのあいだにヴィーを座らせたものの、それでもまだミネルヴァの視線が感じられた。長々と続く食事のあいだじゅう彼女を無視しているのは、弁明などしたくはなかったし、何もなかったかのようにふるまう心の準備が少しもできていなかったからだ。

だが、ミネルヴァは鈍感ではない。何かおかしいと気づいているだろう。だからちょうどいい説明を思いつくまで、ヒューは彼女の質問を避ける作戦に出たのだ。もっとも、言うは易《やす》しで、居酒屋の個室にいては、ほかの客に気を取られているふりをしていつになく口数の少ない言い訳にすることはできない。

ミネルヴァにみんなの前で無遠慮に質問されたらどうすればいいのかと、食事をとりながらも気が気ではなかった。その存在自体が苦しみであると認めることなしにサラについて釈明するには、どうするのが最善なのだろう？

だが、サラの予期せぬ登場に完全に不意を打たれて、楽しい気分がすっかり台なしになった事実から逃れるすべはなかった——楽しい気分は、ミネルヴァがヒューを彼の父親と比べだした瞬間から損なわれはじめ、疫病のごとく避けつづけてきた暗い場所へ心を散り散りにして送りこんだ。その直後、彼女はヒューの腕に身を投げだし、ヒューの体まで、少しも望んでいない別方向へと吹き飛ばした。彼の父親、サラ、望まぬ欲望の三連打で、すっかり最悪の一日になってしまった。

「本当にワインは飲まないのかい、淑女のみなさん？」ジャイルズが瓶を掲げて注ごうとしている。「とてもいいワインだよ」

「あたくしも娘たちも、悪魔の飲み物には決して手を出しませんのよ、ベリンガム卿」ルクレーシャは反抗的にグラスを突きだすダイアナに顔をしかめたものの、たしなめても無視されることを察したようで、その妹へと矛先を変えた。「テーブルに肘をつくのはおやめなさい、マイ・ディア」彼女は母親ぶって一日じゅうヴィーにマナーを教えており、メリウェル三姉妹の末っ子がどんどん反感を募らせていることには気づいていない様子だ。いまのところ反撃に出ていないヴィーは称賛に値する。いまだにナイフやフォークを使い間違えながらも、母親ぶったお節介をぎりぎり歯噛みして無視していた。「テーブルはお皿をのせる場所であって、肘をのせる場所ではありません」

「お皿ならもう片付けられたわ」まなざしで人を殺せるなら、ヴィーのそれはあの女優を撲殺しかねない。

ミネルヴァがテーブルの下で末妹の脚をそっと叩くのを、ヒューは視界の隅でとらえた。ヴィーの肘が不承不承にテーブルからどいた。「帰りも馬に乗るのが楽しみなんじゃない、ヴィー？　あなたは鞍に乗って生まれてきたみたいに、上手に馬に乗っていたわね」

「ええ、本当に！」ルクレーシャは大げさに胸をつかんで言った。「彼女はまさに躍動する詩だわ」その褒め言葉にヴィーは真っ赤になった。「そこはあたくしに似たのね」新たな短剣が少女の両眼から放たれる。「あたくしは子どもの頃から馬の扱いを心得ていましたの」

「わたしに似なくてよかったわね」ミネルヴァは緊張をはらんだ合意に目を配る外交官のようだ。「みんなが思っているように、わたしの乗馬の腕は目も当てられないもの」彼女の目がヒューに賛同を求める。「ひと騒ぎ起こさずには乗ったり降りたりすることさえできないと、ヒューが証言してくれるわ」

「そうだね」相槌以上のものを求められているのを察し、彼はこの一時間で最も長い発言を喉から押しだした。「ぼくは馬から降りる彼女にぺしゃんこにされかけた」あのときは、ミネルヴァの髪に鼻が埋もれた。彼女はバラの香りがした。柔らかな胸が下腹部に押し当てられるのを感じた。両手の下の官能的なヒップの丸みも。サラに気づくのが遅れて逃げられなかったのも無理はないだろう？　彼は封印していた思い出に不意打ちを食らって、あの怒れる青二才に逆戻りし、いまは最低限の会話さえ難しい気がした。

「運動は苦手だと先に言っておいたでしょう」

「たとえ運動方面の才能は欠落していても、きみは人を楽しませることにかけて、あり余るほどの才能を持っていると言ったら、慰めになるだろうか。放牧場でのきみは、今朝いちばんにぼくを大笑いさせてくれたよ」ジャイルズは大型ジョッキで彼女に乾杯した。「馬から降りるところを見られなかったのはがっかりだな。見物だったようじゃないか」

ヒューはがっかりしていなかった。サラとのぎくしゃくした再会をミネルヴァに見られただけで最悪なのだ。鼻のきくジャイルズに干渉されるのだけは願いさげだ。

「次はもっとうまくできるわ。そう願ってる。鞍から降りる前に鐙から足を抜くことはもう頭に入ったもの。それに、最後のほうは乗馬もましになっていたのよ――降りるのに大失敗するまでは」

ミネルヴァの瞳が同意を求めてふたたびヒューの目をとらえ、彼は笑みを繕おうとしながらうなずいた。自分の笑みが嘘くさく感じた。すでに手いっぱいのときに古傷を開いたサラが呪わしい。「格段によくなっていたよ。最後は体の動きが調和する兆しが見られた」

「兆しだけ？」がっかりしたふりをするミネルヴァに、末妹が顔をほころばせた。「先は長いのね。すごくうまくなったと思っていたのに」

「あなたがそんなに運動が苦手だなんて不思議だわ、ミネルヴァ」ルクレーシャはすっかりミセス・ランドリッジになりきっていた。それは目を見ればわかった。彼女の目は予想どおりうるうるしている。大げさで、不可解で、いささか恐ろしい思考が作りだす思い出話が始まる合図だ。「ミネルヴァの父親は――神よ、彼の魂の安らかならんことを――すばらしい乗り手だったのに。新婚の頃は毎日ふたりで乗馬に出かけたものよ……もちろん子どもが生まれる前のことですけれど」その手がテーブルの上を這《は》ってヴィーの手を取り、ぎゅっと握る。「あなたの大切なお父さまが恋しくて、胸が張り裂けそう！　どうしてあの人が亡くならなければならなかったの？」

極限まで細くなっていた堪忍袋の緒がついに切れ、ヴィーは花火のような勢いで立ちあがった。瞳からはすでに怒りの涙がはらはらこぼれ落ち、椅子が音をたてて後ろへひっくり返った。「お父さまは死んでない！　知っているみたいにお父さまのことを話さないで！」両手のひらを卓上に打ちつけ、幸い空になっていたカップをふたつ倒して、ヴィーは部屋から飛びだした。

「ヴィー！」ミネルヴァは弾《はじ》かれたように椅子から立ちあがった。彼女も飛びだしていく。またもむくれた末妹の機嫌を取りに行き、次の癇癪《かんしゃく》までおとなしくさせるに違いない。

「あたくし、やりすぎてしまったかしら？」ルクレーシャはびっくりしている。

「一時間前からね」ダイアナも立ちあがり、ナプキンをテーブルへ放った。「わたしも行って、ミネルヴァお姉さまを手伝ってきたほうがよさそう。そうしないと、お姉さまはヴィーを甘やかしすぎるわ」足を踏み鳴らして出ていき、ヒューは悪友と、申し訳なさそうにまばたきをしている女優とともに残された。

「何もかも順調じゃないか」ジャイルズはふたたび大型ジョッキでヒューに乾杯した。「ぼくは大失敗すると予測し、その予測はいまや現実となった」

「もういい」

「だが少なくとも、ぼくは正しい。そして、ぼくは正しくあるのが大好きでね」

「ぼくも行って謝るべきだと思うか？」

「やっても害にはならないだろうさ」友はルクレーシャの腕をぽんと叩いた。「だが大胆な提案をさせてもらうなら、謝るのはルクレーシャにまかせ、今日はもうミセス・ランドリッジはお休みにさせてはどうかな」

ルクレーシャがうなずく。「あなたがそうするのがいちばんだとお考えなら」

「ぼくはそう考えているよ。それから、部屋を出たらメイドに追加のケーキを頼んでもらえるかな。まだ小腹がすいていてね」ジャイルズは彼女が退室するまで待ったあと、いくつか椅子を移動してヒューの真向かいに座り直した。「何度も言うのはいやだが、ヴィーは家に送り返す必要がある。彼女はいちばんの楽しみが始まる前にすべてを台なしにするぞ」

「無理なんだ。家に帰しても誰もいない」

「だったらメイドをつけてやれ。きみの気持ちがそれで休まるなら、家庭教師を雇い、しばらく海辺に滞在させればいいさ。ヴィーもきっと喜ぶだろう。この芝居はあの子には荷が重すぎる」

「ミネルヴァに相談してみる」

「ああ、そうするがいいさ。ミネルヴァの意見をうかがって、彼女にノーと言われたら、その必然的結果をこうむるんだな。ダイアナでさえ、姉は妹を甘やかしすぎていると認めたぞ」ジャイルズは言葉を切り、メイドが入ってきてお辞儀をし、大きなケーキをひと切れ彼の前に置くあいだ、いらだちを隠していた。彼女がいなくなったところで、あらためて先を続ける。「目を開け！　言いたくはないが、ミネルヴァとダイアナ、それにあのおかしなルクレーシャとなら、きみのふざけた計画をうまくやり通せる可能性はごくわずかに存在する。しかし目下のところ、ミネルヴァはあの子どもをなだめるのに力を注ぎすぎだ。いつだってヴィーのことばかりで、それ以外は目に入らないみたいじゃないか」

「甲斐性《かいしょう》なしの父親が五年前に出ていき、自分たちで生計を立てるようになってからは、彼女が実質的にヴィーの母親なんだ！」それにはヒューも怒りを覚えていた。

「偉いと思うし、たしかに大変だろう――だが具体的に、それがどうきみの役に立つ？」

「役には立たないさ、だが……」

「念のために言っておくが、きみは仕事をさせるためにミネルヴァを雇ったのであって、彼女とその家族を救済するためではない」

「ぼくは誰も救済なんかしていない」

「そうか？　きみがミネルヴァから何がしかの影響を受け、自分の目的からそれているように見えるが」

「そんなことはない！　ぼくはミネルヴァを救済してもいなければ、彼女に熱をあげてもいない」サラに一日を台なしにされる前に、ふたりで奇妙な一瞬を分かちあいはしたが。その奇妙で張り詰めたすばらしい一瞬、ミネルヴァに瞳をのぞきこまれ、ヒューは気づくと彼女の瞳に溺れていた。恍惚《こうこつ》として溺れていた。あれはただの好奇心だろう？　それにおそらくは健全たる性欲では？

「熱をあげているなどと、ぼくが言ったか？」

しまった！

ジャイルズに揚げ足を取られる前にヒューは反論した。「きみは暗にそう言っていただろう。否定しても無駄だ。ぼくにはきみの考えが手に取るようにわかるんだからな」

「それを聞いてうれしいよ。紛い物の婚約者に本当に熱をあげられたら、それこそ悲惨だからな——ろくでもない結末しかありえない。これは契約だってことをつねに頭に入れておいたほうがいい。きみは深刻な危機に直面しているぞ、彼女の気持ちを気にかけるというね」

「ばかばかしい」ヒューは一蹴し、ジャイルズの警告にたじろぎそうになるのを無視した。「ぼくはこの計画のために、みんなの幸せに目を配っているだけだ。その努力はどうやら失敗に終わりつつある」サラに、続いてヴィーに不快な感情をかきたてられたとはいえ、これほど鼓動が速まるのは、ミネルヴァの気持ちを気にかけているせいだった。「正直、ぼくはお手上げだ！」

「それなら、断固として自分の思いどおりにしろよ！」ジャイルズはケーキをひと口食べ、ヒューに向かってフォークを振った。「きみは人がよすぎるときがある、身のためにならないぞ」

「〝人がいい〟？」〝熱をあげている〟に匹敵する侮辱だ。

「そう、人がいい。そんなんだから、お手上げになるんだよ」フォークがひらひらと宙を漂う。ヒューはそれを奪ってジャイルズの額に突き立ててやろうかと考えた。「きみはまわりの顔色をうかがってばかりで、断固たる行動に出ない。皮肉なことだが、このばかげた苦境に陥ったのも、そもそもそれが原因だ。息子の生活に口出しするのはやめるよう、母君にぴしゃりと言うべきだった……それなのに、きみはしなかった！　きみは対立を避けようと、都合のいい、ねじれた言い訳を作りだした。今回も対立を避けるつもりなら、きみは愚か者だ。ヴィーの機嫌を取るのをミネルヴァにやめさせろ。支払い分の働きを求めるんだ！　きみの柔弱な感受性にはそっちのほうが合うなら、さりげなく働きかけることもできるだろう。きみは魅力的な男で、しかも裕福だ。末っ子のためにシャペロンを雇い、メイフェアにあるきみの屋敷にふたりを滞在させるんだな。ヴィーがバークレー・スクエアでも指折りの立派な屋敷で安全に監督されていれば、ミネルヴァは落ち着いてきみの婚約者役に専念できる。神が味方してくれれば、奇跡が起きて、母君は何も知ることなくボストンへ戻るだろう」

癪に障るが、計画としては筋が通っている。ミス・ヴィーナス・メリウェルは最大の不安材料だ。ヒューは、腹立たしいほど悦に入っているジャイルズの顔に一発お見舞いしてやりたくなった。「まだケーキが入るのか？」

「腹ぺこでね」

「腹ぺこじゃないときがあるのか？　きみほどの大食漢には会ったことがないぞ」

「話題を変えようとしても無駄だぞ、ぼくがそんなことは許さない。ヴィーは感情が顔に出やすく、淑女のふりをする努力ははなはだお粗末だ」

「わかっている」

「だったら避けるのはもう終わりにしろ。きみは屋敷の主だろう。主らしくあれ！　ぼくが正しいのはわかっているはずだ」

「わかっているさ！」それでも腹の立つ友人をやはり殴り倒したかった。

「そうこなくてはな」ケーキの残りがジャイルズの口の中へ消えた。「ぼくは妹たちとおかしなルクレーシャを連れて先に行くから、きみはミネルヴァを後方で引き止めてくれ」

「それなら問題ない。彼女は馬が相手ではまったくの役立たずだ」理不尽ながら、それもまたヒューをいらだたせていた。馬に乗れないとはどういうことだ？


厩舎脇で女性たちと合流したときには、なんらかの休戦協定が結ばれた様子だった。ルクレーシャはダイアナとともに石畳の反対側に決まり悪そうに立っており、ミネルヴァは無表情なヴィーとベンチに座っている。メリウェル家の末っ子が泣いていたのは明白だが、ヒューとジャイルズが近づくとミネルヴァは明るすぎる笑みを向けてきた。そこから判断するに、またもや彼女がどうにかして末妹をなだめたのだろう。ミネルヴァにつつかれてヴィーはみじめそうに顔をあげ、うるんだ目でヒューを見た。「ごめんなさい、フェアラム卿。わたしの反応は大げさでした」

「もう水に流そう」ヒューは自分も憂鬱な気分だったが、この少女には憐れみを覚えた。自分が同じ年齢だったときのことはよく覚えている。にきびに悩まされ、親を失い心の傷を負ったものの、彼の場合は片親だけであり、両方ではなかった。「野原を馬で駆けたら気分もよくなるだろう」それはヒューも同じだった。しかし、ヴィーの腹立たしい長姉とこれ以上先延ばしにできない気まずい会話をしなければならないため、彼には無理なのだ。

馬が用意されるあいだ、ヒューはミネルヴァを避けた。

友人の正しさを立証するのは不愉快ながら、ヒューが主導権を握る必要があった。なぜならこれは彼の無謀な計画であり、彼が求めるものをはっきりさせなくてはならず、子どもの敏感な感情に計画をつぶさせるわけにはいかないのだから。これは単純明快な仕事上の取引で、彼は計画に専念してもらうためにミネルヴァに金を払っている。必要とあらば断固たる行動に出る。〝人がいい〟のをやめ——なんと侮辱的な言葉だ！——彼の判断を鈍らせるみだらな空想をすべて頭から追い払う。これからの数週間は、サラによってかきまわされたもつれた感情を、それらがあるべき埃《ほこり》をかぶった心の一角にすべてしまいこみ、全集中力を向け直す必要があった。

計画があるのとそれを実行するのは別のことで、屋敷へ向けてみんなが出発したあと、ミネルヴァは当然のように遅れた。ヒューが少し先を進むことにしたのは、いらだちを抑えきれなくなりそうだったからで、それは彼女ひとりのせいではなかった。しかし彼女を置き去りにしないよう、振り返っては馬の足をゆるめるたび、いらだたしさはさらに募った。ガリレオさえものろのろした歩みにいらだちはじめ、まさにそのときのヒューと同様に駆けだしたがっていた。曲がり角を折れたところで首をめぐらせると、彼女の姿はなく、またもや馬を止めねばならなかった。だがしばらく待っても彼女は現れず、ヒューはしかたなく馬首をめぐらせ、いらいらしながら道を引き返した。

「何をしているんだ？」

ミネルヴァは馬を止め、妙な角度で鞍からぶらさがり、脚に巻きついたスカートを力まかせに引っ張っていた。「降りようとしているのよ！」顔をしかめて彼をにらみつける。「もうたくさん！　乗馬なんて大嫌い！　わたしには無理だと言ったのに、あなたがやらせたんでしょう！　それなのに、あなたはさっさと全力疾走して！」

「全力疾走？　そうできたら、さぞ気分爽快だろう」

「全力疾走じゃないなら、さっさと速歩《はやあし》とか駈歩で行ったのよ。とにかく、約束したよりずっと速く！」ワインレッドの分厚いベルベットがようやくほどけ、ミネルヴァはシルクに覆われた両脚を膝まであらわにしながら無様に地面へ滑り落ち、ふたたび彼をにらみつけた。「マリーゴールドを連れて歩いて帰るわ。馬になんて二度と乗るものですか！」傲然と牝馬の前に進みでて手綱をつかむと、手袋をした手で彼をしっしっと追い払う。「行ってちょうだい！　そしてわたしが帰るまでにその豊かな想像力を発揮して、あなたのお母さまに訊かれたときに答えられるよう、ミ、ス、・ランドリッジがあいにく馬に乗ることができない正当な理由を用意することね！」

しっしっと追い払われたのがとどめの一撃となった。ヒューは午前中に募ったいらだちを皮肉な言葉にすべてこめてぶつけた。「ミス・ランドリッジが馬に乗れないのは、ぼくの言うことをひとつも聞かないからだろう！　きみは哀れな馬の上で板のように身をこわばらせ、かわいそうに馬を馬銜で窒息させ、そのうえカタツムリのごとくのろのろ歩かせる！　哀れなマリーゴールドはうんざりしているよ！」

「虫の居所が悪いからって、わたしに当たらないでちょうだい！」

「なぜいけない？　きみのせいだろう！」

「よくもそんなことが言えたものだわ！」ミネルヴァは厚かましくも、彼にさげすみの目を向けた。彼はまだガリレオにまたがっていて、地上から二メートルほどの高さにいるのに、たいしたものだ。「わたしは一日じゅうあなたに愛想よくしていたわ。昼食のあいだじゅうあなたが怖い顔をしていてもね」そう言い捨てると、つんと顔をあげ、悩ましいヒップを揺らしてすたすた歩み去る。その姿はまさに怒れる独善者だ。

「それだってきみのせいだろう！」こっちには腹を立てる権利があるとはいえ、馬上から見おろしつづけるのには抵抗があったので、ヒューは馬から降りて彼女のあとを追った。

「ええ、そうでしょうとも！　ミセス・ピーターズとはいっさいなんの関係もないんでしょう？」ミネルヴァはくるりと向き直って指を振った。「素直に認めたら？　広場でばったり彼女と会ってから、あなたはむっつりとふさぎこんでいるわ」いまや顔をくっつけんばかりに彼に詰め寄り、両手を腰に当てている。「そのあとの食事中も、あなたがなんの助けにもならなかったことをわたしが見逃したなんて思わないでちょうだい。あの女優は本当に厄介者よ！」

「少なくとも、彼女は金をもらって引き受けた役目をきちんと果たしている！」

「わたしはそうではないと？　その根拠を教えていただけるかしら？」上流階級の血が流れているかは定かでないにもかかわらず、高慢な公爵夫人顔負けの憤慨ぶりだ。「わたしはあなたに頼まれたことはひとつ残らずやったわ。ひとつ残らず。だから、勇敢にもいまいましい馬の背に座りまでした、わたしにはできないと明言したにもかかわらず」ふたたびしっしっと彼を追い払い、鼻を独善的につんとあげる。「それなのに、よくもそんなことが言えたものね？」

「ああ、言うとも、ミネルヴァ！　きみと、きみのいまいましい家族には我慢の限界だ。これ以上は黙っていられない」

「妹たちは関係ないでしょう……」

「関係ない？　きみがふたりも連れていくと言い張ったんだろう。あのふたりに対するぼくの態度は寛容以外の何物でもなかった。ダイアナは無礼で、ぼくのことを放蕩者だと決めつけ、減らず口を叩きつづけている。ヴィーは扱いにくい子どもで、はっきり言ってぼくの期待にまるで応えられていない！」

「ヴィーが泣きだしたのはあなたの期待とは無関係よ。あのおかしなルクレーシャがすべて悪いんだわ！　あの女性はどうかしている！　自分の胸をつかむし、妹たちの前で母親ぶるし。〝ああ、いとしいわたしの夫〟」ミネルヴァが片手で自分の胸をつかみ、ヒューの目をそこへ引き寄せたあと、反対の手の甲を額へあげる。しかし被害はすでに彼にもたらされ、招かざる欲望がその醜い頭をふたたびもたげた。「〝どうして、ああ、どうしてあの人が亡くならなければならなかったの？〟」よくわかったでしょうと言いたげに、彼女は急に冷めたそぶりで肩をすくめた。「彼女は外すべきよ、ヒュー。あの人がいたらすべてが台なしになるわ」

「むしろ……外れるのはヴィーのほうだ」ミネルヴァがあんぐりと口を開ける。「すべてを台なしにしているのは彼女だろう。このまま続けることはできない」

「何を言っているの？」

「信頼できるメイドをシャペロンとして彼女に同行させ、母の滞在中はメイフェアのぼくの家にいてもらう。ヴィーもそこでならこれ以上問題は起こせまい！」ヒューは足を踏み鳴らしそうになるのをこらえた。「そうだな、今夜にも出発させよう」

「そんなまねは絶対にさせないわ！」

「きみも理性的になったらどうだ！　ヴィーは子どもで、みんなの時間を奪いすぎている。とくにきみの時間を。ハンプシャーへきみの妹たちを連れてくることにぼくが同意したとき、きみは妹があんなに若いなんて言わなかった、それに……」〝扱いにくい〟や〝癇に障る〟ではきつすぎるだろうか？「手がかかることも」

「あの子は一五歳よ！」

「ナイフやフォークの種類さえ覚えられないじゃないか。ヴィーはどうすればいいかわからなくていつもびくびくし、なんであれ親のことを持ちだされると決まって過剰反応する――架空の親のことでも！　それにきみは……」ヒューは無意識に指を振っていた。「彼女を甘やかしてばかりだろう。昨日のテーブルマナーのレッスンがそのいい例だ！　きみは初日に五分とかからずすべて習得した。お転婆《てんば》のダイアナだってそうだ。だが哀れで傷つきやすいヴィーは、スープスプーンと肉用ナイフの区別もつかないからと、きみの頼みで、ほかに有用な使い道があったであろう貴重な一時間を無駄にしてペインにもう一度教えさせたのに、ヴィーが達成したことと言ったらテーブルクロスにスープをこぼして大きなしみを作ることだけだ！」

ミネルヴァの顔からさげすみの色が消え、傷ついた表情になった。「ヴィーはきっと上達する……わたしが彼女の力になるわ」

「彼女の力になってもらうためにきみに金を払っているのではない、ミネルヴァ。ぼ、ぼ、ぼくの力になってもらうために大金を払っているんだ。助けを必要としているのはぼくであってヴィーではない！」

「なんて欲得ずくなの！」

「欲得ずくがどうした！　きみは都合よく忘れているようだが、きみは仕事のために雇われたのだから、ぼくには報酬分の働きを求める権利がある。今後はすべてが終わるまで、仕事にだけ専念するようきみに要求する。それがぼくたちが最初に同意したことだ」

「ヴィーが去るならわたしも去るわ。土曜日に。これもわたしたちが最初に同意したとおりよ」

「殉教者のごとく土曜日まで耐えれば二〇ポンドが手に入ると考えているなら甘いな。今日は木曜日だ、大人げもなく本番の二日前にここから出ていくと宣言したことで、きみはぼくとの取引を無効にした。きみが取引を反故《ほご》にすることを選ぶのなら、ぼくは一ペニーたりとも払わない！　欲得ずくとはそういうことだ！」

今度はヒューがくるりと背を向け、すたすた歩み去った。言うべきことは言った。意図していた言葉とは違っていたし、あまり誇らしくもなく、ミネルヴァの感情を傷つけざるをえなかったのは忸怩《じくじ》たる思いだが、もう言ってしまったのだ。

それにしても、欲得ずくとは！　これは慈善ではなく仕事だ！　ヒューはガリレオの手綱をつかんで騎乗しようとしたが、はたと思いとどまった。いくら頭にきていても、馬で走り去り、彼女をひとりで歩いて帰らせるわけにはいかない。いまいましい礼儀正しさは彼の身に深く染みついていた。しかしミネルヴァをマリーゴールドの鞍へもう一度抱えあげるのはまっぴらだった。彼女の香水のにおいや女性的なヒップの感触を思いだす必要はなく、気まぐれな自分の体がそれに反応するのにつきあうつもりはいっさいない。彼女が自分におよぼすいまいましい影響にはもうこりごりだった。代わりに、ヒューは自分の馬を牽《ひ》いて歩き、長い脚で彼女をどんどん引き離した。

あいにく、見なければよかったし、脳裏から消し去ることもできない、形のいい長い脚のおかげで、ミネルヴァは厩舎にたどり着いたところでなんとかヒューに追いつき、袖をつかむと、思いも寄らない強さで彼を自分のほうへ向き直らせた。彼女は少しも反省しているようには見えなかった。なんという女性だ。

ミネルヴァは歯を食いしばっていた。グリーンの瞳はエメラルドのように硬化している。腹立たしい黒髪の上で、ばかげた小さな帽子につけられた羽根飾りが、憤慨のあまり震えていた。

「お金なんていりません！　お母さまとせいぜいうまくやることね！　ひとつはっきり言わせていただきますけど、ヴィーのふるまいを扱いにくい子どものようだと考えているのなら、鏡をご覧になってはどうかしら。責任に尻込みして、自分の母親が怖いからと婚約者をでっちあげるなんて、それが大人の男性のやることなの！」

11

なんていやな人なの！　本当にヒューは軽薄そのものだ。当人が繰り返し言っていたとおりとはいえ、ミネルヴァはそんなことはないとこれまでは自分に言い聞かせていた。それはたぶん、ヒューのばかげた提案を受け入れてしまった後ろめたさを軽くし、彼がミネルヴァの鼓動に与えつづけている、受け入れがたい影響を正当化するためだったのだろう。彼は身勝手で、軽薄で、無慈悲だ。欲得ずくのろくでなし！　つねに自分がいちばん大事なのだ。

妹を赤の他人に預けてロンドンへ送り返すことをミネルヴァが承諾すると思うなんて！　かわいそうに、ヴィーは多感なだけなのに——一五歳といえばそういう年頃だ。ヴィーだって必ず大人になる。末妹に対するヒューの評価が低かろうと、ヴィーにはメリウェル姉妹に共通する根性と不屈の精神、断固たる決断力があるのだから。正直、人生はそうなる以外のチャンスを彼女たちに与えてくれなかった。ヒューには理解できないだろう。分厚い札入れを持ち、なんでもしてくれる使用人に囲まれた彼みたいな男性は、人生で苦労なんてしたことがないのだ。クラーケンウェルにひとりにされたら五分ともたないくせに！

ミネルヴァはさっさと裏口から入ってドアを叩き閉めた。ヒューの完璧にまっすぐで、完壁に真っ白で、うわべだけは完璧な歯が折れようとかまわずに。この芝居の報酬なしではこれから立ちゆかなくなるとはいえ、いまは頭に血がのぼりすぎていて、彼を罵ったことを悔やむ気にはなれなかった。きっと早々に後悔するだろうが、ヒューからもらうはずだった不愉快な二〇ポンドにどれだけ大きな意味があるかを当人に教えるつもりはない。

「ああ、よかった、お戻りになりましたか！」ペインが目の前に現れて彼女の行く手をふさいだ。困り果てた様子の執事の視線は、彼女の後方、急いで入ってきたろくでなしの主へとさっと飛んだ。「お母君がお着きです」

「そんなはずはない！」ヒューはミネルヴァの横に進みでて、必要以上に廊下をふさいだ。これも彼が本質的に身勝手だというさらなる証拠だろう。「ここへ来るまで、少なくともあと一週間はあるはずだ」

「ですが、お母君はすでにいらっしゃっています、閣下。なお悪いことに、いまはご主人とベリンガム卿、あの女優、そして下のミス・メリウェルおふたりと、居間でいれたての紅茶をお飲みになっておられます」

隣でヒューが悄然《しょうぜん》とするのが感じられた。ミネルヴァ自身は胃袋が爪先まですとんと落ちた気がした。「なんということだ」

「本当になんということでございましょう、閣下。わたしが玄関でお母君をお迎えしているあいだに裏口からみなさまが戻られ、屋敷の真ん中で鉢合わせされたのです。わたしにはどうしようもございませんでした」

視界の隅で、ヒューが髪をかきあげ、うろたえた様子でこちらを見るのがわかったものの、ミネルヴァはつい気の毒に思いそうになるのを我慢した。これは彼の自業自得なのだから、こちらは高みの見物をしよう。「ぼくはもう終わりだ」

「そうとはかぎりません、閣下。お母君はみなさまを目にして大変驚いたご様子ではありましたが、ベリンガム卿にみなさまを紹介されたあとは、お喜びのようでございました。それから三〇分ほど経ちますが、わたしの見たところ、みなさまとても楽しんでいらっしゃいます。いまはミス・ミネルヴァの母君がケアンゴームズ山脈でミスター・ランドリッジの身に何が起きたのかを話されている最中でして、閣下のお母君は身を乗りだして聞き入っておられます。しかしながら、ミセス・ド・ヴェールがやりすぎた場合に備えて、お急ぎいただいたほうがよろしいかと」ペインはヒューをつかんで前へ押しやった。「お母君が閣下を見つけるのが早いほど、みなさまもそれだけ早く自室へさがって、夕食のためにお召し物を着替えることができます」

ミネルヴァはふたりのあとからついていった。頭はくらくらし、心臓はどくどく打っている。身勝手で軽薄で欲得ずくのヒューにまだ頭にきていたのは言うまでもなく、気分が悪く、不安で混乱もしていたが、それらすべての下にまぎれもない希望の光がかすかに見えた。まだ四〇ポンドを稼ぐことができるかもしれない。そのうえ、ヴィーをロンドンへ送り返さずにすむかもしれない。いきなりヒューが立ち止まったせいで、彼女は背中にぶつかりかけた。

「無理だ。まだ準備ができていない。ぼくには考える必要が……」だが、遅すぎた。

「ヒュー？」廊下の角を曲がってきた年配の女性が、顔を輝かせた。「マイ・ダーリン！」

腕を伸ばして駆け寄ってくると、彼をきつく抱きしめた。この小柄で愛らしく、驚くほど若々しい女性は、ミネルヴァが彼の母親として想像していたどんな女性とも違っていた。身長はヒューの胸に届くか届かないかだ。

「びっくりした？」

ヒューの顔からはすっかり血の気が引いている。「ものすごくびっくりしました……あと二週間はかかると思っていたので」

「先に出航する船にぎりぎり間に合ったのよ。乗船後にあなたへ手紙を書いたところで、意味がないでしょう」腹立たしい息子の瞳にそっくりな深いブルーの瞳が、腹立たしい息子の大きな体の向こう側からこちらをのぞきこみ、好奇心をむきだしにしてミネルヴァをとらえた。

その瞬間、ミネルヴァはぴんときた。ヒューの母親は、こちらが彼女に驚いているのと同じくらい、ミネルヴァを見て驚いているのだ。つまり、婚約者がいるという息子の話を信じてはおらず、ここへは彼の虚言に幕を引くために来たのだろう。「こちらがミネルヴァね？」

振り返ったヒューの顔は不安げだった。ミネルヴァが彼の運命を決するのを待っているらしい。ミネルヴァがたったひと言で彼を破滅させられるのを知っているのだ。彼を救う力があるのもミネルヴァひとりだということも。いまや立場は完全に逆転していた。力……。

なんて輝かしい、陶然とする感覚だろう。

これまでに味わったことのない感覚だ。お金持ちがこの感覚を楽しむのも無理はない。

「はい、そのとおりです、マイ・レディ」ミネルヴァは前に進みでると、驚くほど優雅なお辞儀をした。「お目にかかれて大変光栄です」立場をはっきりさせない曖昧な返事にミネルヴァは不思議と満足感を覚えた。悪魔に心を乗っ取られて、ヒューが冷や汗をかくのを楽しんでいる自分がいる。

年配の女性はミネルヴァの手を取ると、ぎゅっと握ったまま、笑顔で上から下まで彼女を眺めた。「わたしの想像とはまるで違ったわ。ヒューは、あなたが長身だとも黒髪だとも言わなかったもの。だけど、ひとつだけヒューの描写そのままだわ。あなたは飛び抜けて美しい方ね……しかも手紙によると、きわめて良識豊かだとか。そうなると明らかな疑問がひとつ出てくるわ」抜け目のないまなざしを息子へ投じたあと、ふたたびミネルヴァへ戻す。「いったいヒューのどこがいいのかしら？」

「すばらしいご質問ですわ」ヒューが息をのんでいるのがわかった。彼女に救いを求めているのだろう。ミネルヴァがそのとおりにしたとしても、それは彼のためではない。「初めて出会ったとき、彼には隠れた一面があるのだと感じました」

「それで、いまは？」

「いまは……」ミネルヴァはヒューに視線を据え、重苦しい間を空けてから、彼に微笑みかけた。「いまははっきり確信しています。わたしが最初に抱いた印象は……」彼の腕に自分の腕を絡め、うっとりと見あげる。これで輝かしい四〇ポンドは彼女のものだ。「やはり正しかったと」

ヒューは肘に置かれた彼女の手に自分の手を重ね、感謝の印にぎゅっと握った。手を引き抜いて彼の足を踏みつけてやりたかったが、ミネルヴァはそうはしなかった。「わたしの家族にはすでにお会いになったそうですね、マイ・レディ？　わたしからきちんとご紹介できなくてとても残念です」

「あなたがいなくてもどうにかやりましたよ、ディア。みなさん、本当に魅力的な方々ね。妹さん方は――あなたによく似ていらっしゃる。身長と瞳の色はみんな、お父さま譲りなんでしょうね」

ミネルヴァは〝身勝手卿〟から体を引き離してその母親の腕を取り、ふたりで居間へと向かった。

「ええ、そうなんです。父はヒューのように長身でした」それは本当だ。「それに瞳の色も全員父譲りで」

いつもお茶のときは少々ぎこちないヴィーも、見事に役を演じていた。大げさすぎる偽の母親が夫を亡くした話を延々と続けたときも、表情ひとつ変えずに耐え、ミネルヴァはうれしい満足感を味わった。ルクレーシャのために公正を期すと、彼女の熱のこもったひとり語りが会話の大部分を埋めてくれたおかげで、ほかの人たちはたいしてしゃべらずにすんだ。ダイアナさえおとなしくしていた――いや、ほとんどはおとなしくしていたと言うべきか。

とはいえ、ダイアナが差しはさむ言葉の向かう先はだいたいベリンガム卿で、幸い彼が余裕でやり返すので、ふたりの会話は耳障りというよりおもしろく、ヒューの母親と人当たりのいい夫、ミスター・ピーボディは声をあげて笑い、会話のあいだじゅう、大いに安堵《あんど》している様子だった。

ミネルヴァはヒューの視線をたびたび感じたものの、目を合わせるのは巧みに避けた。目を合わせたら彼女の瞳は短剣を放つに決まっているので、それでは彼の母親に怪しまれてしまう。短剣を連発する時間はあとでたっぷりあるから、そのときに一本一本の刃の威力を彼に存分に味わわせよう。だがいまは自分の主義として、彼が支払う報酬に見合うくらい、完璧なミネルヴァを演じてみせる。彼女の努力や、いまいましい四〇ポンドの価値に疑問を抱く余地を彼に与えるものか。

部屋の向こう側から感じられるのはヒューのまなざしだけではなかった。彼の母親も、ちらちらとこちらを見ていた。無理もない。この一八カ月間というもの、ミス・ミネルヴァ・ランドリッジは謎に包まれた存在だったのだ。自分が母親の立場だったら、訊きたいことが山ほどあるはずだ。

「スタンディッシュ・ハウスの女主人になることをあなたは心待ちにしているのかしら、ミネルヴァ？」彼の母親がティーカップの縁越しにミネルヴァを見つめた。

「いまは怖じ気づいていますわ、マイ・レディ」ここは本音を言うにかぎる。「わたしはこんなにも広大で豪華なお屋敷には、少しもなじみがありません。だから地図なしでは、部屋から部屋への移動もいまだに使用人に頼りきりです」

「うら若い花嫁としてここへ来たときは、わたしもそうだったわ。迷子にならないくらい屋敷の中と敷地内を充分に把握できたと思えるまで、そうね、一年近くかかったかしら。でも、庭園で迷子になるのはいやではなかったわ。ここの庭園は昔から大好きなの」

「美しいお庭ですものね」ミネルヴァがわが家と呼んでいるロンドンの汚らしい一角に住んだあとでは、ハンプシャーはどこでも美しく見える。「午後のお散歩として、敷地内の探検をしはじめたところなんです」屋敷の主のせいでレッスン漬けの忙しい一日の中、ひとりになれる唯一の時間だ。「昨日は装飾用の建物《フォリー》を見つけました」蔦《つた》に覆われた魅力的な小塔跡を思いがけなく発見し、てっきりはるか昔にあった建物の名残かと思ったが、あとでヒューから、当時はそれが必須《ド・リガー》だったために彼の祖父が建てたものだと教えられた。孫と同じで、分別よりもお金のほうを多く持っている伯爵だったに違いない。「それも偶然に。引き返すときに道を間違えたおかげなんです」

「洞窟はもう見たかしら？」

「洞窟があるんですか？」

「ええ、あるんだけれど——残念ながら、そこに住み着いていた隠遁者《いんとん》はもういないわ。グラッフ・ゴッドフリー……彼のことを覚えていて、ヒュー？」

「覚えていますよ。とんがり帽をかぶっていて、あれほど長い髭《ひげ》はあとにも先にも見たことがない」まだヒューがこちらを見ており、視線を返すよう挑発してくるのを、ミネルヴァは嬉々《きき》として無視した。世界は彼を中心に回っているわけではないことを学んでもらういい機会だ。

「彼が偏屈者《グラッフ》と呼ばれていた理由はわからずじまいよ。わたしはむしろ彼が好きだったし、彼はいつでも愛想がよかったでしょう。それにわが家に来客があったときは、つねに大変な人気者だったわ。人が通りかかるたび、洞窟から頭を突きだして手を振ってくれて。それなのに……」ヒューの母親はため息をついた。その顔つきは悔しさを絵に描いたようだ。「あの見さげ果てたティヴァートン卿が九六年の夏に彼を盗んでしまったのよ」

「盗まれたんですか？」人間を盗むなんて、そんなとんでもないことをする人がいるの？

「恐ろしい話だわ」

「引き抜いたという意味だよ、ミネルヴァ。ティヴァートン卿は彼の手当を倍にしたんだ」

ヒューにやさしく微笑みかけられては、彼を見るしかなかった。無視すればひどく無作法に見えるだろう。それでも彼に対する好感度はあがらなかった。「当時は庭に隠遁者を住まわせるのが大流行していた」貴族社会なんて永遠に理解できそうにないと、ミネルヴァはそのとき、その場で悟った。隠遁者として住み着けば手当が出るなんて。とはいえ、一週間前までは婚約者のふりをして手当をもらうなんて自分だって信じなかったはずだから、人のことは言えない。食べていくために窮余の策に出る人は大勢いるのだ。

「あれは一時的な流行ではなくてよ、ダーリン。わたしの友人には、今日にいたるまで隠遁者を住まわせている人が何人かいて、彼らを失うことは考えられないそうよ。一方ヒューのお父さまは、ゴッドフリーの代わりを見つけようとはしなかったの。隠遁者を置くのは不必要な贅沢だという考えで、彼の息子も同じ意見だから、いまでは洞窟があるだけ――だけど、いまでもあそこはすてきな場所で、ちょっと新鮮な空気が吸いたいときに散策するのにもってこいよ。あなたは毎日午後にお散歩をするの、ミネルヴァ？」

「昼食後に休んでいるのはあまり得意ではなくて。それに新鮮な空気が好きなんです」

「休みを取るのはいいアイデアだ、そう思いませんか、母上？　母上もジェレマイアも長旅で疲れたでしょう。ひと眠りしたあと、ゆっくり湯に浸かってください。ペインも、もうふたりの部屋の準備をすませたはずだ。夕食は少し遅らせればいい」

「それはいい」ミスター・ピーボディのアメリカ英語は、ミネルヴァがそれまで耳にしてきたどんなアクセントとも違っており、彼女はそれが大好きになった。母音を引っ張って、子音をやわらげるようなしゃべり方だ。「三時間近くも馬車に揺られて、老骨ががたがたになってしまったよ」彼はせいぜい五〇歳くらいにしか見えず、男盛りでいまだにかなりの好男子だった。

「では、さっそくペインに風呂を用意させましょう」ヒューは執事に合図した。母と義父を早く部屋へ行かせようとしているらしい。「熱い湯船をふたつ。急いでくれ」

「あなたをよく知らなければ、〝わたしたちを追い払おうとしているの？〟と問いただすところよ、ヒュー」彼の母親はあえて身を乗りだすと、自分で紅茶のおかわりを注ぎ、ふたたび椅子に寄りかかった。「息子との出会いについて聞かせていただけないかしら、ミネルヴア？　ヒューのほうはひと目惚れだったと言っていたけれど」

「口にするのは恥ずかしいのですが、わたしのほうはそうではありませんでした」ヒューを我慢だしにして少しくらい楽しんでも許されるだろう。この芝居が終わるまで、彼の存在を我慢するのがずっと楽になるし、話を飾れるのは彼だけではない。ミネルヴァは芸術家なので——端くれでしかないけれど——飾りつけは十八番《おはこ》だ。「ヒューを好きになるまではしばらくかかりました」

「まあ、そうなの？」

「そうなんです」ミネルヴァは精いっぱい表情を曇らせた。「新聞で彼の記事を読んでいて、その、きっとあなたもよくご存じのことでしょう、マイ・レディ、彼はひどく……怪しげな評判が立っているとほのめかされていました」

「怪しげ？　なんて上品な言い方かしら、ミネルヴァ。わたしのために言葉を繕うことはないわ、マイ・ディア。お互い、つねに正直に、必要なときはありのままを口にしましょう」ヒューの母親は天井を仰いでから、息子をじろりと見据えた。「新聞になんと書き立てられているかは重々承知しているし、愚行の半分も記事になっていないことにはほっとするばかりよ。息子は醜聞そのものなの、ミネルヴァ。醜聞そのもの……もちろんジャイルズほどひどくはないけれど」

「それはそうですよ」ベリンガム卿が気分を害したふりをした。「ぼく以上に醜聞を起こしているやつはいない。ぼくこそが醜聞の原型だ。辞書には醜聞の定義としてぼくの名が掲載ウインクする。「誰か、ぼくにビスケットを回してもらえないか？　これからふたりが出会った日の興味深い話をミネルヴァが始めるなら、腹ごしらえが必要でしょう？　さて、どこまで聞いたかな？」

「フェアラム卿はひと目惚れだったけど、姉はそうじゃなかったというところまでよ」ベリンガム卿同様、ダイアナも楽しみすぎるほど楽しんでいた。共犯者に微笑みかけ、いまは彼が抱えこんでいる皿から勝手にビスケットを一枚取る。「わたしもこのお話は大好きなの。いいえ、とってもロマンティックなんですもの」あとでふたりきりになったら、裏切り者のユダの首を絞めてやる。

「そうですね、初めての出会いのあと彼が訪ねてきて……」

「あら、そこからではだめよ！」ヒューの母親がしょんぼりする。「あなたの視点からすべて聞かせてほしいわ。息子から見た話があまり信用ならないとわかったからにはなおさらね。あなたは彼をひと目見て恋に落ちたとヒューは言っていたのよ、それを忘れないように。そんなに大事な部分を間違えるのなら、ほかにはどんな間違いをしているのやら。わたしは馬車のところから始めるべきだと思うわ。そうでしょう？　わたしの息子があなたを救出したという馬車よ」

「ええ……もちろんです……」

ヒューが助け船を出した。「きみが乗っていたのは座席の位置が高い幌なし四輪馬車《フェートン》だった。きみの父親の馬車だね……場所はチッピング・ノートンで」彼の母親が目を細くして息子をにらみつける。

「わたしは、ミネルヴァに話を聞かせてとお願いしたのよ、ヒュー――それともまさか、彼女はその話を知らないの？」

「わたしは父のフェートンに勝手に乗っていたんです、自分には馬車を操る技量がないとも知らずに。細い道をくだっていたら少しスピードが出すぎてしまって、そこへきて馬たちが何かにびっくりして……」

「何にびっくりしたの？」

それはヒューからは言われていない。「わたしにもよくわかりません。なんだっておかしくありませんわ。馬は機嫌のいいときでも扱いの難しい動物ですもの。わたしにはっきり言えるのは、馬たちは銃弾のように飛びだし、制止させようにも、わたしには何もできなかったということです。握っていたあの……あれを……」くだらない馬具の名前はなんだったかしら？「リ、リ、リボンを落として……。どうにか拾おうとしているあいだに、馬車はますます加速し、ついには車軸ががたがた揺れだしました。馬車は密生した木立めがけて突き進み、万事休すだと思っていたところに、どこからともなくヒューがガリレオにまたがって現れ……」真実味のある詳細にミネルヴァは得意になった。「彼は馬車と並走し、勇敢にも自分でリボンをつかもうとしました。でもそれは無理だと判断すると、馬車に飛び移ってきたんです」

「走っている馬から？　密生した木立へ飛びこむ寸前の馬車へ？」

「まさに捨て身の行為です。きわめて勇敢な……」ミネルヴァがつい話を盛りすぎて、座がしらけかけていた。

「まさに捨て身の行為です。「けれど幸い、彼はリボンをつかむことができ、間一髪のところでどうにか馬たちを止まらせました。輝く甲冑をまとったわたしの騎士ですわ」澄まし顔を保ちながらどきどきする胸をなだめるため、紅茶をすすった。「そのあとはわたしを家まで送り、帰る前に、わたしの知らないうちに父に訪問の許可をもらっていたんです」

ヒューの母親はわざとらしいくらいさりげなく紅茶をすすったあと、息子に向き直った。

「そもそも、どういういきさつであなたがチッピング・ノートンにいたのか、その説明は一度もなかったわね、ディア」

「いいえ、しましたよ。それは母上も覚えていらっしゃるでしょう。母上は、ミネルヴァが不快な詳細をすべて知っているかどうか確かめたいだけだ」ヒューは自分も紅茶をすすった。落ち着き払ったまなざしは、母親の目から決して離れない。「ですが、ミネルヴァは不快な詳細もちゃんと知っていますよ。ぼくたちのあいだに秘密はないので。チッピング・ノートンにほど近いロング・ハンバラでアシュビー卿が開いた、いかがわしいハウスパーティーにぼくが出席していたことも彼女は知っている」

年配の女性は顔をつんとあげた。「アシュビー卿のことはつねづね好ましくないと思っていたわ。いかがわしいハウスパーティーの件は、ことさら好ましくないわね」

「皮肉にも、だからこそぼくは必ず出席していたんですよ。しかもそれが吉と出た。あのパーティーに出席していなければ、ミネルヴァとめぐり会い、ひと目で恋に落ちることはなかった——そしておそらくいまこのときも、きわめていかがわしいハウスパーティーに参加していたでしょう」

「キューピッドの矢に射貫かれるまでどれくらいかかったの、ミネルヴァ？」

ふたりはたちどころに切っても切れない仲になったとヒューは言っていたけれど、彼がなんの苦労もしていないのが急に腹立たしくなった。人生は彼みたいな男性にばかり甘すぎる。

「ヒューは何週間も、何週間も訪問を重ねました」ミネルヴァはふたたび紅茶をすすり、懐かしく思い返すかのように縁越しに微笑んだ。「わたしが交際すら同意していないうちから、彼は求婚してきたんです」

「求婚を？」

「ええ。二度も」指を二本立ててみせた。「二度ともお断りしましたけれど」いつもは輝いている彼の目がむっとして細くなるさまに、満足感を味わう。「あとから悔やむようなことを急いで決断したくありませんでした。あわてて結婚なんて……それにゴシップ欄に書かれているような男性ではないことを確かめる必要がありましたから」

「いかがわしい仲間といかがわしいハウスパーティーに出入りしているたぐいの男ではないことを？」

「そのとおりです、マイ・レディ。わたしには不届きな男性を……欲得ずくの男性を愛することは——好きになることさえ——無理だとわかっていましたもの」

「あなたはなんて良識があるのかしら、ミネルヴァ」ヒューの母親は感心している様子だ。「たいていの若い淑女は伯爵夫人になれる機会に飛びつくものよ。ええ、息子の爵位しか見ていないと賭けてもいいわ」

「そうかもしれません――ですが富と地位だけでは、わたしの心は動かせません。男性は財布の大きさよりも度量で決まると信じています」

「あたくしは強い道徳心を持って娘たちを育てましたの」ルクレーシャは訳知り顔でうなずき、ミネルヴァの実用主義的な慎み深さをぬけぬけと自分の手柄にした。「最も深く、最も不変の、全身全霊を捧げられる愛以外には決して妥協しないよう、つねづね言い聞かせてきたんです。娘たちの父親とあたくしが分かちあってきたような愛以外はと……」声を詰まらせ、いまだ悲しみの淵にあるかのように目をうるませる。この演技力にはミネルヴァも脱帽した。「神よ、彼の魂の安らかならんことを……」

「とにかく」放っておいたら女優の感情的なひとり語りにまたつきあわされる。みんなすでに、少なくとも三度は聞かされているのだ。かわいそうなヴィーの我慢にも限界があり、居酒屋であんな出来事があったあとにそれを試すのは賢明ではない。「ヒューはわが身を顧みずにわたしを救出したあと、わたしの明白な無関心さにもかかわらず熱心に求愛し、わたしのもっともな迷いをひとつひとつ解消してくれました。やがて、わたしにも彼の真の価値が見えるようになったんです」

これではヒューが本当は高潔だと言っているも同然だ。いまいましい。「かわいそうに、彼は三度目の求婚のときは、それはもう必死で。見ているのが痛ましいほどでしたが、それでもとことん粘って希望にしがみつくものですから、とうとうわたしも気づき、確信しました。わたしを勝ち取るためだけに終わりのない苦悩に甘んじる用意があるのなら、わたしに対する彼の愛は本物で、彼には身勝手な生き方を変える意志があるのだと」

「すべてはあなたのおかげで、息子は心を入れ替えたのね」ヒューの母親はほうっとため息をついてうなずき、息子に満面の笑みを向けた。「なんてすばらしくロマンティックなの」

ミネルヴァの中の小さな悪魔は最後にもうひと突きせずにいられなかった。「それに三度も拒むことなんてできませんわ、そうでしょう？　彼はすっかり恋の病にかかっていて、わたしにもう一度拒絶されたら絶望するのは目に見えていましたもの」

「ああ、そのとおりだ！」意外にもベリンガム卿が突然味方してきた。「ヒューは食べ物も喉を通らず、夜眠ることもできずにいた。二度目にミネルヴァから拒絶されたあとは、失意の日々を送ってまともに起きあがることもできなくなった。見ていて悲惨でしたよ。だが、ぼくは言ってやったんだ――いいか、ヒュー、努力をしなければ決してよい結果は得られない。悔恨の祭壇にひれ伏し、チャンスを与えてほしいと彼女に懇願しろ、と」

「ヒューが懇願したの？」

「片膝をついて」ミネルヴァはそこでヒューに向かって微笑んだ。「彼は感極まって声を詰まらせていました……」

ペインがふたたび現れてそっと咳払《せきばら》いし、楽しんでいたところに水を差した。「お風呂のご用意ができました、閣下。僭越《せんえつ》ながら、わたしがメイドに命じて全員分をご用意させました」

「すばらしい」ヒューは勢いよく立ちあがり、全員を追いだしにかかった。さらし者にされる時間が終了し、安堵しているのは間違いない。「すばらしい！」

彼の母親をのぞく全員が腰をあげた。

「行きなさい」彼女はみんなに向かって手を払った。「わたしはあとで自分のメイドにお湯を張り直させるわ。いまは新鮮な空気を吸いたい気分だから、少し庭園を散歩してこようと思うの。ミネルヴァも午後に休んでいるのは好きではないそうだから、一緒にいかがかしら。わたしたちふ、た、り、だ、け、で」反応を推しはかるかのようにちらりと息子を見る。「さっき話した洞窟へご案内するわ。ふたりでちゃんとお話ししましょう。未来の義理の娘についてもっとよく知りたいわ」ヒューの瞳によく似た抜け目のないブルーの瞳が、ミネルヴァをじっと見る。そのまなざしにはまぎれもない挑戦の意図があった。断れば必ず怪しまれるだろう。

「あなたについて、まだまだ知っておくべきことがあるでしょう」

「のんびりお散歩を楽しめますね」のんびりなどできないことはわかっていた。一瞬たりとも油断できないだろう。

「きみはもう充分気の毒なお嬢さんを質問攻めにしただろう、オリヴィア。散歩へ行くなら明日だっていくらでも時間があるし、きみに立てつづけに質問されて、ミス・ミネルヴァは横になってゆっくりしたいはずだよ」ミスター・ピーボディはミネルヴァにウインクした。

「疲れが顔に出ている」

「少しだけ疲れました」

「決まりだ！　今日はみんな足を休め、散歩は明日行こう。わたしは昼寝を楽しむとするよ。何週間も船上で過ごしたあと、ちゃんとしたベッドでようやく手脚を伸ばせるんだからな。船の寝台はわたしには窮屈すぎる」

ヒューと同じく長身だが、似ているのはそれだけだ。ジェレマイア・ピーボディは銀髪がわずかに交ざる黒髪で、笑いを湛えた瞳の色も黒。人生のすべてが――あるいはおそらくこの状況が――大いに愉快だと言わんばかりに、その瞳を輝かせている。彼は腰の重い妻の腕を取り、扉のほうへと引っ張っていった。「それではみなさん、よい午後を。夕食のときにまたお目にかかるのを楽しみにしていますよ」

「それまでに質問を一〇〇万は考えておくわ」ヒューの母親はそう言い残して出ていった。ほかの面々もすぐにそれに続き、あとにはヒューとミネルヴァだけが残された。全員が声の届かないところまで離れるのを待ってから、ヒューが口を開いた。

「礼を言うよ、きみのおかげ……」

「たったいま、わたしの報酬は六〇ポンドにあがったわ」意図していない言葉が口から飛びだした。主導権を握ったことで、頭に血がのぼっていた。

「いまなんと言った？」

「聞こえたでしょう。六〇ポンドよ。明日の朝までに前金で三〇ポンドね。ヴィーをロンドンへ帰す話も二度としないでちょうだい――この約束を破ったら、計画どおり、三人ともすぐに出ていくわ」

ぽかんと口を開けるヒューをよそに、ミネルヴァも部屋から出ていった。自分がたったいましたことが信じられないが、自らの行動に不思議と満足していた。これで彼女も欲得ずくということになるのだろうか？　たぶん、そうだろう。それに、復讐《ふくしゅう》する気持ちもいくらかある。だが、がっかりするほどのヒューの浅はかさを思い返し、くよくよ悩むものですかとミネルヴァは心を決めた。

12

ヒューは書斎の床を行ったり来たりするのにうんざりしていた。午後じゅう、そこで行ったり来たりしたのは、夕食になってようやくミネルヴァが自室を出てきたからで、彼女は思ったとおり、うっとうしい妹たちにはさまれてどちらのそばからもかたくなに離れようとせず、その後は彼の母親にくっついていたので、彼女ひとりに話しかけることはできなかった。唯一、意思の疎通ができたのは、誰にも見られていないと確信した彼女が鋭いまなざしを放ってきたときだけだ。彼女がどう感じているのか疑念を抱く余地がないほど、その目は冷ややかだった。

ミネルヴァはかんかんに怒っている。

一方、ヒューの怒りは、母が予定より早く屋敷に着いたことを知ったその瞬間に彼を見捨て、理屈抜きの生々しいパニックがそれに取って代わった。そしていま、彼の反抗的な偽りの婚約者は無情にもそのパニックに猛然と拍車をかけていた。彼が二年近くかけて慎重に作りあげた設定をねじ曲げ、彼自身の屋敷でヒューを笑い物にして楽しんだように！　ミネルヴァの言い方では、ヒューは出会った瞬間から彼女に熱をあげていた、痛々しい求婚者ではないか。その後はもっと立派な紳士になるよう彼女に教育されつづけている男。愚か者のヒュー。信用できないヒュー。自己中心的で身勝手な男……ありがたや、ミネルヴァが現れてくれたおかげで、彼の数多の欠点が魂に染みこみ、手の施しようがなくなる寸前に、すべてを正すことができたというわけだ。

彼の母は、言うまでもなく、それらをすべて鵜呑みにした。なぜなら母が長年口を酸っぱくして息子に言ってきたことばかりを、ミネルヴァは意図的に繰り返したのだから。母の腕を取って寝室へ向かったのも、彼を苦しめるためなのは間違いなく、ふたりはほかの者たちには目もくれず、親友のように噂話に花を咲かせていた。何をしゃべっていたのかは神のみぞ知るだが、いまいましいジャイルズがいみじくも指摘したように、なんの話であれ、大部分はヒューのことだろう。

そのあいだヒューは暗がりに取り残され、彼が細心の注意を払って作りあげた芝居を舞台の中央ではなく、座席から観ることを強いられた。それが腹の底から気に食わなかった。午後の口論後、欲得ずくとなった新生ミネルヴァは、彼を裏切り、平然と背中から刺してくる恐れがあった――しかし彼女は忠実な魔女団に守られているため、ヒューには察知のしようがない。

何もかもめちゃくちゃだった。ミネルヴァのことが気になるあまり、ほかへ意識を向けられない。

ペインがドアをそっと叩いて入ってきた。敵対状況になんとか休戦をもたらすべく、ミネルヴァに渡すよう明言した彼の伝言がまだその手にあるのはひと目でわかった。

「ミス・ミネルヴァは受け取りを拒否されました、閣下。読むことは言わずもがなです。閣下とは口をきかないとかたくなにおっしゃり、そのことを閣下に伝えるようわたしに申しつけました。なんであれ、閣下がたまたましたためられたものであっても読みたくないそうです」

「いまいましい女性だ！　いったいどういうつもりなんだ？」

ペインはまったくの無表情で肩をすくめただけだ。

「悪いのはぼくだと思っているのか？」

「いましがたミス・ミネルヴァからうかがったお話は、閣下からお聞きしていた話とは少々食い違っておりました。彼女と言いあいになる前から閣下が不機嫌だったことは、わたしはうかがっておりませんでした」

もちろん、ミネルヴァはサラのことを執事に話したのだろう。もっとも、ペインには主の前でサラのことに触れない良識があった。「それは認めよう、彼女の妹がまたも癇癪を起こしたものだから、ぼくは不機嫌きわまりなかった」ミネルヴァとの避けられない話しあいを始めたとき、彼が本来の自分でなかったことは否定しようがない。「ヴィーには聖人だって忍耐力を試される」

「そして閣下は、申しあげるまでもなく天使でございます」

「ぼくはかっとなったんだ、ペイン、理不尽さに直面すると誰でもそうなるように」

「ミス・ミネルヴァは、閣下が馬で走り去ってしまったため、落馬するところだったとおっしゃっておられました。彼女は初心者で、閣下のスピードについていけないことは重々ご承知でしたでしょうに」

「あれはせいぜい速歩だ」

「彼女は閣下のことを、身勝手で浅はかな獣《けだもの》とも呼ばれました」

「〝獣〟だと？」

「ミス・ミネルヴァがおっしゃったとおりの言葉でございます、閣下。ちなみにわたしが反論したことはお耳に入れておきましょう」

「ありがとう、ペイン……欠点は多々あれど、ぼくは身勝手で浅はかな〝獣〟ではない」

「まったくでございます、閣下。ですから、わたしは彼女にこう言い返しました、身勝手で浅はかなのは認めましょう、閣下がその両方であることは確実ですから、しかし獣のようだったことは、わたしの知るかぎり一度もございません。かような特質には多くの努力を要しますので」執事はにらみつけるヒューに微笑みかけ、執務机に伝言を置いた。「差し出がましいのは承知で、助言をさせていただいてよろしいでしょうか、閣下」

「ぼくにおまえを止められるわけでもあるまい」

「おふたりは口論をされ、理性的になるにはまだどちらも相手に腹を立てすぎていらっしゃる。ですから、お互いひと晩じっくり考え、明日の朝にあらためて話しあわれてはいかがでしょうか。ゆっくり休めば彼女も機嫌が直り、閣下の謝罪を受け入れやすくなるはずです」

「ぼくは謝罪はしないぞ！」

「数々の淑女たちと浮名を流してきたわりに、閣下が女性のことをあまり理解されていないことにはいつも驚かされます」ペインは背中を向けて立ち去ろうとした。

「〝ブルータス、おまえもか！〟やっぱり悪いのはぼくだと思っているんだろう」

「はっきり申しあげましょう、閣下。どっちもどっちでございます。いらいらするほど頑固なのはおふたりとも同じです。一緒にいることを強いられる緊張をはらんだ風変わりな状況にともに放りこまれたこと、妹君へのミス・ミネルヴァの忠誠心、それにこのように普通ではない試みがもたらす巨大な試練を鑑みますと、率直なところ、今日まで口論にならなかったことのほうが奇跡に思えます。おふたりとも、すばらしい自制心と立派な歩み寄りをお示しになってきました。わたしは不思議と誇りに思っております。しかしながら閣下は男性でありますから、謝罪すべきは閣下なのです。これが道理です」

「なんの道理だ？」

「女性の道理でございます、閣下。よろしいですか、既婚男性なら必ずや断言するように、自分が悪いことにしてしまうほうがよほど楽なのです。それとも明日も一日じゅう無視されるおつもりですか？　あいにくながら今回の場合にかぎっては、ミス・ミネルヴァが閣下を必要とされる以上に、閣下のほうが彼女を必要とされています。であれば、彼女を味方につけるのがいちばんの得策だとお思いになりませんか？　それとも、苦しいお立場のままがよろしいのですか？」

執事は薄笑いを浮かべ、就寝の挨拶をして退室した。残されたヒューは考えをめぐらせた。たしかに、ミネルヴァのせいで自分は追い詰められている。報酬をつりあげられたことには、まだ憤慨していた。金ならいくらでもあるから、問題は金ではなく、報酬の上乗せを突きつけてきた彼女の態度だ。最初からそのつもりだったに違いない。しかも彼女は、ヒューを苦しい立場に陥れたあとは彼を放置して楽しんでいる。認めるのは腹立たしいが、ペインの言うことにはおそらく一理あるのだろう。今夜、自分にできることは何もない。明日、もっとなごやかな雰囲気のときに、新たな視点で問題に対処したほうがいい。

敗北感を味わいつつ寝室へ行き、従者をさがらせた。礼儀正しさを装うのは終わりだ、本当にやりたいのは家具を蹴りつけることなのだから。しかし、容赦ないオーク材の古いベッドで爪先を骨折する代わりに、丸めたベストと首巻き《クラヴァット》を壁に投げつけるだけにした。そのあとは息を深く吸いこんでブーツを脱ぎ、ベッドの上で体を伸ばして、さらにもう少し思案した。

ミネルヴァとのことはこんなふうに終わらせるつもりではなかった。母がいきなり現れたからには、駆け落ちの予定も前倒しにしなければならないと、ジャイルズともすでに決めていた。ミネルヴァとジャイルズは明日の晩、出奔する。潜在的な大惨事を限界内に留める最も堅実な措置に思えるし、皮肉だが、友人の正しい指摘のとおり、ヒューと彼の愛する人が一日じゅう気まずそうにしていたことと、彼との交際には少しも乗り気でなかったとミネルヴァが回想したことは、意外にもこの場合は有利に働いた。愛しあうふたりの愛情が耳にしていたより一方的だという印象を母とジェレマイアに与えられていれば、ミネルヴァの心変わりにそこまで驚きはしないだろう。あとは、もう一日乗り越えればいいだけだ。もう一日我慢すればこの芝居は幕引きとなる。

ヒューの伝言を読まなかったせいで、腹立たしいミネルヴァはまだ何も知らないが！

明日もまだ彼女の機嫌が悪く、ふたたびヒューを避けるようなら、ペインかジャイルズに頼んですべて説明してもらわなくてはならないだろう。彼女への別れの挨拶も人づてになる。

なぜかそのことに寂しさと、同等の怒りを覚えた。寂しいのは、今回の裏切りと言語道断の脅迫にもかかわらず、ミネルヴァに好感を抱いているからだ。ヒューは出会ったときから好感を抱いていて、彼女が自分の人生から姿を消すと思うと耐えられなかった。ちゃんと暮らせているだろうかと、これから先いつまでも気にしてしまうのはわかっている。怒りを覚えるのは、彼女が不当にもヒューを獣だと思いこんだまま去るせいだ。獣呼ばわりされた彼にすべての非をなすりつけて。

これはとうてい公正とは言えない。

もっと重要なことを言っておくべきだったというのに、なぜ最後のひと言を吐くのがミネルヴァでなければならなかったのか？　たとえば、明日の計画とか？　ミネルヴァは彼に不満のあるそぶりを続ける必要がある。人生や運命がふたたび残酷なものになったら、いつでもヒューを頼ってかまわないこととか？　ヒューは無私の心から、輝く甲冑をまとった彼女の騎士でありつづけようとしているのに、ミネルヴァは身勝手にもその機会を彼から奪っているのだ。

ヒューはベッドから飛びおり、行ったり来たりを再開した。まだいらいらしている自分にいらだち、ミネルヴァは独善的な眠りを安らかに楽しんでいるのだと考えてまたいらだった。こっちは試してみる前から、一睡もできないのがわかっているのに。何が館の主だ。どんな主がペルシャ絨毯の上をうろうろ歩いて我慢する？

自分は違う。

心の中で何かがぷつりと切れ、ヒューは思いとどまる前に大股で廊下を横切り、東翼へ向かった。

ミネルヴァが伝言を読まないというなら、直接言うまでだ！

角を曲がり、彼女の部屋がある廊下へ差しかかると、その部屋のドアの下から細い明かりが漏れているのが見えた。

よし。

彼女は起きている。今日の一連の不運な出来事をヒュー同様に後悔し、いらいらしていればいい気味だ。握りしめたこぶしをドアに打ちつけようとして、ぴたりと止めた。こっそりやらなければ腹立たしい妹たちが姉を助けに飛びだしてくるに違いないと、きわどいところで気がついた。そうなれば彼の人生で最も重要な会話のひとつを過保護な聴衆の前でするはめになる。ヒューは一度だけそっとノックをすると、彼女に〝地獄へ落ちろ〟と言う間を与えず、大股で中に入った。

「ミネルヴァ、話が……」続きの言葉は彼の喉の中で消えた。ミネルヴァは波打つネグリジェ一枚を着て、窓辺に立っていた。蠟燭の明かりに透けるネグリジェ一枚だ。おろした黒髪はほぼヒップまであり、一本だけ灯された蠟燭の暗い炎に輝くさまはシルクの帳さながらで、息をのむほど美しかった。

「いったい……！」

ヒューは彼女の甲高い声に顔をしかめ、叫ばないよう両手で合図した。ミネルヴァは鏡にかけていたショールをあわててつかんで胸の前に掲げ、せっかくのすばらしい眺めを台なしにした。「いきなり入ってきてすまない――だが、先延ばしにはできなかったんだ。どうしてもきみと話す必要がある」

「ここで？ 勝手に入ってくるなんて、どういうつもりなの！」そう言うと、彼女の目はヒューの服装をとらえ、だらしなく裾がはみだしたシャツに、膝丈ズボン《ブリーチズ》から突きだしたふくらはぎと素足に気がついた。「服さえまともに着ていないじゃない！」

「急に思い立って……とっさのことでわれを忘れていた。すまない」しかしヒューは引きさがらなかった。「今日はぼくにも一部悪いところがあったと謝ればいいのか？」

「一部だけ！」

なだめるどころか、彼の言葉は彼女の怒りに油を注ぐばかりで、ヒューはため息をついて執事の助言を思い返した。「不機嫌な態度で、きみに当たり散らしてすまなかった」少なくとも、それは謝らなければならないだろう。「そのうえ先に馬を走らせ、きみをひとり残してマリーゴールドと悪戦苦闘させたことも謝罪する。あれは紳士のすることではなかった」

ミネルヴァは盾のごとく胸の前でショールを握りしめたまま、彼にさげすみの目を向けた。

「ええ。まったくもってね」

「その後の会話で、ヴィーに関してきみと口論になったことも残念に思う」

「その言い方は少しも謝罪のようには聞こえないわ」

「部分的な謝罪だからだよ。ほかのふたつの落ち度と合わせて、今朝の口論ではぼくに四分の三の非がある」

「つまり、残る四分の一はわたしの責任ということかしら？」彼女が叫んでいないのは前進と受け取ろう。

ヴィーについては文句をつけたいところだが、それはやめておいた。妹たちはミネルヴァの急所であり弱点でもあり、ヴィーの話を出してもヒューが苦しい立場から逃れられるわけではない。「すべてではない」人差し指と親指を掲げて少しだけ離す。「ほんのちょっとだ。ぼくに向かって意地の悪いことを言い、ぼくのお粗末な態度への腹いせに恐喝しようとしただろう」

「あれはお粗末だったわ」

「ぼくの態度が？　それともきみの恐喝未遂が？」ヒューは和解の申し出に薄く微笑んだ。

「両方よ」悔恨が怒りの表情に取って代わる。「わたしはあなたのレベルに身を落とすべきではなかった。六〇ポンドを払う必要はないわ」

「払うよ、喜んでね。今日はきみのおかげで助かった。心から感謝している。ぼくの謝罪を受け入れてくれるかい？　それともまた片膝をついて懇願しなければいけないかな、求婚したときのように」

「それはぜひとも見てみたいけれど、受け入れてあげるわ」

「ありがとう」なぜかミネルヴァの手を取り、自分の唇へと持ちあげていた。そして奇妙な一瞬で、気がついたのだ。自分がキスをしたいのは彼女の手だけではないと。

ミネルヴァの全身にキスをしたい。

またもや調子が狂いだし、ヒューはぎこちなく後ずさりして冷静なふりを装った。彼女は目をぱちくりさせている。なんと愛らしいのだろう！　愛らしすぎる。あの黒髪も、ネグリジェも。その下に透けて見える長い脚のシルエットも。じっと見つめていたことに気づいて視線をそらすと、今度は部屋を占める大きなベッドが目に飛びこんできた。上掛けが誘うようにめくれている。「では、休戦を宣言しよう」彼の鼓動は乱れた。緊張の汗が背中を伝い、ベッドに横たわるふたりの姿が鮮やかに脳裏をよぎる。「これでふたりで話ができるかな？」

「ここへ来たのは謝罪のためだけではなかったの？」

ヒューは爪先で立ってそわそわと踵を上下させそうだったので、化粧台の前に置かれたばからしいほど女性的な椅子に腰をおろした。再度急いで部屋を見まわしたものの、彼女にはベッドにかけるよう身振りで示すしかなかった。このまま目の前に立っていられたら、こっちはイヴに誘惑されるアダムの気分だ。「話しあっておくことがいろいろある。厩舎の外で喧嘩《けんか》したあと、ふたりきりで話す時間がなかっただろう」

ミネルヴァはショールをきちんと肩に巻いて腰かけたが、ヒューはネグリジェの下で魅力的な胸が揺れるのに気づかずにはいられなかった。彼の目と彼女の裸身を隔てているのは薄いネグリジェ一枚なのだとその揺れが教える。歓迎されざるなまめかしい光景が脳裏に次々とよぎり、そのすべてにゆらゆら揺れる胸が登場して、ヒューを圧倒した。その光景が体に与える影響に大声でうめく代わりに脚を組み、彼が欲情していることになどいっさい気づいていない女性と、蠟燭が親密そうに照らしだすこの寝室に、ふたりきりで親密そうに腰かけているのではないと思いこもうとした。ヒューは果敢に、あの魅惑的なネグリジェをまとっているのはルクレーシャだと想像した――太くて短い脚、おろした縮れ気味の灰色がかった金髪。ヒューはなんの魅力もないそのイメージに必死にしがみついた。「夕食のあと、ぼくの母と何をささやきあっていたんだい？」

「あなたのお母さまは、わたしたちの物語を徹底的に検証したいようね。出会いに、交際、わたしの病気、そしてわたしの父の死」ミネルヴァの愛らしい顔が曇る。「最善を尽くしてすべての質問に答えたし、目立つ間違いはなかったはずだけど、彼女が完全に納得したかは自信がないわ、ヒュー。彼女は質問を変えて同じことを何度も尋ねてきたの。もちろん、とても友好的にね。でも、わたしにぼろを出させようとしているんだとはっきり感じたわ」

「母はそれが得意だからな」

「言わせてもらうと、わたしもうまく話をそらしたのよ。ボストンとミスター・ピーボディ

について たくさん尋ねたわ」

「ジェレマイアのこととなると、母の話は止まらない」

「ご主人を熱烈に愛しているのは一目瞭然ね」ミネルヴァの表情がやわらぐ。グリーンの瞳は遠いまなざしになり、ヒューも彼女とともに遠くへ誘《いざな》われそうになった。「ご主人の話をするときは顔が輝くの」

「ふたりは完全な恋愛結婚だ」

「すてきね……」

「そうだな……結婚によってぼくの父に縛りつけられていたあとだから、母も少しは幸せになる権利がある」どうしてそんなことを認めてしまったのだろう？　勘のよすぎるミネルヴァは、やはり気がついた。

「あなたのお父さまは立派な人ではなかったということ？　意外だわ。ここに来てからお父さまについてよくない話はひとつも聞いていない。ペインでさえ、彼を敬愛していた様子だし――彼はあくまであなたに忠実なのに」

「ペインが？　忠実？　あれを忠実と言うなら、軽蔑がどんなものかは見たくもないな」彼女がネグリジェを着ていようと着ていまいと、父の話をするつもりは毛頭なかった。彼女の魅力もヒューの理性をそこまで混乱させてはいない。「皮肉なことに、母にジェレマイアを紹介したのはぼくの父だ」いや、父の話をしているところからして、すでに混乱しているのか。「母が独り身になる何年も前から、ジェレマイアは家族ぐるみのよき友人だった。父の病のあいだ、彼は母の支えとなり、友情がそれ以上のものになるのに時間はかからなかった。ぼくはふたりの結婚式では花婿の付添人を務めたよ。ぼくも彼とのつきあいは長い。口やかましい母に道理をわきまえさせることができるのは、おそらく彼だけだろう」

「あなたのお母さまは口やかましくなんかないわ」

「きみはまだお茶と夕食を一回ずつ耐えただけだ」

「そうかもしれないけど——お母さまがあなたを大切に思っていらっしゃるのは明らかだし、あなたのために最善を望んでいるだけよ」

「母が何度もぼろを出させようとした二度の尋問で、きみはそれをすべて学んだのかい？」

「あなたのスキャンダラスな暮らしぶりについても、お母さまとじっくり話をしたわ——わたしが現れてあなたを救いだす前のことを」ミネルヴァはあきれ顔を装おうとしたが、楽しんでいるのを隠しきれていない。「お相手はオペラの踊り子に、夫のいるレディたちですってね、ヒュー？　恋に落ちるのをやみくもに恐れるあなたが選びがちな選択肢だと、お母さまが言っていらしたわ」

「恋に落ちるのを恐れてなどいないさ」もっとも、言葉に出すだけで胃が緊張した。やみくもに恐れているのではなく、正真正銘の恐怖だ。愛は臆病者には向いておらず、言うまでもなく、浮気者向きでもない。ゆえに、避けるのが最善なのだ。

「だったら理由はそれね、あなたが……お母さまはなんとおっしゃっていたかしら？」ミネルヴァは言葉を切り、それからくすくす笑った。ヒューは心に響くその笑い声を手のひらでつかみ、永遠に自分のものにしたかった。「やっぱりお母さまの言葉を繰り返すことはわたしにはできないわ。あまりに破廉恥ですもの」

「だが明らかに愉快そうだ。言ってごらん、かまわないから。目の前でぼくのことを笑っておきながら、理由を言ってくれないのは意地が悪い。少なくとも、それに対して何か言う権利がぼくにはあるはずだ」

「わかったわ。どうしてもと言うなら……」大胆なところを見せようとしながらも、彼女の頬に美しい赤みが差す。「お母さまは、恋に落ちるのを如才なく避けるためにあなたは……信じられない！　こんなことを口に出そうとしているなんて……シーツを温める間もなく、ベッドからベッドへ飛び移っている、と言っていたわ」ミネルヴァは無理やりヒューの目を見つめて腕組みした。「あなたの申し開きを聞きましょうか、ヒュー？　お母さまの話は本当？　あなたはわざと短い関係しか持たないようにしているの？」

そうだ。

短ければ短いほどいい。

「母は自分の言い分をわかりやすく説明するために、ぼくの女性遍歴を過剰に誇張したようだが、いつものごとく勘違いをしている」ヒューも腕組みし、彼女に図星を指されたことに拘泥するのではなく、おもしろがるふりをした。何も衝撃的な新事実ではないし、あくまで意識的な熟慮の上の選択だ。自分の限界は熟知しており、避けようのない間違いを犯すたび、避けようのない罪悪感に苦しむ心の準備はできないのだ。「これは絶対に口外しないでほしいんだが、ぼくは全力を尽くしたのに、数夜をともにしたあともまだ一緒にいたいと思える女性にはめぐり会えたことがない――悲しい真実だよ」

「全力を尽くした？　それだとあなたは努力をしたけれど失敗したことになるわね。だいたい既婚女性といつまでも一緒にいられるわけがないでしょう、ヒュー！　そんな関係に未来があって？　大勢いる独身の淑女のひとりとつきあってみてはどうかしら？　ベッドのシーツはまっさらなままで、あなたみたいにハンサムで魅力的な男性が現れて抱きあげてくれるのを待っているすてきな若い淑女と。これまで独身の淑女に求愛したことはあるの？」

いまやミネルヴァの口ぶりは彼の母親そっくりになっていた。母もしょっちゅうこの手の分別くさい戯言《たわごと》を並べたものだ。スタンディッシュ家の男が信用ならないのは誰よりもよく知っているのに。

むろん、ヒューは独身の淑女に求愛したことはなかった。相手が誰であろうと求愛したことはない。ある種の女性たちには臆面もなく言い寄り、彼女たちは臆面もなく彼と戯れた。あれは求愛ではなく、ダンスだ。最後は寝室へたどり着くのをどちらも承知しているダンス。

「ぼくは結婚向きではないと言っただろう、あれは本心だよ。恋に落ちることができないし、とにかく心から人を愛するのは無理だと確信に近いものがある」不意に自分のそんな欠点に気が滅入った。ミネルヴァの表情が変わるのを見て、必至の反論を聞かされる前にヒューは自分の言い分をはっきりさせることにした。「単に、詩人たちやぼくの母みたいな救いようのないロマンティストが延々と語る、全身全霊を捧げる謎めいた無私の感情は、ぼくという人間の中には存在しないってだけさ。これはぼくの血筋における欠陥なんだ」

ミネルヴァがじっと見つめてきたので、ヒューはまたもや話しすぎたことに気がついた。

「ああ、ヒュー——あなたはまだ自分にぴったりの女性と出会っていないだけだと考えたことはないの？　愛することができないと言いきるには、あなたは思慮深く、いい人すぎるわ」

「いい人？」彼女は図らずもヒューに逃げ道を差しだしてくれた。彼は憤慨したふりをして顔をしかめた。「いい人と言われるのは今日はこれで二度目だ。正直、激しい怒りを覚えるね！　〝いい〟とは、ありきたりで退屈な言葉じゃないか。壁紙だって〝いい壁紙〟だし、古いやつと見た目の変わらない新品の帽子だって〝いい帽子〟と言える。〝粋な人〟の言い間違いじゃないのかい？　〝魅力的な人〟とか？　〝抗いがたい人〟は？　〝いい〟よりぼくにふさわしい形容詞は辞書にいくらでも載っているだろう」

「いいえ、あなたはいい人よ。いらだたしくもあるし、身のためにならないほどの自信家でもある。それに秘密主義だわ。あなたには見た目以上のものがある気がずっとしているのに、わたしがそれをのぞこうとするたび、あなたは蓋を閉じて、わたしの質問を魅力でしりぞけてしまう」

「ほうら——認めたな！　ぼくはやっぱり魅力的だ。きみが押しつけた、つまらない〝いい〟は、その褒め言葉と入れ替えさせてもらおう」

「ほら……またあなたが話をそらすから、なぜそうやってすぐに話をそらす必要があるのかと、わたしはまたも首をひねるの。あなたは何を隠しているの？」

「何も隠していない」ヒューは両腕を広げた。「これがぼくさ」

「あなたは謎ね、ヒュー・スタンディッシュ」

「その形容は気に入ったな。謎めいた男。淑女はそういう男に弱いと聞いているよ」

「また話をそらしている」

「いまに始まったことじゃない」ヒューは肩をすくめ、この会話によって際立たせられた、いらだたしくも絶え間ない空虚さを無視しようとした。それは彼女との別れを惜しむ気持ちから生じた感情なのかもしれない。自分は彼女の出発など少しも望んでいないが、一時的にこの暮らしにぽっかり穴が空くのはいまからわかっているのだから、そんな感情に浸ったところで意味はなかった。感情はいずれ消える。その気のある女性が現れたら、彼の心はそちらへ向かうだろう。それがスタンディッシュ家流だ。既成事実《フエタコンプリ》なのだ。「母がぼくたちの婚約に納得していないなら、この芝居を明日で終わらせることにしたのは正解なんだろう」

「明日？」困惑するミネルヴァの瞳に渦巻いているのは失望感だろうか？「そんなにすぐに？」

「それが最善だと思わないか？　芝居を長く続ければ続けるほど、母はぼくたちの話に穴を見つける」

「それはそうだけど……」

「実は、今夜のうちにきみと話したかった最大の理由はこれだ」なるべく手短に、後腐れなくさよならを言おう。「あした一日を乗り越えたら、深夜頃にペインが迎えに来るから、忘れずに荷造りをしておいてくれ。きみはジャイルズと馬車で出ていく」声に出して言うだけでみじめな気分になった。空虚だ。孤独も同然。「きみの妹たちと、きみたちの荷物、それからルクレーシャは、翌朝すぐにぼくの馬車で出発させる。そしてロンドンまでの道の途中にある宿駅できみと合流する」

言われたことをすべて咀嚼《そしやく》するあいだ、ミネルヴァは膝に置いた両手を見つめ、しばらくしてからようやくうなずいた。「ええ……それなら道理が通っている。あなたのお母さまを長々とだまそうとすればするほど、猜疑《さいぎ》心《しん》を抱かせかねないわね」

ふと、彼女が美しい瞳をあげて彼の目をとらえ、ヒューはそこに何か別のものを見た。それは彼の胸にある悲しみに酷似していた。彼女に近づきたくなる衝動をヒューは押し殺した。

「あまりに急なものだから。あまりにいきなりで。こんなに突然終わるとは思っていなかった」

「これが最善だ」ヒューは決然と立ちあがった。いますぐ逃げださなければ、何か後悔するようなことをしてしまいそうだった。何か愚の骨頂で、危険なことを――たとえば、もっとミネルヴァと過ごすために駆け落ちを延期するとか。頭の中では執拗な声がそれを一考しろと叫んでいた。「詳細は明日決めよう。さしあたり、ぼくは身も心も捧げているのにきみが冷めきった態度を見せるのは、最後は涙で終わる失恋話にさらなる信憑性を与えると思うね。そうだろう？　結局のところ、放蕩者の伯爵とそれに輪をかけて放蕩者の次期公爵なら、誰が前者を選ぶ？　明日は、きみが熱いまなざしのひとつやふたつをジャイルズに投げかけても差し障りはないな」

「そうね……つじつまが合うわ。ひそかに彼に惹かれているようにふるまえばいいのね」

「ただし、やりすぎないように」自分にそんなことを言う権利はないが。「ジャイルズはすでに充分うぬぼれている」ほかに話すことはなかった。まだ話していないことがいくつも残っている気がするというのに。「ぼくの話を最後まで聞いてくれてありがとう」

ミネルヴァは立ちあがり、ヒューと並んで入り口まで歩いた。しかし彼がドアを開ける前に、彼女はヒューの腕に触れた。他意はなく、そっと触れただけなのにその効果は強烈で、彼女の手がシャツの薄い袖を燃やし、魂にまで火がつくのが感じられた。

「ありがとう、ヒュー。何もかも。この数日は……思いのほかすばらしかったわ。非現実的だったけど、楽しかった。この屋敷で過ごした数日はきっと大切な思い出になるわ」

ヒューはうなずいた。なぜか胸にこみあげるものがあり、ドアの取っ手を握る。予期せず交わったふたりの道を切り離すときが来ていた。「おやすみ、ミネルヴァ」

「おやすみなさい、ヒュー」彼女は悲しげだった。本当に悲しげだ。彼と同じように。お互いのことはろくに知らないのに、実際、ばかげているが、彼女がいなくなったら喪失感に打ちのめされるのはすでにわかっていた。その気持ちは母の前で演じる必要はない。「それから話しに来てくれてありがとう。口喧嘩をしたままでは眠れなかったわ。友だちとしてお別れできてよかった」

友だち。

〝いい人〟に対抗できる退屈な言葉があるとしたら、これがそうだ。「ぼくもそう思う。それにぼくたちは友だちなんだから――運命にいじわるをされて助けが必要なときは、いつでもぼくがいるってことをどうか覚えていてほしい。どこを探せばいいかはわかっているね」

「あなたがとってもいい人だというさらなる証拠だわ。本当に、あなたはわたしが出会った中で、いちばんいい人よ」

ヒューは自分に求められているとおりに顔をしかめ、部屋の外へ足を踏みだしたところで振り返ると、ひどく愚かなことをした。それは三一年の人生でおそらく最も愚かな行為だろう。頭の中で叫んでいる声に従い、誘惑に屈してミネルヴァにキスをしたのだ。

13

ミネルヴァは自分の紅茶を見おろして当惑した。もうお砂糖を入れたんだったかしら？入れていたとしても思いだせない。念のためにスプーンで砂糖を入れ、ぼんやりとかき混ぜながら、夜通しぐるぐると考えていたことをふたたび考えた。

あのキスのことを。

朝食室にまだ誰もいなくてよかった。何時間も前のことなのに、いまも頭がぼうっとして、人前に出られる状態ではないのだから。

むろん、勘違いはしていない。あれはお別れのキスだ。感謝のキス。惹きつけられる気持ちはお互いさまだったことを確認するキス。たぶん、そこにはほろ苦さもある。ふたりの楽しいひとときに幕が引かれるのは名残惜しいけれど、これ以上の関係を期待するのはむなしいだけだとどちらもわかっているのだ。普通ならどんな状況であっても、この宮殿の主である伯爵とクラーケンウェル住まいの娘が出会うことはなく、ましてやふたりで一週間近く過ごすことなどありえなかった。これは異例の状況ながら、なぜかうまくいき、ミネルヴァはいずれ必ずその幕切れを深く嘆くだろう。どちらの人生もすみやかに先へ進むのはわかっている――でも、ああ、なんてことなの！　あのキスが忘れられない！

キスなら前にもされたことがあるし、それも一度だけではない。恋に落ちて自分の家庭を持つという愚かな夢をまだ抱いていた頃、ろくでなしの父親が親業という終わりのない苦労を彼女に押しつけていなくなる前、ミネルヴァはとある青年に出会って好意を抱いた。彼がいっさい関わりを持ちたがらなかった責任を背負わされる前には、彼に何度かキスをされてそれを楽しんだ。けれどもあの何年も前の、慎み深く、清らかな唇の軽い触れあいは、ゆうべのヒューのキスには遠くおよばなかった。

ヒューのキスはまったくの別物だ。強烈な体験で、これまでミネルヴァが真の意味で理解していなかった、あらゆることへ目を開かせた。

たとえば、どんな言葉でも語れないことを一度のキスが語るなんて誰が知っていただろう？　切望、悲しみ、後悔、喜び、理解、感謝の念、そのすべてがあのキスにあふれていた。それに、やさしさと切実さ、情熱と無我夢中は紙一重で、それらが一瞬にして入れ替わることは？　地軸がずれたみたいに、あのキスはすべてを計り知れないほど変えてしまい、もとに戻ることはもうないのだろう。彼の唇はミネルヴァの唇をそっとかすめ、彼の手は彼女の頬を包みこんだ。その記憶はどちらも鮮明だ。ふたりは廊下にたたずみ、彼女の寝室から漏れだす淡い光を浴びていた。名残を惜しむような彼の唇に、自分がそっとため息をついたのも覚えている。すべてがとても甘く、万感の想いがこめられていた――ふたりは喧嘩をし、仲直りをし、あれはふたりだけのお別れだったのだから。

けれども次に起きたことは、どこか別世界のあぶくの中で起きた出来事のようで、ミネルヴァにわれを忘れさせた。自分の寝室へ戻ったことも、ドアを閉めたことも記憶からはすっぽり抜け落ちている。それなのに、体に触れたヒューの手の感触はありありと思いだせた。彼の両手はネグリジェを撫でおろしてヒップを包みこむと、彼女を引き寄せてふたりの体をぴたりと重ね、これまでミネルヴァが体験したことのない反応を体から引きだした。体がヒューを求めていた。その感覚が忘れられない。体を重ねると、彼に求められているのが伝わり、うれしさのあまり、体の内側に彼の欲望を感じたくなった。せつない声が彼の口の中へ漏れた。あまりの心地よさに、ミネルヴァは声を漏らして身をよじり、恥ずかしさも忘れて邪魔な柔らかいリネンのシャツ越しに両手で彼の胸板と背中をまさぐった。指で筋肉の形をなぞり、その指を貪欲に髪に差し入れた。そしてキスで奪われるのは唇だけではないことを、歯と舌と、体と心も奪われることを学んだ。

いつの間にか、体も心も惜しみなくヒューに与えていた。見返りは期待していなかった。だって何を期待できるだろう？　ヒューは彼の世界で暮らし、彼女は自分の世界で暮らしている。お互いの世界が交わることはない。未来も過去もなく、いまこの瞬間があるだけ。彼女が思う存分に生きたその瞬間が。

正直、ヒューが唇を引き離さなかったら、自分はもっと与えていただろう。どこまで与えていたかは誰にもわからない、彼女の体がそれを渇望し、あの瞬間には正しいことに思えたのだから。

ミネルヴァは知らず知らずのうちに微笑み、紅茶にさらに砂糖を入れていた。ふたりのあいだで火山みたいに爆発した情熱に、ヒューも彼女と同じくらい愕然《がくぜん》としていた。彼は驚きと困惑の表情を浮かべて後ずさり、ふたりは息を切らし、衝撃を受け、ただ見つめあった。慎重さを投げ捨ててもう一度キスをするべきか、それとも安全を取って二度目のおやすみの挨拶をし、自分を取り戻したら、ふたりのあいだで燃えあがったものについてきちんと沈思すべきなのか、よくわからなかった。

結局、どちらも何も言わなかった。言葉は必要なかった。起きたことは変わらない。それはすばらしく、感動的で、完璧な瞬間だったけれど、不可能であり非現実的だった。ヒューはまばたきし、うなずき、ドアにぶつかるようにして後ずさった。金髪は彼女の指に乱され、シャツはふたりの情熱のせいでしわくちゃになっていた。ドアが静かに閉まるなり、ミネルヴァはふらふらと化粧台の椅子へ向かった。そこでゆうに一〇分は座っていたあと、鏡に映る自分の姿にようやく目の焦点を合わせ、こちらを見つめ返すこの奔放な女性は誰だろうと思った。

髪はもつれてひどいありさまだった。唇はヒューのキスでぷっくりと腫れあがり、上品なネグリジェはいつの間にか胸元のリボンがほどけてずり落ち、片方の肩はむきだしで、顎から胸のふくらみまで不適切な範囲の肌があらわになっていた。それでもまだスキャンダラスでないというなら、貪欲そうにつんと尖《とが》った胸の頂が極薄のリネンをあからさまに押しあげていた。部屋から出ていく直前、彼の目が独占欲もあらわにミネルヴァの体を上から下まで眺めたときに、色づいた胸の先端を生地越しに見られたに違いない。

あれから何時間も経つのに、彼に触れてほしかったことを思いだすたび、ミネルヴァの胸の頂はしつこくかたくなった。あからさまにつんと尖った胸は、恥知らずなふるまいと肉体の欲求を屋敷じゅうの者たちに知らしめそうだったので、ミネルヴァはいちばん分厚いショールを体に巻きつけていた。

「ずいぶん早いのね」

彼の母親の声に、ミネルヴァは飛びあがった。罪悪感から顔が熱くなる。「もともと早起きなんです、マイ・レディ」ヒューに抱いた否定しがたい欲情の名残にまだ苦悶《くもん》しているいま、その母親はいちばん顔を合わせたくない相手だ。自分の体が意識され、肩に巻いたショールを念のために確認し、かたい結び目を引っ張った。ショールが滑り落ちて下に隠れているものが露呈しては大変だ。「朝寝坊は昔からあまり得意ではなくて」

「わたしもよ。それから、オリヴィアと呼んでちょうだい……少なくとも正式な家族になるまではね」

「はい、わかりました……オリヴィア」胸は敏感になり、ミネルヴァの目を開かせた抱擁のスキャンダラスな一瞬一瞬を罪悪感とともに回想しながら、いつもどおりのふるまいをするのはひどく難しかった。

「何も問題はないかしら、ミネルヴァ？」

ああ、どうしよう！　ヒューに唇を奪われてわれを忘れたのが顔に出ているの？　ここは開き直るしかない。「ええ、もちろんです。問題なんてあるわけがありません」それを印象づけようとティーカップを口へ運んだとたん、砂糖でどろどろの紅茶にむせそうになった。ヒューのことをぼんやり考えるあいだに、いったい何杯砂糖を入れたのだろう? これでは糖蜜だ。けれどもオリヴィアの手前、ちゃんと飲みこまなくては。

「たぶんわたしの思い過ごしでしょうけれど、きっとそうだと思うのだけれど、昨日の夕食の席であなたとわたしの息子のあいだの雰囲気が少しおかしい気がしたものだから……喧嘩でもしたの?」

ミネルヴァはほっとして胸を撫でおろした。ぴんと立った胸の先端に気づかれたわけではないらしい。「実は、あなた方が到着する少し前にちょっとした言い争いをしたんです。たいしたことではありません」

「ひと晩じゅう、誰にも見られていないと思うたびに、鋭いまなざしをテーブル越しに息子へ放ちつづけるくらいにはたいしたことだったのでしょうね」

「まあ、気づいていらしたんですか?」開き直るのよ。今夜の駆け落ちをもっともらしく見せるために、冷めた態度を取るようヒューから求められている。「機嫌が悪いのをまわりには気づかれないようにしていたつもりでしたのに」

「ええ、ほかの人たちは気づいていないと思うわ。だけど、わたしの目はごまかせないわよ。おかわりをいかがかと思ったけれど、あなたはまだ紅茶が残っているようね」ヒューの母親が自分の紅茶を用意するあいだに、ミネルヴァは残りの紅茶を無理やり喉へ流しこんだ。さっきよりさらにまずい。「ヒューは喧嘩の埋めあわせのため、あなたを会話に引きこもうと躍起になっていた。一方あなたは完璧な女主人役を務めて、みんなとおしゃべりをしていたけれど、ヒューとは話そうとしなかったわ」

「ちょっとした口論にすぎません。わたしは意地っ張りで有名で、ヒューはたまに……」

「癇に障る？　石頭？　身勝手で理不尽？」オリヴィアは微笑し、カップの縁越しに公然とミネルヴァを品定めした。「正直に言うと、マイ・ディア、わたしはそれを見てうれしく思ったのよ。息子が気にかけている証だから。喧嘩をしたことがないなんて言う男女は信用できないわ。ふたりの関係が浅く、釣りあいがまったく取れていない証拠だもの。愛しあっているからこそ言い争うものなの。そうしないのは相手に興味がない人たちよ」そこでにっこりと笑い、息子とそっくりないたずらっぽいえくぼを浮かべる。「ジェレマイアとわたしは、長年のあいだに何度か大喧嘩をしているのよ。一度なんて、わたしは彼にヘアブラシを投げつけたんだから」

「そして、ここに命中させたんだよ」ちょうど部屋に入ってきたミスター・ピーボディが指でこめかみをとんと叩いた。「しかも純銀製のヘアブラシをね。それからゆうに一週間、わたしは紫色の巨大なたんこぶという屈辱を味わわされた」

「それほど巨大ではなかったわよ」ヒューの母親は女王のごとく手をひらひらさせて夫の言葉をしりぞけた。「この人は大げさに言っているの。ウズラの卵ほどもないくらい小さかったんだから」

「きみはウズラの卵と言うが、あの大きさはアヒルの卵に近かった。どちらにしても、わたしはいい笑い物になったよ」彼がミネルヴァにウインクした。「おはよう、未来の義理の娘。今日は顔色がいいね」

「体調がいいんです」下半身の奇妙なうずきと、つんと尖った乳首が体調のよさの指標なら。

「あなたも早起きなんですね、ミスター・ピーボディ」ほかのみんなはどこにいるのだろう？ ひとりきりでヒューのミネルヴァを演じるのが不意に怖くなった。

「いや、普段は違う。だが、妻が一刻も早くきみの全情報を絞りだす気でいるから、急いできみの救出に来たというわけだ。朝の七時は尋問には早すぎるだろう」

「おやさしいんですね、ミスター・ピーボディ。でも救助は無用です。わたしたちは楽しいおしゃべりをしていただけですもの」

「だまされてはいけないよ。楽しいおしゃべりは前置きでしかないからね。オリヴィアは蜘蛛だと思ったほうがいい。目に見えない無害な糸を張って巣を作り、安全だと錯覚させていつの間にか罠へと誘いこんだら、あとは情け容赦なく生きたまま獲物を食べるんだ」

「わたしを嫌われ者にしようとしているの、ジェレマイア？」もっとも、ヒューの母親は愉快そうな顔で、気分を害した様子はない。

「わたしはヒューが来るまで、彼の代わりを務めているだけだよ——気の毒なお嬢さんをきみのしつこい詮索から守るために」ミスター・ピーボディは妻の真向かいに腰をおろすと、自分のカップを彼女に渡して微笑みかけた。「おや、このカップは空のようだ、マイ・ダーリン」

「空でよかったわね。中身が入っていたらあなたはそれを浴びていたところよ、最愛の人《ディアレスト》」

ヒューの目とよく似たブルーの瞳がきらめく。「ほらね、ミネルヴァ――愛しあう男女はいつも口喧嘩をしているの」

妻がカップを手に立ちあがると、ミスター・ピーボディはあきれ顔で目玉をぐるりと回した。「きみが口出しすることじゃないと何度も言ったんだが、やはり彼女は干渉せずにはいられないらしい。ゆうべは、ミネルヴァとヒューの様子がおかしかったと言って勝手な憶測をめぐらせる始末で、わたしは聞いているあいだに眠ってしまったよ」

「でも、わたしのにらんだとおりだったのよ。ふたりは口論していたの。だけどもう仲直りしたみたい」オリヴィアが目の前にカップを置くと、ミスター・ピーボディは静かに香りをかいでから口へ運び、ほっとため息をついた。

「朝の一杯目のコーヒーに勝るものはない、違うかい？」

「わたしにはなんとも言えません。紅茶派なので」ミネルヴァの前にいれたての紅茶のカップが現れ、彼女も声に出してため息をつきそうになった。冷えた糖蜜のカップを押しやり、必要以上に正確に砂糖を量って、スプーン一杯分だけ新たなカップへ入れる。「コーヒーはわたしには苦すぎます、ミスター・ピーボディ」

「お嬢さん、わたしたちはもうすぐ家族になるんだ。どうか、ジェレマイアと呼んでほしい……それにコーヒーは臆病者向きではなくてね。強烈な飲み物だ。男の飲み物だよ……」

「彼が言わんとしているのはアメリカの飲み物だということよ。わたしの夫は徹底的な反紅茶派なの。主義としてね」

「当然だ！　わたしの祖父は独立戦争支持派だったんだ。ボストン茶会事件でもその場にいて、正義と愛国心のために立ちあがった。命を賭けて！　英国の泥水が口の中へ入るのをわたしが許したと知ったら、祖父は墓の中で怒りにのたうちまわるだろう」

「すでにのたうちまわっていなかったとして、でしょう。なにせあなたは誇り高き独立支持派の伝統を都合よく忘れ、英国女性と結婚することを選んだんですから」ヒューがつかつかと入ってきた。彼はなんの努力もしなくてもハンサムに見え、ミネルヴァの唇は、体のほかの部分とともに盛大にうずきはじめた。「おじいさんにしてみれば、英国貴族の娘と比べたら、たまの紅茶のほうがまだましだったでしょう。みなさん、おはようございます」

ヒューは母親の頬にキスをする前に、ミネルヴァへちらりと目をやっただけだったが、今朝の彼の視線はいつもと違っていた。目をそらす前に、彼女の唇へとほんの一瞬さがったのだ。そのときにわかった。彼もゆうべのキスを思い返しているのだ、彼女同様に。「ご機嫌いかがかな？」彼がふたたびこちらを見たので、ミネルヴァは答えた。

「とてもいいわ、ありがとう」少しもよくなかった。頭の中は混沌《こんとん》として、深刻な寝不足だ。すべてヒューのせいだ。彼が現れてから、きわめて不適切なうずきに加えて、鼓動まで乱れている。それもこれも彼のせいだ。何もしないでこんな惨状を引き起こすなんて、いかにもヒューらしい。「あなたもご機嫌がよさそうね？」

「ああ。すばらしい気分だよ……」ヒューのまなざしには切望の色があり、ミネルヴァの唇へとふたたび視線がさがる。「すばらしい……」ヒューは急にジェレマイアのほうへ向き直り、明るすぎる笑みを浮かべた。「あなたはいかがです？　旅の疲れは取れましたか？」

「きみの母君は詮索の真っ最中で、きみの婚約者は失礼のないようそれに耐え、わたしはまだベッドにいたかったと思っているところだ」

「母に何を詮索されたのか、聞かせてもらえるかな？」

ヒューが向かいに座ったので、ミネルヴァは彼のコロンのにおいをかぐはめになった。スパイシーで明らかに高級そうな香りに、凛《りん》とした新鮮な空気がふんだんに混ざっているのは、彼が外にいたからだろうか。その組みあわせの何かに刺激され、ミネルヴァは彼の喉に鼻を埋《うず》めてにおいを吸いこみたくなった。「昨日のわたしたちの、ちょっとした言い争いについてよ」ヒューと目を合わせるのがどうしてこんなに難しいのだろう？　もしかしたらほんの数時間前に、この両手がおもむくままに彼の体をまさぐり、彼にもこの体に触れてほしいと思ったのを隠しもしなかったからかもしれない。

「ちょっとした言い争いではないでしょう、夕食のあいだじゅう続いていたんですもの。具体的には何が原因だったの？　根掘り葉掘り訊いても、あなたの婚約者は腹立たしいくらい詳しいことは教えてくれないのよ、ヒュー」

「なんでもありませんよ、母上。ミネルヴァが言ったとおりです。恋人同士のちょっとした諍《いさか》いです」テーブルをはさんでふたりはようやくまともに視線を合わせた。彼の目は愉快そうだ。「いまはもうすべて解決済みです」

「すんだ話なら、わたしたちに教えられない理由はないでしょう？　くだらない口論は、終わったあとには最高の笑い話になるものよ。忌まわしいわたしの息子はあなたに何をしたのかしら、ミネルヴァ？」

　くわえた骨を放そうとしない犬のように、オリヴィアはつくづくしつこい。代わりの餌を投げ与えないかぎり、放してくれそうにない。「そこまでおっしゃるなら。結婚式の会場について意見が合わなかったんです」ヒューのカップがテーブルと彼の口のあいだでぴたりと止まり、ミネルヴァは急場しのぎの嘘としては最悪だったと即座に悟った。だが、やり通すしかない。後戻りは不可能だ。

「ヒューがロンドンで式を挙げたいと言いだして。わたしは式を挙げるのはここ……ハンプシャーがいいとはっきり伝えていたんです。セント・メアリーズ教会はとても美しいところですし……」オリヴィアの目がぱっと輝いた。どうやら彼女をなだめるのにミネルヴァはこれ以上ない話題を選んだらしい。哀れなヒューにとっては純粋な拷問に違いないだろうけれど。長らく待ち望まれてきたヒューの結婚はオリヴィアの夢であり、彼には最悪の悪夢だ。

「彼を敬愛する領民たちにも、その日を楽しんでもらいたくて……」声をすぼませ、落ち着かなげに紅茶をひと口飲む。すると、あまりの熱さに涙が出た。

「ええ、ハンプシャーで式を挙げるべきなのは言うまでもないわ！」オリヴィアは息子の正気を疑うかのように彼をにらみつけた。「ロンドンがいいだなんて、あきれたものね、ヒュー！　当然、ミネルヴァの意見を聞き入れたんでしょうね」

「もちろんです。ロンドンは単に提案しただけです」

「愚かな提案ね。不必要に煩雑でもあるわ。そんな離れたところでは式を計画するのだって恐ろしく難しくなるでしょう」オリヴィアがミネルヴァの腕をぽんと叩いた。「これに関しては、わたしは全面的にあなたの味方よ。夕食のあいだじゅう、あなたが息子をにらみつけていたのも無理はないわね。わたしだったら銀器を投げつけていたところよ」そう言ってから、ミネルヴァのほうへ少し椅子をずらす。「いよいよ日取りも決まったのかしら？」

「いえ、それは……」

「かえって好都合ね。準備することが山ほどあるし、マダム・デヴィの予定が空いているかどうかもわからないのに、日取りを決めるのは愚かだわ」

「マダム・デヴィ？」

「仕立屋よ、ディア。英国一の仕立屋。彼女は大人気で、シルクの扱いにかけてはまぎれもない天才なの。ウエディングドレスは彼女に作ってもらわないと！　今日のうちにわたしから連絡して、緊急だと伝えるわ。彼女には貸しがたくさんあるもの……。でも採寸さえ終われば、クリスマスまでにはすべて仕上げてくれるはずよ」

「クリスマス？」

「ええ、夏はまだまだ先だし、六月の結婚式はなしとなると、当然クリスマスでしょう」小さな手を打ちあわせて顔を輝かせる。「どうかしら、ヒュー？　クリスマスの結婚式なら申し分ないでしょう？」

「ええ……それは……すばらしいですね……」

「色は考えたの、ミネルヴァ？」

口を開いてしゃべろうとしたミネルヴァを、オリヴィアがさえぎった。「だめ！　わたしったら、うっかりしたわ。ヒューの前で色の話はできないわよね。ドレスのことを新郎に知られるのは縁起が悪いもの。あとでふたりで話しましょう……。だけど招待客については話してもかまわないわよね？　花嫁の付添人のことも。それは妹さんたちにお願いするんでしょう？　それにあなたの花婿付添人は、あのいたずら者のジャイルズよね、ヒュー？」

うっかりミネルヴァが開けた門から、羊の群れがどっと逃げだしたかのようだった。ヒューの母親は水を得た魚みたいに、アイデアと返事は無用らしい質問を矢継ぎ早に口にした。彼女の夫は観念してひたすらコーヒーを飲み、哀れなヒューはティーカップの取っ手をもぎ取らんばかりに握っている。

ミネルヴァは面目のなさが伝わるよう願いつつ、打ち沈んだ目を彼に向けた。そこへベリンガム卿が現れ、ヒューがほっと安堵の息を吐く。

「ジャイルズ！　よかった！　いいところに来てくれた。この生き地獄からぼくを救いだしてくれ。母がウエディングドレスをどうするかと考えている。さあ、座れよ！　腹がすいているだろう！」

「腹はすいていない」

「なんだって？　この世の終わりか？　きみの腹が減っていないところなど見たことがないぞ」

「ちょっといいかな？」ベリンガム卿は笑みを浮かべてテーブルを見まわしたあと、ヒューに鋭い目を向けた。「ふたりだけで話せるか？」

「もちろんだとも」ヒューは立ちあがるなり、弾丸みたいに部屋から飛びだしていった。来たばかりだというのに、大喜びで出ていったのだ。ミネルヴァがうかつにも生みだしてしまった、手に負えない怪物の相手を彼女にまかせて。

「結婚式後の会食はここ、スタンディッシュ・ハウスで開きましょう。そのあと夜の披露宴には村の人たちを招いて……」

14

「行かなくてはならないってどういうことだ。そいつは困る！　きみが必要だ」ヒューはジャイルズの襟をつかみ、揺さぶってやろうかと本気で考えた。ミネルヴァにキスをしてしまったのだ。予定どおり今夜出ていってくれなければ、絶対にまたキスしてしまう。

「緊急事態なんだよ」ジャイルズは手紙をひらひら振って、ヒューが奪おうとするとさっとよけた。「ペインに訊いてくれ。これが一五分前に速達で届いたんだ。もう行かなくちゃならない」

「だがジャイルズ……」

「長くはかからないさ」

「長くはかからない？　ずいぶん適当だな。いったいいつ戻ってくるんだ？」

「二、三日ってところかな……」二、三日も！　「かかっても一週間だろう」

ヒューはパニックに陥ってジャイルズを揺さぶった。「一週間だって？　ありえない！　どうやって一週間もやり過ごせばいいんだ」ミネルヴァとは一緒にしたいことが山ほどあるが、不適切なことばかりだ。それらが次々に頭に浮かんで昨夜は何度も目が覚め、そのたびに冷たい水で顔を洗ったりしていたが、最後にはまだ日がのぼらない早朝から馬を走らせるはめになった。だが、どちらも欲望を静めてはくれなかった。「今日、彼女を連れていくはずだろう！」

「いますぐは無理だろう。ミネルヴァはきみの母君と朝食中なんだから！」

「ふたりは結婚式の計画を立てているんだぞ。母が一週間でどれだけのことができるか、きみには想像もつかないだろう」ヒューはジャイルズを放し、友人の顔色の悪さやこわばった表情を無視して自分の苦境に集中しようとした。しかし、いまいましいほど身に染みついたものが、そうすることを許さなかった。何かがおかしいと警鐘が鳴った気がして、ミネルヴァのことで頭がいっぱいだったヒューを引き戻す。「何があったんだ、ジャイルズ。大丈夫なのか？」

「なんでもない。過去の亡霊にちょっとばかり対処しなければならなくなっただけさ。だが、気にしてくれてありがとう」

友人のかたくなな表情から、詳しいことを言う気がないのだとわかった。一方、ミネルヴァはヒューを秘密主義だとなじる。ジャイルズとは一〇年来の友人だが、本当は彼のことをまったく知らないのではないかと思うことがある。しょっちゅう説明もなく行方をくらますし、〝過去の亡霊が〟とよく言うにもかかわらず、どんな亡霊なのか教えてくれたことがない。「できるだけ早く戻る。約束するよ。ぼくの言葉を信じて……」そう言いかけて、ジャイルズ自身も確信が持てないかのように口を濁す。「少なくとも、そうしたいと思っている。

とにかくきみは、結婚させられないように全力を尽くせ。がんばれよ」

「言うのは簡単だ。いまこうして話しているあいだにも、母は式の招待客のリストを作っているだろう。日曜には結婚予告が読みあげられて……」ヒューはふたたびパニックにとらわれた。「どうすればいいんだ、ジャイルズ！　結婚予告を止める方法がわからない」

「結婚予告は三回読みあげられる決まりだ。三回目までには必ず戻ってくる」

「そんなあやふやな言葉で安心できるものか」母とはなるべく顔を合わせないようにしていればいい。だがいまのヒューは三週間は絶対に無理として、一週間でもミネルヴァに抵抗できるとは思えなかった。熱い反応を見せてくれる彼女はあまりにも魅惑的だ。キスだけでもあんなに夢中にさせられたのだから、それ以上となると考えるだけでも耐えられない。それなのに考えずにいることもできなくて、彼女の長い脚や薄いネグリジェ、その下に透けて見えたほの暗い色の胸の頂を、つねに思い浮かべていた。布越しに見たものを直接目にしたい。さわって……味わいたい。

「いい面に目を向けろよ、ヒュー。式の準備に夢中になっているあいだは、母君がきみを疑う時間や余裕はないはずだ。だから、とにかくいまの状態を維持しろ。ミネルヴァに夢中なふりをして、母君を存分に楽しませてやるんだ。そうこうしているうちに、ぼくが戻ってくる。きみにちっとも夢中じゃない婚約者を派手にかっさらうためにね」ジャイルズは笑みを作ろうとして、すぐに謝るように首を横に振った。「本当にもう行かなくちゃならない」

「わかった、行けよ！　早く行けば、早く戻ってこられるだろう？　このくだらない芝居をそれだけ早く終わらせられる」

だがそのためには、ジャイルズが戻ってくるまでなんとか持ちこたえなければならない。それはそう簡単ではなかった。嘘をついていたことが発覚して母に殺されなかったとしても、ミネルヴァへの尽きることのない欲望に息の根を止められそうだ。もしかしたら、いまのヒューにとっては死すら祝福かもしれない。ひとりの女性にこれほど心を奪われるのは初めてだった。ミネルヴァに惹かれるあまり、つきあう女性について定めた厳格なルールを無視したくなるほどだった。今朝だって、彼女を見たとたんに近づきたくなった。花を摘んであげたり、一日じゅう一緒にいて、話したりキスしたりしたくなった。考えていること、好きなもの、見る夢、すべてを知りたかった。彼女のネグリジェと蠟燭の明かりと魅惑的な髪のせいで、彼の理性は崩壊した。不幸なことに、昨日の夜はスタンディッシュ家の悪い血が下半身を燃えあがらせ、理性をつかさどる部分が機能を停止した。そのせいでかたくなに守ってきた原則を忘れてしまったのだ。

たがが外れたヒューは両手をおとなしくさせておくことができず、それらを存分に使ってミネルヴァを探索した。いまでは自分の両手を見るたびに、桃のようにまろやかだった彼女の腰の感触を思いだしてしまう。

書斎の中をうろうろと歩きまわるヒューを置いて、ジャイルズは出ていった。一週間なんて、ヒューは考えるのも耐えられなかった。最初にこの茶番劇を始めたときは、成功させるのが難しい危険な賭けというだけだった。だがミネルヴァにキスをしてしまったいまは、もう違う。自分自身の理解しがたい反応に衝撃を受け、彼女と一日でも一緒に過ごすことが拷問に等しくなってしまった。

昨日彼女と別れたあと、衝撃的な出来事を何度も思い返した。その合間にずっと考えてもわからないのは、これまでに彼がキスをしてきた何人もの女性たちとミネルヴァがどう違うのかということだ。ヒューは彼女とのキスにわれを忘れて溺れ、その衝撃にいまも呆然《ぼうぜん》としている。恐ろしい威力を持つ中毒性の高い危険なキスを、今後は絶対に避けなければならない。ところがすでに彼女を見るだけで、経験したことのない激しい切望に襲われている。

「ベリンガム卿の馬車が出発なさいました。ですから、なるべく早く代わりの計画を提示していただくのが賢明かと思います」ペインがノックもせずに部屋に入ってきた。それともミネルヴァにとらわれるあまり耳がおろそかになっていて、ノックの音を聞き逃しただけだろうか。

「代わりの計画なんてないから、おまえにいい案がないならなんとかごまかしつつやっていくしかない。少なくとも、ジャイルズが戻るまでは」

「それは困りましたね……」

「本当に困っている。母はここに来てまだ一日も経っていないというのに、全力で結婚式の準備に取りかかっているんだから」

「いまだけですよ」

「だが、少なくともしばらくのあいだはそれにかかりきりになって、ほかに余計なことをしないでくれるだろう。代わりの案もないことだし、好きなようにやらせておくしかない」

「ですが、お母君はひとりではなく、ミス・ミネルヴァと計画を立てていらっしゃるのですよ。ミス・ミネルヴァひとりにそんな重荷を負わせるのは公平でしょうか？　賢明でしょうか？」

「公平でも賢明でもないな」

気の毒なミネルヴァ。世界じゅうの金をかき集めても、面倒を押しつける埋めあわせには足りない。何時間も一緒に過ごすうちに、母はお粗末な作り話のあらを少しずつあらわにして、いずれすべてを明らかにしてしまうだろう。「くそっ、ペイン！　ぼくはいったいどうすればいい？」

「新しい計画を思いつくまでは、理想的な息子と理想的な婚約者でいるのがよろしいでしょうね」

「意味がわからない」

「お母君となるべく一緒に過ごして、いい息子を演じるのです。一緒に乗馬に出かけたり、ご友人を訪問するお母君につき添ったりして、なるべく忙しくさせておくのです。またお母君に疑念を抱かせない理想的な婚約者になるには、ミス・ミネルヴァがお母君と過ごされるときに必ず一緒にいるようにするのがいちばんです。やりすぎて疑われても困りますが。一緒にいればおふたりのやり取りが変な方向に行かないように見守れますし、お母君に不意を突かれることも防げます。それに考えてみますと、結婚式を好きに計画していただくこと以上にお母君の気をそらせることはございません。お母君の関心をすべてそこへ向けさせればよろしいのですよ」

「ジャイルズもそう言っていた」

「では、そういう方向でまいりましょう。ミス・ミネルヴァがおひとりになった隙に、お伝えしておきましょうか?」

「いや、いい。ぼくから伝える」ヒューは彼女と話をしなければならなかった。あわてて立てた新たな案とは別に、ふたりのあいだに確固とした境界線を設けるために。それがなければ、彼はこの茶番劇をやり通せないだろう。「朝食後にミネルヴァと話をするから、おまえにはミネルヴァのいまいましい妹たちと母の気をそらす役を頼みたい」彼の計画は愛する姉を堕落させるものだという予言が、一週間も経たないうちに現実になったことをダイアナに悟られるのは絶対に避けなければならない。これからの一週間でふたたび理性を失えばどういうことになるか、ダイアナの予言は彼に思いださせてくれた。

「予想外の事態だが、手に負えないことはない」ヒューはめったに来ることのないポートレート・ギャラリーを、子どもの誕生を待つ父親のように行ったり来たりしていた。ミネルヴァに触れたいという欲求に屈しては困るので、不埒《ふらち》な両手は背中でかたく握りあわせている。ミネルヴァだけでなく多くの先祖の視線が注がれるとわかっているこの部屋をなぜ密会場所に選んだのか、自分でもわからなかった。「ぼくたちふたりで、母が余計なことを考えないように忙しくさせておく必要がある」

ミネルヴァの顔を見ると、彼と同じくらいこの密会を居心地悪く感じているようだ。取り澄ました女教師のように体の前で手を組みあわせているが、昨夜の彼女に澄ましたところはまったくなかった。その手が彼と同じくらい大胆に、かつ自由に動いて彼の体を探り、ヒューに至福のひとときをもたらしたとはいえ、その記憶をいま頭によみがえらせるのは望ましいことではない。「お母さまはすでに充分忙しくされているわ。わたしが余計なことを言ってしまったために」ミネルヴァが足元を見つめ、つらそうな表情を浮かべる。「結婚式のことなんか持ちだしてしまって、本当にごめんなさい。気まずい状況から逃れられると思ったんだけど、結局、さらに気まずいことになってしまった」

「いいよ。おかしなことにはなってしまったが、おかげで母に嘘がばれずにすんでいる。熱心に式の計画を立てているあいだは、母がこっちに必要以上の注意を向けることはない。だから、ぼくたちは楽しそうな顔をして自分たちの役を演じていればいい」

「お母さまは、明日わたしを牧師さまに会わせるつもりよ」

「心配しなくても大丈夫。クラナム牧師はちゃんとした人だからね。それに、ぼくも一緒に行く。ジャイルズが戻るまで、つねに一緒に行動するようにしよう。そうすればふたりの話が矛盾することもない」

ミネルヴァは沈んだ表情のままうなずいた。「牧師さまに会うのがいやなんじゃないの。いやなのは嘘をつくことよ。しかも教会で。お母さまに嘘をついているだけでもつらいのに、教会でなんて絶対にいや」天を指して、体を震わせる。「地獄に落ちたくない……たとえ四〇ポンドもらえても」

「六〇ポンドで合意したんじゃなかったっけ？　とはいえ、きみの言いたいことはわかる。ぼくだって地獄に落ちたくはない。だから牧師をお茶に招待してはどうだろう？　そうすれば神の家で臆面もなく嘘をつくのは避けられる。理想的な解決策とは言えないが……」この茶番劇のどこにも理想的なところなどない。

「そうね、お茶会での顔合わせのほうがいいわ」だが彼女はまだつらそうだった。眉間にうっすらとしわができているのを見て、ヒューはそこに唇をつけて消してやりたくなった。

「でも正直に言うと、お母さまに式の計画を立てていただいているのがつらくてたまらないの。絶対に実現しないのに、とてもうれしそうにしていらっしゃるんですもの。お母さまはとてもすてきな方よ」

「しかたがないんだ。ぼくたちで母の熱意を少しは冷ませるんじゃないかな。勢いを鈍らせるくらいはできるかもしれない」なぜこんなにもややこしいことになってしまったのか。

「わたしのせいでお母さまは走りだしてしまった。もう止めるのは無理だと思う。わたしが出てきたときは、ルクレーシャやダイアナと音楽について話しこんでいらっしゃったわ。ところで、お母さまはプレイエルがお好きなのね。ルクレーシャはモーツァルトのほうがふさわしいと思っているようだけれど」

「母はモーツァルトを毛嫌いしているのさ。あまりにも陳腐でわざとらしくて、いらいらしてくるんだそうだ」

「どうりで議論が白熱するはずだわ。ルクレーシャはモーツァルトが大好きみたいだもの」

「きみはどっちがいい？」

「どっちでも関係ないわよね」ミネルヴァは何を言いだすのかといぶかるようにヒューを見た。「わたしが言いたいのは、うっかり坂道に置いてしまった小さな雪玉が、ぐんぐん勢いを増してとんでもない大玉になっているってこと」

「とにかく急いで母の頭を少し冷やして、ぼくたちはクリスマスの式を望んでいないとわからせなくては。理由は……」ヒューはインスピレーションを求めて手を振り動かした。

「そうね……父の親戚に出席してほしいけど、冬にケアンゴームズから出てきてもらうのは大変だからっていうのはどうかしら？」

「それはいいな。あとはクリスマスまでもう時間がないから、招待されたほうも困るだろうと強調する……」

「直前に知らされるといろいろと調整が大変だから……」

「出席できなければ、親戚の人たちもきみも悲しい思いをする。だから式は二月にしてほしいと訴えよう」

「バレンタインデーに式を挙げるってこと？」考えが一致したことがうれしくて、ふたりは笑みを交わした。

「そのとおり！　なんてロマンティックなのかと母はうっとりするぞ。バレンタインデーなら三カ月近く先だから、前のめりになっている母の頭を少し冷やせる。それにジャイルズが一週間以内にちゃんと戻ってくれれば、すべてが丸くおさまるだろう。さすがの母も一週間で式の準備を終わらせるのは不可能なはずだし、そもそも準備を急ぐ理由がなくなれば、式の計画をもっときちんと立てようと言いだすだろう」

「仕立屋はどうするの？　お母さまは緊急ということで手紙を出しておくと、今朝おっしゃっていたわ」

「仕立屋に関しては放っておけばいいと思うが、どうかな？　茶番劇に真実味が増す」

「でも、仕立屋に時間を無駄に使わせることになるわ」

「決して無駄にはならないさ。マダム・デヴィは抜け目のない商売人だから、客ができあがったドレスを着ようが着まいが、自分のした仕事に対する支払いを請求してくる。それに母は仕立屋とのやり取りを楽しむはずだ。だから好きにやらせればいい。ドレスにかかりきりになってくれたら、こっちも助かる。きみがあれこれ注文をつけてくれれば、なおいい。二月までは時間があるから、ほかの注文は問題なく取り消せる。すべての取引は最終的にぼくを通して行われるから、母に気づかれずに見張れるしね。母が楽しんでいるのは買い物に伴う興奮で、支払いじゃない。金を使っているという意識はあっても、領収書を調べはしないよ」ヒューは自信ありげに見えるよう笑みを浮かべた。「それに覚えているかい？　きみのそばにはぼくがついている。ぼくたちはチームなんだ」

「ずっと一緒にいられるわけじゃないわ、ヒュー。ずっと一緒なんてばかげているし、かえって疑われてしまう。ウエディングドレスの準備にあなたが関与することを、お母さまがお許しになるはずがないし。ドレスに関しては、わたしひとりで大丈夫。あなたが言ったようにわたしはものすごく細かくなれるから、スタイルにも生地にもとことん注文をつけて、お母さまの注意を引きつけるわ。だけど今朝みたいに予想外の質問をされることが、またあると思う。そのときに備えて、打ちあわせをしておくべきよ。わたしとあなたで食い違ったことを言ってしまわないように、警告する方法を用意しておかなくては。ショールを取りに部屋を出たとたんに待ち構えていたペインから知らされるなんて方法より、もっとちゃんとした方法を。それにしても、ずいぶん長く部屋を空けてしまっているから、どう思われているか心配だわ。みんなを避けていると思われていないといいんだけど」ミネルヴァは眉をひそめた。

「化粧室にでも行ったと思っているさ。席を外すとき、正直に化粧室へ行くと言う人間はいない。女性ならショールや、本や、なくしたハンカチを取りに行くと言い訳をするものだ」

「化粧室に行ったと思われているなんていやだわ」

「そうだな。たしかにいやだ」ミネルヴァが気まずい表情でいやそうにしているのを見て、ヒューは噴きだした。「誰もそういうことを口にしないから、みんな必死になって自分も言わないようにしているんだよ」

「あなた以外はね。こんなことを言わないでくれたらよかったのに。みんなのところに戻ったあと、意識してしまいそう」

「ルクレーシャのことだから、いま頃は歌でも歌っているんじゃないか？　きみが戻ったらみんなほっとして、いなかった理由を詮索しようともしないだろう」

「そうであることを願うわ。でもこれからは、あなたが言ったような言い訳を使って抜けだすのはやめましょう。わたしはずっと赤面していなくてはならなくなるもの」ミネルヴァがそうなったところを見てみたいと、ヒューは考えた。赤くなった彼女は魅力的だ。「合図の言葉を決めたらいいんじゃないかしら？　普通に使ってもおかしくない言葉がいいわ。ふたりきりで会う必要があるっていう合図になると同時に、会話に入れても違和感のない言葉が」

「恋人同士が使う呼びかけは？　愛しあう恋人たちは、そういうのを使って会話するものだろう？」

「では、ちゃんとひとつに決めておかないと。普通に話しているときに、うっかり使ってしまわないものを」

「〝ダーリン〟は？」

「それはだめ」ミネルヴァが首を横に振ると、耳元で後れ毛が弱々しい冬の日の光を浴びて輝き、ヒューは思わず目を奪われた。「わたしはよくヴィーに〝ダーリン〟って呼びかけているの。〝マイ・ラブ〟のほうがいいわ。誰にも使っていないから」

どういうわけか、ヒューはその響きが気に入った。

「ぼくも〝マイ・ラブ〟でかまわない。誰かにそんな言葉で呼びかけようなんて、これまで思ったこともない」それに、そう呼びかけてくれる女性もいなかったと初めて気づいて、ヒューは気持ちが沈んだ。

「わかったわ……じゃあ〝マイ・ラブ〟にしましょう」足を止めた彼と交代するようにミネルヴァが行ったり来たりしはじめたが、長い脚を出すたびに曲線を描く腰が誘うように揺れて、このうえなく魅力的だった。「それを緊急時の合言葉にして、ふたりで会う必要があるときに口にする。そうしたら隙を見てこっそり抜けだすわけだけど、それからどこへ行けばいいのかしら？」急に立ち止まったミネルヴァに視線を向けられ、ヒューは自分が彼女の脚を物欲しそうに見つめたままだったことに気づいた。

「そうだな……」彼女にキスをするなんて、自分は何を考えていたのだろう？　考えなければならないことがいくらでもあるというのに、彼女とのキスばかりが頭に浮かぶ。本当はこのややこしくなってしまった茶番劇をやり通すことに集中すべきなのだ。「ここがいちばん無難かもしれないな。通りかかったり、わざわざ来たりする人間がほとんどいない。それにたとえ誰かが来ても、話し声を聞かれる前にこっちが気づける。天気の心配もない」

「いいわ。じゃあここで」

「人目を避けたいときに便利な、使用人用の階段もそばにあるしね。廊下の甲冑の横にある扉を開ければ、その階段に出られる。毎晩、みんなが寝静まってから会うことにしようか。その日にあったことを報告しあって、次にどうするべきか打ちあわせられるように」どうしてそんなことを言ってしまったのか、ヒューにはわからなかった。深夜にこんな暗い場所で彼女と会えば、さらなる深みにはまることは確実だ。

「わたしの部屋で会うより、ここのほうがいいと思うわ」ミネルヴァが赤くなり、なぜかヒューも赤くなった。「だけど、時間は深夜より早朝にすべきじゃないかしら。だって……その……」

「昨日の夜の出来事を……繰り返してはいけないから？」

「ええ、そう。あれは……間違いだったわ」

「めったにない緊張した雰囲気の中で起こってしまったことだが、謝罪しなければと思っていた……」

ミネルヴァが愛らしい頬を真っ赤に染め、手を伸ばして制止した。「謝罪なんて必要ないわ……。起こってしまったことの責任は、わたしにもあるんですもの。言い争ったあと仲直りをして……ただ別れの挨拶をするつもりが……」

「ぼくもそうだ」ヒューはため息をついた。どうにも落ち着かなくて、体を前後に揺する。ばかみたいだと思いながらもやめられず、分別を失わないミネルヴァに胸が痛むのはなぜなのか、ぐるぐる考えてしまう。〝さよなら〟の困ったところは、それがどういうことを意味するのか普段は考えずにすんでいることだ。さよならのあとに続く気まずさが、手に負えなくなることもあるってことを」

「わたしたちは一気に気まずい状況にしてしまったものね。でも、こうして話しあえてよかった。気まずいまま何もなかったふりを続けても、状況が悪化するだけだもの」ミネルヴァは恥ずかしそうに上目遣いで彼を見あげ、いかにもキスしやすそうな下唇にゆるく歯を立てた。「あれはちょっとした気の迷いだったということにして、これ以上触れないようにするのがいいと思うわ。だって深い意味のあるキスではなかったでしょう？」

「そんなことは……いや、もちろん意味はなかった！」いまにもつりそうなくらい爪先に力がこもり、ヒューは彼女から離れてせかせかと歩きだしたい衝動を必死に抑えた。

ふたりとも無言で出口に向かう。いたたまれなさのあまり、とにかく相手から離れたくて、ヒューはいまいましいジャイルズと〝さよなら〟とキスを心の中で罵った。

ミネルヴァが階段へ向かう前にちらりと振り返ったのを見て、希望に心臓がふわりと浮く。彼が重ねたもっともらしい言い訳が本気ではなかったように、彼女も本気ではなかったと言ってくれるのかもしれない。

「本当にほっとしたわ、ヒュー。せっかくうまくいっていた友好的な関係を、たった一度の不運な過ちで台なしにするなんて、ばかげているもの」

ヒューのまぬけな心臓は、いまではほぼつりかけている爪先まで一気に落下した。〝うまくいっていた〟も〝友好的〟も、彼が恐れている〝いい人〟と同じくらい味気ない退屈な言葉だ。ちょっとした気の迷い？　まさにふさわしい言葉だが、そう聞くと落ちこむ。彼女の熱はあのあと一気に冷えたのに対して、ヒューはいまもまだ燃え盛っている。

「牧師さまをお茶に招待するのを忘れないでね」

「ああ、大丈夫だ。地獄に落ちるのは絶対に避けたいからな。きみと一緒に落ちる地獄がどれほど恐ろしいか、想像もしたくない。永遠にきみの乗馬の指導役を務めるという罰が待っているに決まっている。悪魔はゆがんだユーモアのセンスを持っているからね」

ミネルヴァがくすくす笑い、その信じられないほど官能的な声を耳にすると、ヒューの全身の血が股間に集まった。「それは死ぬよりひどい運命ね。わたしたちのどちらにとっても。地獄にはマリーゴールドもいるのかしら？」

「もちろんいないさ。あの哀れな馬は今朝から聖マリーゴールドになったから、聖人の例に漏れず、この世での生を終えたら天国の門を大歓迎されながらくぐることになる」ヒューはこんなふうに、ばかなことを一日じゅうでも彼女と話していたかった。「さあ、もう行ったほうがいい。捜索隊が結成される前に」

「それか、お医者さまを呼ばれる前に」ミネルヴァが微笑んだあとため息をついたので、彼女もこんなふうに彼と一日じゅう過ごしたいのかもしれないとヒューは考えた。「じゃあ、居間で会いましょう」

「ああ。すぐに行く。母と過ごすために」

「モーツァルトともね」ヒューはいっこうに衰える気配のない一方通行の欲望を抱えたまま、母とモーツァルトに耐えなくてはならない。

「それは楽しみだ」

15

「わたしたちが到着した日にあなたが肩を痛めてしまったなんて、本当に残念だわ。一緒に遠乗りをするのを楽しみにしていたのに。ミネルヴァ、息子はあなたの乗馬の才能を褒めちぎっていたのよ」

オリヴィアは――ヒューの母親を気安く名前で呼ぶことにミネルヴァはまだ慣れていないのだが――息子の婚約者を男たちからうまく引き離し、見つけにくい洞窟を探して庭の曲がりくねった小道を歩いていた。「よくあることですが、残念ながら息子さんはわたしの能力をだいぶ誇張してお伝えしたようです」

「そうでしょうね。あの子の言葉はなかなかそのまま受け取れないところがあるの。でもあなたがあの放蕩者の好きにさせず、ちゃんと求愛の手順を踏ませる分別のあるお嬢さんだったことを、本当にうれしく思っているのよ。ヒューはなんでも簡単に手に入れすぎているから」たしかにそうだとミネルヴァは同意せざるをえなかった。「妹さんたちのことを、あの子は教えてくれていなかったの。ダイアナのこともヴィーのことも、まったく聞いていなかった。でもチッピング・ノートンであなたたちが初めてワルツを踊ったときのことは聞いたわ。四重奏楽団の演奏があまりにもひどくて、笑いながらなんとか踊ったのよね」微笑ましい光景が頭に浮かんで、ミネルヴァはにっこりした。「とってもすてきな話でわたしは楽しく読んだのだけれど、妹さんたちのこともその手紙のどこかに書いてくれてもよかったと思うの。あなたたち三人はとても仲がいいし、ヒューはいつも興味深いことを見逃さずに、いろんなことをおもしろおかしく書き送ってくれるんだから」

「うっかりしていたんでしょう」ミネルヴァはほかにどう言えばいいかわからなかった。ヒューが妹たちの話を母親に書き送っていなくてよかった。書いていたら、作り話が三つに増えて大変だっただろう。

「うっかりですって？　わたしなら不注意と言うわ。廊下で妹さんたちと会って、本当にびっくりしたのよ。名前も知らなくて、どうしようかと思った」ヒューの母親は足取りをゆるめて、ミネルヴァを見つめた。「でもこうしてあなたと会って、あの子が夢中になる理由がわかったわ。きれいな人だとしょっちゅう褒めていたけれど具体的なことは何も書いていなかったから、てっきり上流階級で好まれそうな金髪のはかない感じのお嬢さんだと思っていたの。強い風が吹いたら飛ばされてしまいそうな、繊細で弱々しいお嬢さんだろうと。でも実際にあなたと会ってみたら……」

「腑に落ちました？　すでにおわかりだと思いますけれど、わたしは弱々しくもはかなくもありません。もう少しほっそりしたいくらいです。ヒューはわたしを持ちあげるのに苦労しているんですよ」ミネルヴァは昨日、彼女を馬の上に押しあげようとしたときに彼の肩の筋肉が盛りあがったことを思いだした。「もちろん、彼は礼儀正しく隠していますけど」あわてて後ろにさがった彼の顔は、少しこわばっていた。

「恋に落ちた男性は、愛する女性の欠点なんか目に入らないものよ。でも女性はもっと現実的。わたしたちは欠点を欠点として認識して、それと折りあっていくことを学ぶの。まあ、中には頭に綿しか詰まっていないような女性もいるから、全員がそうとはかぎらないけれど。でも、あなたはそうじゃなくて何よりだわ。頭の悪い義理の娘なんていやですもの。それにヒューだって、そんな女性を選んだらすぐにいやになってしまうのではないかしら。あの子は深く考えるたちなの――そういう部分をあまり見せようとはしないけれどね。そして、そういう男性には頭のいい伴侶が必要なのよ。いろいろなことを議論できる伴侶が。といっても魅力的な放蕩者の殻を脱いで、ちゃんと話をする気にならなければ何も始まらない。あの子は底の浅い軽いだけの人間に見られたがっているから」

「いったいどうしてそんなことを？」ミネルヴァはヒューのさまざまな部分に惹かれているが、そこに最も興味を覚えていた。彼は自分を、底の浅い、怠惰で自分勝手な人間だとまわりに思いこませたがっていて、そのイメージに反する部分をかたくななまでに隠そうとしている。

「そうね、説明するのは難しいのだけれど……あの子は昔からいたずら好きなところがあって、どんなものにもユーモアを見いだすことができたわ。でも同時に小さい頃から信じられないほど賢くて、つねに知識に飢えていたの。そして父親と家庭教師から貪欲に学んで、どんどん自分のものにしていった。そんな並外れて頭のいい子なのに、いまは本当に親しい人しかそのことを知らない。昔はそういうところも隠していなかったのに」

「どうして隠すようになったんですか？」

「最初に気づいたのは、父親が亡くなったあと。あの子は父親の死に大きな衝撃を受けたわ。本当につらくて悲しい出来事だった。三五歳という若さで病に倒れて、その後の進行も速かった。残酷だったわ。いまのヒューと同じように普通に領地を歩きまわっていたのに、翌日には起きあがれなくなっていた」オリヴィアは悲しげな表情を浮かべた。

「がんだったのよ」手袋をはめた手で耳のすぐ下の首筋に触れる。「首に小さなしこりができたんだけれど、あまりにも小さかったから誰も気に留めなかった。それが徐々に大きくなって。医者が切除しようとしたものの、すでにあちこち広がっていて手の施しようがなかった。あんなにたくましい男性があんな小さなものにあっという間に打ち負かされてしまうなんて、信じられなかった。誰もそんな結果は想像していなくて、とくにヒューは大きな衝撃を受けたの。父親を崇拝していたから。たった一五歳で、無敵だと信じていた父親が一年も経たないうちに衰弱して死んでいくのを目の当たりにしなければならなかったのよ。その経験がヒューを変えてしまった。少年だったあの子は、一足飛びにまったく別の若者になってしまった」

「そういう経験をしなくても、一五歳というのは難しい年頃ですものね」

「本当にそうなの、あなたはよくわかっていると思うけれど。妹さんはちょうどその難しい年頃よね」オリヴィアがミネルヴァをちらりと見る。ヒューの母親は想像していたよりもずっとまわりをよく見ていることを、ミネルヴァはふたたび思い知らされた。「彼女がお母さまにいらだっているのは、見ていてわかるわ。あなたがとりなそうとしていることも」

「妹は引っこみ思案で不器用な性格なんです。一年前に眼鏡をかけなくてはならなくなって、余計にそうなりました。妹とは逆に、母には内向的なところがまったくありません」笑みに気持ちがこもっていないと悟られないよう、ミネルヴァは祈った。ルクレーシャは朝食や昼食の席で母親っぽい小言をしつこく繰り返していて、このままそれが続くようなら最悪の事態が起こるのではないかとミネルヴァは恐れていた。ヴィーは耐えようとしているものの我慢の限界が近づいていて、一方ルクレーシャはそんな状態にまるで気づいていない。メリウエル姉妹は腹が立つことの連続に、頭がおかしくなりかけていた。「ふたりはチョークとチーズくらいかけ離れていて、残念ながら相手をまったく理解できないんです」

「親と子どもはぶつかるものなのよ。それが世の理《ことわり》なの。目に見えない絆《きずな》でつながっているのに、相手を完全には理解できない。わたしはヒューに何度も絶望しているし、あの子のほうもそうでしょうね」オリヴィアが辛辣な表情で微笑む。「あの子はわたしを口うるさいおばさんだと思っているんじゃないかしら」

「まさか……そんなことはありません」ミネルヴァは妹の話題に戻るべきだと判断した。

「妹がわたしたちの母親に抱いている感情より彼があなたに抱いている感情のほうが、ずっとやさしくて愛情がこもっています。それに妹と母の関係がうまくいっていないのは妹が両親につけられた名前を嫌っているからでもあるんですが、無理もないと思ってしまって。ヴィーナスなんて名前、どう考えても荷が重いもの。いつか妹が名前に釣りあうようになってくれるよう願っています」

「きっとなるわよ！」オリヴィアはミネルヴァの腕をやさしく叩いた。「思春期のぎこちなさが取れたら、あなたやダイアナのようにヴィーも花開くわ。どんなに美しい蝶だって、最初は芋虫なの。それが少しずつ成長して、ある日美しい蝶になる。あなただって、ほんの少し前までは芋虫の日々を送っていたでしょう？　一五歳の頃はどんな感じだった？」

「野暮ったくて、気持ちがとても不安定でした。両親に腹が立ってしかたがなくて」一五歳の頃、ミネルヴァは父と激しい口論を繰り返したものだった。一六歳のときも、一七歳のときも、一八歳のときも。「その年頃の女の子は好戦的なんだと思います」

「その年頃の息子もそうよ！　一五歳の男の子も同じくらい好戦的で頑固なの。ヒューはいまでも雄牛のように頑固だわ。昔はふくれっ面をしていたけれど、いまは世慣れた笑みで隠せるようになっただけで。当時のあの子はハンサムとはほど遠かったのよ。目や鼻や口が顔に比べて大きすぎたの。猫背でひょろりと痩せていて、足と手だけが大きかった。手と足に見合うくらい成長する日が来るのか、ずっと心配だったものよ」

ミネルヴァは数メートル先にいるヒューに目を向けた。いまの彼の広い肩には、猫背の気配はまったくない。そして彼の両手は彼女の腰の丸みを完全に包みこめるほどにもかかわらず、そこだけが不格好に大きいという印象はまるでなかった。はっきり言って、彼の全身のバランスはどこをとっても完璧だ。

「あの子は悪魔みたいにハンサムでしょう？　ハンサムすぎるくらい」息子を見つめているミネルヴァに、彼の母親がわかっていると言いたげに微笑む。

「そうですね。女性にとても人気があるのもうなずけます」ただしヒューはほかの完璧な容姿を持つ男性たちと違って、うぬぼれている様子を見せたことは一度もない。そしてミネルヴァは彼のそういう部分より、父親との関係に興味を引かれた。もしかしたら、そこにミセス・ピーターズも関係があるのかもしれない。けれどヒューに怒ったようなそっけない態度を取らせた女性について知りたくても、彼の母親に訊いていいのか確信が持てなかった。

「でも、あの子は自分にふさわしい相手にようやく出会えたんだわ」オリヴィアがふたたびミネルヴァをじっと見る。「あの子とあなたが親なら、この国でいちばんというくらい見栄えのいい孫が期待できそう」急にそんなことを言いだしていたずらっぽく笑うヒューの母親を見て、ミネルヴァは突然いたたまれなくなり無理やり笑みを作った。「それにどの子も背が高くなるでしょうね。式が終わったら、すぐに家族を作りはじめるつもり？」

「ええと……そのことは……」オリヴィアの質問について考えようとすると、子どもを作るために必要な、昨日の夜ヒューに許した以上に親密な行為が一瞬で頭に浮かんだ。快楽に弱いミネルヴァの体が不道徳にも喜んで受け入れ、いまも焦がれるほど求めている親密な行為が。

「どうして急に耳がそんなに真っ赤になったのかな？」ヒューに母親の質問が聞こえたはずはないが、ミネルヴァの頰が熱くなるのと時を合わせるかのように振り向いたところを見ると、何か感じたのだろう。

「式のあと、すぐに家族を作りはじめるつもりかどうか、あなたの婚約者に訊いていたのよ。そのつもりなら、聖ミカエルの日までに孫の顔が見られるかもしれないわね」

「オリヴィア！　それはきみには関係のないことだ」ヒューの隣にいたジェレマイアがぐるりと目を回す。

「どうして？　ヒューはひとりっ子だから、この子が作ってくれないとわたしは孫が持てないのよ。これ以上若くなることはないんだし、体の自由がきかなくなる前に孫が欲しいの。もうすぐ彼の妻になるミネルヴァにも意見を言う資格があると思って」オリヴィアは後悔している様子は見せず、期待するように息子を見た。「ミネルヴァが子どもを産める期間はかぎられているし、ヒューはとっくに義務を果たしていてもいい年よ」

「母上にはぼくの魅力的な婚約者が見えないんですか？」ヒューがミネルヴァと目を合わせ、突然甘い雰囲気を漂わせる。彼はきらきら輝く青い目を動かして、所有欲を見せつけるような視線を彼女の体に這わせた。何枚も重ねている冬服越しに、彼の視線が持つ熱が伝わってくる。恥知らずな彼女の体は、彼に触れられたくて敏感にうずいた。「彼女と子どもを作ることが義務だなんて、ぼくには思えない」

「下品なことを言うのはやめなさい、ヒュー。ミネルヴァが動揺しているじゃないの」

「この話を始めたのは母上でしょう」

「わたしは節度を守っていたわ。それなのに、あなたときたら」

「それはぼくが、いまも昔も下品だからですよ」

「きみたちふたりとも、ミネルヴァを動揺させている！」ジェレマイアが割って入って妻と義理の息子を目で黙らせ、ミネルヴァに腕を差しだした。「あのふたりは放っておいて、わたしと歩こう。この家族の欠点をひとつひとつ教えてあげるよ」ジェレマイアは妻と義理の息子を置いて、さっさと歩きだした。

「申し訳ない……妻に悪気はないんだ。ただ、ああやって口を出さずにはいられないだけで。ヒューはヒューで、そんな母親をわざと怒らせて楽しんでいる。きみもすぐに慣れるよ」ジェレマイアがミネルヴァの手をやさしく叩く。

「お母さまが口を出すのはヒューのことを気にかけていらっしゃるからで、すてきなことだと思います」ミネルヴァの父が彼女にそれだけの関心を持っているとは思えなかった。「ヒューだってお母さまを愛していますから。それにしても、お母さまとちょうど親子の関係について話していたんです。手に負えなくなってしまうことがあるって」

「ふたりはそれを身をもってきみに示したわけだ。いつもああなんだよ。角を突きあわせては、相手をやりこめようと競っている。わたしも仲裁に入りはするが、オリヴィアはそう簡単には人の言うことを聞かないからね。さっきの孫についての質問以外にも、ひどい質問をしていないといいんだが。妻は二年も前からきみに会いたがっていたんだ」

「ヒューのせいですわ。彼がわたしや、わたしの家族のことをお母さまにもっとちゃんと伝えてくれていれば、お母さまは何度もわたしたちに会いに来ようとしたりも、あれこれ質問したりもしなかったでしょうから」

「それはあるね」ジェレマイアは数メートル離れたところで言い争っている妻と義理の息子をちらりと振り返った。「ミネルヴァ、きみは秘密を守れるかな?」

「もちろんです」

「ここだけの話だが、妻は数カ月前からヒューが作り話をしているんじゃないかと疑うようになっていた。きみは実在しないのではないかと。あまりにも複雑な話だったからね……」

彼は低く笑ったが、その言葉はミネルヴァが最初に感じた疑いが正しかったことを裏づけていた。オリヴィアはやはり息子をよく知っている。これからはもっと気をつけなければならない。

「〝事実は小説よりも奇なり〟と言いますから」ミネルヴァは顔がこわばってしまったので、自然な笑みを作れていることを祈った。「それに忘れないでください。ヒューはイソップよりもうまく話を作れるんですよ。事実とはかけ離れた話を」

「そうだな。彼には言葉を操る才能がある」

「その才能を自在に駆使して、自分勝手にまわりの人たちをけむに巻くんです」

「そのとおりだ」ジェレマイアは振り返って、義理の息子に愛情のこもった目を向けた。ヒューは何かを指差していて、彼の母親は微笑んでいる。「でも、いつも自分勝手なわけじゃない。うまいことを言って揉めごとをおさめる才能もあるんだよ。いまだって、さっきまで口喧嘩をしていた母親を笑わせている。もっとこじれていてもおかしくないのに、もう仲直りしているんだ。彼は子どもの頃から人と争うのが嫌いで、自分が争いの種になることを執拗なくらい避けていた」

「子どもの頃からヒューを知っているんですか？」

「一〇歳くらいからかな。彼の父親と友だちだったんだ。とても仲がよかった。英国人とアメリカ人が憎みあっていたときに彼は友だちになってくれて、それ以降も友情が続いた」

「どうやって知りあわれたんですか？」

「外交だよ。一八一二年戦争のあと、わたしの祖国と彼の祖国の関係は存在しないも同然になった。そしてわたしは、アメリカ外交団の一員としてロンドンに送りこまれた。瓦解した両国の関係を築き直すために。わが国はもう戦争はしたくなかったし、あなた方の国はナポレオンとの戦争の真っただ中だった。いくら虚勢を張っていても、別の国と戦争を始める余裕はなかっただろう。双方ともうかつには動けない緊張した情勢だったんだよ。外務省に加わっている貴族のひとりだったヒューが、オリーブの枝を差しだしてきた」

「ヒューが外務省のために働いていたんですか？　いつの話です？」

「きみの、ヒューじゃない。父親だよ。彼が父親の名前をもらったことを知らなかったのかい？」

「知りませんでした」

「成長した彼を見ていると、父親のヒューと重なって見えることがある。ふたりはよく似ているんだ」ジェレマイアは昔を思いだすように微笑んだ。「口が達者なところもそっくりだよ。ふたりとも恐ろしく魅力的で、生まれながらの外交官だ」

「そんな話は聞いたことがありませんでした……。ちらりとも」難しいパズルのようなヒューという人物像のピースが、また少し埋まった。

ジェレマイアはうなずき、ため息をついた。「そう聞いても驚かないな。彼は父親の話をしたがらないからね。父親を亡くした傷がまだ癒えていないのだろう」昨日、ヒューに父親のことを訊いたとき、話したがらなかった理由がわかった。

「親を亡くすというのはつらい経験ですから」

「そうだな」ジェレマイアが急に同情した顔つきになる。「きみは最近父親を亡くしたばかりだったね。つらかっただろう。もっと前にお悔やみを言うべきだった」

「わたしと父は、ヒューとお父さまのような近しい関係ではありませんでしたから」ジェレマイアを前にして、ミネルヴァは思わず本当のことを言っていた。「残念ながら父はとても勝手で、人の気持ちを気にかけずに自分のことばかり考えていました」

興味深そうに聞き入っているジェレマイアを見て、ミネルヴァは自分が計画を逸脱して、実の父親のことを話しているのに気づいた。「ケアンゴームズをひとりで歩いたのも、身勝手さの表れです。スコットランドに住む父の親戚はもちろん止めました。でも父は、どうすればいいかは自分がいちばんよくわかっていると考え、後悔する結果となりました」何をばかなことを言っているのだろう。「後悔したかどうかは、本人に訊けなかったのでわかりませんが」嘘をついているのがばれないよう、ミネルヴァは目を伏せた。「本当に複雑な話ですよね。肺結核に、ケアンゴームズでの父の死。オリヴィアが作り話だと思ったのも無理はありません」

低い笑い声が聞こえてミネルヴァが顔をあげると、ジェレマイアが同意するようにうなずいていた。「オリヴィアはヒューに尻尾を出させるためにここへ来て、きみたちと出くわした。あのときの妻の顔は見ものだったよ」

「そうでしょうね。お母さまが予定より二週間も早く到着して居間にいると聞いて、ヒューも同じくらい呆然としていました。わざと早い船に乗られたんでしょう？」

「わたしの妻をすでによくわかっているようだね。きみたちはうまくやっていけるんじゃないかな。もちろん、妻がきみを信用に足る人物だと判断すればの話だが」ジェレマイアが片目をつぶってみせると、ミネルヴァは急に居心地が悪くなった。彼女は信用に足る人間ではない。金のために、善良なふたりに嘘をついているのだから。

林の端に沿って歩いていくと、遠くに藁葺《わらぶ》き屋根の家々が見えた。煙突から楽しげに煙があがっている。ミネルヴァは罪悪感が万が一伝わってジェレマイアにも怪しまれてしまわないよう、話題を変えることにした。「別の村があるなんて知りませんでした」

「あそこは村ではないよ。もっと小さくて、いわば集落みたいなものだな。地元ではヒューの里と呼ばれている」

「ヒューの里？」

「領地内の年老いた小作人や未亡人のためにきみの婚約者が考えだした、革新的な対策とでも言えばいいかな」ミネルヴァがまったく理解できていない様子なのを見て、ジェレマイアは首を横に振った。「ほとんどの領主は、小作人が働けなくなったとたんに追いだす。ましな領主は、そのときによそでなんとか暮らしていけるだけのわずかな年金を与える。だが、ヒューはそういう人々のために小さな家をいくつも作って、死ぬまで領地内で暮らせるようにしたんだ。家賃は取らず、年金まで与えて」

「なんて寛大なんでしょう」ミネルヴァの胸の内側に奇妙な感覚がわきあがった。ねじ穴にねじがはまったような小さな衝撃のあと、心臓がふくらんでいく。ヒューは善良な男性なのだ。本当に、誰よりも。

「びっくりしているところを見ると、彼から何も聞いていないんだね」

「もちろん聞いていません。ヒューに訊いたとしても、話してくれなかったでしょう。ですから、教えてくださってありがとうございます」

「長いあいだ忠実に働いてくれた人々に報いたいと考えたようだね。彼の父親と同じく、ヒューは並外れて進歩的な男だ。そして父親と同じく、自分がしたことを誇ることもない。それどころか、そういうことは人に話したがらないんだ。日々の勤勉な仕事ぶりはもとより、慈善行動はとくに。ロンドンじゅうの人々からは享楽的な人間だと思われているが、本当はどういう人間かよくわかるだろう？」

「あなたが言われるように彼は隠そうとしていますけど、熱心に領地の仕事に取り組んでいるのは知っていました。ですが、そういう慈善行為についてはまったく気づいていませんでした」

「では、きみに伝えられてよかった。ただしヒューが隠したがっている秘密を漏らしたのがわたしだということは、彼には言わないでほしい。驚くべき真実を伝えたのがわたしだと知られたら、絶対に許してもらえないからね」

16

「あなたたちの中で、ピアノを弾く人はいる？」オリヴィアが三人姉妹に向かって問いかけながら居間の隅にある楽器を指差すと、ヒューはその答えを知らない自分を蹴りつけたくなった。音楽は育ちのいい若い淑女が身につけることを許されている、数少ない教養のひとつだ。彼の家族が三人姉妹ととる二度目の夕食が終わり、一同は相手を知る段階を経て、次の一時間を何をしてともに過ごすかを決める段階に入っている。母が誰かの演奏を聴きたいと言いだすのは避けられないことだった。

「残念ながら誰も弾きません」答えたのはダイアナだった。「三人とも、楽器を奏でる才能には恵まれませんでした。でもミネルヴァはとても才能のある芸術家ですし、ヴィーは裁縫と刺繍《ししゅう》が得意、わたしは短いお話を書いています。詩を書いてみたこともあるんですけど、ちょっと暗い感じのものができあがって、ヴィーが悪夢を見るようになってしまいました。とはいえ、三人とも本は大好きです。好みはそれぞれまったく違いますが」

「まあ、そうなの？　あなたはどんな本が好きなの、ミス・ダイアナ？」

「絶望的なほど皮肉っぽいたちですし、おどろおどろしいものが好きなので、良質なゴシック小説ですね。恐ろしい雰囲気のものほど好きです。最近は『フランケンシュタイン、あるいは現代のプロメテウス』という身の毛もよだつような本を読んでいます。狂気に駆られた科学者の話で、墓を盗掘して手に入れたいくつもの死体をつなぎあわせて怪物を作り、それに命を与えるんですよ。お読みになりましたか？」

「読んだかと言われれば読んでいないわね。それに、あなたの話を聞いて読む気にもなれないわ。掘りだした死体や怪物なんて、遠慮したいもの」オリヴィアが顔をしかめて、身を震わせる。

「そうですよね」一週間かかったが、ヴィーもようやく声を出せるようになっていた。「わたしは古典のほうが好きです。ミルトンやシェイクスピア、ホメロスやチョーサーが好き。『カンタベリー物語』と『イーリアス』は最高ですよ。いま読んでいるのは『失楽園』で、昔の人があれほど洞察力にすぐれていたなんて、本当に感動します」

ヴィーが挙げた作家や作品を聞いて、ダイアナはぐるりと目を回した。「ヴィーはわたしたちの中でいちばんの文学好きなんです。古くて小難しい本が好みで、古ければ古いほど、小難しければ小難しいほど喜ぶんですから」

ヴィーは姉の言うことをうれしそうに聞いている。「ダイアナは、わたしが難しい文学を理解できるのに自分ができないから、嫉妬しているだけなんです。自分より頭のいい妹を持つって癪に障るんでしょうね」

「ミネルヴァ、きみはどんな本が好きなのかな？」ジェレマイアがサイドボードの上に置いたグラスにシェリー酒を注ぎながら訊く。

「ミネルヴァはロマンティックなものが好きなんです。甘ったるいバイロンの詩や、苦境に陥った乙女や、輝く甲冑を着た騎士なんかの話が」ダイアナが両手を胸に当てて、ばかにするように目をしばたたく。

ヒューがちらりと見ると、ミネルヴァは一瞬合った目をすぐにそらし、少し赤くなったのを隠すようにシェリー酒のグラスを口に運んだ。ふたりとも同じことを考えているのは明らかだった。ミネルヴァはヒューのことを彼女の騎士だと何度か言っている。そして彼女がここに来たいちばんの理由は、彼女が〝苦境に陥った乙女〟だったからだ。「でも、初恋の相手に胸が張り裂けるような思いをさせられてからは、手がつけられないほどロマンティックではなくなりましたけど」

ヒューは思わず手に力が入り、ポートワイン用のグラスの華奢な脚を折ってしまった。

「初恋の人だって？」三人姉妹の表情から、ダイアナが口を滑らせたのだとわかる。

「初恋といっても無邪気なものですよ。教会の信徒席で見つめあうくらいの」それを強調するように、ダイアナが軽く手を振る。「わたしたちはそのことで姉をからかうのを楽しんでいるんです。姉妹ってそういうものですよね」

だが、オリヴィアはダイアナの言葉を鵜呑みにしなかった。「その浮気男にどんなふうに泣かされたのかしら？」

「泣かされてなんかいません」たいしたことではなかったというふりを、ミネルヴァはなかなかうまくやっていた。「男の子とそんなふうに仲よくなるのが初めてで、数カ月のあいだお互いをちらちら見たりしていましたけど――それ以上の関係になる前に彼がチッピング・ノートンを出ていきました。でも、それでよかったと思っています。そうでなければヒューを好きになることはなかったもの」ミネルヴァがふたたび彼をちらりと見たので、話題を変えてほしいと思っているのだとわかった。

「輝く甲冑の騎士はいつだって乙女と視線を交わすものよ」オリヴィアがヒューの偽りの婚約者の手をぎゅっと握る。「それに、あなたたちはこれから一生かけて視線を交わせるわ」

やはり話題を変えるべきだとヒューは悟った。

それなのに、嫉妬に駆られて思わず訊いてしまう。「その男の名前は?」

「なんだったかしら……」ミネルヴァが嘘をついているのがわかった。「ずいぶん昔のことだから。一八か一九のときだったと思うわ。本当にたいしたことじゃなかったのよ。顔も思いだせないくらい」絶対に嘘だ。彼女は初恋の男の顔を覚えているし、彼を失ったことをいまでも悲しんでいる。顔も知らない男が彼女にとって大切な存在だったのだと思うと、ヒューは腹が立ってならなかった。

「まあ、信じられない。この子の顔を見て! 焼きもちを焼いているわ!」母が驚いたようにヒューを指差す。

「好奇心を刺激されただけですよ」

「好奇心でそんなに顔がゆがむかしら。顎に力が入って目つきも険しくなっているのに?

ただの好奇心とは思えないわ」オリヴィアがミネルヴァを小突く。「息子が焼きもちを焼くのを見たのは初めてよ。本当に珍しいことだわ」

ヒューは歯を食いしばるのをやめられたら、すぐにも母親の首を絞めてやりたかった。

「すごくロマンティックじゃない？　それに、すごくおもしろい」母が見せている無邪気な表情は、これから加えるつもりの攻撃の前触れでしかないとヒューにはわかっていた。「ヒュー、ミネルヴァがあなたの過去の評判と折りあいをつけてくれているのに、少し視線を交わしたくらいの関係に嫉妬する資格があなたにあるはずないでしょう？　どんなにつつましい女性だって男性を振り返るくらいのことはするし、ミネルヴァはすごくきれいなお嬢さんなんだから」そのことは彼も痛感させられている。「大勢の男性がいまあなたのいる場所に立とうとしたことを、当然と思わなくては」

それに対してヒューは何も言えなかった。「彼らが失敗してくれたおかげで、ぼくがここにいる」

「そうよ、ダーリン。そのことを忘れないで。ミネルヴァの過去を無駄に気にするのはやめなさい。焼きもちはほんの少しなら女性の心をくすぐるけれど、焼きすぎると嫌われるわ」

「焼きもちなんか焼いていない」

「それなら眉を開いて。そんなふうに顔をしかめていると、早くしわができるわよ」

「シェリーはいかがかな、ミセス・ランドリッジ？」義理の息子と彼を毒舌で苦しめる母親のあいだに、ジェレマイアが割って入った。

「いいえ、結構ですわ。紅茶より強いものはなるべく飲まないようにしていますの」ルクレーシャの芝居じみた声が部屋に響くのを聞いて、ヒューは苦境を脱する方法を思いついた。

「あなたはピアノを弾きますか、ミセス・ランドリッジ？　あるいは、別の楽器を？」彼女がイエスと答えてくれることをヒューは祈った。必要とあらば力持ちの従僕たちに、音楽室から巨大なハープを持ってこさせるつもりだった。

ルクレーシャがうれしそうな表情を浮かべるのを見て、きつく寄せていた眉を開く。「あたくしの楽器はこの声なので、誰かがピアノで伴奏してくださるなら、喜んで歌をご披露しますわ」彼女ならそう答えると、ヒューは予想してしかるべきだった。

「ピアノなら母が少々……いえ、かなりの腕前ですので、喜んで伴奏を務めてくれると思いますよ」ヒューは立ちふさがった義父の脇から、母ににやりと笑いかけた。

「ええ、喜んで弾かせていただくわ」息子をからかえなくなって、オリヴィアが悔しそうな笑みを返す。「短い曲ならなんとかなるでしょう。歌いたい曲がおありかしら、ミセス・ランドリッジ？」

「モーツァルトはいかが？」

ヒューはミセス・ランドリッジを抱きしめたくなった。ルクレーシャは気づかないうちに彼の共犯者になっていた。彼はほくそ笑みたいのを懸命にこらえた。「母はモーツァルトが大好きなんですよ。ほとんどの曲を楽譜を見ずに弾けるくらい」攻撃を仕掛けられるのは何も母だけではない。モーツァルトのどの曲も母を極限までいらだたせることを、彼は知っていた。中でもオペレッタを、母は忌み嫌っている。

「無理よ、ヒュー……もうずっと弾いていないから、思いだせないわ」

「心配いりませんよ。幸い、楽譜はすべて取ってありますから」

「いいえ、もうないはず」

「いや、あるんです！　覚えていませんか？　数年前、モーツァルトの全作品集をぼくがプレゼントしたのを」

母の顔が怒りに青ざめる。母はボストンに発《た》つ一カ月前、ヒューに何も知らせずに国じゅうから花嫁候補の女性を集め、スタンディッシュ・ハウスで一〇日間のハウスパーティーを開いた。領地の仕事をするために屋敷へ戻ってきた彼は、血眼になって夫探しをしている若い令嬢たちに追いかけまわされるという、とんでもない一〇日間を過ごすことになった。令嬢たちはつくり笑いで彼に迫り、何人かにキスされそうになっただけでなく、ついには寝間着姿で彼の寝室の前に現れ、味見をしてくれとしつこく迫る、社交界にデビューしたばかりの令嬢までいた。貞操の危機を覚えたヒューは、夜になると寝室の扉を厳重に施錠せざるをえなかった。

しかしヒューも黙ってやられていたわけではない。ロンドンへ使いを出してモーツァルトの全作品の楽譜を買ってこさせ、ある晩これ見よがしに取りだしてモーツァルト好きを宣言した。そのあと母が、彼の妻の座を狙う令嬢たちが歌うアリアの伴奏を延々務めさせられたのは言うまでもない。あれはなかなかの仕返しだった。母はその晩、痛む頭を抱えて部屋に引きあげ、翌日には楽譜をすべて燃やすよう命じた。だがヒューはまたいつか使えるかもしれないと考えて、楽譜をこっそり回収していた。そして、とうとうその日が来たのだ。

ヒューは部屋の奥にいる執事を呼び寄せた。

「ペイン、ぼくの書斎からモーツァルトの楽譜を取ってきてくれ。全作品集だ。机のいちばん下の引き出しに入っている。頼んだよ」ヒューは母とルクレーシャに向かってグラスを掲げた。折れた脚は小指でつかみ、気づかれないようにした。「ぼくもモーツァルトは好きなほうなんですよ。とくにオペレッタはいい。だからミセス・ランドリッジ、無理なお願いでなければ、一曲と言わず何曲か聴かせてほしい」

「アリアを何曲か歌えると思うけれど……」

「いいですね！　アリアは母も大好きなんです。全部歌ってください。楽しみだ」

「あら、いいの？」気が進まない顔をしている聴衆の前で思いきり歌を披露できることに、ルクレーシャはうれしさを隠せなかった。「それなら……やっぱりシェリーを少しいただくわ、ミスター・ピーボディ。喉を潤したいから」

二〇分後、ルクレーシャは気持ちよくアリアを歌いながら、聴衆に苦行を強いていた。いま歌っているのは『魔笛』の中の一曲で、ソプラノの定義を変えてしまうくらい調子外れなその歌声を、ヒューはこの先二度と聞きたくなかった。ときおり彼の目に浮かぶ涙は音楽の美しさに感動したためではなく、ダイアナとヴィーとジェレマイアに至っては笑いをこらえる努力を放棄してしまっていた。

だが挫折したオペラ歌手を演じることに没頭しているルクレーシャは気づいてもいない。耐えられなくなった母は早く終わらせたいのかときおり曲を端折《はしょ》り、ルクレーシャが熱い歌声を響かせるたびに眉間のしわを深くした。

あまりのひどさにヒューは、ミネルヴァの初恋相手のことを一瞬忘れかけたが、完全に忘れられたわけではなかった。

ヒューはミネルヴァに何度も視線を向けた。おそらくもう二〇回にはなるだろう。彼女がどうして顔をしかめたりせせら笑ったりせずに聴いていられるのかわからないが、その姿からは芯の通った性格がうかがえる。ときどきまわりに目が行かないほど熱心に聞き入っているように見えたが、もしかしたらルクレーシャの声すら耳に入らないくらい初恋の男への想いにとらわれているのだろうか?

ミネルヴァはその男をいまも恋しく思っているのか?

愛していたのか?

その男とは想いが通じることを願って視線を交わすだけの甘酸っぱい関係だったのか、それとも、考えたくもないが恋人同士だったのか?

いま思うと、たった一度だがヒューの記憶に刻まれている親密なひとときに、彼女がキスに不慣れでぎこちない様子は見られなかった。それはすでに初恋のロミオから手ほどきを受けていたからなのでは? ヒューは激しい嫉妬に襲われるとともに、多くの経験を重ねた自分の過去を思わずにはいられなかった。ミネルヴァとのキスは、彼が過去に経験したどのキスよりもすばらしかった。それなのにヒューのキスがロミオとのキスに負けているなら、悲劇でしかない。原始的な男としての本能が、ミネルヴァの頭からロミオへの想いを完全に消し去れと要求している。

「きみのお母さんをそろそろ助けてあげたほうがいいかな？　それとも、もうしばらくがんばらせるか？」ジェレマイアが二杯目のシェリーを飲みながら問いかける。「ただし、つらい思いをしているのは彼女だけでなく、ぼくたちも同じだってことを考慮してほしい」

「ぼくはひと晩じゅうだってやらせたいですね。母はそれだけのことをしたので」そうしてもヒューは罪悪感のかけらも覚えないだろう。

「まあそうなんだが、その場合はミネルヴァの母君が倒れた場合、きみが二階まで運びあげてくれよ」ジェレマイアがほぼ空になっているデカンタを、ヒューの顔の前で振る。「彼女の喉は大いに潤す必要があるらしい。歌がどんどんひどくなっていることを考えると、酔っ払いかけているのはたしかだね」

「酔っ払いかけている？」ヒューはルクレーシャがピアノの横に立ってから初めて彼女をちゃんと見た。赤くなった顔には熱に浮かされたような表情が浮かんでいる。巨大な胸をいつもより激しく波打たせてピアノに寄りかかっている様子から、自分で体を支えきれなくなっているのがわかった。「まずいな」ルクレーシャ・ド・ヴェールは素面《しらふ》でさえ社会性が欠けているのに、酔っ払ったら何をするかわからない。「止めたほうがいいかもしれない」

17

一同は最後の小節が終わるのを待って、いっせいに盛大な拍手をした。「ミセス・ランドリッジ、すばらしい歌をありがとう」ルクレーシャを解放するのは屋敷の主であり彼女の雇い主である自分の仕事だと、ヒューはわかっていた。部屋を横切って彼女の前まで行き、両手を取る。そしてその場に根が生えたような彼女を引き抜くかのごとく、ピアノから離した。彼女の背後ではオリヴィアが驚くべき速さで楽譜をまとめ、ヒューに突き刺すような視線を向けたあとミネルヴァに向き直った。

「ミネルヴァ、今度はあなたが歌ってちょうだい。モーツァルト以外ならなんでも弾くから」

「無理です！　本当に。わたしは歌えないので」

「お姉さまは本当に歌えないの」ダイアナが姉の言葉を裏づける。

「何を言っているの？　去年ボストンでクリスマスを過ごしたとき、ヒューがあなたの声を褒めちぎっていたわ。まるでナイチンゲールのようだって」

今度はミネルヴァがヒューに突き刺すような視線を向ける。

「もう何度も証明されていると思いますけど、息子さんはわたしの能力をとんでもなく大げさに吹聴《ふいちょう》する癖があるんです。はっきり言って、わたしの歌は人にお聞かせできるレベルではありませんから」

「母君よりひどいってことはないだろう」ジェレマイアが小声で言う。

「じゃあ、あたくしがもう一曲歌いましょうか？」ルクレーシャがヒューにつかまれていた腕を引き抜いた。

「だめよ！　もうあなたの……」言いかけて、オリヴィアは礼儀作法を思いだした。「ミセス・ランドリッジ、あなたの歌は充分に楽しませていただいたわ。すばらしい喉を痛めてしまっては困りますもの。次はミネルヴァに歌ってもらいましょう。ええ、絶対に歌ってもらいます」

「ドルリー・レーンではいつもアンコールを……」ルクレーシャがすべてをぶちまける前に、ヒューはなりふりかまわず割って入った。

「お願いだ、ミネルヴァ。ぼくのために歌ってほしい。きみのお母さんには休憩が必要だ」ヒューはルクレーシャをしっかりつかまえ直しながら、目で懇願した。

「とても人前で歌えるレベルではないって言っているのに……」追い詰められたミネルヴァを見て、ヴィーとダイアナがレディらしくなくこっそり笑いあっている。そのあいだにヒューはルクレーシャを引っ張っていって、椅子に座らせた。「代わりにカードゲームでもしませんか？　ホイストはどうでしょう」

ヒューの母親は譲らなかった。「何を歌いたい?」

「歌はあまり知らないんです」

「一二月だから、クリスマスキャロルはどうかしら? クリスマスキャロルなら知っているわよね?」

「たくさんは知りませんけど」ミネルヴァが死刑台に向かう囚人のような足取りでピアノに向かう。

「《天には栄え》は? これなら誰でも知っているわ」オリヴィアが励ますように、何小節か弾いてみせる。「キーはどうする?」

「外れた音程で」ダイアナが言い、肘で脇腹をつついてきた妹と一緒にくすくす笑った。

「なんでもかまいません。どうせ違いはありませんから」ミネルヴァがあきらめきった声を出す。

曲が始まると、ミネルヴァはいつもの半分の大きさに縮んだように見えた。「〝聞け、天使たちの歌を……〟」

彼女の顔からはいっさいの表情が消え、まったく生気がない。いつもは生き生きとしている美しい声が、鼻にかかった不快な声になっている。

「〝新たに誕生された王に栄えあれ……〟」〝王〟のところの音が外れた。少しどころではなく完全に。「〝地上に平和を、寛大なる慈悲を……〟」

「わたしには英国人のユーモアのセンスが絶対に理解できないな」ジェレマイアがソファに

座っているヒューの隣にどさりと座った。「それに、きみのユーモアのセンスはお母さんよりさらにひどい……彼女だって相当なものなのに」ミネルヴァが高音を出そうとして失敗するのを聞いて、ふたりは身をすくめた。「婚約者がとんでもなく音痴なことを、きみは知っていたんだろう?」

「もちろん知っていましたよ!」

なんということだ。ミネルヴァの歌は信じられないほどひどい。ひどすぎて逆に感心するくらいだ。ヒューの唇がぴくりと引きつる。

「しかし母親にいやがらせをするためとはいえ、愛する女性を犠牲にするとはね。妹さんたちは公然と彼女を笑っている」ヴィーもダイアナもすっかり笑い転げている。「あとでミネルヴァにこってり絞られるんじゃないのか?」

「いいえ、彼女はそんな人ではありませんから」少なくともヒューはそう願っていた。「彼女はぼくたちをミセス・ランドリッジから救うために、歌う役を引き受けてくれたんです」

酔っ払ったルクレーシャは、劇場で金を払った観客の前に立っていると思いこんでいた。ミネルヴァが彼の視線に気づいたかのように、顔をあげてエメラルド色の目を向ける。その美しい目は細められているものの、口はゆっくりと弧を描いた。彼女は自分がとんでもない音痴だとわかっていながら、彼を救うためにあえて歌ってくれたのだ。何物にもひるまずに立ち向かう。ヒューは彼女のそういうところが好きだった。

「ほかにもシェリーのおかわりが欲しい人はいないかしら?」ルクレーシャがヒューに座ら

されたがっちりした袖椅子から立ちあがって、酒を注ぎ足しに行く。そしてすぐにごくごくと飲むと、足がもつれて転びそうになった。「おっと！　あたくしったらばかね！」それでも酒は一滴もこぼさなかった。

「完全に酔っ払っているな」ジェレマイアがヒューに向かってにやりとする。「彼女の面倒を見るのはきみの役目だ」

「〝聞け、天使たちの歌を……〟」

ヒューはふたたび転びそうになる前になんとかルクレーシャのところまで行ったが、シェリーの入ったグラスを取りあげようとすると彼女がよけ、中身がすべてジェレマイアにかかってしまった。それを見て、ミネルヴァが歌うのをやめる。

「ブラボー、ミネルヴァ！」その機を逃さず、オリヴィアがピアノの蓋を叩きつけるように閉めた。「あなたたち家族はたぐいまれな音楽の才能に恵まれているわね」

「まあ、ありがとうございます！　音楽はいつだって、あたくしの情熱なんですの」ルクレーシャが自分が褒められたのだと勘違いして、顔を輝かせる。そして豊かな胸の前に手を持っていってお辞儀をしたので、ヒューはぞっとした。彼女を部屋の外へ連れていこうとする彼に、ルクレーシャがうれしそうな顔で言う。「ねえ、フェアラム卿、実はあたくし、昔ドルリー・レーンで『夜の女王』を歌ったことがあるんですのよ」

「まさか……本当ですか？」ヒューは彼女の腕をやさしく叩き、部屋の入り口までどうにか引っ張っていった。そこで振り返って不吉に静まり返った一同に目をぐるりと回してみせ、空いているほうの手で酒をあおるまねをしたあと、〝飲みすぎだ〟と口の動きで伝える。

「ええ、本当よ……最高の舞台だったんだから！」

まるで編まれたセーターがどんどんほどけていくのを見ているようで、彼にはどうすることもできなかった。

ルクレーシャはぐったりと彼に全体重を預けているため、前に進ませるのは容易ではない。

「失礼ながらあまり調子がよくなさそうですね、ミセス・ランドリッジ。もしかしたらシェリーが悪くなっていたのかもしれない」彼の窮地を見て取ったミネルヴァが駆けつけて手を貸してくれたが、それでも体重のあるルクレーシャを動かすのは困難をきわめた。

「しっかりして、お母さま。もう遅いわ。部屋に戻りましょう」

「批評家たちは〝魅惑的〟だって絶賛したの……その晩の人気をさらったたって……あのあとドルリー・レーンには、あたくしに匹敵するスターは現れていないのよ」ドルリーのところでルクレーシャの舌がもつれる。

「ドルリー・レーンの舞台に立ったことがあるの？　本物のドルリー・レーンに？」オリヴィアがヴォルフガング・アマデウス・モーツァルトの全作品集を無造作にかき集めて飛んできた。

「そうですわ。何度も何度も……」

「母は若い頃、女優をしていたんです」ミネルヴァが申し訳なさそうに言った。「もちろん、結婚前の話ですけど。結婚してからは舞台にあがったことはありません。ヒューからそのことはお聞きになっていますよね?」

「おわかりいただけると思いますが、わたしたちは普段その話はほとんどしないんです。でも母は飲み慣れないシェリー酒で、少したがが外れてしまったみたい」駆けつけたダイアナが加勢した。「父が母に求婚したときは、とんでもないスキャンダルになりました。チッピング・ノートンに女優はほとんどいませんし、地主階級の人たちは女優と結婚しようなんて普通は思いませんから」

「お母さまに全部お伝えしたのよね、ヒュー?」

「いいえ、聞いていませんよ」息子はこういう興味深いことは絶対に手紙に書かないの」

「でも、このことは必ずお伝えするようにと念を押したでしょう?」ミネルヴァが怒ってヒューをにらみつけて首を横に振ったのは、明らかに無理やり歌わされたことへの仕返しだ。

「約束したのに! あなたのご家族に秘密を作りたくなかったから。母の過去がスキャンダルの種にならないよう、お母さまには前もって知っておいていただきたかったわ」そう言ってオリヴィアに向き直った彼女の演技は、これまでドルリー・レーンでヒューが見てきたどの役者よりすばらしかった。「こんな形でお知らせすることになってしまって、申し訳ありません。きっと、ひどい家族だと思われたでしょう」

「いいえ、大丈夫よ。スキャンダルならうちの家族にもいくらだってあったもの。息子もその種になったひとりよ」オリヴィアは息子の後頭部をモーツァルトの楽譜で叩いた。「さっきヒューがあなたの昔の恋人に焼きもちを焼いたときにも言ったけれど、過去は過去のこととして放っておくのがいちばん。ミセス・ランドリッジが結婚前に何をしていたとしても、夫であるミスター・ランドリッジ以外の人には関係ない。そして彼はもういないんだから、この話も一緒に葬り去るべきよ」

「葬り去る……ああ、あたくしのいとしいミスター・ランドリッジ！」ルクレーシャが突然、自分が何者であるべきかを思いだして、指先を誰にともなくおぼつかなげに振ってみせた。「いとしい夫のミスター・ランドリッジはあたくしを心から愛してくれていたから、人には言えない過去も許してくれたんですの。夫はあたくしの魂の片割れだったから。心から愛したただひとりの人……」ルクレーシャが大げさに顔をゆがめ、ミネルヴァのドレスの前をつかむ。「ああ、どうしてあの人は死ななければならなかったの？」

事態は急速に道化芝居になりつつある。

ジャイルズが予告した悲惨な事態が進行するのを、ヒューは見守るしかなかった。

「もう寝る時間をだいぶ過ぎているわよ、お母さま」そのときヴィーとダイアナが奇跡のように現れ、ヒューを解放して姉とともにルクレーシャを運んでいった。

「あのシェリーがものすごく強くて、すっかり酔っ払ってしまったわ……」ルクレーシャがよろめきながら扉のほうへと運ばれていく。

「ではご婦人方、また明日。楽しくてためになる夜をありがとう」ジェレマイアが扉を開けて押さえた。

「本当にごめんなさい。こんな醜態をさらしてしまって」ミネルヴァが申し訳なさそうにジエレマイアとヒューとオリヴィアを見る。三人姉妹は驚くべき速さでルクレーシャを運び、廊下を横切って階段まで到達した。

彼らが見えなくなったとたん、ヒューの頭にはふたたびモーツァルトの楽譜が叩きつけられた。

「ヒュー・ペレグリン・スタンディッシュ、恥を知りなさい！　婚約者にあんなひどい仕打ちをするなんて！」オリヴィアは丸めた楽譜を広刃の剣のようにかざし、もう一度息子に振りおろした。

18

「お母さまが朝食にいらっしゃれなくて残念だわ。すぐによくなられるといいけれど」オリヴィアが三角形のトーストに上品にジャムを塗り広げる。

そのうえルクレーシャ・ド・ヴェールが朝食の席にいない理由――驚くほど短時間でデカンタに入ったシェリー酒をほぼ空にしてしまったこと――にまったく触れないという点も、上品きわまりなかった。昨日のルクレーシャは歌に少しでも間が空くと酒をあおったので、ジェレマイアは一曲終わるたびに彼女のグラスに注ぎ足さなくてはならなかった。姉妹三人が力を振り絞って、酔っ払ったルクレーシャになんとか階段をのぼらせたが、二階の部屋にたどり着いたときにはふたたび歌いだしていて、ペインとメイドの助けを借りてようやく重い体をベッドに横たわらせることができた。

今朝、彼女の様子を見に行くと、昨日の夜に見たときと同じく、ドレスを着たまままいびきをかいていた。

「それにしても、うちのばか息子はどこにいるのかしら？」昨夜のミネルヴァの歌についてもオリヴィアの対応はどこまでも上品で、朝食室の手前で彼女を廊下の端まで引っ張っていくと、知らなかったとはいえしつこく言って歌わざるをえない状況に追いこんだことと、息子のゆがんだユーモアのセンスについて繰り返し謝罪した。

「すぐにおりてこなかったら、息子には朝食抜きで教会へ行ってもらうことになるわ。当然の報いだけれどね。それで思いだしたわ、教会へ行く前に料理人と話をしなくてはならないの。朝食を含めて、すべての食事でホワイトスープを出してもらうためにね。ただし、ヒューが食べる分には味も香りもつけさせないわ。わたしを軽んじたり、あんなくだらないいたずらを仕掛けたりしたらどうなるか、あの子に思い知らせなくては」

「ペイン、ヒューがいそうな場所は本当にすべて探してくれた？」ヒューは毎朝の密会場所であるポートレート・ギャラリーにまだいるのかもしれない。ミネルヴァは今朝そこに向かう途中で、踊り場で待ち構えていた彼の母親につかまってしまったのだ。そのあとずっと、抜けだして彼のところへ行く言い訳を見つけられないでいる。

「はい、ミス・ミネルヴァ。ご自分の部屋にも書斎にもおられず、厩舎にもいらっしゃいませんでした。いつもは習慣どおりに行動なさる方なのですが、今朝は違ったようです」

「普段はあまり使われない場所にいるのかもしれないわね」その言葉で執事が理解してくれたらとミネルヴァは願ったが、毎朝ギャラリーで密会していることを悟ってほしいと思っても無理なことはわかっていた。どうせならヒューにも、執事と同じくらい鈍くなってほしい。人目を忍んでヒューと過ごす短い時間が一日のうちで最も楽しみになっていることを、彼には知られたくなかった。「静かなところで考えごとをするために」

「ヒューが考えごとなんかするものですか。したとしても、自分の楽しみのことだけよ」

「でも、昨日の夜は楽しかったです。とくにミネルヴァが関わった部分が」ダイアナは朝からずっとにやにやしていた。その横でヴィーもくすくす笑いだし、それがジェレマイアにも伝染すると、オリヴィアは夫に険しい視線を向けた。

「あなたのことも許していませんからね。あなたがミセス・ランドリッジのグラスにせっせとお酒を注ぎつづけた結果、娘さんたちに恥ずかしい思いをさせたんだから」

「ぼくが進んで注いだわけじゃない。彼女が催促していたのを覚えていないのかい？《女も一五になれば》の出だしの前に、〝けちけちしなさんな、ミスター・ピーボディ〟と言ったのが聞こえただろう」

「それでも――もっと分別を働かせるべきだったわ。気の毒に、ミセス・ランドリッジはアルコールに慣れていないんだから」

「アルコールに慣れていない人の飲みっぷりではなかったがね」ジェレマイアが新聞を開いたところに、ヒューが入ってきた。少しあわてているように見えたが、いつもと変わらずハンサムだ。

「遅くなって申し訳ありません」彼が問いかけるような目をミネルヴァに向けてきたので、いつもの場所で待っていたのだとわかった。

「今日が日曜だってことをあなたも忘れていたの、ヒュー？　今朝、踊り場でお母さまにお会いしなかったら、わたしも遅刻するところだったわ」ミネルヴァはティーカップの縁越しに彼に笑みを向けた。

「ああ、そうか……忘れていた。母が日曜の礼拝に必ず出席することも」

「あなたが教会のことを忘れているかもしれないと、思いつくべきだったわ。覚えておいてね、ミネルヴァ。ヒューにはなんでも口やかましいほど言いつづけなければならないの」オリヴィアがあてつけがましく息子から顔をそむけ、ぐるりと目を回す。

「彼女は母上と違って、口やかましいタイプじゃありません」

「どうして？　ヒューに何も言わないの？」

ミネルヴァは予想もしていなかった質問に驚き、受け流すことができずつい本当のことを答えてしまった。「普段、彼に困らされることがないので」魅力的すぎてヒューのことばかり考えてしまうのをのぞけば。そう言うとヒューがテーブル越しにキスを投げてきたので、ミネルヴァはこの雰囲気の中でそんなまねができる彼に笑みを向けずにはいられなかった。

「こういう人目を気にしないふるまいをのぞけばの話ですけど。その部分は矯正していく必要があると思っています」

「わたしからしたら、昨日みたいなことをされてもヒューと普通に会話をする気になれるのが不思議でしかたないわ。あなたは床に這いつくばって婚約者にお詫《わ》びすべきなのよ、ヒュー。あんな紳士らしからぬことをしたんだから」

いちばん奥の席に座っていたヒューは、深く悔いている表情を作った。「ミネルヴァ、どうか許してほしい。昨日の夜、母がこんこんと諭したように、ぼくはきみやきみの母上、それに母がモーツァルトを毛嫌いしている気持ちを自分の浅はかな楽しみのために利用すべきではなかった。許してもらえるだろうか？」濃いブルーの目のいたずらっぽい輝きが、彼の言葉を裏切っている。

「考えてみるわ」ミネルヴァは紅茶をひと口飲んだ。「許すかどうかは、謝罪の言葉ではなくあなたのこれからのふるまい次第よ。だから、あわてて結論は出さない。今日いっぱいあなたの悔い改めぶりを見て、夕食のあとにどうするか知らせるわ」

オリヴィアがそれでいいというようにうなずく。「そうよ。結婚したら、とくに最初は簡単に許しすぎないほうがいいの。夫自身に性格を直そうと思わせることができるから」ジェレマイアが広げた新聞の後ろでため息をつくと、妻は険しい視線を向けた。「わたしの夫もまだ矯正中なの。夫は結婚した時点でそれほど若くなかったから、自分のやり方が染みついてしまっているのよ。でもヒューはまだ若いから、ちゃんとしつけられるんじゃないかしら。ミネルヴァが根気よく取り組めば。あの少年っぽい魅力に気を取られて、その下にある意地の悪い部分を見逃がさないようにね」

ヒューが反論する前に、オリヴィアが大げさに身を震わせた。「寒いのはわたしだけ？ペイン、暖炉にもう一本薪《まき》をくべてちょうだい」完璧な温度に保たれている室内で、ヒューの母親と忠実な使用人の視線が絡みあう。執事がサイドボードの上の布をめくって手に取った薪は、昨日の夜に使われた楽譜だった。ヴォルフガング・アマデウス・モーツァルトの全作品集を無造作に丸めて紐で縛った薪を、ペインが銀の大皿にのせてゆっくりとテーブル沿いに運び、ヒューの横を通り過ぎて暖炉の前まで行く。そしてそれを火の上に落とすと、紙の束はすぐにぱちぱちと音をたてて燃えだした。「なんて気持ちのいい音なの！　モーツァルトをこんなに楽しんだことがあったかしら」

ヒューは母親に向かってティーカップを掲げた。「一本取られましたよ、母上」

「これですんだと思わないことね」従僕が皿を運んできて息子の前に置くのを、オリヴィアが何食わぬ笑顔で見守る。「すぐに許してくれる慈悲深い婚約者と違って、わたしは粛々と復讐を進めていくことをなんとも思わないわ。あなたが予想もしていないすばらしい復讐をすることを……」

ヒューは目の前の皿を警戒するように見おろした。「ぼくの卵に毒でも入れたんですか？」

「そんな簡単に予想がつくようなことを、わたしがすると思って？」

「早く逃げるんだ、ミネルヴァ」ジェレマイアが芝居の脇台詞のように、新聞の後ろからはっきりとした声でささやく。「正気の人々が住むチッピング・ノートンまで、風のように走って逃げたほうがいい。手遅れになる前に」

二〇分後、ミネルヴァはヒューと彼の母親とその夫と一緒に馬車に乗っていた。妹たちは後ろの馬車にふたりでゆったりと座っている。女性ふたりと男性ふたりが向かいあって座り、ミネルヴァが脚を置くべき場所にヒューの長い脚が侵入してきている状態で、馬車はセント・メアリーズ教会の前に到着した。

「マイ・レディ……ミスター・ピーボディ……思いがけず戻っていらしていると聞いて、うれしく思っていました。本当にお久しぶりです。それにフェアラム卿までご一緒くださるとは。長いあいだいらしていただけず、残念に思っておりました」

オリヴィアが牧師の手を取って馬車から降りながら、息子をにらむ。「息子もようやく身を固める気になったので、わたしがいなくても少しずつ内面の充実に努めてくれたらと思っていましたのに――この子にはがっかりしました。こんな子ですから、もうすぐ妻になる女性のこともまだ牧師さまに紹介していないのではないかと思いましてね。本当に怠慢な子ですわ。ミス・ミネルヴァ・ランドリッジです、こちらはクラナム牧師」

年配の牧師がミネルヴァの手も取って会釈しながら、馬車から助けおろす。「ミス・ミネルヴァ、わたしはフェアラム卿が気ままなひとり者の生活に別れを告げる日を、長いあいだ待ちわびておりました。ですから、ようやく花嫁を見つけられたと知って、どれほどうれしいことか」

「ありがとうございます」快活な笑みを浮かべている白髪の牧師を、ミネルヴァは好きにならずにはいられなかった。「牧師さまはとてもいい方だと、ヒューからいつも聞いていましたの」少なくとも、一度はそう聞いた。

「本当ですか？　それはうれしい。ですがミス・ミネルヴァ、正直に言いますと、わたしは今週になるまであなたのことを噂でしか知りませんでした。フェアラム卿は美しい婚約者を連れ帰ったというのにとても口がかたくて、村の者たちはあなたに興味津々だったのですよ。

だから今日は信徒席がいっぱいです。おそらく彼らはわたしの機知に富んだ話を聞くためではなく、やんちゃ坊主の心を奪った女性をひと目見るために集まったのでしょう」牧師はヒューを見てにやりとした。「今日はいらしてくださると聞いていたので、ご家族のお席をきれいにさせておきました。だいぶ埃が積もっていましたから」

「それはありがとうございます」ふたりが長年の友人同士のように手を握りあう。「それから母と婚約者に教会への無沙汰ぶりをさりげなく伝えてくださったその手腕には、脱帽します。ぼくのすばらしい人間性を嬉々としてけなしているようでしたね」

「なるべく多くの人たちに、あなたの魂のために祈ってもらいたいので」

「それにはもう遅すぎるのではないかと思いますが、お気持ちはありがたく頂戴しておきます」ヒューは腕を振ってミネルヴァを促した。「ではまいりましょうか、婚約者殿」

ジェレマイアと牧師がオリヴィアをエスコートして古い扉の向こうに消えるのを待って、ミネルヴァはひと晩じゅう気になって眠れなかった疑問をぶつけた。「昨日は怪しまれなかったかしら？」

「きみが機転をきかせてくれたおかげで、大丈夫だったと思うよ」

「本当に？」

「母は夫と息子に腹を立てるのに忙しくて、ルクレーシャのことまで頭が回っていない。ルクレーシャに酒を飲ませたジェレマイアと、モーツァルトを弾かせたうえ、母をやりこめたいがためにきみの歌の能力について嘘をついたぼくに激怒しているんだ」

「歌のことは本当に申し訳なかったわ」ミネルヴァはヒューの腕をぎゅっと握り、そのまま手を滑らせたい衝動を懸命に抑えた。「わたしは昔から音痴でまともに歌えたためしがないの。ただ言い訳をさせてもらうと、あなたに警告しようとはしたのよ」いまもオルガンのような音から成る音楽が廊下から響いてくるが、ミネルヴァにはただの音の集合にしか聞こえなかった。テンポの違いはわかるし、耳に快い音ではあるが、聞くそばから忘れてしまう。楽器の音の違いは聞き取れるし、それぞれの技量に感心はしても、序奏とコーラスのメロディーの違いもわからないのだ。

「だから、きみだけがルクレーシャのひどい歌声を聞いても平気な顔をしていたんだね。完璧に役を演じているんだとばかり思っていた……」

「あなたのお母さまには本当に申し訳なくて。それなのに終わりまで弾いてくださって、感謝しかないわ」

「きみだって最後まで歌いきってくれたじゃないか……ぼくのために」

「そうね――それで報酬を受け取ることになっているわけだし」

ヒューは首を振った。「いや、ぼくが頼んだから、きみはやってくれたんだ。本当に頭がさがるよ。ミネルヴァ、きみはいい人だ」

「いい人ですって？　そんなことを言われたら侮辱と受け止めるって言っていなかった？退屈でつまらないってことだって」

「退屈でもつまらなくもなく、いい人になれることがあると、ぼくは知ったんだ」ヒューはアーチ形の入り口の下で足を止めた。「詮索好きで知りたがりの人々に、じろじろ見られたりあれこれ言われたりする覚悟はできているかい？」

「もちろん。でも、そんなにひどいの？」

「きみは見知らぬ人間に囲まれている都会暮らしに慣れているから、そんなふうに言えるんだよ。でもここは都会じゃない。田舎の人々は、評判の悪いフェアラム伯爵が連れてきた誰も見たことがない婚約者についてあれこれ詮索する以外、やることがないんだ」ヒューが励ますようにミネルヴァの手を叩く。「いやな思いをすることになるだろうが、まっすぐ前を向いて微笑んでいてくれ。いろいろ言われているのが聞こえても、気にしないでほしい。運がよければ、これからの一時間は果てしなく続く三週間ほどにしか感じられないはずだよ」

ヒューとともに教会の中へ入ったとたん、ミネルヴァは自分が虫眼鏡で観察される標本になったような気がした。村じゅうの人々が集まっていると言ったクラナム牧師の言葉は嘘ではなかった。どの信徒席にも、横にある家族席にも、限界まで人が座っている。ぎゅうぎゅう詰めだ。両側の通路に立っている人たちまでいて、そのすべての目がヒューと一緒に祭壇のほうへ歩きだした彼女に向けられた。それと同時に、まるで示しあわせたかのごとく人々がいっせいにひそひそとしゃべりだす。スズメバチの巨大な巣が発する不穏な音のようなその響きは、ヒューが言ったとおり、自分たちの好奇心や意見をまったく隠そうとしていなかった。

〝ずいぶん背が高い……〟

〝思っていたのと違う……〟

〝ずいぶん色が黒い……〟

〝年が行っているようだから……お母君に孫の顔を見せるにはすぐに子作りに取りかからないと……〟

〝ちょっと変わった感じ……きれいだけど……体が弱そう……病弱なんだ……もっといい人がいただろうに……結婚せざるをえなくなったと聞いた……〟

ミネルヴァはこれほどいたたまれない思いをするのは初めてだった。前方にある席にたどり着くと、そこは教会のどこからもよく見える観察されるのにうってつけの場所だった。ヒューがスタンディッシュ家の家族席に入るゲートを開け、ミネルヴァを妹たちと彼の家族の後ろに座らせ、自分もその隣に腰をおろす。彼の目にはいつもの輝きがない。

ヒューが彼女の手を握った。励ますためか、それとも目を光らせている人々に彼がどれだけ婚約者に夢中か見せつけるためかのどちらかだというのに、ミネルヴァの鼓動が急に速まる。クラナム牧師が説教壇の前に立ち、全員を見まわして静かになるのを待った。

「今日は降臨節の最初の日曜。降臨節はわたしたちの主であるイエス・キリストの生誕を祝う日を待ちながら、主がかつて約束してくださったようにわたしたちのもとへ戻ってともに歩んでくださることを祈る期間です。降臨節《アドベント》はラテン語のアドベンタスに由来しますが、この言葉は〝始まり〟や〝到来〟という意味を持っています。そして〝到来〟は、今日ここに集まったわたしたちにまさにふさわしい言葉と言えるでしょう。わたしは皮肉なたちではありませんが、これほど大勢の方々が集まったのはアドベントの真の意味と精神を祝うためであり、わたしたちのいちばん新しい仲間の到来を目を皿のようにして見つめて根も葉もない噂を広めるためではないと信じます。わたしより皮肉な牧師なら、逆だと言うかもしれませんが」

牧師はミネルヴァをしばらくじっと見つめたあと、遠回しに非難したばかりの人々に視線を戻した。「キリストの生誕の祝賀を始める前に、わたしたちが待ちわびていた別の喜ばしい機会をみなで祝い、普段はここへあまり来ない人たちをいたたまれない思いから解放することにしましょう」そう言って置いてあった羊皮紙を取りあげ、顔を輝かせる。「本日、フェアラム伯爵ヒュー・ペレグリン・スタンディッシュ卿とミス・ミネルヴァ・コンコーディア・メリウェル・ランドリッジの結婚予告を公示します」ミネルヴァは重ねられたヒューの手に力がこもるのを感じた。ミネルヴァも自分の本当の名字が偽名とともに読みあげられるのを聞いて、手に力を入れる。

前に座っていたダイアナとヴィーも体をこわばらせているが、ヴィーがきゅっと身を縮めた様子は、この悲劇が起こった原因に心当たりがあるのを物語っていた。「最初の予告です。このふたりが神の御前で結ばれるべきではない理由を知っている者は、いまこの場で述べなさい」

沈黙が続くと、クラナム牧師もヒューの母親も笑みを浮かべた。教会の中は誰も息をしていないかのように静まり返っている。ミネルヴァはパニックのあまりものすごい速さで打っている自分の心臓の音しか聞こえなかった。ヒューの心臓の音は聞こえないが、同じように感じているのがわかる。ふたりは黙ったまま、きつく手を握りあわせた。

永遠にも思える時間が過ぎたあと、牧師がようやく口を開いた。「異議がないようなので、降臨節を祝う気持ちを浮き立たせてくれる讃美《さんび》歌《か》で礼拝を始めましょう。新たな仲間の到来と喜びに満ちた新たな始まりを祝うのにも、ぴったりな讃美歌です。第一六六番、《聞け、天使の歌を》……」

19

「母が結婚予告の手配をしていたなんて信じられない！」頭に血がのぼったヒューは、ポートレート・ギャラリーの寄せ木細工の床がすり減ってしまいそうな勢いで行ったり来たりしていた。「ぼくに知らせずにこそこそと！　きみにも何も言わずに！　バレンタインデーまで結婚しないと、ふたりではっきり言ったというのに！」

結婚式が延びたことを母はおだやかに受け入れたように見えたし、ミネルヴァの偽の家族がクリスマスまでにケアンゴームズから来られないのなら、式にいちばんふさわしいのはバレンタインデーかもしれないとまで言っていた。だが、いつものように母は自分の思いどおりにことを運び、彼の希望には口先だけで同意しながらひそかに勝手な計画を進めていたのだ。

自分の名前が読みあげられ、もうすぐ結婚式が行われると不意を突いて教会で公表されたとき、ヒューは奇妙な気分になった。腹が立ったというより、途方に暮れた。自分を落ち着かせるためにミネルヴァの手をきつく握り、パニックに陥らないよう牧師が話しているあいだずっとそのままでいた。求めていない現実を急に突きつけられ、逃げられないように追いこまれている気がした。これまでの生活を弔う鐘の音が遠くに聞こえ、予言のようだったジャイルズの言葉が頭の中に響いた。〝結婚予告は三回読みあげられる決まりだ〟

一回目が行われてしまった。

残りは二回。

いまいましい過干渉の母が勝手にことを進めてしまったからには、ジャイルズがさっさと戻って婚約者をさらってくれなければ、次の日曜には結婚がさらに近づく。

「読みあげるとき、わたしの本当の名前を言っていたわ。かわいそうに、ヴィーは自分を責めて取り乱している」ミネルヴァは見るからに落ちこんだ様子で、大理石のベンチに背を丸めて座っている。

ヒューの母親は息子に知らせずに結婚予告を行いたかったので、図書室にいたメリウェル姉妹の末娘の不意を突いて、姉妹全員のミドルネームを聞きだしたのだ。その中に〝メリウエル〟が含まれていたのは、ミネルヴァによればしつこい追求にヴィーが耐えきれなくなったせいらしい。でもメリウェルというのは一族の伝統的な名前で、姉妹全員に洗礼名として与えられているとすぐにごまかしたから大丈夫だと、ヴィーはミネルヴァに言ったという。ヴィーが危機に陥ったときにまことしやかな言い訳を思いつけたことは評価できるとしても、自らの過ちの結果を教会で目の当たりにして初めて失敗を認めたことに対しては、ヒューは腹が立ってならなかった。

「これであなたのお母さまは、そうしようと思えばうちのぱっとしない家系をたどれるというわけね。そうされたら、わたしがチッピング・ノートンに一度も行ったことがないとばれてしまう。そもそもオックスフォードシャーにすら行ったことがないんですもの。わたしはとんでもない詐欺師だわ。こんな計画に同意するんじゃなかった」

「もし母がメリウェルという名前を少しでも怪しいと思ったり、ヴィーの言い訳に疑いを抱いたりしていたら、昨日のうちに探りを入れてきたはずだ。そうなったら母は止まらないが、そんな話はまったくなかった。ぼくの不意を突いて結婚予告をする計画に夢中だったからだ。覚えておいてほしい。母の唯一の目標は、ぼくを祭壇の前に送りこむことだ。そして今日の企みがうまくいったことで、ぼくはそこに昨日より何歩か近づいてしまった」ヒューはミネルヴァを抱きしめてキスすることで不安をぬぐってやりたいという衝動を抑え、そっと肩を叩いて慰めた。「きみの姓が漏れてしまったという事実は、とりあえず箱に入れてしまっておけばいい。その箱は必要になったら取りだして、開けるんだ。だが必要になることはきっとない」

「どうしてそんなに気楽に構えていられるの？　昨日はいかれたルクレーシャが口を滑らせて女優だったことがばれてしまったから、あわてて言い訳をでっちあげたり、お母さまの気をそらすために恥を忍んで歌ったりしなければならなかった。今日は今日で、ヴィーが秘密の一端を漏らしてしまったとわかったわ。こんな調子では、すぐにお母さまにすべてを知られてしまう。わたしたちはトランプのカードで作った家に住んでいて、いまその家に風が吹きつけている。お母さまがすべてのピースをつなぎあわせるのは時間の問題だわ。そうなったら、わたしたちのもろい家はあっという間に壊れてしまう」

「母はまだ何もつなぎあわせていない」

「でもヴィーがまた口を滑らせたら？　わたしたちがうっかり漏らすことだってありうるのよ。ミネルヴァはふたりを指差した。「わたしたちがうっかり漏らすことだってありうるのよ。それにジャイルズがすぐに戻ってこられなかったら？　この茶番劇をあと一週間も続けられると、本気で思っているの？　一週間どころか二週間になるかもしれないのよ」

「これまではなんとかなっている」けれどもヒューは、彼の楽観的な態度にミネルヴァがまったく納得していないのを見て取った。彼女は一日じゅう険しくこわばった顔をしていて、不安と疲労が限界まで来ているのがわかる。

この芝居は彼よりもミネルヴァのほうが負担が大きいのだと悟り、ヒューは恥じ入った。自分はただ彼自身の役を演じながら母を見張り、必要に応じて違う方向に誘導するだけでいい。一方ミネルヴァは、彼との関係や病気についてのこみ入った話を記憶し、上流階級の令嬢らしくふるまわなければならない。さらに妹たちをおとなしくさせながらみんなの仲介役を務め、つねになんらかの決断を迫られている。

ミネルヴァへの感謝の念に打たれ自分は本当に勝手だと思いながら、ヒューは片手で髪をかきあげ彼女の隣に座った。そんなことをすべきではないと思いつつも、彼女の肩に腕を回す。「大丈夫だよ、ミネルヴァ。何か起こっても、きみはただ最善を尽くしてくれればいい。ぼくが望むのはそれだけだ」

ミネルヴァが思わずといった様子で頭をもたせかけてきて、ヒューはその感触のすばらしさから懸命に気持ちをそらした。ずっと、彼女とこうして触れあいたかった。秘密の逢瀬《おうせ》が妨げられたのがつらかった。不運な成り行きと母親の干渉のせいで、早朝の逢瀬が真夜中になってしまった。そのあいだにいろいろなことが起こり、彼女と話したいのに話せないもどかしさが募った。かつて彼女の胸を張り裂けさせた初恋のロミオについても、まだ訊けていない。昨日の夜はその男のことばかり頭に浮かんでまるで眠れなかったし、今日も訊けなければまた眠れないだろう。

「あなたの期待を裏切りたくないの、ヒュー。あなたは、わたしたち姉妹にすごく親切にしてくれたから」

「きみたちはよくやってくれている。昨日の夜、ルクレーシャを居間から運びだしたときのすばやさには本当に感心した。ぼくなんかじりじり動かすのが精いっぱいだったのに」

「秘訣は床からちょっと浮かせることよ」ミネルヴァは無造作に肩をすくめた。「わたしたちは邪魔な酔っ払いを移動させるのに慣れているから。たいしたことじゃないわ」新たに知る彼女の生活のそういう側面を、ヒューは想像したくなかった。

「きみは何もかも背負いこみすぎている」それは変えていくべきだ。「手を貸してくれていることには心から感謝するが、ここ何日かはきみに頼りすぎて、自分が楽をしていることに気づいたんだ。きみはすでに多くのものを抱えているというのに」ヒューは彼女の頭にキスをしないではいられなかった。ミネルヴァだって誰かに気遣われてもいいはずだ。「ぼくも含めて、あまりにも多くの人間がきみの人のよさにつけこんでいる」

「あなたはわたしにつけこんでなんかいないわ。ほかの人たちだって」

ヒューは彼女をそっと引き寄せ、手を取った。突然、彼女に触れていることが呼吸と同じくらい欠かせなくなる。「ミネルヴァ、ぼくには目がついている。きみを知れば知るほど、みんなを助けるために駆けずりまわっていろんな役を演じているのがわかる。妹さんたちといるときは母親役、ぼくの前では偽りの婚約者、それ以外にも優雅な女主人や友人役など数えあげたらきりがない。きみの人のよさには本当に頭がさがる……」ミネルヴァといると、自分ももっといい人間になりたくなる。「だが自分をすり減らしてまでがんばったり、あれこれ心配したりする必要はない。ものごとはなるようにしかならないし……ぼくがずっとそばにいる」

「明日はスタンディッシュ婦人会の人たちとお茶を飲むことになっているから、そのときは無理ね。マダム・デヴィに採寸してもらうときも無理だし……」ヒューの母親は息子抜きでミネルヴァを連れまわす予定を次から次へと立てていた。それはすでに大きな負担になって、彼女にのしかかっている。「お母さまがわたしたちふたりに出席を約束させた地元の集まりでは、ダンスを踊らなくてはならないわ。でもわたしは踊れないから、お母さまにも村の人たちにも詐欺師だとばれてしまう」

「それなら心配しなくていい。ダンスはぼくが教えるよ」

「わたしに教えられる人なんていないわ。覚えているでしょう？　わたしには音楽がみんなと同じようには聞こえないから無理なの。ダンスにはバランス感覚や体の動きを制御する能力やリズム感が必要だけど、わたしにはリズム感がまったくない。乗馬を教えようとしたときにどうなったか、忘れてしまったの?」

たしかにヒューは忘れていた。袖に箒を突っこまれたみたいに両腕をぴんと伸ばしていたミネルヴァには、馬の感情に寄り添ってその動きを予測する能力が欠けていて、体が不安定にぐらついていた。「また怪我《けが》をしたことにすれば踊らなくてすむかもしれない」

「肩の怪我の状態をあなたのお母さまは疑わしく思っていらっしゃるわ。今日の午後、お医者さまに来ていただいたらどうかと言われてしまったの。お母さまが見るかぎりではなんともなさそうだから、また乗馬ができるか確認してはどうかとおっしゃって。信じていただけるように、ティーカップを持ちあげるたびに顔をしかめてみたりはしていたんだけど。だから足首を捻挫したなんて言ったら、今度こそお医者さまを呼ばれてしまう。そしていまは覚えていなくてはならないことで頭がいっぱいだから、肝心なときに逆の足を引きずってしまいそう。悪くしたら、すたすた歩いてしまうかもしれないわ」

「きみが大変な思いをしているのに、ぼくは取るに足らないことを心配していたわけだ。差し迫った結婚のこととかね」ヒューは雰囲気を軽くしようと冗談めかして言ったのに、ミネルヴァの顔はますます不安そうにゆがんだ。

「本当は踊れないって言ってしまったほうがいいかもしれないわ。ひどい歌声を聞かせたあとだから、それほど驚かれないんじゃないかしら。でもそうすると、またあなたを嘘つきにしてしまうわね。初めてわたしとワルツを踊ったときに夢のような時間を過ごしたって、お母さまへの手紙に書いたんでしょう？」

「当日の夜、体調を崩したふりをしてもいいかもしれない。頭痛がすると言えば、結構なんでも許されるものだ」

「無理よ。クラナム牧師に行くと約束してしまったもの。教会の中で」彼女はまた、自分よりも人のことを考えている。「女性が教会でついていい嘘の数はかぎられていると思うの。わたしは昨日ものすごく大きな嘘をついてしまったから、あれで割り当てられた分は使いきってしまったんじゃないかしら。神さまだって、きっとこれ以上は大目に見てくださらないわ」

「厳密に言えば、きみは嘘をついていない。教会の中で明らかに本当でないことは口にしていないんだから。ぼくたちの知らないところでこそこそと動いて、結婚予告を牧師に読みあげさせたのは母だ。ぼくたちがいますぐ式を挙げるのは無理だと考えていることを知っていたくせに」

「そうかもしれないけど」

「厳密に言えば、嘘をついていないってことが重要なんだ。それを理由に、ぼくもいつか天国に入れてもらうつもりだ。きみはあからさまな嘘はついていない」

「でも、あの場にいたわ。何も言わずにミス・ミネルヴァ・ランドリッジのふりをしていた。あなたの婚約者だと——村じゅうの人たちが二年近くも見たがっていた幻の婚約者だという顔をして。牧師さまが〝このふたりが神の御前で結ばれるべきではない理由を知っている者は、いまこの場で述べなさい〟と言ったときも……」ミネルヴァは牧師の声をまねた。「わたしたちのどちらも、これは偽りの婚約だと声をあげなかった。あのときは神の怒りに打ち倒されるんじゃないかと、本気で思ったわ」ミネルヴァの声は沈んでいた。

「だが、そうはならなかった。そこには意味がある。本当に罪を犯しているのはぼくで、きみは善意の人だと神さまはわかっているんだ」

「そうかもしれない――でも神さまが失望されているのがわかるの。わたしはわずかばかりの報酬と引き換えに、魂のほとんどを売り渡してしまった。だから頭痛のふりなんかして教会で牧師さまとした約束を破って、残りの魂まで失いたくない」

「ぼくならきみにワルツを教えられる」

「ばかなことを言わないで、ヒュー」

「いや、まじめに言っているんだよ。当日は、ぼく以外の男の誘いを全部断ればいい。踊る代わりに村人たちと話して親睦を深めるというのは、完全に許容される行動だ。きみはスタンディッシュ・ハウスの新しい女主人になるんだからね。妹さんたちは好きなだけ踊ればいい。ふたりにもひそかにダンスを教えておくよう、ペインとルクレーシャに言っておく。そうすればきみはぼくとだけ踊ればよくなるし、ぼくたちはワルツしか踊らない。母はぼくたちの始まりを象徴するワルツを見たら喜ぶだろう。すばらしくロマンティックだから」

「ロマンティックどころかとんでもなくまぬけに見えるはずよ、わたしがね。目の前に迫った惨事を避けるために音痴をさらすのと、部屋いっぱいの知らない人たちの前でたいした理由もなく醜態をさらすのは、まったく違うわ」

「試すだけでもいいから、やらせてくれないか?」ヒューは立ちあがって手を差しだし、彼女が黒っぽい眉のあいだに魅力的なしわを刻むのを見守った。このしわを見るたび、キスで消してやりたくなる。「きみの魂を救うためでもだめかな?」

「ダンスは踊れないわ!」

「でも、ワルツだ。ワルツはほかのダンスとはまったく違う。男性のリードがすべてを決めるんだ。パートナーをちゃんと踊らせる責任はぼくにある。うまく踊れなかったときに、みんなが責めるのはぼくだ。きみはただ一、二、三と数えながら、きみを回すぼくにしっかりつかまっていればいい。さあ……やってみよう」

「いま?　もう時間も遅いし、そんな試練に耐えられるだけの気力が残っているかわからないわ。今日は疲れる一日だったから。明日になれば……」

「思い立ったが吉日さ。それに、いまなら誰も来ない」このふたつは危険な組みあわせになる可能性を秘めているが、いまはそこを追求する気にはならなかった。彼女に笑顔になってほしいということしか、ヒューの頭にはなかった。そうすれば彼の気分もよくなるだろう。

「こんなことをしても意味ないのに」明らかに気乗りしない様子で彼の手を取ったミネルヴァが立ちあがる。「足を踏んでしまっても、わたしの責任じゃありませんからね。ものすごく痛い思いをすると思うけど」

笑顔になって部屋に戻るミネルヴァを見られるなら、ヒューにとってはやる価値がある。

「もしきみが恋に落ちてしまっても、ぼくの責任じゃない。ワルツは愛と誘惑のダンスだからね、偽りの婚約者殿。そしてぼくは、罪深いほどそれに長《た》けている。このダンスを、あるいはぼくを禁じる法がないのが、不思議なくらいだ」

「あなたって本当に控えめね」彼が見たいと願っていた笑みをミネルヴァが浮かべる。ヒューはきらきら輝く美しいエメラルド色の目を見つめながら、彼女の腕を正しい位置に置いた。彼女の目を見ていると、心が温かくなる。彼のミネルヴァをいつまでも落ちこませておけるものなどないのだ。「払う予定の報酬にダンスも含まれていると、わたしに言うこともできたのに」

「それもそうだな」ヒューはミネルヴァのウエストにわざとゆっくり手を滑らせ、反応を見守った。「こうやって戯れるのは別料金かな？　ワルツを本当にうまく踊ろうとするなら、こういう戯れも必要なんだが」彼女の目の色が濃くなったので、いい兆候だと受け止める。少なくとも、もうつらそうな顔はしていない。

「当然、別料金に決まっているわ。言っておくけれど、相当高いですからね。ステップを踏むだけでも精いっぱいなのに、同時にあなたのミネルヴァでいなくてはならないんだから。高すぎて、あなたでも払えないかも」

ヒューはこういう彼女が好きだった。自信たっぷりに、大胆でおもしろいことを言う彼女が。「ぼくはかなり裕福なんだけどな」

「そうね……でもあなたが指摘したとおり、わたしはすでに抱えきれないほどの責任を抱えているから、今回はお断りさせていただくわ。次にまた一〇〇〇ポンド必要になったら、お知らせするわね」

「一〇〇〇ポンド？　きみは自分の〝戯れ〟の能力をずいぶん高く見積もっているんだね」

「あなたのワルツほどではないけれど」ヒューと完璧な姿勢で組みあいながら、ミネルヴァは見下すように彼を見て、辛辣にため息をついた。「このままひと晩じゅう、じっと立っているつもり？　すでに腕が痛くなってきているわ。腕の痛みに耐える報酬ももらっていないのに。それも追加料金よ」

「これはこれは、がめついお嬢さんだ。じゃあ、ぼくのリードについてきて。きみはぼくがすることをすべて逆にまねすればいい。単純だ」ヒューが動きだすなり、ミネルヴァはさっそく彼の足を踏んでしまった。

「だからできないって言ったでしょう！　わたしにダンスなんて無理なんだから」ミネルヴァはふたたび目の輝きを消していらだち、彼に握られた手を引き抜こうとした。

「きみが悪いんじゃない――悪いのはぼくだ。ぼくの教え方が下手だった。もう一度やってみよう。全部逆に……」そう言いかけて、ヒューはその教え方が間違っているのだと気づいた。頭と体の連携がうまくできない初心者に教えるのにはまったく向いていない。なぜならヒューが足を出せば、彼女も本能的に足を出してしまうからだ。そこでヒューは彼女から離れ、足を指差しながらひとりでステップを踏んでみせた。「ぼくと一緒に床の上に大きな四角形を描くと思ってほしい」彼女はダンスは理解できなくても、絵なら理解できる。「右足から動くよ」右足はミネルヴァが最初に動かすべき足だ。「右足を一歩さげる。そこから左足を横に出す。出した左足の横に右足をそろえる」

「これじゃあ三角形だわ。四角形ではなく」

「そのとおり！　それはまだ半分しかやっていないからだよ。じゃあ、四角形を完成させよう。今度は左足を前に出す。それから右足を横に出して……」

「出した右足の横に左足をそろえて、最初の位置に戻るのね」ミネルヴァは指先で空中に大きな四角形を描いた。

「ほらね？　言っただろう、簡単だって。じゃあ、横に並んでやってみようか」

ふたりは体を触れあわせないまま、ヒューの指示に従って数回ボックスステップを踏んだ。

「後ろ、横、合わせる——前、横、合わせる——後ろ、横、合わせる——前、横、合わせる——一、二、三——一、二、三……」ミネルヴァが完全に覚えるまで五分かかったが、いったん覚えるともはや彼女を阻むものはなかった。

「四角形を描けばいいのね……信じられない」ミネルヴァが驚いた表情で、うれしそうに彼を見あげる。「見て、ヒュー！　わたしたち、まったく同じように動いているわ！　これがわたしにとってどれだけすごいことか、あなたにわかる？」

「ぼくにもようやくわかりかけてきたところだよ」ヒューは彼女の心に届くワルツの教え方を発見し、笑顔を取り戻せた自分を誇らしく感じた。

「次は何をすればいいの？」

「きみはいま教えたことだけやればいい。ぼくが何をするかに関係なく、ただ足で四角形を描きつづける。ぼくの足は無視していていい」

「あなたの動きを逆にまねるんだと思っていたけど」

「それは忘れてくれていい。下手な教え方で、そんな説明をしたぼくがばかだった。きみは足で完璧な四角形を描き、ぼくはきみと一緒に同じ四角形を描く」

「わたしにはよくわからないけど……」

「それがすばらしいところさ。きみはわからないままでいい」ヒューは片手でミネルヴァの手を取り、もう片手を彼女の腰に置いた。「ぼくを信用して、すべてをゆだねてほしい。自分で何かをしようとはせずにね」ヒューは普通より深く彼女を引き寄せたが、それでもまだ足りないくらいだった。「さあ四角形を描いて……後ろ、横、合わせる――前、横、合わせる――一、二、三……」信じられないことに今度はうまくいき、ミネルヴァは呆然とした。

「わたしたち、踊っているわ！」

「そうだな」

「あなたの足を踏んでいない！」

「ああ。ぼくの爪先がきみに礼を言っているよ」ミネルヴァがくすくす笑うと、ヒューは背が三メートルくらい伸びたような気がした。

「それで、いつになったらくるくる回りはじめるの？」

「これを少なくとも一時間は練習してからだ。歩けるようになる前に走るのはやめよう」

「一時間ですって！　でもヒュー……もう真夜中を過ぎているのよ。あなたのお母さまは明日も予定をぎっしり入れているし、疲れた顔を見せたくないわ」ヒューは彼女に明日の心配をさせ、せっかくうまくいっているこの瞬間を台なしにしたくなかった。

「じゃあ、今夜はあと数分だけ続けてきみの体にこの動きをしっかり覚えこませ、休んで元気になった朝にまたやることにしよう。きみがすっかりこの動きに慣れたと判断できたら、明日の夜、回る練習に取りかかる」

20

ミネルヴァは満ち足りた気分で伸びをしたあと、早朝の光をさえぎるため上掛けの下にもぐった。昨日はポートレート・ギャラリーでヒューと一時間以上ダンスの練習をしたあと、宙に浮いているような感覚でベッドに戻ってきた。疲れる一日だったこともあり、赤ん坊みたいにぐっすり眠り、輝く甲冑を着たハンサムな騎士と蠟燭の光に照らされた舞踏室と優雅なプリンセスのようにワルツを踊る自分が登場するすてきな夢を見た。今朝も朝食前に彼と踊るのだと思うと、体の奥からふつふつと興奮がわいてくる。

音痴で運動神経のかけらもない自分があんなにやすやすと踊れたことが、ミネルヴァは信じられなかった。だが本当にそうなのだ。ヒューに導かれて踊る姿が、窓ガラスにも部屋の奥にある巨大な金縁の鏡にも映っていた。一日の最後に訪れた魔法のような時間は昨日感じたすべての不安を吹き飛ばし、手に負えない事態になりかけているという恐れにとらわれていた心を浮き立たせて希望で満たしてくれた。

全部ヒューのおかげだ。

ひとつだけがっかりしたのは、最後にキスされなかったことだ。彼はどうしてもと言って部屋の前まで送ってくれたものの、おやすみとだけ告げて去ってしまった。でも、それでよかったのだ。彼と踊ったダンスのせいで、キスしたいような気分になっただけだ。

扉を叩く音がして、ミネルヴァはびくりとした。「入って、マーサ。もう起きているから」ミネルヴァにつけられたメイドは、彼女が早起きなのを知っている。

「お嬢さま――ペインです。少しお話をさせていただいてよろしいでしょうか？」ささやくような執事の声が不吉な予感をあおった。

「もちろんよ。ちょっとだけ待って」ミネルヴァは急いでローブをはおり、それを体に巻きつけながら扉を開けた。するとペインは予想していたような険しい表情ではなく、にこやかに笑っていた。

「ミス・ミネルヴァ、閣下より今朝のお約束について伝言を預かってまいりました。少し変更して、三〇分後に厩舎でお会いしたいとのことです」

「厩舎ですって？　なんのために？」ミネルヴァは好奇心に駆られたが、すぐに失望が取って代わった。今朝は踊らないのだ。彼と戯れたり、くるくる回ったり、笑いあったりできない。

「わたしにはわかりかねます。閣下はこうと決めたら、どんなに頭のかたい人間にも酒を飲ませてしまうような方です。わたしはお嬢さまをお起こしして、暖かい格好をしてくるようにお伝えしろと言われただけでございます」今朝はダンスはできないが、かといって乗馬に連れていかれるわけでもなさそうだ。「それから誰かと出くわすようなことがあれば、隠れるようにともおっしゃっておられました。そこが非常に重要だそうでございます。お嬢さまには必ずいらしていただきたく、また早急にと。ただいまマーサが温かい紅茶をお持ちします。失礼ながら、お嬢さまには紅茶が必要なように見受けられますので」ペインが伝えることを伝えて出ていくと、ミネルヴァはどういうことなのかと考えこんだ。

どうしてヒューは厩舎で会おうなどと言いだしたのだろう？　しかも誰かに会ったら隠れろとは、どういうことなのか？　こんなふうに呼びだすからには、夜のうちに大変なことが起きたに違いない。あるいは、ジャイルズが戻ってきたのかもしれない。

ジャイルズのことを思いだすと、ミネルヴァは気分が悪くなった。そうだ。きっとジャイルズが戻ってきたのだ。それですべて説明がつく。ここ何日かヒューといい雰囲気で過ごしてきたから、うまく駆け落ちするためには慎重に動かなければならないのだろう。厩舎で馬車が待っているはずだ。朝食前に誰にも姿を見られなければ、夜のうちに逃げたのだとみんなに思わせられる。ミネルヴァの目に涙がこみあげてきた。

これでもう終わりだ。

時が来たのだ。

別れの時が。

でも、そのほうがいいのだろう。

いまこれほどつらいのなら、来週やさらにその先になったらどれほどつらいことか。すでにヒューは、希望を失って疲れた彼女の心にするりと入りこんでいる。別れたあと、彼が恋しくなるのは明らかだ。

　ミネルヴァは鉛のように重い足を引きずって衣装箪笥《だんす》の前まで行き、そこにある新しい服の中から駆け落ちにふさわしいものを探した。暖かい格好をしてくるようにとのことだが、荷造りについては何も言われていない。自らするべきだろうか？

　ミネルヴァはここへ来たときに持ってきた、みすぼらしい古ぼけたかばんを見おろした。棚の上にわびしくのっているかばんはいまは空だが、そこに入っていたものは家に戻ったあと必要だ。ミネルヴァはかばんの取っ手をつかんだものの、火傷《やけど》をしたかのようにすぐに放した。あとでペインが彼女のものをまとめて、妹たちと一緒に送り返してくれるだろう。

「トーストと紅茶をお持ちしました」マーサが急ぎ足で入ってきて、ベッド脇のテーブルにトレイを置いた。「お嬢さまはどうぞ召しあがってください。そのあいだにわたしが準備をしますから」親切な顔をした年配のメイドが、箪笥の前から彼女をやさしく押しのける。そしてミネルヴァが懸命にトーストと紅茶をおなかに入れようとしているあいだに、颯爽《さっそう》とした軍服風の組み紐《ブレード》がついた小粋なエメラルド色のウールのケープと、それに合うドレスを選びだした。

　それらをベッドの上に置くと、マーサは続いて繊細な糸で編まれたラムウールの暖かい靴下と柔らかい革のハーフブーツと手袋を取ってきた。さらにその上に、シルクのリボンと繊細なベルベットの花で飾られた美しいグリーンのボンネットをのせる。同じ花がついたレテイキュールに、マーサは繊細な刺繍が施されたハンカチを二枚入れた。小さなバラの蕾《つぼみ》で縁取られたかわいらしいシュミーズ、コルセット、シルクのガーターも用意されている。ミネルヴァはこういう美しい衣装や小物を身につけるようになるなんて想像もしたことがなかったのに、短いあいだにすっかり慣れてしまっていた。

ここを出たら、こういうものも恋しくなるのだろう。

このすばらしい家も、アイダーダウンとグースフェザーでできたマシュマロみたいに柔らかいマットレスも、毎晩ベッドに入るたび気持ちのいい音をたてる糊《のり》のきいた白いシーツも、ベッドで飲む紅茶も。オリヴィアとジェレマイアの愛情が伝わってくる口論も、ペインや使用人たちも、いかれたルクレーシャと彼女のたわわな胸も、夕食のテーブルの向こうできらきら輝いていたヒューの青い目も。

マーサがおしゃべりをしながら髪を整えてくれているあいだ、ミネルヴァは思いがけなく送ることになった仮の生活のあらゆる側面を、胸が締めつけられるような思いで振り返った。優美な化粧台の横にある鏡に目を向けると、この一〇日間でなぜか自分が淑女になってしまっていることがわかった。

「おきれいですよ、お嬢さま」

「ありがとう、マーサ。何もかも」

「どういたしまして。今夜のために、縞模様のシルクのドレスにアイロンをかけておきましょうか。それともピンクのタフタになさいますか？」

「どちらでも、あなたがいいと思うほうにして」どうせそのドレスを着ることはない。

ミネルヴァのここでの時間が終わったことを屋敷じゅうが知っているかのように、外へ向かうあいだ誰とも会わなかった。メイドも従僕もペインも姿を見せず、別れを告げる機会がなかった。大勢の人が働く厨房を避け、朝の間にある両開きの扉から外に出る。ミネルヴァは霜がおりた芝生を音をたてて踏みながら、厩舎へ向かった。

「やあ、来たね！」ミネルヴァを見て、ヒューが庭を横切って迎えに来た。満面の笑みを浮かべているのは、複雑な計画をようやく最後までやり通せてほっとしているからだろう。

「さあ、急ごう。母が毎日早朝にジェレマイアと一緒に乗馬をしていると、馬番たちが言っていた。母と会いたくない。会ってしまったら何もかも台なしだからね」

「お母さまはまだ起きていないと思うわ。出てくるとき、とても静かだったから」

「そうかもしれない。だが母は小柄で目立たないし、驚くほどこっそり動けるんだ。いきなり姿を見せても驚かないよ」ヒューはミネルヴァの肘を持って、二頭立て二輪馬車まで巧みに導いた。無蓋の馬車を見て、彼が暖かい格好をしてくるように言った意味がわかった。大型の四輪馬車よりこのほうがずっと速く走れる。ロンドンまであっという間に着くだろう。

ヒューが彼女を馬車に乗せ、かいがいしく分厚い毛布で膝をくるむ。彼はこれまで出会ったことがないくらい配慮が行き届いた男性なのだと、ミネルヴァは思いだした。「急いでくれ、ペイン！　予定より遅れている」

ヒューとの最後の時間を心に焼きつけようとしていたミネルヴァは、執事が大きなバスケットを持っていることに気づいた。「お母君は起きておられますが、幸いなことにわたしが気づいて、こちらへ来ないように誘導いたしました。いまは朝食室でミスター・ピーボディとホットチョコレートを飲んでいらっしゃいます」

「よくやった、ペイン。二〇分ほどしたら、母に悪い知らせを伝えてくれ」

「ベリンガム卿はどこにいるの？」ミネルヴァはあたりを見まわしたが、ジャイルズは見当たらなかった。

「彼なら勝手にいなくなったままだ。どうしてそんなことを訊く？」ヒューが手を開いたり閉じたりしながら手袋をはめる。

「彼と駆け落ちをするんでしょう？」

「それはまだだ。今日はぼくと逃げるんだよ」ヒューが隣の席に飛び乗ってにやりとしたので、ミネルヴァは驚いた。「ぼくたちふたりとも、ずっと勤勉にがんばってきたから、一日くらい休みをもらっても罰は当たらないだろう」

「お母君がお怒りになられますよ。今日の予定を立てていらっしゃいましたから」ペインが淡々と返しながらも、大きなバスケットをもうひとつ差しだす。

「その予定はミネルヴァ抜きでこなしてもらおう。スタンディッシュ婦人会には、ミネルヴァの妹たちとルクレーシャを代わりに連れていけばいい。あの三人は暇を持て余しているんだから。ぼくたちは夕食までに戻ると母に伝えてくれ。たぶん間に合うと」ヒューが手綱を当てると、二頭のはつらつとした灰色の馬が歩きだした。

しばらくのあいだ、ミネルヴァは何を言えばいいのかわからず黙っていた。何が起きているのか理解できないのと、いますぐ屋敷を去らずにすんで気が抜けたことで、なかなかいつもの自分に戻れなかった。ヒューに別れを告げなければならないと思ったときに感じた悲しみは、死によってもたらされる悲しみと同じくらい深かった。けれども、突然そうしなくていいとわかって心が舞いあがり、喜びで胸がふくらんでいる。ミネルヴァは自分のそんな気持ちの動きから、いままで考えないようにしてきたことと向きあわざるをえなくなった。

ヒューに特別な感情を抱いている。

真剣で、ロマンティックな感情を。

笑顔で振り返った彼のいたずらっぽい青い目が高揚して輝き、金色の髪は風で乱れている。馬車は屋敷から続く長い小道を抜け、曲がりくねった田舎道に入った。「ぼくたちは冒険に乗りだすべきだと思ったんだ。きみがいやだと言わないでくれるといいんだが」

「どうしてわたしがいやだって言うの？」

ヒューに関わるすべてが冒険だ。

「スタンディッシュ婦人会を楽しみにしていて、きみの計画を台なしにしたぼくに腹を立てているかもしれないだろう？」

「わたしが立てた計画じゃないわ」

「だから連れて逃げているのさ。昨日の夜、ふと思ったんだ。きみはいつもぼくや母や妹たちのために動いていて、自分のために何かをすることがない。今日はそれを正す日にしたいんだよ。夜に屋敷へ戻るまで、きみはぼくのミネルヴァであるふりも、母の将来の義理の娘であるふりも、妹たちの母親であるふりも、まわりじゅうの人や物をつなぐ仲介役もしなくていい。ただのミネルヴァでいてくれ。さらったのは、屋敷にいたらきみはただのミネルヴァではいられないからだ」ミネルヴァの胸がさらにふくらみ、もう少しで破裂しそうだ。

「でも、ヒュー――わたしたちがいないあいだに何かあったらどうするの？」とても魅力的な計画だが、ヒューにとっては困ったことになるかもしれない。

「ときには運命のいたずらに身をまかせて、起こることをただ受け入れるというのも必要だ。未来を予測することはできないし、たいていの場合、ぼくたちの意志でどうこうできるものではない。そういうとき、戦ってどうなる？」

「とても哲学的な考え方だけど、現実的とは言えないわ」

「もしぼくたちがいないあいだにまずいことになったとしても、潔く事態に立ち向かってやるべきことをやるだけさ」ヒューがいつものいたずらっぽい表情を浮かべる。「つまり、きみと手を取りあって全力で逃げる。ペインが気をきかせて用意してくれた馬車に飛び乗って、世界が終わるかのような勢いでポーツマスまで行き、船にもぐりこんで大陸へ渡るんだ。そして残りの人生を亡命者として、太陽がいっぱいのイタリアあたりの海辺で過ごす。きみは似顔絵を描いてワインを買う金を稼ぎ、ぼくは畑を耕して野菜を作ればいい」ヒューは得意げにミネルヴァを説得した。「きみが図書室で見た最新の農業関係の本を、実際のところ、ぼくは全部読んでいる。だからたとえ逃げなければならない状況になったとしても、問題なくやっていけるよ」

何もかも完璧に考えられているようだ。「いざというときのことまでちゃんと考えてあるのなら、何時間か逃げだしても害はなさそうね」

「そうこなくっちゃ。つまらないことはとりあえずすべて忘れて、きみのための一日を楽しもう。この前自分のために一日を過ごしたのはいつだ?」

「思いだせないわ」何年も昔、母親が死ぬ前だ。

「それはいけないな。何かやりたいことはあるかい?」

「そんなことを言われても、思いつかない。一日じゅう暇だったことなんてないもの」

「じゃあ、ぼくを信用してまかせてもらえるかな?」

「さらわれてきたのに、ほかに選択肢がある?」

「それもそうだな」ヒューが馬車を操って急なカーブを曲がると、冬の太陽に照らされた道がまっすぐどこまでも延びていた。「ボンネットをしっかり押さえておいてくれ、ミス・メリウエル。しっかりとね。これから速度をあげていく。冒険っていうのは息ができなくなるものなんだ」

ヒューは自分で言ったとおりにした。馬車が飛ぶような速さで走り、まわりの景色がぐんぐん後ろに流れていく。スプリングのきいた馬車が道の凹凸で弾みつづけ、冷たい一二月の空気が頬に吹きつける。スタンディッシュ・ハウスとの距離はみるみるうちに空いた。強い向かい風を受けながら進む馬車の上では会話ができなかったので、ミネルヴァは先見の明のある彼が用意してくれた分厚い毛布にくるまってゆったりとくつろぎ、馬車に乗ることをただ楽しんだ。

一時間ほど経って、ようやくヒューが速度を落とした。「おなかはすいた？」

「ぺこぺこよ」ミネルヴァは出発前、メイドが持ってきてくれたトーストをほとんど食べられなかったのだ。「でも、このあたりには何もなさそう。あら、あそこに見えるのは村かしら。行けば宿屋があるかもしれないわ」遠くに目を凝らすと、煙突からあがっていると思われる細い煙を見つけて指差した。

「きみには想像力のかけらもないんだな！　宿屋での朝食なんてあまりにも平凡だ。ぼ、ぼくたちの朝食はあのバスケットの中さ。それを食べるのにふさわしい場所をぼくは知っている」

だが彼がその場所について教えるつもりがないのは明らかだった。何も言わずに馬車を走らせ、鬱蒼《うっそう》とした木々のあいだを曲がりくねって延びている、ゆるいのぼり坂の道を進んでいく。

しばらくするとあたりが開け、蔦がアーチ形の窓を縁取っている古い廃墟《はいきょ》が見えてきた。

「ネットリー修道院だ」

「美しい場所ね」

「美しすぎるくらいだよ。ここは旅行好きな人たちや詩作のインスピレーションを求める人たちに、最近人気の場所なんだ」ヒューが不快そうに顔をしかめる。「だが早朝のこの時間なら、ぼくたちで独占できる」

ヒューは木の横に馬車を止めてひらりと降り、低く垂れている枝に手綱を結んだあと、ミネルヴァを助けおろした。「散歩用のブーツを履いてきてくれたかい？　少し歩かなくてはならないんだ」

でこぼこした道を大きなバスケットを持って歩いていくヒューのあとから、ミネルヴァは慎重に進んだ。修道院の中に入ると、レースのようにあちこちから空がのぞいている屋根の残骸を蔦が支えているように見え、彼女は感嘆した。その横でヒューは、かつては大きな建物を支える太い柱だったと思われる台座の上にてきぱきと布を広げている。

「歴史を知っておいたほうがいいと思うから、簡単に説明するよ。ここが作られたのは中世だ。少なくとも、ほとんどの部分はね。愉快な専制君主ヘンリー八世が男子修道会を解散させ、そのあとしばらく貴族の邸宅として使われていたが、やがて打ち捨てられ荒廃した」

「ここが詩人の創作意欲をかき立てる理由がわかるわ。インクと筆があったら、わたしだって描いてみたいもの」ミネルヴァは窓枠のざらざらした冷たい石に手を滑らせた。

「持ってくるように言うべきだったな……思いつかなかった。きみなら描きたがるだろうと思いつくべきだったのに。きみが芸術家だということをすぐに忘れてしまう」ヒューが自分の気のきかなさに腹を立てたように言う。

「わたしだって、ロンドンからインクと筆を持ってこようなんて思いつかなかったわ」ミネルヴァは彼にいやな気分になってほしくなかった。「いつか芸術家になれたらいいと思っているだけだから。それか自分の楽しみのために描きたいものを描けたらって。いまは仕事として、言われたとおりのものを木版画に仕上げる以上のことはできないもの。でも、このすてきな場所は記憶の中に大事にしまっておいて、いつか自分のために描きたいわ」ミネルヴァはヒューが並べたご馳走《ちそう》に向き直った。「ところで、朝食は用意してくれているって言っていたわよね」

「ああ、言った」ミネルヴァは彼が差しだした腕につかまって移動し、彼女のための椅子と思われる石の上に彼がハンカチを広げるのを見て笑った。ヒューが上等な磁器の皿を二枚出して、一枚を渡す。「形式ばらない食事だから、欲しいものを好きに取ってくれ。ただし、その小さなリンゴのタルトは必ず食べるように」

「リンゴのタルトですって？　朝食に？」

「半熟卵とベーコンは持ってこられないだろう？　着くまでに、冷めてかちかちになってしまうからね。卵はどこで食べてもおいしいものじゃない。それに半熟卵はシャンパンには合わない」ヒューが片目をつぶり、バスケットから大げさな仕草でシャンパンの瓶を取りだした。「だが、イチゴならぴったりだ。一二月にイチゴを手に入れるのがどれほど大変か、想像がつくかい？」

「屋敷の温室で作ったものでしょう？　だから、それほど大変ではなかったはずよ。摘んだのは使用人かしら。あなたの苦労には頭がさがるわ」

「無粋だな、ミネルヴァ。きみは感動するはずだったのに」

「感動しているわよ。すべてに。あなたはいつもわたしを感動させてくれる」今日も、昨日の夜も、ミスター・ピンクウェルからかばってくれた最初の出会いのときも。そんなものはいないと確信していた彼女の前に現れた、本物の輝く甲冑の騎士。

「そう言ってもらえるのはうれしいね。ぼくは生まれつき人を感動させるたちなんだ」コルクがぽんと音をたてて抜け、冷たいシャンパンの泡が瓶の口から流れだす。ヒューが美しいクリスタルのグラスにシャンパンを注いだ。「それなのに、控えめすぎていつも損をしているんだよ」

21

廃墟になった修道院でふたりで食事をしていると、なんだかとても親密に感じられた。びっしりと蔦に覆われた壁が人の目をさえぎり、かつては屋根だった場所にある巨大な裂け目から日の光が差しこんでくる。ヒューはこの場所が自分におよぼす影響を、まったく予想していなかった。イチゴやリンゴのタルトのように素朴な食べ物を口にしたミネルヴァのうれしそうな顔に、彼女とふたりだけで過ごせることに、自分がこれほどの喜びを覚えるとは。

「いまここに詩人がいなくてよかったわ。いたら雰囲気が台なしだもの」

「雰囲気を台なしにするのは詩人だけじゃない。ハンプシャーの中でもここは、結婚前の男女がこぞって来たがる場所なんだ。やにさがった顔でいちゃつく恋人たちは、消化によくない。そんなものはいつだって見たくないが、朝食のときはなおさらだ」

「たしかにそうね。でも恋人たちが来たがる気持ちもわかるわ。ここはとてもロマンティックですもの」ミネルヴァはうっとりした表情でまわりの壁を見まわした。「この場所で何人の若者が愛する女性に求婚したのかしら？」

「あるいは一度か二度、キスをしてみたり？」いや、もっとかもしれない。だが手の届くところにミネルヴァがいるいま、そんなことを考えるのは賢明とは言えなかった。「リンゴのタルトをもうひと切れどうだい？」

ミネルヴァは首を横に振って微笑んだ。「あなたはこれまでに何人の女性をここへ連れてきたの？　ひとりではないわよね。誘惑するには最適な場所ですもの」

「ひとりもいない」ミネルヴァだけだ。「こういうとんでもなくロマンティックな場所に来ると、女性は余計なことを考えはじめるからね」彼もいま、余計なことを考えはじめていた。欲望が絡んだことや、ロマンティックで詩的なことを。そんな考えはさっさと振り払えるよう願いつつ、ヒューはすばやく立ちあがった。「さあ、行こう――探検してみたくてうずうずしているんだろう？」そしてまぬけにも手を差しだしてしまい、ミネルヴァがその手を取ったとたんに後悔した。そんなちょっとした触れあいにも、喜びがわきあがったのだ。

「誘惑したければ、ロマンティックな場所でするのがいちばんですもの」

「ここはロマンティックでもあるし、ロマンティックでもある」

「そのふたつに違いがあるの？」ミネルヴァが手を離してガラスのはまっていない窓枠にうれしそうに指先を滑らせても、ヒューの手にはまだ彼女の感触が残っていた。

手だけでなく体じゅうに。

「もちろんさ。どれくらいのあいだ、その女性と関係を続けたいかによる」

「なるほど……」ミネルヴァが心得顔で口の端を持ちあげる。「繊細なわたしをおもんぱかって礼儀正しい紳士であるあなたが言えないでいることは、愛と約束と献身によって成り立つ関係ならロマンティックだし、情熱に流された一時的な関係なら……ロマンティ、ッ、ク」ミネルヴァがヒューの言い方を正確にまねる。「あっという間に燃えあがって、あっという間に終わりを迎える。そういうのはわたしもよく知っているわ」

にわかに存在感を増した彼女の過去の恋人の亡霊が、浮き立っていた気分に水を差し、ヒューは嫉妬にとらわれた。

「ああ、そうだよな――きみの胸を張り裂けさせた放蕩者のことを忘れていた」

「わたしの胸は張り裂けてなんかいないわ。失望したの、ただそれだけ」

ヒューの胸に深い安堵が押し寄せる。それでも心配で、突き動かされるように問いかけた。

「じゃあ、そいつを愛していなかったのか?」

ミネルヴァが崩れた階段を何段かのぼって、外の景色を眺める。そのせいで、ヒューは彼女の表情を読み取れなかった。「わたしはまだ子どもみたいなものだった。彼とのことは、単にのぼせあがっていただけ」

その言葉で安心したかったが、ヒューはさらに突っこまずにはいられなかった。「だが教会の信徒席で見つめあっていただけじゃないんだろう? そいつがきみをひどく傷つけたとダイアナがほのめかしていた」

「彼はただ去っていっただけよ。そのことで彼を責められないわ」ミネルヴァが姿勢を変えたので途方に暮れたような表情が一瞬見えたが、彼女はそのまま遠くに視線を向けてしまった。「相手は二〇歳になるかならないかで、わたしは一九歳になったばかりだった。つきあっていたのは一年にも満たないくらいで、将来の話なんかしたことがなかったわ。ふたりとも落ち着くには若すぎたし、つきあう以上のことを考えるには貧しすぎたから。ロンドンのもっといい地区で働ける機会がめぐってきたとき、彼がそれをつかんだのは当然のことよ。わたしたちは円満に別れたの」

ヒューはその言葉を信じられなかった。

「当然のことだって？」彼女は寛大すぎる。「そいつに働く機会がめぐってきたのが、たまたまそのときだったっていうのか？」ヒューは気がつくと彼女を追って階段をのぼっていた。「お父さんが消えたのは、きみが一九歳になったばかりのときじゃなかったか？」

ミネルヴァは一瞬肩をこわばらせたあと、たいしたことではないというように返した。

「妹たちの面倒を見る責任を引き受けるなんて、二〇歳の若者に期待できるはずがないでしょう」振り返ったミネルヴァの感情を抑えた顔からは何も読み取れなかったが、目を合わせられずに廃墟の壁を覆う蔦にかぶさるように茂っている茨《いばら》に視線をそらしたことが、すべてを物語っていた。

「そいつのために言い訳をしないでくれ」ヒューはどうしても顔を見て気持ちを確かめたくて、ミネルヴァの顎をそっと持ちあげた。彼女がいちばん必要としているときに逃げだした臆病者の男に自分が怒りを覚えていることを知ってほしかった。「きみを愛していたら、そいつは残ったはずだ」

「それなら、わたしは愛されていなかったんでしょうね。愛していると何度も言ってくれたけど」軽く返したミネルヴァの声には、かすかに苦々しさが含まれていた。

「約束したのなら、そいつは守るべきだった」

「なんのために？　ふたりそろってみじめな境遇に陥るため？　わたしが育った場所では、何回か人目を忍んでキスをしただけでは、真剣な約束をしたことにはならないのよ。クラーケンウエルでは若い娘の評判なんて誰も気にしないし、幸いわたしには、それ以上のことを許さないだけの分別があったから」

ヒューは知らないうちに詰めていた息を吐き、感じるべきではないとわかっていたのに感じていた嫉妬が急速に消えていくのを感じた。ミネルヴァがほっそりした肩を堂々とそびやかして、彼の目を見る。「いま考えると、彼はそうすることでわたしに恩恵を施してくれたんだわ」

「捨てることで恩恵を施しただって？」

「わたしは成長する必要があったの。父のやり方を間近で見てきたくせに、まだロマンティックな考えを捨てきれていなかったんですもの。だから男なんて本質的に信用できない生き物で、長い目で見たら女性がいろいろしてあげる価値なんかないってことを学ばなければならなかったのよ」

「皮肉っぽい考え方だな。すべての男が信用できないわけじゃない」

「そうね」言葉とは裏腹に、ミネルヴァはそう思っているようには見えなかった。「でもわたしは、信用したいと思わせてくれる男性にまだ出会えていない。ただし、前もって自分の欠点を申告する程度の誠意を持った男性はいたわ。あなたのようにね。それは認めてあげてもいいと思う。誤解がないように、最初に警告してくれるんだから。女たらしだとわかっている男性を好きになるのは、ばかな女だけ」彼女はからかうような口調で言ったが、その言葉の持つとげが消えるわけではなかった。

「逆説的だけど、あからさまな女たらしのほうが恥知らずな悪党や嘘つきより信用できると思うの。でも本当に信用できる男性という希少なものと出会うまでは、わたしの張り裂けていない胸はかたい殻をまとったままよ。そういうわたしを皮肉っぽいと言うなら、それでもいいわ」ミネルヴァがふたたび遠くに視線を向ける。「あれは海かしら？」

「ちょっと違う。入り江だよ」ヒューは自分も皮肉屋のくせに、ミネルヴァが皮肉っぽい考え方をするのがいやだった。彼女には信用できない自分のような男ではなく、もっと善良な男がふさわしい。

「残念だわ。まだ海を見たことがないの」

「見たいなら、きみの望みは簡単に叶うよ。ぼくたちはいま、海岸から何キロも離れていないところにいる。今日、見に行ってみるかい？」

「行ってもいいの？」ミネルヴァの美しいグリーンの目が興奮に輝く。

「今日はなんでもきみの言うことを聞くよ。海が見たいのなら、見に行こう。ちょうどいい場所を知っている」階段をおりる彼女に手を差しだしながら、ヒューはしないほうがいいとわかっている質問をしないではいられなかった。「ちなみに、そいつの名前は？」

「どうして知りたいの？」彼女に触れるだけで、ヒューは体の内側が熱くなるのを感じた。

「なぜなら、もしそいつと会うことがあったら、きみを手放すなんてまぬけだなと言ってやらなくちゃならないからさ」ヒューはいつもこういう言葉をキャンディのように女性にばらまいている。そうすると女性が警戒を解き、逆立てていた羽根を寝かせるからだ。それなのに今日は、言葉が口から出たとたん、自分が本気で言ったとわかった。

もし自分があの父親の息子ではなく、意図的にではないにしてもいつか必ず彼女を失望させるとわかっていなければ、ミネルヴァこそ一生をともにしたいと願う女性だった。頭がよくておもしろい。惜しみなく動き、考え、情熱的で粘り強く、欠点だってユーモラスで笑いを誘うだけだ。疑いようもなく、ヒューがこれまで出会った中で最も魅力的だ。女性にしては高い身長からとんでもなく音痴なところまで、ヒューは彼女のすべてが好きだった。

「父はまぬけだった」ミネルヴァが階段の途中で足を止め、やわらいだ表情でヒューを見おろす。「すてきなことを言ってくれるのね。女性がみんなあなたを好きになるのは当然だわ」ミネルヴァの微笑みが彼の体にじんわりと染みこむ。

「だが、きみはそうじゃない」ヒューはその事実がつらかった。

「ええ、わたしはそうじゃない」心が深く傷つく。

「なぜなら、女たらしを好きになるのはばかな女だけだから」

「そのとおり」ミネルヴァの足が最後の段にのる。「わたしはいままでいろんなふうに言われてきたけれど、ばかっていうのは……やだ、何？」ミネルヴァが上着の生地を引くと、茨の枝がくっついていた。もう一度引っ張ってみたが、外れる気配がない。

「そんなふうに引っ張っても、とげが食いこむだけだ。ぼくが取ろう」ヒューは枝を外そうと、何も考えずに彼女の後ろに手を伸ばした。「さがらないで……」ミネルヴァが体を支えるために彼の肩につかまる。ヒューは彼女の感触を懸命に無視しながらとげのついた枝と格闘し、彼女に求めてもらえないことへの強烈な失望と戦った。あの父親の息子である自分は、彼女にふさわしい男にはなれない。だがもしそういう男になれるのなら……いま目の前にいるこのすばらしい女性と結ばれるチャンスは誰よりもある。

もし……。

「もう少しだよ……ほら、外れた」ヒューは意気揚々とした笑みを浮かべようとしたが、不意に彼女の唇に目を吸い寄せられ、笑みを作れなくなった。求めてやまない女性が彼の肩につかまり、イチゴとシャンパンの香りを漂わせているいまの状況では無理だ。

ヒューは唇の少し手前で手を止め、ミネルヴァに触れたい気持ちと戦った。魅力的な体とのあいだにあるわずかな隙間を埋めてしまいたくて、頭がおかしくなりそうだった。

どちらもぴくりとも動かなかった。

彼女の呼吸の音が聞こえる。

ふたりを包む沈黙が親密な雰囲気をはらむ。

自分の心臓の音が聞こえる。

迷いや不安に支配される。

ひどくロマンティックな考えがいくつも頭を駆けめぐる。欲望に満ちたものも、ありえないくらい詩的なものもあるが、不快なものはひとつもない。それどころか、どれもこれもすばらしかった。

このうえなくすばらしかった。

なんてことだ。こんな朝早くに人けのない場所で彼女とふたりきりになるなんて、大きな間違いだった。ここで欲望に身をまかせれば、大きな過ちを重ねることになる。ミネルヴァにとっても、ちくちく痛んでいる彼の良心にとっても。ヒューは正気を保つため、横に移動してふたりを包んでいた催眠術のような効果を持つ目に見えない蜘蛛の巣を断ち切り、ミネルヴァとともに最後の一段をおりた。

「じゃあ、冒険を続けよう」ヒューはなんとか足を動かし、置きっぱなしだった朝食のバスケットのところまで戻った。少しでも気を抜けば、パニックにのみこまれてやみくもに丘に向かって走りだしてしまいそうだ。それに耐えて意味のないおしゃべりをしながら、残った食べ物を急いで片付けた。すべてを放ってミネルヴァにキスをしたい。そんな破滅へとつながる衝動に必死で抗い、彼女にキスできない、キスするべきではない、キスをしない自分に対する腹立ちを抑えこむ。ヒューが何もしてこないせいで彼女ががっかりしている様子にも、気づかないふりをした。

ヒューはミネルヴァを馬車に乗せてからせかせかとバスケットをしまい、自分も座席にあがった。その頃になるとようやく、おかしなことなど何もないというふりができる程度には落ち着いてきた。本当は何もかもおかしいというのに。

胸がひどく痛かった。

こんな痛みはいままで感じたことがない。いちばん激しく痛むのは心臓で、生まれてこの方、心臓がこんなふうに痛んだことも、そもそも心臓の存在を意識したこともなかった。そのせいで、ヒューはこれまで避けてきた現実と向きあわざるをえなくなった。自分だけはそんなものにとらわれないと確信し、そもそもそういうものを感じる能力がないのだと思っていたのに、ミネルヴァを思う気持ちは知らないうちに心の中で根を張り、力強く成長していた。愛情と所有欲と切望が混然一体となったその気持ちをどうすればいいのか、彼には見当もつかず、ただ目をそむけてそのうち消えてなくなることを願うしかなかった。

「きれいな村をいくつか回ったあと、ティッチフィールドの〈女王の首亭〉で昼食をとろう。パイがすごくおいしいんだ。大げさじゃなく、最高のパイさ。そのあとヒルヘッドに行く。何キロも海岸線が続いて、最高の海が見られる。どうかな、気に入ったかい？」

「すばらしいわ……」

それから数時間、ヒューは彼女を楽しませるために全力を尽くし、ミネルヴァも何ごともなかったかのようにふるまっていたが、いったん生まれた奇妙な雰囲気が消えることはなかった。ヒューは自分の中で生まれた考えを彼女に伝えるべきか昼食のあいだ思い悩み、話すと決めたあとも一時間近く、どうやって持ちだそうかぐずぐず考えつづけた。きっかけをつかめずにいるうちに、遠くに海が見えてきた。といっても、彼は海などどうでもよかった。

それよりもミネルヴァの顔を記憶に留め、海が大きく見えてくるにつれて浮かぶ感嘆の表情を楽しむのに忙しかった。ミネルヴァなら〝口にすべきでないあのこと〟とでも呼びそうな話題を持ちだして、彼女の感動を損なう気にはなれなかった。

「海の音が聞こえるわ！」聞こえても不思議ではない。一二月のソレント海峡には水車池のような静けさはなく、ときに襲ってくる嵐のさなかのような騒がしさもない。さわやかな風が水面を波立たせているだけだ。波は浜から離れたところで次々に生まれてはふたりのいる砂利浜へと打ち寄せ、大量の泡で砂利を包んだあと引いていく。「貝殻を耳に当てると聞こえる音と同じだわ。そんなこと信じていなかったけど、本当だったのね」

ヒューが馬車を止めると、ミネルヴァは助けおろされるのを待たずに自分で降り、砂地まで数十センチの段差になっている草地の端まで行った。

風で脚にスカートが張りつく。ミネルヴァは手でボンネットを押さえたが、それでも景色に夢中になって砂の土手の縁を走る彼女の頭から長い髪の筋がたなびいた。笑いながら振り返ったミネルヴァは純粋な喜びにあふれていて、目を奪われたヒューはそれまでの奇妙な気分を忘れて微笑み返した。

「あなたも来て、ヒュー！　海岸を歩こうって約束してくれたでしょう？　ここは海岸がどこまでも延びているわ！」

どこかに踏み固められた道があるはずだが、ミネルヴァは気がはやっていて、探すどころではない。そこでヒューは彼女に手を貸して段差をおろし、手をつないだままブーツに水しぶきがかからないぎりぎりのところまで歩いていった。「すごいわ、ヒュー！　連れてきてくれてありがとう」

「これもいつか描くために記憶にしまっておけるね」

「わたしに描けるかしら……この色彩や動きを」

「潮の満ち引きは月が起こしているんだそうだ」

「本当に？　あんなに遠くから、どうやってそんなことができるのかしら？」いまの時間は月なんて見えないはずなのに、ミネルヴァが感嘆して空を見あげる。

「引力に関係があると書いてあるのを読んだが、完全には理解できなかったよ」

「どうしても理解できないことってあるものよ。そういうものだというだけで充分」

「哲学的だな」

ミネルヴァは身を屈《かが》めて濡れた砂に埋もれている平らな白い貝殻を掘りだし、彼のほうを向いてにっこりした。「今日は哲学的になれる日だもの。ものごとをあるがままに受け入れて、〝もし〟を心から楽しめているわ。あなたと一緒にさぼる一日は最高よ」興奮気味のミネルヴァの言葉は彼の感じていることをそのまま表していたので、ヒューは黙ってうなずいた。

「ぼくも楽しかった。さあ、ここをもっと堪能しよう。帰り道は暗くて楽しいとは言えないからね」

ヒューが差しだした腕をミネルヴァが取り、ふたりは海岸を行けるところまで歩いた。ミネルヴァは貝殻を集めたり、海藻や頭上を飛ぶカモメを眺めたりして、すべてを子どものように無邪気に喜び、楽しんだ。風にさらわれて転がっていったボンネットを笑いながら追いかけていく彼女を見ていると、ヒューはまたしてもせつない気持ちが高まり、胸が痛くなった。

〝もし〟がふたたび彼の頭の中を駆けめぐる。

ヒューはボンネットをつかまえ、手で砂を払った。ミネルヴァがそれを受け取って、うれしそうにくるくる回る。「本当にきれいだわ、ヒュー——あなたが言ったとおりね。どこの海岸もここと同じようにきれいなの？」

「そういうわけじゃない。もっときれいなところもあれば、それほどでもないところもある」

「イタリアの海岸はどう？　わたしたちがあとで駆け落ちするかもしれない場所は？　ここと同じくらい、きれいかしら？」

「世界一美しい場所だよ。そうでなければ逃亡先に選ぶはずがない」ミネルヴァと一緒に行くから世界一美しい。彼女がいる場所は、どこでもそうなる。

回るのをやめてヒューを見つめたミネルヴァの目には、彼と同じ感情が浮かんでいた。せつない気持ちも、悲しみも。ふたりが向きあいたくない無数の〝もし〟も。そのとき、ヒューの中で何かがぷつりと切れた。

この世には理解できないものがある。ただそのまま受け入れるべきものが。いまがまさにそうだった。完璧な瞬間。こういう瞬間をふたりで共有できるのは、おそらくこれが最初であり最後だ。ヒューは彼女の手を取って引き寄せ、腰に手を回した。どちらも口を開かなかった。言葉は必要ない。彼は自分に向けられているエメラルド色の目に溺れた。ミネルヴァが彼の肩に腕を回して体を寄せたので、ふたりの体が胸から腰まで密着する。

彼が先に顔を寄せたのか、ミネルヴァが先に彼を引き寄せたのか、ヒューにはわからなかった。ようやく重なった口に向かってヒューは息を吐き、いま感じているものをすべて注ぎこんだ。もつれあった感情も、実現できない夢も、情熱も、芽生えたばかりの愛情も、何もかも。

それはすべてのキスを終わらせるためのキスだった。

けれどもそのキスには無数の〝もし〟があるばかりで、答えはひとつもなかった。

22

ミネルヴァはどれくらいヒューと抱きあっていたのかわからなかった。時間が止まり、世界には彼と自分、そしてかすかに聞こえる海の音しか存在しなかった。けれども打ち寄せる波の音が次第に大きくなると、まずヒューが身を引いた。腕を外して彼女から離れ、髪に指を通しながら歩きはじめたが、ひどくみじめな顔をしている。

ミネルヴァにとってそれはただキスが終わったというだけではなく、心のつながりを断ち切られることでもあった。遠ざかっていくヒューが彼女から距離を取るのが、まざまざと感じられた。その姿はキスしたことを後悔しているかのように見える。

「悪かった……こんなことはするべきじゃなかった。ぼくの過ちだ。いったい何を考えていたんだろう……」

「そうね、間違いだったわ」ミネルヴァもどうでもいいふりをしようとした。後悔した彼の表情に傷ついているのを隠し、平気なように見せる。いつもはいたずらっぽく輝いている彼の目が荒れ狂う感情で翳っていて、彼はその目をなんとか彼女と合わせようとしていた。

「わかってほしい、こんなことは続けられない」

そのことはミネルヴァもよくわかっていた。彼にキスを許す前も、彼に対する特別な感情が育つのを自分に許したときも。それでも好きにならずにいられなかったのだ。「気にしないで。ただのキスですもの」

ただのキス。

そのキスで彼女の心は喜びの歌を歌いだし、完全にヒューに屈服してしまった。なんてばかなのだろう。彼は放蕩者であることを隠したことはないし、放蕩者には免疫があるとミネルヴァは思いこんでいた。それなのに、結局こんなにも彼を好きになってしまった。彼の魅力と気楽な態度になすすべもなくからめとられてしまったのだ。ハンプシャーで過ごすうちにいつの間にか自分の生まれを忘れ、本来の日常とかけ離れた生活を送っていることを忘れてしまった。これはただの芝居で、虚構なのだということを。いつもは現実的だと自負しているのに、つらい思いをしているだけなのだということを。厳しい現実から一瞬解放されていることを見失ってしまった。

「いま起こったことを、ぼくたちは忘れるべきなんじゃないかな」不安そうな表情でヒューに言われると、ミネルヴァは屈辱的な気分になった。

「たぶんね」ミネルヴァはそう返したが、彼への気持ちをさらにふくらませたキスを、この先つねに思い浮かべるであろうキスを、忘れられるはずがなかった。「もう戻ったほうがいいんじゃないかしら？　あと一時間くらいで暗くなるわ」

「ああ……そうだな。いま起こったことやこれからどうするべきかを、きみが話しあいたいと言うのでなければ」

「話しあうことなんてある？　ただのキスだもの。気にしてせっかくの一日を台なしにするのはやめましょう」

「ああ……それがいい」

切り立った段差をあがろうとしたときに差しだされた手を、ミネルヴァは無視した。いまは彼に触れたくなかった。そばに寄りたくもない。

自分はなんてばかなのだろう。本当にばかだ。「スタンディッシュ・ハウスまでだいぶかかるの？」早く戻って部屋でひとりになり、今日負った傷を舐《な》めたかった。またしても彼女のそばに留まってくれる気のない男性を好きになってしまうなんて、何を考えていたのだろう？

「道がすいていれば、一時間以内に着く」

「わたしたちがいなくて、みんな大丈夫だったかしら？」ミネルヴァは軽い口調で言った。どれだけ傷ついたか、彼には知られたくなかった。ヒューがキスしたことを後悔しているなら、気にしているところは意地でも見せたくない。たいしたことではないと思わせておくつもりだった。

本当にばかだ。

ヒューは誰とも結婚しなくてすむように、彼女に報酬を払っているのだ。彼がどういうつもりでキスしたのかについては、明らかな手掛かりがあった。それなのに何を血迷っていたのだろう？　自分なら彼を変えられるとでも思った？　こんな自分が？　クラーケンウェル出身の貧しい木版画家が？　上流階級の美しい令嬢たちでさえ彼の気持ちを変えることはできなかったというのに。ありえない。彼のことしか考えられなくなり、流されてしまったのがいけなかった。最初の日からそうだった。本当はその日に、お金なんかいらないからさっさとどこかへ行ってちょうだいと言ってやるべきだったのに。

「もうすぐわかるよ」ヒューが手を貸そうと馬車の横を回ってきたが、ミネルヴァはその前にひとりで乗りこみ、長い手脚を与えてくれた背の高い先祖に感謝した。急に冷えてきたので、体を分厚い毛布でくるむ。

彼女に拒まれたヒューも乗りこんで馬車の向きを変えたが、狭い横並びの席に座ったふたりのあいだを緊迫した空気が壁のように隔てていた。ミネルヴァは彼のことなどなんとも思っていないと示せるような軽い話題を探したが、何も思いつかず、彼から体をそむけるようにしてまわりの景色に目を据えた。幸い彼の高価なスポーツタイプの馬車は飛ぶように走って、順調に進んだ。

風を切ってたっぷり二〇分ほど走ったところで、ヒューがいきなり手綱を引いて小型の馬車を止めた。「ぼくたちはきちんと話す必要がある」

「その必要はないわ」

「キスしたことは本当に悪かった。その前の……階段でのことも。このあいだの、きみの部屋の前でのことも」ミネルヴァは彼がゆっくりと息を吐くのを感じた。手綱を握っている手に力が入っているのも見える。「正直に言うと、この関係に未来はないのに、きみにキスをしないでいることができなくて苦労している」

〝この関係に未来はない〟

クラーケンウェル出身の木版画家が伯爵と真剣な関係を築くことはできないと伝える、非常に上品な言い方だ。

「だが、この気まずい雰囲気をなんとかしたい。〝口にすべきではないあのこと〟を言葉にして、ふたりが折りあえる道を探したい。ぼくたちのあいだに明らかに存在しているものを無視するのは、愚かだと思うんだ」

「わたしたちのあいだに存在しているもの？　さっき起こったことの責任から都合よく逃れようとしているだけにしか聞こえないわ。キスをしてきたのはあなたよ。前のときだって。どっちのときもわたしからしてほしいと頼んだ覚えはないし、二度とできなくてもかまわない。わたしはあなたとどうこうなろうなんて思っていないから心配しないで。わたしたちのあいだには何もないわ。あれはただのキスよ。わたしにとって初めてのキスではないし、明らかに最後のキスでもない」

「くそっ、ただのキスなんかじゃない！　ぼくたちのどちらにとっても、それ以上の意味がある」ヒューは黙りこんだミネルヴァの手を握った。「ぼくは間違っているのか？　未来のないロマンティックな感情を振り払えなくて苦しんでいるのはぼくだけか？」

「ロマンティック？　それともロ、マ、ン、ティ、ッ、ク？」未来のない感情と言われたのに、ミネルヴァのばかな心がどうしても答えを知りたがった。

「両方だ」ヒューの色を失った顔を見て、彼女に対する感情を認めさせたことへの満足感が消える。「最初は、純粋に欲望を感じているだけだと自分に言い聞かせていた。だが、この気持ちは欲望だけじゃない。そう感じているのはぼくだけなのか？」

ミネルヴァはしばらく黙っていたが、そのあとため息をついて彼を見た。「いいえ……あなただけじゃないわ」少なくとも彼も混乱し悩んでいたのだとわかって、未来のないキスに身も心も捧げてしまった自分を愚かだと思う気持ちが少し薄れる。「ずっと一緒に過ごさなくてはならなかったせいかしら。それともこの普通ではない環境のせい？　みんなの前で婚約者としてふるまっていたからかも。美しくて趣のある修道院や人けのない海岸のせいかもしれないし……」

「きみはそのどれかのせいにしても、いま挙げたすべてのせいにしてもいい。だがぼくは、あるがままの感情に導かれてキスをした。きみに惹かれ、情熱や愛情を感じたから。この感情は、ぼくたちが一か八《ばち》か試してみる気になればそれ以上のものに育つ可能性もある」

愚かにも、ミネルヴァの胸がはかない希望にふくらむ。「わたしに愛情を感じているの？」

「別に驚くことじゃない。きみはすばらしい女性だ」ヒューは楽しくなさそうに微笑み、彼女と絡めた手を見つめた。「きみへの愛情が大きすぎて、この先に待ち受けているであろう結果を考えずにただ身をまかせることができない。スタンディッシュ家の男たちは代々夫としては不適格で、ぼくはそのひとりには絶対にならないと決めている。だからどれほどきみとの関係を望んでいても、守れない約束はしない。きみだからだ。きみのことが好きで敬意を抱いているからこそ、自分を偽れない。ぼくも信頼できない男なんだ。いつかきっときみを失望させる。きみの父親や、きみを捨てた甲斐性なしのロミオのように」

「何が言いたいの？」

「ぼくは結婚を申しこめる立場にないということだ。いまこの瞬間のぼくしか差しだせない」

やはりそうだ。これは大勢の貴族の男性たちが結婚にふさわしくない女性たちに差しだしてきた申し出だ。拘束力のない、一時的で不安定な結びつきである愛人契約。予想していた事態とはいえ、ミネルヴァの心はやはり痛んだ。

「関係を続けていくうちに、こんなぼくでも変われるかもしれない。その可能性につきあってもらうことはできないだろうか」ヒューが言葉を切り、完璧とはほど遠い申し出を受けてもらえるのを期待するかのように、彼女を見つめる。

「無理よ。そんなことは二度と頼まないで」ミネルヴァは彼の温かい手に包まれていた手を引き抜いた。もっとましな人生を求めていた。いま彼女を拘束している経済的、社会的枷《かせ》から解き放たれた人生を。裕福な男性の愛人になれば、自分自身の価値とふたりのあいだにあるものを貶《おとし》めることになる。そのうえ、いまやっている木版画の仕事と同じくらい頼りなく、なんの保証もない。

ヒューは膝に視線を落とした。「当然だな。こんな申し出をしてすまなかった。当然、断るべきだ。ぼくたちの道が交わることはないと、受け入れなくてはならない。もしぼくがこんな血を引いていなかったら……」彼がまたふたりの階級の違いをほのめかす。「別の人間に生まれていたら、ぼくたちは最高の組みあわせだったかもしれない。だがいまのぼくたちでは、つかの間の関係を持つ以上のことはできない。本当に残念だよ」

「わたしが挙げた理由のほうがいいわ。そっちのほうが気が滅入らないもの」ミネルヴァはこの場から立ち去りたかった。彼女を侮辱するヒューを怒鳴りつけ、大声で罵り、顔を叩いてやりたかった。彼の理由は気が滅入るだけでなく無神経だ。顔をそむけて海を見つめたものの、海ですらさっきまでの魅力を失っていた。「もう戻ったほうがいいわ」

「だが、まだ友人ではいられるだろう？　傷つけるつもりじゃなかったんだ」ヒューの声は悲しげだったが、ミネルヴァはどうでもよかった。

「傷ついてなんかいないわ」ただ心臓をぐさりと刺されただけだ。「あなたからなんらかの約束を期待するほどばかじゃないし、そういうものを求めるほど浮かれきってもいないから」それに愛人という立場を受け入れるほど、自分を軽んじてもいない。「放蕩者を好きになるのはばかな女だけ。そういう男性と関係を持つ女性がばかなのよ」

でもヒューは違うと思ったのだ。なぜなら彼といると、それまでの自分とは違う人間になれたからだ。心がふわふわと軽くなり、幸せな気分になった。若返ったように感じた。とはいえ、もう違う。ミネルヴァがすばらしいと思ったものを彼は貶め、醜いものに変えてしまった。喉にかたまりができたまま唾をのみこみ、目をしばたたいて涙を押し戻す。きみでは足りないと、面と向かって言われるのはつらい。もう少しで足りそうだが、やはり足りないと言われるのは。しかもヒューにそう言われるのは――いつの間にか真剣に好きになっていた男性に言われるのは――つらいどころではなかった。

「ミネルヴァ……」

「もう話すことは何もないわ、ヒュー。あなたの申し出をわたしは断った。そこでやめておきましょう」

正直に手の内を明かしたという意味では、ヒューを評価している。守る気のない約束を重ねたあと、冷たく捨てることもできたのだから。自分より身分が下の女性に対して彼のような身分の男性がしょっちゅうしているように。でもヒューは彼女の気持ちを尊重し、どういうつもりか最初から自分を偽らなかった。そういうところはいかにも彼らしい。だからといって、そういう申し出を彼の口から聞くのがつらくなくなるわけではないけれど。

「こう言っても慰めになるかわからないが、今日きみにもっと多くのことを約束できないことを、心から残念に思っている」ヒューの顔はこれまでに見たことがないほど真剣だった。

「だがこれだけは約束するよ、ミネルヴァ。きみがぼくを必要としたときは、必ず助けに行く。いつでもどこでも……とにかくぼくを頼ってくれていい」

「わたしだけの輝く甲冑の騎士ね」本当にそうであればいいのに。

「甲冑はぴかぴかではないが、その中にいる騎士はそう悪くないと思うよ」

「よくもないけれどね」残念ながらそう言わざるをえなかった。ミネルヴァはあまりにも腹が立っていて、彼を見られなかった。あまりにも失望し、屈辱に打ちのめされていた。

「きみを心から思っているからこそ、嘘はつけないんだ」ただし心からだというその気持ちは、彼女のすべてを手に入れたいと思うほどのものではないのだ。

23

「いったいどこへ行っていたの？　大変だったんだから」馬車が止まったとたん、厩舎で待ち構えていたダイアナが訊いた。

「心配することはなかったのよ。わたしにはちょっと息抜きが必要だとヒューが考えてくれて、馬車で遠出してきただけ。夕食には間に合うように戻ると、彼がペインに言づけていたはずだけど」

ヒューはあまりにみじめな気分で、避けられるはずもないミネルヴァの妹たちへの対応を前もって考えておくどころではなかった。彼が説明すべきなのだろうが、ついさっき起きたことの重みに呆然としていて、まったく頭が回らない。心をさらけだして真摯に訴えたのに、ミネルヴァは冷たく拒絶した。そうなることは予想してしかるべきだった。彼女への心からの愛情と一対一の関係を差しだして、ふたりに未来があるかどうか試してみたいという申し出がどういう関係を意味するのか、彼自身にも正確にはわからないのだ。それでも彼女の冷静でつけ入る隙のない拒絶は、ナイフで切りつけられたような痛みをもたらした。

〝あなたからなんらかの約束を期待するほどばかじゃないし、そういうものを求めるほど浮かれきってもいないから〟

ヒューには彼女を責められなかった。賭けの対象として、彼は有望とは言えない。その厳然とした事実の重みに、汚れたスタンディッシュ家の血が怒りのあまり沸き立った。

ダイアナがミネルヴァを頭のてっぺんから足の先まで眺めまわし、風でくしゃくしゃになった髪や砂で汚れたスカート、キスで腫れた唇を次々に見て取って、視線を険しくする。

「詳しい話はあとで聞かせてもらうわよ、お姉さま。でも、いまはそれどころじゃないの。早く来て！」

ダイアナはそう言うなり、ふたりがついてくることを期待して歩きだした。家族用の区画には向かわず、厨房の裏にある使用人用の階段をあがってルクレーシャの部屋の前まで行く。そして扉を叩くと、ささやいた。「わたしよ」

鍵を外す音がして扉が開き、あわてた様子で目を見開いているヴィーが顔をのぞかせた。

「ああ、よかった！　もう限界だったの。幸い、とりあえずまた寝てくれたけど……」妹が横にどくと、ダイアナはふたりを連れて暗い室内へ入り、ふたたび施錠した。

しばらくすると、暗がりに慣れたヒューの目がベッドの上にいるルクレーシャの姿をとらえた。部屋の中に、アルコールと安物の香水が混じったような奇妙なにおいが漂っている。

「いったいどうしたんだ？　彼女は病気なのか？」

「酔っ払っているのよ！」

ダイアナがベッド脇のテーブルの上のランプをつけると、問題の原因がくっきりと浮かびあがった。ランプの横に置かれた空っぽのデカンタを見て、ヒューは図書室に置いてあったブランデーのデカンタだとわかった。その横の床には栓を抜かれた空っぽのワインの瓶も転がっている。三本目は大きないびきをかいているルクレーシャの丸々とした腕に抱えられていた。

「午後、婦人会へ行く前にこの人がまた頭が痛いと言いだして、部屋にこもってしまったの。ミスター・ピーボディが馬車で送っていくと言ってくださったから、そのときは部屋まで様子を見に行けなかったんだけど、戻ったときにはこの状態になっていたわ。幸い、ひとりで部屋まではあがってこられたみたいだから、あなたのご家族にはまだ見られていないと思う。でも大声で歌っていたから見つかるのは時間の問題よ。わたしたちの愛する悲嘆に暮れたアルコール嫌いのお母さまは、肺活量がものすごいんですもの」

ヴィーが不安そうに両手を揉み絞る。「なんとか酔いをさまそうとはしてみたのよ。ペインにコーヒーを持ってきてくれるように頼んだり。でも、一時間以上経ってもまだ届かないの」

「とりあえず、いまは静かになったけど。もうこれ以上モーツァルトには耐えられない」ダイアナはうつぶせに横たわっているルクレーシャの腕から、ワインの瓶を抜き取ろうとした。ところがその拍子にぐっすり寝入っていたルクレーシャが目を覚まし、瓶を強く抱きこみながら血走った目をまぶしさにしばたたいた。

「ランプを消してよ！　なんて子なの！　眠ろうとしていたのに！」ルクレーシャが手をや

みくもに動かして上掛けを探す。それが見つからなかったのでスカートを持ちあげて顔を覆い、けばけばしい縞模様の靴下に包まれた脚をあらわにした。役者が舞台の上で身につけるような靴下だ。

「この人が夕食におりていける状態になるとは思えないから、二回続けて食事を欠席することになるわ。どうしたってあなたのお母さまの疑いを招くことは避けられない。でも、そのほうがいいのかもしれないわね。いまのこの人は自分の名前さえわかるかどうか怪しいもの。偽名なんて絶対に無理。それにしても強いお酒に目がないことを、どうやって説明すればいいかしら」ダイアナはベッドに横たわっているルクレーシャを険しい表情でにらんだ。「酔っ払ってうろつくこの人を複数の使用人が見ているはずだから、すでに誰かがあなたのお母さまに報告している可能性が高いわ。もしまだだとしても、すぐにそうするでしょうね。こういうゴシップはみんな大好きだもの」

「使用人たちのことはペインがなんとかしてくれる」ヒューはヴィーに向き直った。「ペインを見つけて、どうしてコーヒーを持ってこないのか訊いてきてほしい」

この部屋から逃れられることにほっとしてそそくさと出ていった哀れなヴィーを、ヒューは責められなかった。彼にとって帰り道の最後の部分は拷問のような時間で、戻ったらすぐに部屋にこもり、ひとりで傷を舐めようと思っていた。父親の血を受け継がせた天に怒りをぶつけたい衝動がおさまり、ミネルヴァが彼に愛情を抱いていると認めながらも差しだされた妥協案を無視して別離を選んだことに対する涙が涸れるまで。「うちの家族への言い訳はぼくが考えるよ。それから、どこに消えたのかわからないペインをつかまえて簡単に買収できそうなメイドを見つくろわせ、ルクレーシャにつける」

ヒューはルクレーシャから無理やりワインの瓶を奪うことをなんとも思わず、必死に瓶を握りしめる彼女の指を文字どおり引きはがした。ジャイルズが戻ってきたら、やつの首を絞めてやる。ロンドンの舞台で華々しく活躍する女優が嬉々としてこんな仕事の申し出を受けるなんて、おかしいと思うべきだった。おかげでまったく当てにならないアルコール中毒の女を抱えることになってしまった。「彼女はこのまましばらく寝かせておくのがいちばんだろう。素面に戻ったら、ぼくから厳しく言って聞かせる」ヒューは歩いていって窓を開けると、瓶に残っていたワインをこれ見よがしに捨てた。「酒をしまってある場所に鍵をかけておかなければならないようだな。どうして彼女を一日じゅう放っておいた！」ダイアナをにらんで訊く。

彼女を責めるのは理不尽だとわかっていたが、ヒューは我慢の限界だった。運命に、父親の汚れた血に、突然こんなにもミネルヴァをせつなく求めるようになってしまったことに、何も約束できないと論理的に説明した彼の言葉を彼女が反論することなくあっさり受け入れたことに、腹が立ってならなかった。彼が父親よりましな男になれる可能性にミネルヴァが一か八か賭けてくれていたら、本当にそんな男になれたかもしれないのだ。彼女のために。

ミネルヴァは彼が全力で努力するだけの価値がある女性だ。その彼女とハンプシャーにこもり、手に負えないスタンディッシュ家の血を騒がせるすべての誘惑を遮断してふたりの関係に身を捧げ、自分を充分に律することができるようになるまで努力を重ねるつもりだった。いつか結婚するかもしれないというあやふやな約束を受け入れるには分別がありすぎた。そもそもヒューは、不確かな可能性に賭けてもいいと思えるほど信用できる人間ではない。これまで信用できない男たちと関わってきたミネルヴァには、ふたたびそういう男と関わる時間はないのだ。ヒューは金にだらしない彼女の父親と結果的に彼女を捨てることになった頼りがいのないロミオを憎んだ。彼らがいなかったら、ヒューにチャンスが与えられたかもしれないのに。だが、そうではなかったからミネルヴァは去り、二度と会えなくなる。彼女が必要とするときはいつでも支えると宣言したものの、返された笑みは無理やり浮かべているのが明らかで、どれほどつらい境遇になろうと彼女にはヒューを頼る気がないとわかった。彼女は永遠の別れを告げるのだ。曖昧なところはない明白な別れを。ミネルヴァは彼の存在をきれいに消し去って、新しく人生を始めるつもりだ。そんなことをヒューは望んでいなかった。きっぱり切り捨てられるなんて、つらすぎる。

とても耐えられない。

心臓がまだ痛かった。愛情のせいでこうなるなら、本物の愛ならいったいどれほどの痛みになるのだろう。

「あなただってお姉さまひとりを連れて出かけるべきじゃなかったのよ！　そうやって自分勝手なことをする人だって、わたしにはわかってた！　信用できないって、ミネルヴァに言さまを連れ去った！」ダイアナが痛みに苦しむ彼の心臓の上に指を突きつけた。「もしお姉さまの名誉をけがすようなことをしたのなら、ちゃんと説明してもらいますからね！」

「ダイアナ、わたしは何もされていないから……」

「お姉さまがそう思っているだけよ！　女性の名誉をけがす方法はいろいろあるんだから！そこにいるいやらしい放蕩者にはわかっているでしょうけど！　彼はお姉さまに何かしてもらうことと引き換えに、結婚を約束した？　詮索好きな人たちの目から逃れていやらしいことができるように、どこかの汚らしい宿にでも連れこまれたんじゃない？　よくもそんなことを！　最低な男だわ！」

ヒューはすでにミネルヴァがぼろぼろにした心臓がさらに傷つかないよう、突きつけられた指先をつかんだ。「ぼくはきみの姉上の名誉をけがしてなどいない！　そんなことは遠回しに言われるだけでも腹が立つ」そうしたかったのはたしかだ。ミネルヴァの名誉をけがし、自分のものにして二度と放したくなかった。

「へえ、腹が立つの？」姉妹の中でいちばん好戦的なダイアナは片手を腰に当て、反対の手でミネルヴァを示した。「お姉さまの様子を見てみなさいよ！　これで指一本触れていないって言えるの？　あなたみたいな人が！　ゴシップ欄を放埒きわまる行状の数々で埋め尽くしてきたロンドン一のドンファンのくせに！」

ヒューはミネルヴァに触れた。両手で、これまでに二回。どちらのときも、女性らしい曲線を描く体を存分に堪能した。「きみの根拠のない非難に対処するより、ぼくたちには優先すべきことがある。いまはそのことに集中できないかな、ダイアナ？」

「〝きみに手を差し伸べよう《ラ・チ・ダレム》……『はい』《ラ・ミ・ディライ・ディ・シ》と言うのだよ……〟」突然、ルクレーシャのくぐもった歌声がペチコートのテントの下から響いてきた。音程の外れたその歌は『ドン・ジョヴァンニ』の悪名高い放蕩者が花嫁を誘惑する場面のもので、ダイアナの糾弾にあまりにもぴったりとはまっていた。この場面でドン・ジョヴァンニはきちんとした娘を惑わし、婚約者から奪おうとする。ヒューは母親と同じくらい、モーツァルトに嫌悪感を抱くようになっていた。

「わたしにはわかっていたわ！　あなたは信用できないって！」

「〝ほら、そう遠くないんだ《ヴェディ・ノン・エ・ロンターノ》……〟」

「ルクレーシャ、歌うのはやめろ！　静かにするんだ！」ヒューは彼女の顔からペチコートを引きはがした。

「ドルリー・レーンでツェルリーナを演じたことがあるって、言ったかしら？　最高だったのよ……」ヒューはペチコートを戻した。

くそっ、ジャイルズめ！

ダイアナがふたたび指先を突きつける。「あなたは自分のした最悪な行為の責任をどう取るおつもりなの、フェアラム卿？」

「彼は責任なんて取らないわよ、ダイアナ！　何も起こらなかったんだから」ヒューが全力で名誉をけがしたいと思っている女性がようやく声を出せるようになって言う。彼にちらりと向けた視線からは、感情が読み取れなかった。「わたしの名誉はけがされてなどいない。ヒューはわたしから何も奪っていないし、誘惑もしていない。今日はただ景色を見に行っただけ。海を見たのよ。海を見に行くのは犯罪じゃないでしょう？」

「家政婦長に訊いたら、ペインは自分の部屋にいるそうよ」ヴィーが取り乱した様子で戻ってきた。「邪魔したら殺すってみんなを脅したらしいわ。どんな緊急事態でも、絶対に邪魔をするなって」

「なんだって！　それはすぐになんとかしなくては」ヒューは誰かを絞め殺したかった。その誰かとは、主人に服従しようとしない執事だ。明らかに今日、世界は狂ってしまったのだ。ミネルヴァとワルツを踊って以来、何ひとつまともだと感じられない。ミネルヴァに目を向けたとき、馬車を全力で走らせたせいでたしかに妹が主張するような行為をされたあとのように見えると悟った。「すぐに戻るよ」

ミネルヴァが申し訳なさそうにうなずいた。彼を拒絶したことをのぞいて、謝ることなどひとつもないというのに。けれども拒絶されたことを思いだしたとたん、ヒューの怒りはふたたび燃えあがった。ミネルヴァにも彼と同じくらい運命に対して怒ってほしかった。戦ってほしかった。彼のために。ふたりのために。少なくとも、試してみてほしかった。

「あなたが戻るまで、わたしたちで砦《とりで》を守っているわ」信じられないほど無欲で人のことしか考えない、腹が立つほど彼女らしい言葉だ。

「もちろん、きみはそうしてくれるだろう」もしかしたらすばらしい結果になるかもしれないもののために戦うより、彼女はそのほうがいいのだ……。〝もし〟ばかりでいまいましい！

ヒューは叩きつけるように扉を閉め、使用人用の階段を一段抜かしでのぼって三階へ行った。執事の部屋の前に立ち、こぶしで扉を叩く。「くそっ！　ここを開けろ、ペイン。さもないとぶち破るぞ！」

さっきも聞いた錠の外れる音がふたたび響き、扉が細く開いた。そこから執事が出てきて、すぐにまた扉を閉める。「ああ、よかった。お戻りになったんですね……」

「〝ああ、よかった〟じゃない！　あの酔っ払い女の面倒を、どうしてミネルヴァの妹たちだけで見ているんだ。ぼくがいないところではそういうまねをするのか？　コーヒーを持ってくると言ったのに、部屋でのうのうと過ごしているとは！」

「予期せぬ緊急事態が起こったのです」

「予期せぬ緊急事態だと？　それに対処するために、てんやわんやの場所から逃れて快適な部屋に閉じこもっていたというのか？」ヒューは腕を組み、まばたきをした。「どういうことなのか聞かせてもらおう」

「ある方がいらしたのです。わたしではなく、閣下を訪ねて。とてもしつこい方だったのですが、幸いみなさまが部屋に戻られたあとでしたので、わたしが対処することができました。そしていろいろ考慮しました結果、わたしの部屋に連れてきて外に出ないように見張っておりました。閣下が戻るまで耐えつづけていたのですよ」ペインが扉を開けると、暖炉のそばの椅子に年配の男が座っているのが見えた。横柄なエメラルド色の目を向けられたとたん、執事に紹介されるまでもなく、ヒューには男の正体がわかった。

「ミスター・アルフレッド・メリウェル、ミス・メリウェルのお父上です」

ヒューは目の前のろくでなしをめちゃくちゃに叩きのめしてやりたい衝動に駆られた。だがそれを抑え、歯を食いしばって静かに部屋の奥へと向かう。この男が面倒を起こしに来たのは明らかだ。「ミスター・メリウェル、これはうれしくない驚きだな。いったいなんの用があって来た？」

「娘に会いに来たんだよ。まあ、ちょっとばかり間が悪かったかな？」男が脚を組んで、にやりとする。

「当然、間が悪いとわかっているはずだ。そうでなければここへは来ていないだろう。無意味な腹の探りあいはよせ」

「昨日、教会に座っていたらおかしなことが起こってね。別人のふりをしている娘の結婚予告が読みあげられたのさ。あんたとの、伯爵との結婚だ。しかもその伯爵は悪名高い放蕩者ときてる。そのとき反対の声をあげてもよかったんだが、思慮深いおれは伯爵さまと個人的に話をすることにした。男同士でな」

「教会にいたのか？」

「宿に部屋を取っている。この村はいいところだ。みんな、あんたとおれのミネルヴァの話を口々にしてくれる。健康状態がよくなくて婚約期間が延びてたとか、父親がよりにもよってケアンゴームズで悲劇的な死を遂げたとか。そのうえ、うちの娘は新しい母親を見つけたみたいじゃないか」

「望みはなんだ?」

「あんたは金持ちだから、なんとかしてくれるよな」脅して金を取ろうとしているのだとわかっても、ヒューは驚かなかった。

「いくらだ?」

「一〇〇ポンド以下で引きさがったら、おれはまぬけだ。そうは思わないか?」

ヒューは座って男と同じ姿勢を取りながら、忙しく考えをめぐらせた。「一〇〇ポンドと引き換えにぼくは何を得ることになるのか教えてくれないか、ミスター・メリウェル」

「おれは元いたところに戻るから、あんたは二度とおれの顔を見ないですむ」ヒューはそんな言葉は少しも信じなかった。

「娘たちはどうする?」

「どうってのはどういうことだ?」

「出ていく前に娘たちに会わなくていいのか? どこに行っていたのか知らないが、長旅から戻ってもうすぐ一緒に暮らせるといういい知らせを、娘たちに伝えたいんじゃないのか? ゆすりとった一〇〇ポンドを、娘たちにも分けられるしな」それは試験だった。そしてヒューは本能的に、アルフレッド・メリウェルは失敗するだろうとわかっていた。

「おれが来たことを娘たちが知らなきゃならない意味がわからねえな。あいつらはおれがいないほうが楽しくやれるんだ。しかも、あいつらだってあんたの金をいくらかもらうことになっている。充分な金を。そうだろう、フェアラム卿？　おれたちは、あんたとおれのミネルヴァが本当に婚約しているわけじゃないと知っている。二年も昔から知りあいだったなんて、絶対にありえないからな」

「ずいぶん自信ありげじゃないか。新しい生活を始めるために六年前に娘たちを捨てたくせに、どうしてぼくたちが二年前から交際していないとわかる？」

「娘たちの様子は見ていたからな」

「様子を見ていた？」

「ああ、ときどき。あいつらが元気にやってるか確かめるためにね」つまり、このろくでもない男はロンドンから遠く離れた場所に行ったわけではなく、娘たちが苦労しているのをただ眺めていたのだ。

「自分が関わらないですむ距離からだろう。父親がいなくなって困っている娘たちの姿を、ただ見ていたんだな」

男は肩をすくめた。「あんたをクラーケンウェルで見かけたことは一度もない。変だと思わねえか？　ここではあんたたちふたりがものすごく愛しあってて、結婚できる日を待ちわびていたって話なのにさ」

「それよりもぼくが訊きたいのは、クラーケンウェルに行ったのなら、どうしてミネルヴァに妹たちの世話を押しつけたまま何もしなかったのかってことだ。経済的な援助でもそのほかの援助でも、何かできたはずだろう？」初めて会ったときの彼女の姿が、ヒューの頭に浮かんだ。体に合っていないみすぼらしい服を着て踵のすり減った靴を履き、たった九シリングと三ペンスしか持っていないことに絶望していた。

「ミネルヴァはおれより親として出来がよかった。母親が死ぬとすぐにその役を引き継いで、はるかにいい仕事をやってのけた。父親に不向きな男もいるんだ。おれはもう充分に父親の役割を果たした。あいつらが自分で自分の面倒を見られるようになるまで、そばにいたんだからな」

「ミネルヴァはまだ一九歳だった！」冷静な態度が吹き飛んで、ヒューは怒鳴った。「一九歳だった彼女の人生をおまえはめちゃくちゃにした」

「ミネルヴァには商売のやり方を教えた。安定した収入があったはずだ。おれはあいつらを屋根のある場所に住まわせてやった。それ以上、何をしろっていうんだ。できるだけのことはしてやった。あんたは世慣れた男だ……おれたち男には満たさずにはいられないものがあると、よく知っているはずだ。そしてそいつは、養わなけりゃならない口が三つも余分にあったら満たせねえ」

「おまえは女のために娘たちを捨てたのか……あんたよりいい境遇にいる女のために」それは問いかけではなく断定だった。なんとか生活を成り立たせ、三人分の口を養うために、身を粉にして働くミネルヴァの姿がヒューの頭に浮かぶ。そのあいだも彼女の父親は別の場所でのうのうとおいしいものを食べていたのだと思うと、ヒューは思わず両手をかたく握りしめていた。「自分勝手な人でなしが！」

「あんたには言われたくねえな。おれたちみたいな男は欲しいものを手に入れるために、やらなくちゃならないことをする」アルフレッド・メリウェルがまったく反省していない様子でふたたび肩をすくめる。ヒューはそんな男に同類と思われていることに吐き気がした。

「一〇〇ポンドだ、フェアラム卿。払わないなら村じゅうに本当のことを話してまわる」彼は立ちあがると、みすぼらしい上着からついてもいない糸くずを払うふりをした。「金は明日までに用意してくれ。おれは宿にいる。ミスター・スミスを呼びだしてくれ」

24

その日の夜、遅れて夕食の席についたヒューはまったく別人のようで、それから数日のあいだはずっとそんな調子だった。とはいえ、ほかの人は気づかなかったかもしれない。少なくとも表面上は、普段と変わらず茶目っ気があって人当たりのいいヒューのままだったからだ。いつも以上にそうだったかもしれない。何をしていても中心にいて、つねにみんなを楽しませ、笑い声を絶やさない。けれども、ミネルヴァとのあいだにいつも存在していた特別なつながりは消え、誰に対してもきらめくあの青い瞳がミネルヴァを見てきらめくことはなかった。

暗黙の了解のもと、ふたりは誰かと一緒でないかぎりは互いを避けた。ミネルヴァが意を決してポートレート・ギャラリーを訪れることは一度もなかった。怒りの強さと悲しみの深さと自尊心の高さゆえに、もっともらしい説明を繰り返されるのも、ふたたび愛人にならないかと暗に持ちかけられるのも耐えがたかった。

美しい水彩絵の具が絵筆と紙と画架とともに届いたときも、ヒューに個人的に感謝を伝えるのではなく、あえて朝食の場で礼を言った。夜には当たり障りのない挨拶を交わし、どちらもその場でぐずぐずすることはなかった。相手がうっかり〝マイ・ラブ〟などという恐ろしい言葉を口にしようものなら、ふたりきりにさせられて息が詰まるほど気まずい雰囲気になってしまう。いまではふたりで会うと必ずそうなるのだ。そこで、会う代わりにペインを通して用件を伝えている。短くて味気なく、痛みを伴う伝言に託されるのは、ベリンガム卿が戻って窮地を救ってくれるまで延々と計画を続けるために必要な事柄だけだ。

もっと悪いのは――これ以上悪いことがあるとすればだが――心が死にそうなときに、普段どおりの朗らかな仮面をつねに張りつけて、妹を含めたみんなの前で芝居をしなければならないことだ。真新しい痛みを胸に秘めたまま楽しさにあふれる屋敷にいるとくたびれてしまい、毎晩ベッドに倒れこむもののなかなか眠りが訪れずに苦しみながらヒューを失ったことを嘆き、やっと眠れたかと思うと今度は彼が夢にまで出てきて、悲しく消耗した状態で目を覚ます。その繰り返しだった。

「グリーンになさいますか、それとも赤にしましょうか？」ミネルヴァは二着のドレスを掲げるマーサへ、鏡越しに気のない視線を向けた。「どちらも息をのむほどすてきですよ」

少し前のミネルヴァなら、この上質で美しいドレスが着たくてたまらなかっただろう。二着のイブニングドレスが届いたときには圧倒されて、それからずっと身につけるのを楽しみにしてきた。けれどもいまは、どちらのドレスにも心をそそられなかった。パーティーにしてもそうだ。ワルツを踊らないのだからなおさらだ。こんな状況でどうしてヒューと踊れるだろう。「あなたが選んで」

メイドが微笑み、両方をベッドに並べたもののためらった。「まずはおぐしを整えてから、どちらがいいか見てみましょう。ご希望のスタイルはございますか？」

「あなたがいちばんいいと思う髪型でお願いするわ」ミネルヴァはマーサに強く勧められてしかたなく髪をとかしていたブラシを渡した。髪につやを出すようにと言われても、どうせ見せる相手もいない。ミネルヴァは演じる役柄と同じく偽りの笑みを浮かべ、椅子にもたれてじっとメイドの奉仕を受けた。

軽いノックの音に続いてオリヴィアの声が聞こえた。「入ってもいいかしら？」

「はい……」これまでヒューの母親が寝室へ訪ねてきたことは一度もなかった。この棟に来たことすらない。「はい、もちろんです」ミネルヴァは背筋を伸ばして薄いローブの襟元を引き寄せた。イブニングドレスと一緒につけるようマーサに言われたシュミーズと、締めあげた襟ぐりの深いコルセットだけという格好で座っていたので決まりが悪い。

オリヴィアはにこにこしながら入ってきた。すでに華やかな濃い青緑色のシルクのドレスに身を包み、本物とおぼしきサファイアとダイヤモンドをつけている。「ふたりきりにしてもらえるかしら、マーサ？」オリヴィアが何か重要なことを告げに来たのは間違いない。

「終わったらまた呼ぶわね」

ミネルヴァは背筋を伝った不安や、服を着ていないことで明らかに不利な状態に置かれていることは考えまいとして、どうにか歓迎の笑みを浮かべた。ヒューとのあいだには溝ができてしまったけれど、彼の母親とはとてもうまくいっている。当初の質問攻めが終わると、われながら驚いたことにオリヴィアとの友情が芽生えていった。それゆえに、うっかり口を滑らせてしまわないように自分を抑えていた。

「仕度中に押しかけてごめんなさい、気を悪くしないでね。これを届けたかっただけなの」オリヴィアが背中に隠していたベルベットの箱を差しだした。「開けてみて」

ミネルヴァはそろそろと手を伸ばして受け取った箱の蓋を開け、中身に驚いて目をしばたたいた。

「わたしの母のルビーよ。結婚のお祝いに贈られたのだけれど娘には恵まれなかったから、あなたにもらってほしいの」

ミネルヴァはすばやく蓋を閉めてオリヴィアに戻した。「とても受け取れません……こんな高価なもの」

「ばかなことを言わないで」オリヴィアが今度は自分で蓋を開け、ランプの光を受けて輝くずっしりとした宝石の連なりを取りだした。「あなたに受け取ってほしいの。ノーという返事はなしよ」留め金を外してミネルヴァの首に回す。いちばん大きな滴形のルビーが胸元におさまり、それに合わせた大粒のルビーとダイヤモンドのチョーカーがずっしりとミネルヴァにのしかかる。恥という重荷のように。

「思ったとおりよく似合うわ！　あなたの髪色にぴったりだもの。ルビーの赤には暗い色の髪のほうがいいの……ちょうどいいドレスもあるじゃない」オリヴィアがミネルヴァのおろした髪を片側に寄せて、チョーカーの留め金を固定した。「そろいのイヤリングとブローチとブレスレットもあるのよ——でもそれをつけるのはドレスを着てからにしましょう」

ミネルヴァは座ったまま凍りついたように言葉を失った。このやさしい女性についている嘘の重みは身につける資格のない宝石よりも重かった。

「明日が待ち遠しい？」

恐れていたウエディングドレスの採寸の日だ。

「ええ、とても」決して着ることのない美しいウエディングドレスの採寸ほど気まずいものはない。

「日曜日にウエディングドレスと花嫁付添人のドレスを選ぶなんて少々常識外れだけれど、マダム・デヴィはとても忙しい人なの。午前中は礼拝に参列するし、午後のドレス選びはいまでは労働とは言えないから全能の神も許してくださるはず。そうでしょう？」

礼拝。

ミネルヴァはそちらの試練のことを忘れていた。明日はあらゆる力をかき集めて二度目となる偽りの結婚予告が読みあげられるのを座って耐え忍び、午後はずっと無用な嫁入り道具に心を躍らせているふりをしなければならない。全能の神が彼女をこの悲惨な状況からつまみだし、嘘をつきつづけた罰を与えることにしないかぎりは。

「労働だなんてとんでもない。きっと楽しいわ」〝楽しい〟の定義が両眼に酢を注ぐことならば。

「あなたの髪を整えてもいい？」オリヴィアが返事を待たずにブラシを手に取り、やさしく髪をとかした。「子どもの頃は人形の髪をいじるのが大好きで、自分の娘の髪で腕を磨く日が待ちきれなかった――でも悲しいかな、子どもはひとりしか授からなかった。あの子の髪で試そうものならどんな騒ぎになったことか、想像できるでしょう?」

「もっとお子さんが欲しかったですか?」

「もう少し家族が多いほうがよかったかもしれないわね……」オリヴィアの青い瞳の輝きが、ヒューにそっくりの瞳の輝きが、つかの間曇った。「でも、あいにくジェレマイアと再婚したときには、もう年を取りすぎていたの。本当に残念だわ。あの人はすばらしい父親になったでしょうから。もちろんヒューがいるし、最初の夫を亡くしてからは父親代わりになってくれている。見てのとおり、あのふたりはとてもうまくやっているわ……。それでも赤ん坊を授かる喜びをあの人に味わわせてあげたかった。まあ、いいわ。いまは彼も孫の誕生を心待ちにしていることだし。間違いなく甘やかすわよ。あなたがうんざりするほど顔を見せるでしょうね……」オリヴィアがミネルヴァの肩をさすってにっこりした。「だってわたしたち、しばらくこちらに滞在することにしたの。すてきでしょう?」

「英国に?」

「そう。ヒューにはまだ話していないのだけれど。このところ、ジェレマイアはアメリカの持ち株を売る話を進めているの」

「少し気が早いのでは?」

「ここ数年で学んだことがあるとすれば、故郷はここだってこと。ふたりともハンプシャーが恋しくてたまらなかったし、あなたとヒューがようやく結婚することになって、孫が誕生する兆しも見えてきたでしょう。運命があるべき場所におさまったみたいに。ジェレマイアはすでに船舶会社を売却したの。こちらへ渡る前の週に最終的な書類に署名をすませてきたわ。近々弁護士たちに手紙を送って、残りの会社とボストンの自宅の売却をお願いする予定よ。使わない家を持っていてもしかたがないから」

何もかも手に負えない状況になっている。

着もしないばかばかしいほど高価なドレスの採寸をすることと、なんの罪もない人たちの生活をかき乱し、生まれてくることのない孫の近くにいるために事業と自宅を売却させることとは別物だ。

「残りの事業とご自宅はそのまま残しておいて、単純にこちらでの滞在を延ばしては？　数カ月もすれば、ボストンが恋しくなるかもしれませんよ」

「わたしたちをボストンにつなぎ留めておくものは何もないの。ジェレマイアはひとりっ子でご両親はずいぶん前に亡くなっているし、彼は外交官時代にここで何年も過ごしていたからお友だちもほとんどこちらにいる。安全な投資もいくつかしてあるの。昔から彼には特別な投機の才能があって、それは大西洋の向こうからするよりここでやったほうが好都合でしょう。何よりお互いの意見が一致したのよ。ゼロから再出発しようって。だから家を探すのをあなたに手伝ってほしいの！　きっと楽しいわよ」

「オリヴィア、あなたにお伝えしないといけないことがあるんです……」ミネルヴァはそう切りだしたかったが、その言葉が口から出ることはなかった。ヒューの母親に嘘はつきたくないものの、ヒューを裏切ることもできない。「わたしたちは、おふたりがスタンディッシュ・ハウスに残ってくださったほうがうれしいのですが」

「あら、だめよ！　ここは大好きだけれど、花嫁は自分の家の女主人にならなければいけないもの。口出しをしてくる義理の母親がいないところでね。どうしてもわたしは口出ししたくなってしまうから。とっくに気づいているかもしれないわね、わたしはかなり偉ぶってしまうタイプだって」

「まったくそんなことは……」

「あなたは本当に嘘が下手ね、ミネルヴァ。そんなところも好きだけれど」

オリヴィアが事実を知っていてくれさえすれば。けれども彼女にそれを告げるのはミネルヴァの役目ではない――ヒューの役目だ。今夜、彼にはっきり伝えよう。「実際、あなたには気に入らないところなんてひとつもないわ……まあ、歌の才能は別として」

「あんな歌を聞かせてしまってごめんなさい。昔からダイアナには、袋に入れられて窒息しそうな猫の声みたいだって言われています」

オリヴィアがくすくす笑ってヘアピンをひとつかみ取った。「わたしたちをあんな目にあわせるなんて、ヒューも本当にひどい子よね。でも、思い返せば楽しい夜だったわ。あなたの歌、お母さまのこと、あのシェリー……」鋭く青い目が鏡越しにミネルヴァを見つめた。

「家でお酒を出さないようにしてから、お母さまのご様子はどう？」

浜辺でヒューとキスをしたあの運命の日、夕食の席で窮地を救ってくれたのはヴィーだった。ルクレーシャが寝室で酔っ払って寝ていると使用人がオリヴィアに告げたことがわかった日だ。精神的にまいっていてなんの言い訳も浮かばなかったミネルヴァに代わり、下の妹が悲しげに視線を落として皿を見つめ、父が死んでから母はつらい日に酒を飲むようになったが、依存症をなんとかしようと懸命に努力していると説明した。奇跡的にそれがうまく作用して、オリヴィアとジェレマイアはルクレーシャにいたく同情し、それからは彼女の努力を応援しようと全力で協力してくれるようになった。デカンタは残らず姿を消し、蒸留酒はしまいこまれ、食事のときに出されるのは水かハーブシロップだけになった。ふたりとも本当に善良な人たちだ。

それもミネルヴァが罪悪感を覚える理由のひとつだった。嘘がどんどん重ねられていく。あまりに重なりすぎて、把握しておくには全神経を注がなければならなかった。ミネルヴァはベリンガム卿が戻ってきて、さっさとけりをつけてくれないかと思うようになっていた。そうすればヒューと毎日顔を合わせることもなくなる。

ヒューと会わずにすむようになれば、彼のことを考えたり、すぐにみじめな気持ちになったりすることもなくなるのではないだろうか？

「本当にきれいな髪をしているわ。あのドレスには髪をおろしたほうがいいと思うけれど、どうかしら？　でも結いあげれば、宝石の美しさを存分に発揮できる。髪をアップにしている人を最近あまり見ないとはいえ。そんなふうにまとめるにはわたしの髪はいつも短すぎたし、チョーカーが太くて短い首に食いこんでしまったの。宝石の新しい持ち主が見つかってうれしいわ」

「本当に受け取れません……」この言い方ではミネルヴァがなんとしても断りたがっていることが必然的にばれてしまう。「でも、今夜だけ貸していただけたらうれしいです」

「お好きなように。借りることにしたほうが楽に受け取れるのならそうしましょう」と言っても、返してきたって受け取らないわよ。それはあなたへの結婚のお祝いなんだから」

「でも、わたしたちはまだ結婚していませんし……」

「だけど結婚するでしょう。それもまたうれしいの。白状してしまうと、最初にあなたに会ったときは疑っていたの。ヒューは誰とも長くつきあったりしなかったし、実際に結婚を考えることすらずっと気が進まない様子だったから、婚約は作り話だと思いこんでいた……。あなたに会ったときでさえ相当疑っていたわ。だまされていると信じていたから、あら捜しばかりしてあなたにつらい思いをさせてしまったでしょうね。いまではそんなことをした自分が恥ずかしいわ。だって、あなたが息子と深く愛しあっているのは明らかだもの。欲望をかき立てられていることも」オリヴィアが微笑みながら言葉を切って、ブラシを振った。

「まあ、そんなに驚いた顔をしないで。うまく隠せていると思っていたの？　誰にも見られていないと思っているときにあの子があなたを見る様子も、あなたが息子を見る様子も目にしたわ。すばらしいことよ！　そうした一途《いちず》な想いと情熱はでっちあげたりできないの。あなたたちが授かりものを心待ちにしているとしても驚かないわ」

「していません！」

「わたしは堅物じゃないのよ、ミネルヴァ。女性が運命の人と出会ったときにそうなるのはごく自然なことだわ。この前あなたたちがふたりで出かけてしまったときにわたしが騒がなかったのはなぜだと思う？　自分が結婚前にふたりきりになりたかったのを覚えているからよ。あの気持ちの高まり……ふたりだけの完璧な世界。取り繕うことも、気取りや堅苦しい礼儀もなし。結婚とはどういうものか、ふたりでいるとはどういうものかを少しだけ味わうの……。とはいえ、あなたたちの時間のかけ方からすると、結婚式をバレンタインまで延期して愛の炎をかき立てようとしているのね。スコットランドのお父さまのご家族から返信はあった？」

「いいえ、まだです」

「きっと配達中に手紙がどこかへ行ってしまったんだわ。明日、新しい手紙を用意して特別便で送りましょう。返事を受け取るまでそこで待機してもらえばいいわ」オリヴィアが最後のピンを刺してから後ろにさがり、自身の仕事ぶりを満足げに眺めた。

「きれいよ。きっとパーティーの華になるわ。会場の若い男性全員と踊って、息子にひどい焼きもちを焼かせてちょうだい。そうしたことがのぼせあがった相手をはらはらさせるの。きっとヒューも際限なく尽くしてくれるようになるわ」

「わたしのダンスの腕は歌と似たようなものなんです、オリヴィア。だから眺めることに徹するのがいちばんだと思います」

「まったく踊らないの？　でもヒューはあなたとワルツを踊ったと……とってもすてきな話だったけれど」

「ワルツは踊れます」ミネルヴァは鏡に向かって安心させるように微笑んだ。このすばらしい女性の思い違いをまたひとつ訂正する役回りはごめんだ。これはヒューがうまい話でミネルヴァの協力を取りつけるずっと前からついてきた嘘なのだから。ミネルヴァはオリヴィアの息子の親友と駆け落ちして彼女の心を引き裂くだけで充分だ。「どうにか、ですが」何もかもが気まずくなる前に、少なくとも一度はレッスンを受けた。

「むしろ好都合ね！　ヒューとだけ踊れば、それでふたりがどれほど愛しあっているかまわりにも伝わるでしょう」

「まったくですね」完全にだまされている女性に、期待するなと言ってもしかたがない。ダンスはしないだろう。不必要な会話をしないのと同様に。あの美しい浜辺の潮の満ち引きのごとくヒューは遠ざかり、月でさえそれに影響をおよぼすことはできない。「ほかの人からダンスを迫られたら、わたしのために断る口実を考えてくださいね」

「まかせてちょうだい。わたしはあなたがとうていまねできないくらいの大嘘つきなんだから」

25

ヒューは苦悩していた。悲しくて、みじめで、つかみどころのない苦痛に苛まれていた。それにどう対処すればいいのか見当もつかないまま、ミネルヴァをダンスフロアへ誘った。とはいえ、大胆にも彼女にダンスを申しこんだわけではない。彼女によそよそしく避けられ、内に秘められたよくわからない敵意を感じながら過ごした長い一週間のあとでは、ダンスに誘おうなど恐ろしくて考えることもできなかった。ところがワルツの始まりが告げられるなり、憎々しい母がミネルヴァと踊るようみんなの前でヒューに命じ、断るという選択肢をふたりから巧みに奪った。だから彼女をまた腕に抱かなければならない——もう二度と強く抱きしめることはないのをいやというほど知りながら。これで本当に最後だ。

赤いシルクのドレスに包まれたミネルヴァがこれまでにないほど美しいことも気分を晴らす助けにはならず、その場にいる大勢の男たちが彼女に称賛のまなざしを向けているのをいらだたしく感じていた。ミネルヴァに対する想いを打ち明けたあの日からずっと、同じ気持ちだと答えてくれたにもかかわらず彼女が取りつづけている冷ややかで他人行儀な態度にも気づいていたし、この部屋に来てから永遠にも思える一時間のあいだ、自分のいまいましい目が絶えず彼女に引きつけられて、不幸にもこんな立場に立たされている自分以外のまさに全員と彼女が笑ったりおしゃべりしたりする姿をうらやましそうに見つめていることにも気づいていた。

一方、ヒューといるときのミネルヴァは冷ややかでそっけなかった。関心がなさそうな様子で彼とは一定の距離を置いている。フロアで位置について彼に預けた指さえもこわばっていた。彼女をくるりと回して腕の中に引き寄せるとミネルヴァが笑みを浮かべた。六〇ポンドの報酬に対する笑みだ。あくまで取引の対価にすぎず、その証拠に瞳は笑っていない。この状況は耐えがたかった。胸が金槌で打たれているかのように痛む。

楽団がワルツを奏ではじめた。ヒューは音楽に合わせようとぎこちなく動きだしたミネルヴァに足を踏まれた。彼女のいらだちを手のひらに感じつつも、相手が自分を拒んでいるのだから体勢を立て直そうとしている彼女に手を貸すまいと本気で考えかけたが、感情を交えないこの取引での自分の役割を思いだした。どれほど気が進まなくても芝居は続けなければならない。

「右足から、後ろ、横、合わせる——前、横、合わせる——」ミネルヴァもようやくリズムをつかみ、微笑ましいほど音が聞き取れない耳で拍子を取ろうとする代わりにヒューの動きが予想できるようになると、彼女の体から力が抜けた。そういう完璧でないところが好きだった。腕の中に彼女がいることと同じくらいに。

黙って踊るミネルヴァは幸せそうだった。おそらくヒューのことは、おしゃべりをするに値しない、自分とは無関係な無意味でくだらない存在だと考えているのだろう。ふたりはフロアをぐるりと一周しながら、おかしなことに、こんなに親密なダンスを他人同士のように踊った――体がふしだらなほど触れあっているのは、こうしないとミネルヴァがステップを踏めないからで、ふたりは目をそらしたまま、心はまったく別の場所にあった。

「お母さまに本当のことを話すべきよ」いきなりぶっきらぼうに言われて、ヒューは次のステップを間違えた。「いくらなんでも度が過ぎている。お母さまは結婚のお祝いにルビーをくださったのよ」

母がミネルヴァに好意を持っていることも、胸が痛む要因のひとつだ。「きみが屋敷を去るときに置いていけばいい」

「ええ……まさにそうしようと思っているわ。ずっと親切にしてもらったのにとんでもなく無神経な行為だけど。お母さまに嘘をつくのはたまらない」

「もうすぐジャイルズが戻ってくる。なんとしても戻るように手紙を書いたから、これでようやくこの芝居に幕をおろせる。そうすれば、きみももう嘘をつかなくてすむ」そしてヒューは、彼女がいないところで嘘をつきつづける。

胸が張り裂けそうな演技はどうしようもなく真実味を帯びるだろう。ここ数日で、胸に抱えた絶え間ない痛みは耐えがたいものになっていた。彼女がこれほど魅力的に見えるのはドレスのせいだと思いたかったが、恋しいのはミネルヴァ自身だと、失われたふたりの関係だとわかっていた。

「こんなに長引くはずではなかったでしょう。約束では数日間――長くても一週間という話だったのに」

「どうしようもないんだ」

「お母さまはわたしたちのことを……恋人同士だと思っているわ」もちろんそうだろう。「そのうえ、わたしがすでに身ごもっているんじゃないかって……すごくうれしそうだった」

ヒューは答えなかった。奇妙なことに、ミネルヴァを失うのと同じくらい、その想像上の子どもを失うことを嘆いていた。これもまたありえない、いまいましい〝もし〟だ。彼女のほうにはヒューとのつきあいを試す気もないのだから。

ヒューのみじめな気持ちに追い打ちをかけるように、サラがその夫と連れ立って会場に入ってきた。続いて、サラの母親までも。運命か全能の神が、ヒューにとって史上最悪の夜にするべく傷口にあらゆる塩をすりこもうとしているに違いない。

いつものようにサラがヒューを見つけて手を振った。ヒューは見なかったふりをしたが、募る不快感を隠す間もなく、いらだたしくも抜け目のないダンスの相手が、彼が目をそらした方向に視線を投げて目を見開いた。

「ミセス・ピーターズがいらしたわ……ご主人と一緒に」

「そうなのか？」

「彼女が来たことに気づいていたでしょう。どうして無視するの？」

「きみとダンス中だからさ」スズメバチの巣を蹴飛ばすよりも、こんがらがった嘘について話すほうが簡単だ。「それにこの数週間、きみが契約をはるかに上回ることをしてくれているのはわかっている。だが、約束するよ。ジャイルズが重い腰をあげて戻ってきた日がきみの立ち去る日だ。それまでは母のことはぼくにまかせてくれ」

「それでここまでうまくいってきたから？　明日の午前中には二度目の結婚予告が行われて、そのあとすぐにウエディングドレスの仮縫いがあるのよ。さっきも言ったけれど……これはわたしが想定していた範疇《はんちゅう》を明らかに超えているわ」

「何が望みなんだ？　金がもっと欲しいのか？　いくら欲しいか言ってくれ、ミネルヴァ。それでこの話は終わりにしよう！」

ミネルヴァがグリーンの瞳を細め、たちまち険しい目つきになった。「わたしたちが寛大で人がよくて疑うことを知らない女性にしていることは、お金では償えないの！　善意のかたまりみたいなジェレマイアに対してもそう。ふたりは荷物をまとめて引っ越してくるのよ。知っていた？　ここに、わたしたちのそばにいるために、ジェレマイアはアメリカで所有しているものをすべて売却しようとしているの！　わたしたちがついた嘘のせいでお母さまの人生はめちゃくちゃになってしまう……」

「そうしたことには時間がかかるものだ――簡単にはできない。取り返しのつかないことになる前に何もかも終わっているさ」必要とあらばジャイルズを探しだし、蹴飛ばして怒鳴りつけてでもハンプシャーに連れ戻す。「この苦しみもせいぜいあと数日だ。そのあとでこの嘘がもたらしたダメージをぼくが修復する」

「計り知れない、ダメージをね」非難のこもった目を向けられて、ヒューは気のおけない友情も失ってしまったことを残念に思った。どうしたら一度のキスと一度の短い会話が、ふたりで育んできたものをこうもことごとく消し去ってしまえるのだろう？　「修復可能なダメージだとはとても思えない。教えて、ヒュー、それだけの価値はあった？」

「まさか……もちろんないさ！　ぼくだってばかじゃないんだよ、ミネルヴァ。たしかにものごとを手がつけられないほど混乱させた。いまなら間違いなく違う行動を取る」浜辺でミネルヴァにキスなどしなかっただろうし、自分をさらけだしたりもしなかった。あれ以来、すべてが変わってしまった。何もかも台なしになった。「たとえば母が渡英してくる前に本心を告げていただろう。誰とも結婚する気はないし、母が待ち焦がれている孫の顔を見せることもないと。なぜなら、できないからだ。二年前に母を失望させて抱いただろう罪悪感のほうが、この腹立たしい災難のせいで味わった途方もない罪悪感と痛みよりいくらかはましだったはずだからね」

「災難？　この騒動全体におけるあなたの責任をずいぶん小さくする言葉ね。これはすべてあなたがしていることなのよ、ヒュー。何から何まで。まったく自分本位の理由で」

「身を守るためだったんだ！」かっとなったヒューはミネルヴァをぎこちなく回転させて、ダンスフロアの隅まで導いた。こうして詮索好きな視線や聞き耳を立てる客や、抜群のタイミングで到着して軽食が並ぶテーブルのそばにいる過去を思いださせる人たちから離れた。

「ぼくが自分本位な人間だったら、母にあれこれ勝手に言わせておいただろう。不誠実にも隠しごとをして、疑うことを知らない哀れな女性と結婚して相手の人生を狂わせたはずだ。忌まわしいわが一族の、数多いる無責任な男たちがそうしてきたように！」

「なぜならスタンディッシュ家は並外れてひどい夫を生みだしてきたからね」

「少なくともぼくは、自分の欠点を認めている」

「女性と戯れるのはそんなにすてきな気晴らしなの？　だから誓いを立てられないの？」

「約束に踏みきれない理由は話しただろう」ミネルヴァは急におしゃべりがしたくなったらしい。丸々一週間も経ってから！　「スタンディッシュ家の男は目移りしやすいことで有名なんだ」

「あなたはずっとそう言いつづけているけど……そのことについてはあなたから聞かされただけだわ」

「それなら疑いを晴らしてぼくの行動を正当化するために教えてあげよう。ぼくの父は放蕩者だった。父の父も、そのまた父もだ」普通は魂をさらけだせば気持ちが軽くなるものだが、ヒューが感じているのは怒りといらだちと悲しみだけだった。

「あなた以外の口から、お父さまの悪口を聞いたことがない」

「それは父が人を引きつけるのが得意だったからだ。まさにぼくと同じでね。人は見たいものしか見ない。父はそのよからぬ才能をうまく利用していたんだ」

「つまり、お父さまはいい人ではなかったというの？　ほかのみんなが間違っていると？」

「父はいい領主で、すばらしい政治家だった。先見の明があったし、進歩的な人だった。善行をたくさん積んだ。広く世間一般には、父は善人だったよ。偉大な人だったとさえ言える。だが内々で、私生活で見せていたのは、作りあげてきた表向きの顔とは違った」

一六年の歳月でさえ、せりあがってくる苦々しさを止められなかった。「あらゆること、あらゆる人に被害がおよぼうとも、自分の快楽を追い求める恥知らずの嘘つきだった。父は結婚前から母に不誠実で、結婚生活を通して母を裏切りつづけた。それを知ったのは父が亡くなる数週間前だ。両親はぼくに隠していたんだ！」

「だからといって、あなたもそうだとはかぎらないでしょう」

「ぼくは人格形成期に父を見習おうとずっと努力していた。父はぼくが思っていたような人間ではなかったのに！　頭には父の声が響き、血管には父の血が流れている。父を手本にしてはいけないと気づいたときには遅すぎたんだ。もう元には戻れない。ぼくは父に似ているところのほうが多い……。瓜ふたつ。みんなそう言うだろう？」

「たしかにそうだけど……」

ヒューは口先だけの陳腐な否定の言葉など聞きたくなかった。「ポートレート・ギャラリーにある絵画を全部見ただろう、ミネルヴァ。服や年代と名前を書いたプレートを取ってしまえば、スタンディッシュ家の人間はどれも同じ顔だ。取り換えのきく、本質的に身勝手な男たちで、恋に落ちることもひとりの女性に誠実でいつづけることも絶対にできない」深い愛情は、愛とは違う。絶え間のない胸の痛みも愛ではない。

「試したことはあるの？」

話を聞いていなかったのか！　「自分が何者かはわかっている、ミネルヴァ。きみが現れるまで、ぼくは恋愛感情をいだくのを避けてきた。そんな気持ちを持ちつづけることができないのはよくわかっていたからだ」

「不貞が遺伝だと本気で信じているの？　それとも合格水準に達しない女性に使う都合のいい口実かしら？　わずらわしい足枷から逃れる最高の方法よね」ミネルヴァが鼻をつんとあげてわざと見下すような視線を投げてきた。「自分自身を制御できないの？　それが宿命だから？」

いきなり辛辣な言葉を向けられてヒューはむっとした。「自分の宿命は掌握しているさ」

「本当に？　それならどうして自分のいいかげんなふるまいを正当化するために、いつもスタンディッシュ家の血筋という言い訳に頼るのかしら？」

「自分が引き起こした大混乱を正当化しているわけではない。だが、この芝居が目も当てられないほど間違った方向へ進んでしまったのは、父と同じ道をたどることを断固拒否したからにほかならない。いいかげんなふるまいを少しでも控えようとしてきたんだ」

「なぜならあなたは恋に落ちることも、誠実でいつづけることもできないから」

「どちらもできると思ったことがない」もし深い愛情を育めば愛に変わる見込みが充分にあって、ミネルヴァがその試みにつきあってくれるのなら、誠実でいつづけるために全力を注ぐのだが。

「サラのことはどうなの？」

「サラだって！」ヒューは一瞬、動きを止め、愕然としてミネルヴァを見つめた。

「わたしにだって目はあるのよ、ヒュー。あなたは彼女を見るたびにおかしな態度を取っているわ」

「きみには眼鏡が必要だな。この部屋にいるほかのみんなにははっきりと見えているものが見えないというのなら」

「どうしてさっさと認めないのかしら。彼女に振られてあなたがかたくなになっているのか、彼女との関係を断ち切った罪悪感をいまだに抱えているのか知らないけど。それも〝わずらわしい足枷〟だったけれど、彼女は同じ世界の人だからすばらしきスタンディッシュ家の名が汚されることはなかったんでしょう。一般庶民の女性にはその輝かしく高貴な血統を汚す資格すらないのに」

知らないうちにいくつもの目がふたりを熱心に見つめていた。そこでヒューは、ミネルヴァの肘を取って壁のくぼみへと移動した。これから言うことは周知の事実かもしれないが、誰も口にしたことはない。とりわけヒューに向かっては。

「ミネルヴァ、サラはぼくの姉だ」

「お姉さま？」ミネルヴァが口をあんぐりと開けた。それから首を伸ばしてヒューの姉に目を向ける。たしかに、まぎれもなく似ている点がある。金色の髪、長身、ブルーの瞳。特徴が一致している。すべては父方の特徴だ。まさに瓜ふたつ。「お姉さまがいたなんて全然知らなかったわ」

「ぼくも一五になるまで知らなかったよ。あそこで彼女と一緒にいるのが父の愛人だ」ヒューにはどうしても理解できないのだが、またしても彼の母親はくだんの女性としゃべっている。その女性が夫を盗み、自分の結婚生活を崩壊させたことなどなかったかのように。「おそらく大勢いた愛人のひとりだろう――だが、死期が近いと悟った父はあのふたりを自分の屋敷に住まわせた……」

母に座らされてその説明を受けたときのことを、ヒューはいまでも覚えている。父のもうひとつの家族も自分たちと同じくらい父を愛しているのだから、彼らもここにいる権利があると母は言ったのだ。数日後、ヒューはその招かれざる他人とともに父のベッドの脇に立ち、傍観者のように見ている本妻をよそに妻ではない女性の手を握りながら息を引き取る父を見守った。その恐ろしい――そう感じているのは明らかにヒューだけだが――新たな現実をいきなり突きつけられることになった理由を、父はヒューに説明することなく死んだ。

「反省する様子もなしに。というわけで、思いがけず避けられない場面であの人たちと出くわしたときに、ぼくがいささか奇妙な態度を取ってしまうのもしかたないと思うのだが」

ワルツが終わり、ふたりの背後で拍手が起こった。

「彼女に振られたわけではないの？」

「まさか」ヒューは不快そうに顔をしかめた。「きみがそんなことを考えていたとは信じがたいな」

「あなたが最初から隠しごとをしなければ、わたしだってそんな早合点はしなかったわ」

「きみにはずっと何もかも包み隠さず話してきた」

「いいえ、そんなことはないわ！　あなたはわたしに話してもいいと思うことしか教えてくれなかった」

「それはあんまりだ」

「そうかしら？　あなたはものごとをゆがめる達人ですもの。絶えず軽口を叩いて、魅力的な仮面をかぶり、本当の意味で正直になるのを避けている。なぜなら……」ミネルヴァが降参した。「実際、あなたがどうしてそんなふるまいをするのかわからない――でも完全に正直になるのが怖いから、何がなんでも避けているように思えるわ」

「ミネルヴァ、ぼくはきみに対してはずっと正直だった」

いや、そうとは言いきれない。たくさんのゆがめた話の中に残酷な真実がずっと点在していた。とはいえ、本来の自分とは違うふうに見られているのは落ち着かなかった。「ぼくがどんな人間か、きみはほとんどの人よりよく知っているはずだ」その言葉は真実に近い。

「そうかもしれない――でも本当のヒューがどんな人かは、あなたの口からより、お母さまやジェレマイアやペインから知ったことのほうが多いわ。教えて――わたしがあなたとサラとの関係を勘違いしなかったら、お姉さまがいることを教えてくれた？」

「彼女の夫が大勢を引き連れて屋敷に来るなんて知るわけがないだろう？　連絡も取りあっていないんだから……」

「答えはノーということね。彼女の話をすれば、お父さまに対してあなたが抱えている複雑な感情を話すことになるから。それで、なんでもうわっ面に留めておいたほうが楽なときは、自分に関する大事なことを別の誰かに押しつける！　ほかのことは全部、平気でスタンディッシュ家の血筋のせいにするのよ」ミネルヴァがゆっくりと息を吐いて首を振った。「そんなふうだから、ほかにどんなことを話してくれていないのかと思ってしまうの」

「重要なことは何もない」

嘘をついたせいでヒューの喉に苦いものがこみあげてきた。ミネルヴァの父親のことをまだ話していない。彼女には知る権利があると、ペインから毎日忠告されているにもかかわらず。とはいえ、彼女の父親がこれまでずっと娘たちの近くにいながら、身勝手な理由から彼女たちに見向きもしなかったと伝えてなんの助けになるだろう。それに、調べてみたらそのろくでなしに関するさらに腐敗した事実が判明したと告げることだってそうだ。加えて、父親に金をやって追い払ったとミネルヴァに打ち明けたなら、身勝手にも保身のためにそうしたと思われるだろう。かといって、保身のためではないと認めれば、深い愛情からそうしたのだともう一度彼女に伝えることになる。

深い愛情？

自分は真に率直になるのが怖いのだ。深い愛情とはおそらくこれほどの痛みを伴うものではないし、ここまですべてを含むものでもないと自分でもわかっているのだから。

「あなたはもうくたくたなのよ、ヒュー！　わたしも疲れたわ」

ヒューの足元で床が傾いた気がした。「何が言いたいんだ？」

「こんなひどいはかりごとは、いつまでも続けていられないと言っているの。芝居が長引いたせいでふたりとも散々な目にあったわ」ミネルヴァが言葉を切り、ずっしりとしたルビーのネックレスに触れながら、部屋の向こう側にいるヒューの母親と彼の父親の寵愛《ちょうあい》を受けた愛人に目を向けた。「明日には二度目の結婚予告が行われる。それはなんとかやり過ごすけれど、次の日曜日の三度目で最後の結婚予告をさせるつもりはないわ。それまでちょうど一週間……。あなたが延々と続けたおとぎ話のひと幕を演じるか、自らの言動の報いを受けるまで」

ミネルヴァの目に困惑と怒りが浮かんでいる。果てしなく深いグリーンの瞳に苦々しい後悔が渦巻いていることがヒューにはひどくこたえた。だが、もっとこたえたのは彼女の別れの言葉だった。「どちらにしても次の土曜のこの時間までには、わたしはいなくなっているわ、ヒュー。お別れのときはとっくに過ぎている……。本当のところ、そもそも出会いの言葉を交わしたことを後悔しているの」

26

ミネルヴァはいまにも涙がこぼれそうだったので、その場をあとにして休憩室へ駆けこんだ。急いで顔を整えてから一〇分後にそこを出たときには、動揺していたものの、少なくとも表向きは落ち着いているふりをした。深呼吸をして比較的安全なオリヴィアのもとへ戻ろうとしたが、また仮面をかぶる前にもう少しだけどうしても新鮮な空気を吸いたいというのが本音だった。いつの間にか、足はドアのほうへ向かっていた。

嘘をついたわけではなかった。彼のミネルヴァでいることに疲れていた。毎日のようにうまく対処できない新たな課題が降ってくる。ルビー、ウエディングドレス、酔っ払った女優、秘密の姉、打ち砕かれた自身の心といった課題が。これでは途方に暮れても不思議はないのでは？　涙が絶えず頬を濡らすことだってそう。ミネルヴァはもっと青い芝生を約束されてここまで来たのに、気づけばイラクサに腰まで埋もれている。

ミネルヴァは身が引き締まるような冬の寒風に吹かれながら、ゆったりとした足取りで待機する馬車のそばを通り過ぎ、暗く人けのない村の広場へ向かった。寒くても完全にひとりになれる場所を求めて歩きながら、今夜を乗りきるだけでも耐えられそうにないのに、どうすればあと一週間も持ちこたえられるのだろうと考えていた。

「ダンスなんていつ覚えたんだ？」その声は一二月の夜よりもすばやくミネルヴァの体を冷やした。

「お父さま？」ミネルヴァは振り返って左右に目を向け、暗がりの中の声の主を見定めようとした。すると父が彼女がずっと嫌っていたくさい巻き煙草《たばこ》に火をつけ、つかの間の光が壁に寄りかかるその姿を照らしだした。

「うまくやったもんだな。伯爵と婚約とは」

ミネルヴァは吐き気がした。これほど長く顔を見せなかったのに都合よく現れた事実が意味するところはただひとつ。

厄介ごとだ。

「ここで何をしているの？」

「ずっと行方が知れなかった父親と涙の仲直りはしないのか？」

「貧民街のどこかでとうの昔に野垂れ死んでいてほしかったわ」

父親が煙草を深く吸いこんでからゆっくりと吐きだした。「おまえはいつも冷たいやつだったな、ミネルヴァ」

「質問に答えて！　ここで何をしているの？」

父親が肩をすくめた。例によってしれっとしている。「わかりきっているだろう。おまえたちを助けに来たんだよ」

「助けなんて必要ないわ」鼻をつく安っぽい煙草のにおいが、ミネルヴァをクラーケンウェルへと、父が姿を消す前の狭苦しい小さな家で過ごした苦しい日々へと一瞬で連れ戻した。家賃の集金人や借金の取り立て屋、ときにはボウ・ストリートの捕り手がドアを叩くあいだ、息をひそめて隠れていたあの日々へと。どこかの酒場で酔いつぶれた父親を迎えに来るよう、夜中にミネルヴァを呼びに来た使いの人間も同じドアを叩いていった。その頃のミネルヴァは、苦労して稼いだ金のほとんどをゆるんだ床板の下に隠し、食卓に食べ物をのせるのではなく次の晩に意識を失うまで飲んだくれるために使われないようにしていた。「どうやってわたしたちを見つけたの？」

「もしちょっとしたはかりごとを秘密にしたかったのなら、ヴィーナスが行き先を書き残すのを止めるべきだったな。おれはあれを招待状と受け取った。もっとも招待状など必要なかったが。なんといってもおれたちは家族だし、いまでもおれが一家の主なんだから」

「この六年間を都合よく忘れているようね！　どこにいたのかは訊かないわ。どうせいつもの嘘八百が返ってくるだけだから」

「嘘といえば、かわいい娘よ、おまえと伯爵がとんでもない大嘘をついていることを伯爵の母親やこの古くさい小さな村の連中が知ったら、どう思うだろうな？」

恐怖という名のひやりとした触手がミネルヴァの胸に巻きつき、締めあげた。「どうしてわたしたちが嘘をついていると思うの？」

「あの男が、おまえと結婚？」父が頭をのけぞらせて笑った。「伯爵が貧民街の卑劣な人間と結婚するもんか」

「わたしは紳士の娘だと思っていたけど？　ありがたいことにすでに死んだ紳士の娘だとね！」ミネルヴァはきびすを返した。しらを切り通して、それからヒューに伝えよう。残された時間は一週間ではなく、数時間だと。

「おれは凍死したらしいな……ケアンゴームズで」ミネルヴァはその場で立ち尽くした。

「おまえがいつもおれを見下すのは、自分のほうが道徳的に勝っていると信じているからだと思っていたよ。しかし子どもは親に似るもんだな、ミネルヴァ・ランドリッジ？」

「ヒューの言うことよりもあなたの言うことを信じる人なんていないわ」

「ヒューだって？　ずいぶん親しげだな。なら、どっちを信じるか試してみるか？　それか、もっと楽な方法を選んでもいい。そうすればみんなは何も知らないままだ」

「何が望みなの？」

「やつから受け取ってる金、全部だ」

「お金なんてもらっていないわ」

「なら、そのルビーをいただくとしよう。ルビーなんだろう？　あいつみたいな気取り屋は偽物の石など絶対に買わないだろうからな」

ミネルヴァは無意識に両手を首元に当てて、オリヴィアからの望まざる贈り物を守った。

「これはわたしのものじゃない。借りただけよ」

「だったら現金でもらおうか。一〇〇ポンドを明日まででどうだ？」

「彼がわたしに払うのは六〇ポンドだけよ！」愚かにも口走ってしまったことを即座に後悔して、ミネルヴァは完全にパニックに陥った。けれども言ってしまったものは取り消せない。あとの祭りだ。

「たった六〇ポンド？」父に頭のてっぺんから爪先までじっくりと眺めまわされると、ミネルヴァは純粋さが損なわれて汚された気がした。「自分を安売りしすぎたな……。それともおまえを買った男のポケットは金箔で裏打ちされているのに、おれをばかにしているのか」父がミネルヴァの顔に煙草の煙を吹きかけて、また含み笑いを漏らした。「七五ポンドもらうとしよう。おまえならもっと払うようやつを説得できるはずだ。あの哀れな男は肉屋の窓に張りついた犬みたいにおまえを見ているからな。たぶらかせばいい」

「あなたには一ペニーだって渡さないわ！」背を向けたミネルヴァの腕を父親がつかんで引き戻した。

「愛する男の名前が汚されるのを見たいのか？　ここの連中は全員、あいつが奇跡を起こせると思っている。それにあいつの母親はどうだ？　かわいい息子が婚約者を雇ったことを知っているのか？　ランドリッジ家の全員が自分に調子を合わせていることは？　母親は結婚式のために戻ってきたんだろう？　こんな裏切りを知ったら母親がどんなに深く傷つくか――」

「いいかげんにして！」父は知りすぎている――あるいは話をうまくつなぎあわせたようだ。おまけに自分の愚かさゆえに、金で雇われたことを確信させてしまった。「七五ポンドなんて無理よ。六〇ポンドだって全部を渡すわけにはいかない。請求書の支払いがあるし、家賃だって払わないと。滞納していた分も払わなければ住む家がなくなるわ」ミネルヴァは頭の中ですべてをすばやく計算した。自分がもう少しお金を持って逃げられるならと考えて金額をさげてみた。こんな男のために危険を冒す価値はない。「四〇ポンドなら渡せるわ。明日までに。それで姿を消すと約束してくれるなら……」

父親を二、三日でも引き離しておくことができれば、婚約のまねごとをすみやかに終わらせる方法を考えて、ヒューや彼の母親に被害がおよぶ前にロンドンへ出発できる……。

わたしったら何を考えているの？　これでは単に水門を開くだけだ。卑劣な父のことだから脅迫は続くだろう。これまでの人生で誰に対しても、ひとつだって約束を守ったことがないのだから。父は悪臭のように戻ってきて、さらにお金を要求するに決まっている。昼のあとに夜が来るのと同じくらいたしかなことだ。

「ミネルヴァ？」

ヒューが静かに近づいてきたことに、ふたりとも気づいていなかった。

「何ごとだ？」ヒューがミネルヴァの父親をゆっくりとにらみつけた。ミネルヴァの選択肢はふたつ。どちらも気乗りはしないが正しいと思えるものだ。

「わたしの父はすべてを知っているの。それでわたしを脅迫しようとしているのよ！」

ヒューはこの衝撃的な知らせを、感動するほど落ち着いて受け止め、ほとんど微笑みながら腕を組んだ。「そうなのか？」奇妙にも彼の強さがミネルヴァの気持ちをやわらげた。「ぼくの一〇〇ポンドでは足りなかったのかな、ミスター・メリウェル？」味方を得たという安心感から一転、その言葉の重さに彼女は恐怖を覚えた。

ヒューが驚かないのは、すでに父に会っていたからなのだ。会ってお金を払い、そのことをあえてミネルヴァに知らせなかった。またもや裏切りだ。ヒューは彼女が思っていたような人間とはまるで違うことを、ふたたび思い知らされた。

「わたしを脅迫しようとしたというだけでは、父を罪に問えないわ」

「そんなことはない。なにせ、ぼくたちが交わした取引に違反したんだから」

取引？　まだ隠していたことがあったの？　あまりに嘘が多すぎて、ミネルヴァはもはや何が起きているのかわからなくなっていた。無意識に身震いしたらしく、ヒューが振り向いてすばやく上着を脱ぐとやさしく肩にかけてくれた。ぬくもりに――彼のぬくもりに――包まれた瞬間に気持ちがやすらぐはずが、そうはならなかった。

「中に入っているんだ、ミネルヴァ。ここはぼくにまかせてくれ」

「いやよ！」ミネルヴァはヒューをひっぱたきたくなった。「わたしにはここで交わされる会話を残らず聞く権利があるわ！」

「おまえは引っこんでろ！　おれは手回しオルガンに合わせて踊るサルよりもオルガン奏者と取引する――」父の言葉はヒューに下襟を、しかもかなり強く絞られたせいで最後のほうはしわがれて聞こえた。

「彼女にそんな口をきくのは許さない！」持ちあげられた父のブーツが地面をこするにまか

せたまま、ヒューが振り返って食いしばった歯のあいだから絞りだすように言った。「中に戻れ、ミネルヴァ。早く！　これから彼に伝えることは、女性の耳に入れるべき話じゃない。それに、このごたごたは明らかにぼくが片付けるべきものだ！」そう言い残すと、ヒューは父を引きずるようにして闇の中へと消えていった。

しばらくのあいだ、ミネルヴァはそこに据えられた彫像のようにその場でじっとたたずみ、懸命にすべてを把握しようとしたが、知らないことが多すぎて正確に理解できないという結論にいたった。答えを必要とする疑問が山ほどある。父がどうしていきなり現れたのか？　いままでどこにいたのか？　父にとってこれまでの六年は楽ではなかったのか、老けて見えた。以前にも増して具合が悪そうで、以前にも増して冷酷になった。いつヒューに近づいたのだろう？　ヒューはどれくらいのあいだ、このことを彼女に隠していたのか？　もっと重要なのは、なぜ隠していたのかだ。

寒風が肺を出入りするたびに切り裂かれるような感覚に襲われながら、ミネルヴァは最後の疑問の答えはすでに知っていることに気づいた。身勝手で浅はかなヒューは自分の保身のためなら必要なことはなんでもするし、そのことでミネルヴァがどう思うかなどいっさい気にかけていないのだ。ミネルヴァだけでなく、彼女の妹たちの気持ちさえも……。妹たちにはどんなふうに伝えればいいのだろう？　胸が痛くて、すぐにでもふたりのもとへ駆けつけて打ち明けてしまいたかったが、いまはそのときではないと良識が告げていた。

そこへ、ヒューが暗闇からひとりで出てきた。

「彼は行ったよ。もうきみをわずらわせることはないだろう」ヒューがミネルヴァの正面に立った。「こんな目にあわせてすまない。問題は解決したと思っていたんだ」

ミネルヴァは気づかないうちにヒューの頬を平手で激しく打っていた。ヒューが反動で後ずさり、警戒するようにこちらを見ている。「なんてことをしてくれたの、ヒュー！　よくもこんなことを！」

「説明させてもらえれば……」

「その必要はまったくないわ。わたしのようなサルにだってわかるもの！」ミネルヴァは両手のひらでヒューの胸を強く突いた。「自分で自分の面倒を見ただけ、そうでしょう！」

「ミネルヴァ、それは違う……」ミネルヴァは全体重をかけてヒューをもうひと突きした。

「あなたは現状を維持して、入り組んだ自分勝手な茶番を続けるために必要だと思うことはなんでもしてきた！」さらに押す。ヒューはまったく抵抗せず、止めようともしなかった。

「あなたは嘘つきよ、ヒュー・スタンディッシュ！　嘘つきで、自己中心的で、信用できない偽善者のろくでなしよ！　これ以上あなたとは関わりたくない！」

そう言ってミネルヴァは駆けだした。ヒューの上着が肩からぬかるみに落ちるのも、会場の外にずらりと並んで待機している馬車の御者全員にこのありさまを見られるのもかまわず安全な休憩室に舞い戻り、察しが悪くヒューが追ってきたときのためにかんぬきをかけてから床に座りこんだ。

少なくとも父にはなんの期待もしていなかった。あの人は怠け者だ。道徳心のかけらもなく、救いようがないほど忌まわしい。これまでずっと毛嫌いしてきたが、どう対処すべきかはわかっていた。だがヒューは……。

ヒューはその魅力でミネルヴァを巧みに操った。彼の話にだまされて、彼のために嘘をつくことを承知した。よかれと思ってやった行為がすべて仇になった。誘惑することに慣れた口からこぼれた甘い嘘にだまされた。彼にだまされた。彼のすべてに。完全に。

恋をしてしまった。

最悪のろくでなしに。

いったいどうすればいいのだろう？

27

「ミス・ミネルヴァは手紙にしてほしいとおっしゃっています、閣下」

ヒューは呆然と執事を見つめた。「手紙?」

「はい、閣下。おなじみかと存じますが、ペンとインクと紙が必要です。着替え室にもご用意があると思いますので、お持ちしましょうか?」ペインがナイトテーブルにブランデーのグラスを置いた。「彼女にお父上のことをお伝えするよう、再三申しあげたでしょう」

「ありがとう、ペイン。ぼくがいままさに必要としているのは〝だから言っただろう〟という殊勝な言葉をまた聞かされることだ」

「礼にはおよびません、閣下。わたしは最善を尽くそうとしているだけですから。ほかにご用はございますか?」

「いますぐそのいまいましい女性の寝室に戻って、話を聞くよう伝えてくれ!」

「かしこまりました、閣下。こんな夜分に三度目のノックをすれば、これまで二度ノックしたときよりも望ましい結果が得られるのは間違いないでしょう。とりわけ、この数分で劇的に状況が変わったのですから」遠慮のない執事が気の進まない様子で頭をさげて、ふたたび部屋から出ていった。

まさか手紙とは！　なんとも腹立たしい。ミネルヴァに謝って理由を説明しようと幾度も働きかけているというのに。昨夜も試みた。ヒューが辛抱強く待っていたところに、婦人用の休憩室から明らかに憤っているミネルヴァが無表情でようやく現れたときだ。しかし彼女は、まるでヒューのことが見えないかのようにするりとそばを通り抜けて舞踏場へ入っていった。それから彼の母のもとへ行き、その夜はずっと母のそばを離れなかった。そして帰宅後は、妹たちを護衛に使った。

それでもヒューは階段の上から声をかけた。「おやすみ、マイ・ラブ。ぐっすり眠るんだよ、マイ・ラブ」

ミネルヴァがふたりの合図を忘れていたときのために、ことさら強調して〝マイ・ラブ〟と言ったが、ポートレート・ギャラリーでじりじりしながら歩きまわっても彼女は姿を見せず、もう来ないのだという事実をヒューは二時間後にようやく受け入れた。

さらにミネルヴァは、次の朝にも姿を見せなかった。確信を持ってそう言えるのは、まんじりともせず苦しい夜を過ごしたヒューは五時きっかりにギャラリーへ戻り、日がのぼる様子を見つめていたからだ。屋敷が目覚めてついに顔を見せたのは仏頂面のペインで、あと一五分で朝食の席につかなければ腹をすかせたまま教会へ行くことになると、彼の母からの伝言を届けに来たのだった。

教会もまた楽しい場となった。ミネルヴァは馬車の中でもヒューを無視した。到着してみんなのあとからついていこうとする彼を無視し、教会の中では体をこわばらせて隣に座った。まさしく氷山のようだ。ふたたび結婚予告を読みあげるクラナム牧師を毅《き》然《ぜん》とした態度で見つめてから、ジェレマイアの腕に手を添えて教会から飛びだしていった。

ヒューは午後にもう一度話しかけようとしたが、母に追い払われた。いまいましいウエディングドレスや嫁入り衣装のためにマダム・デヴィが採寸をしている最中だったからだ。どうやら数時間はかかる作業だったらしく、ヒューは日が沈むのを見つめながら書斎をそわそわと歩きまわることになった。さらに夕食の前後にミネルヴァをつかまえようという計画は、彼女があえて夕食の場に現れなかったために阻止された。ほかのみんなは顔をそろえたのに、彼女は突然の頭痛に襲われ、鷹のごとく鋭い目をしたダイアナが姉のそばから離れずに見張っているおかげで、ミネルヴァの寝室に張りつこうという見込みのない試みはあきらめざるをえなかった。

そこで、切羽詰まってペインを送りこんだ――しかしながら、ミネルヴァはどうやらヒューを苦しめようと心に決めているらしい。それはうまくいっていた。人生でこれほどみじめな思いをするのは初めてだった。

ヒューは物憂い気分で窓の外を眺めながら、グラスに入った琥《こ》珀《はく》色《いろ》の液体を回した。こうなったら手紙とやらを書くべきなのかもしれない。ミネルヴァは話を聞きたがらないが、ヒューには言いたいことが山ほどある。ほとんどは媚《こ》びへつらうような内容だ。実際、あらゆることを申し訳なく思っていた。明らかに金を必要としている彼女を私欲のために臆面もなく利用し、自分のごたごたに巻きこんだこと。はるばるハンプシャーまで連れてきて彼女の生活を一変させ、自分の問題をすべて彼女の問題にし、ルクレーシャと彼の母親の面倒を押しつけ、妹たちとのあいだに不和をもたらし、父親の出現を隠し、自身にまつわる不快な事実を隠したこと……。

そして何より、自分のいたらなさを申し訳なく思っていた。

なぜなら、ミネルヴァが自分に対して猛烈に腹を立てている理由も、永遠に関わりあいたくない理由もことごとく完全に理解できるからだ。

悲しいのは、実際にそのすべてを話すよりも文章で表すほうが、おそらくずっとうまく伝えられるということだ。書き言葉の操り方は心得ている。手紙を書く才能は天からの授かりもので、そもそも彼をこの苦境に追いこんだものでもある。しかしながら、手紙はあまりにも他人行儀だ。ヒューはいま、これまでにないほど親密なやり取りを必要としていた。ミネルヴァの目を見て、彼女も同じくらいみじめな思いをしているのか確かめたい。わずかな希望を感じられる程度には気にかけてくれているのか確かめたい。

ペインがノックもせずに入ってきた。無表情な顔がすべてを物語っている。

「あなたは心のない人です。獣で……」ペインが指で数えながら無礼な言葉を挙げつらねた。「大嘘つきで、いい年をした子どもで、甘い言葉をささやく卑劣な女たらし」最後の言葉に顔をしかめる。「いったん伝言を中断させていただけるなら、閣下――まったくみっともない！」射るような視線をヒューに投げ、不快そうに口をゆがめる。「道徳心をお持ちではないのですか？」

「誘惑などしていない……厳密な意味では。ただキスはした……二度」それとてペインにはまったく関係のないことだ！「それから参考までに言っておくが、二度とも彼女はキスを返してきた」

「選択の余地は与えたのですか？」

「その反抗的な尻を蹴られて階段から転げ落ちたいのか？　もちろん与えたに決まっている！　ぼくをどんな人間だと思っているんだ？　いまいましい伝言に戻ってくれ。読みあげるのを楽しんでいるようだからな」

「甘い言葉をささやく卑劣な女たらし……」

「そこはもうはっきりさせた」

「意気地なし」

「それは少々手厳しいな」

「不愉快な人」これには傷ついた。「それに俗物」

「〝俗物〟だって？　たしかか？」

「わたしも確認しました。閣下には多くの、本当に多くの欠点があることは否定できません。しかし、貴族ぶってお高く留まった態度で誰かを見下すとはまったく知りませんでした」

「いまのはおまえからもらった最大の賛辞だな、ペイン」

執事がそれを認めてそっけなくうなずいた。「ですが、ミス・ミネルヴァはむきになっているように見えました。お嬢さまが言うには、あなたは――言い換えずにそのままお伝えしますが――いまは亡き先祖を臆面もなく利用してわずらわしい足枷から逃れようとする、意気地なしの俗物だと」

聞き覚えのある一風変わったその言い回しがヒューの記憶の何かを刺激した。ミネルヴァは昨夜もまったく同じことを言った。しかしあのときは、よりによってサラに恋愛感情を抱いていると誤解されて呆然としてしまっていた。

「それはいったいどういう意味だ、ペイン？」何度も繰り返す必要があるほど、ミネルヴァにとっては重要なことなのだ。

「勝手な憶測を述べることはできませんが、そう口にしたとき、ミス・ミネルヴァは目をうるませ、喉を詰まらせていらっしゃいました」

「喉を詰まらせていた？」

「かなり動揺されていました、閣下。かい、かなりです」

「かい、かなり動揺？　涙が浮かんだことに動揺したのか？」

「その可能性は否定できませんが、わたしの目の前でドアをぴしゃりと閉めたあとも間違いなく泣いていらっしゃるようでした。つまりそれはもちろん、閣下の目の前でドアを閉めたということです。わたしは代理でそこにいたのですから」執事が困ったように眉根を寄せた。

「その前から、やつれてつらそうな腫れぼったい顔をされていました。ご婦人が失意のどん底にいるときにされる顔です。ドアを閉めるずっと前から泣いていらしたのだと思います」

ペインが視線を合わせた。「ひどく充血した目をされていました」

ヒューはこれ以上ないほどの苦痛に苛まれていた。またもや自分が完全に間違っていたことが証明された。ミネルヴァが泣いている――勇敢で、頑固で、機知に富み、我慢強く、無私無欲で、あらゆる点ですばらしいミネルヴァが泣いている――すべてはぼくのせいだ。

「ええ、間違いありません……。それからこうもおっしゃっていました。閣下はその対価や時間や自分があなたのために注いできた努力に見合わない、地獄で朽ち果ててほしいと本気で願っていると」

「それなら、彼女の願いは叶ったと伝えてくれ。ぼくはすでに地獄のどん底にいるからな」

ヒューはそれがたまらなくいやだった。実際に病気でもないのにこれほど具合が悪いのは初めてだ。喉が締めつけられる感じがするし、頭はおかしくなりそうで、眠ることも食べることもできず、何かかたくて重くてごつごつしたものが胸の上で飛び跳ねているようだ。

「状況がさらに悪化するのは時間の問題だな」ヒューは己を憐れんで大きなため息をついた。

「ぼくはどうすればいいんだ、ペイン？　ひどくみじめな気分だよ」

「はっきり申しあげてもよろしいのであれば、閣下は少なくとも一週間前からひどくみじめな状態でいらっしゃいます。おふたりで抜けだされたあの日から、おそらく閣下がミス・ミネルヴァにキスをされた日――そしてミス・ミネルヴァが愚かにもキスを返された日からです」

「なかなか鋭いな、ペイン。たしかにそうだ。ふっ切れそうにない」

「事実と向きあうときかもしれません」

「事実とは、彼女がぼくを嫌っていて、これ以上関わりたくないと思っていることか？」

「閣下が婚約者にどうしようもないほど心を奪われていて、そのことを伝えなければならないということです」

とたんに胃がむかついてヒューはそれを否定したくなったが、ミネルヴァに対する愛情はあまりに深くて、もはやただの愛情とは言えないのではないかと自分でも思っていた。

「ああ、なんてことだ！　ぼくは彼女を愛しているのか」ヒューの肺から残らず空気が抜けた。「ミネルヴァを愛している、、、、……」

「その気持ちをお嬢さまに伝えるのです」

「伝えたさ」そもそもそのせいでみじめな状況に陥り、情け容赦なく蝕まれているのだ。

「彼女が聞きたがらなかったんだ」

「それには驚いたと言わざるをえません。ミス・ミネルヴァは閣下に夢中だと思っていましたから。なぜなのかは天のみぞ知るところです」

「彼女も、ぼくに好意を持っていると言った。そしてきっぱり拒絶した」

「結婚を申しこまれたのですか？」

「いつか結婚を申しこめる日が来るのかどうか、見定める期間を設けたいといったたぐいのことは」

「〝といったたぐいのこと〟とは？」

「つまり、ずばり結婚したいと言ったわけではない」

「なんとおっしゃったのか、うかがってもよろしいですか？」

「結婚の申しこみというものではなかった。宣言のようなもので、もし彼女にその気があるのなら、ぼくも真剣な交際に踏みきってみると言った。ただ歴史を振り返ってみると、どう考えてもぼくは単刀直入に真剣交際を申しこめる立場にない……」左手を振って熱弁するヒューをペインが興味深そうに見つめている。「自分でもぼくに賭けるのは堅実ではないとよくわかっているさ。それから確実に、こうも言った。彼女には魅力も情熱も深い愛情も感じていると。しかも、できるかぎり強い言葉ではっきりと伝えた。とはいえ、先人たちのようにはならないと確固たる約束をすることはできなかった――しかたがないじゃないか、スタンディッシュ家の男はひどい夫になることで有名なのだから――だが、ぼくは彼女の愛情を受けるに値する人間になるよう最大の努力をして、ゆくゆくは……」ペインが片手をあげて首を振った。

「相当長い台詞ですな」

「漏れなく伝えたかった」

「必ずしも明快な言葉ではありません」

「明快すぎるほど明快じゃないか、ペイン。ぼくはすべてをさらけだした。自分の心を。欠点も、何もかも」

「ですが、例の言葉を口にしましたか、閣下？　ずばりそのものを？　ほかの言葉がいっさい不要になるくだんの言葉を？」

「身の毛もよだつ〝あ〟で始まる言葉のことなら、はっきりとは言っていない」

「はっきりとは？」

「身の毛もよだつ〝あ〟で始まる言葉の代わりに、〝深い愛情〟という言葉を使った。ほら、あまりに急な話だったから。自分でもうすうす感じてはいたが、あのときは口に出す心構えができているのかはっきりとはわからなかった」いまは心構えができているのか？　愛という言葉は相当重い。深い愛情という表現よりもずっと大きな意味を持っている。ヒューはブランデーをぐいっとあおり、勢いよくマットレスの上に置いた。かたいオーク材の床が奇妙なほど不安定に感じる。「だが、それとなくは伝わったはずだ」

「なるほど」ペインがまたもや首を振り、ドアに向かった。「閣下がわたしをやけ酒に走らせなかったのは奇跡です」

「言いたいことはそれだけか？」

「もう真夜中です。わたしはやすませていただきます」

「主人が困っているというのに助言はそれだけか？　ぼくは打ちひしがれているんだぞ、ペイン！」

「閣下は愚か者です」普段にも増して腹立たしい執事がドアノブを回して微笑んだ。「ですが、最後にはすべてなんとかなさると信じています。では、おやすみなさいませ」

ヒューは時間をかけてブランデーを少しずつ口に運びながらなんとかしようとしたが、結局どうにもできないという結論にいたった。どうにかできる問題があるのだろうか？　ほかの厄介な要素をそぎ落とすと、詰まるところ気が滅入るひとつの結論に到達する。

ヒューは彼女を求めているが、ミネルヴァは彼を求めていない。

単純で悲惨なことではあるが、彼にはどうすることもできない。

しかしながら、ミネルヴァはまったく違う理由でみじめな思いをしている。少なくとも、彼女のいまの不幸を引き起こしたあらゆる要因について謝ることはできる。彼女が話をしてくれないのなら、すべてを手紙にしたためてもいい。ほかのことはともかく、心からの偽りのない謝罪の言葉は、頭にこびりついて離れない罪の意識をやわらげる助けになるうえ、彼女が非難するような自分のことしか考えていない冷淡で残酷な人間ではないと伝えてくれるかもしれない。手紙を受け取ってもらえなければどうしようもないが、彼女なら読んでくれるだろう。それでよしとしなければ。

ヒューは大股で着替え室へ向かい、便箋を手に化粧台に座ったが、白紙を悲しく見つめるだけだった。何かいい書きだしの文章が必要だった。強烈な印象を与え、目を引き、その先を読み進めようという気持ちにさせる文章が。

親愛なるミネルヴァ
ぼくは苦痛に苛まれている。きみが話をしてくれればと願っているが、会話がない以上、きみの父親に関してぼくが取った行動を説明するには……

ヒューは文字を塗りつぶし、紙を丸めて投げ捨てた。

親愛なるミネルヴァ

ぼくはまぬけだ。

これまでもずっとまぬけだったのだろう。だがきみと出会ってから、鏡を見てはまぬけでなかったならどれほどいいかと思いつづけている。きみの目には、ぼくの行動はときに突拍子もなく、おそらく子どもじみていて、間違いなく身勝手に映ったことだろう。きみが言ったことはすべて正しいよ、いとしい人《マイ・ラブ》。

いとしい人。

合言葉でも呼び名でもない。それは事実だ。疑う余地のない、明白で手に負えない事実。そういうことなのだ。

本当のことを言うと、きみを愛していて、ぼくはそれが怖いんだ。

不可解なことに吐き気がおさまっていた。なぜだろう？　ついにその事実を受け入れたのか？　とうとう危険を冒す心の準備ができたのか？

試しにヒューは目を閉じて、ウエディングドレスを着たミネルヴァが祭壇へ続く通路を歩いて自分のもとへと向かってくる様子を思い浮かべた。その光景に口元がゆるむ。そうしたことは忌まわしいものだとずっと思っていたが、まったくもってそんなことはなかった。妄想の中で彼女の手を取り、誓いの言葉を読みあげるぼんやりとしたクラナム牧師の声に耳を傾けた……。「汝《なんじ》はこの者を妻とすることを誓いますか？　これを愛し、これを慰め、これを敬い、病めるときも健やかなるときもこれを支え、ほかのすべての関係を断ち切り……」胃のむかつきが猛烈な勢いで戻ってきた。「命あるかぎり、真心を尽くすことを誓いますか？」

動悸《どうき》を伴う吐き気が不規則に襲ってきて、ヒューは何度か深呼吸をしてそれを抑えなければならなかった。この激しい反応が起きた理由はよくわかっている。スタンディッシュ家の汚れた血が反抗しているのだ。すさまじい力で。

28

ドアを叩く音でミネルヴァは目を覚ました。また泣き疲れて眠ってしまったらしい。

「誰？」

「ぼくだ……」ドアが開き、ミネルヴァは鍵をかけておくことを思いつかなかった自分に悪態をついた。「どうしても話さなければならないことがあるんだ」部屋が真っ暗なのでヒューの輪郭しか見えない。

「出ていって！　入ってくるなんてどういう神経を……勝手に座らないで！」

けれどもヒューは腰をおろした。直接マットレスの上のミネルヴァの隣に。どっしりと。ミネルヴァは本能的にできるだけベッドの端へと離れ、ベッドカバーを体にきっちり巻きつけた。自分の聖域にいる彼の存在を強く意識する。「ベッドからおりてちょうだい！」

「きみに言われたとおり、手紙を書いてきた」ヒューの声には力がなく、ひどく哀れに聞こえた。

ミネルヴァは闇の中でまばたきをして心を閉ざし、一瞬ヒューを憐れんだ自分を戒めながら、いま何時なのだろうと考えた。深夜一時の時点ではまだしっかり目が開いていた。なすすべもなく天井を見つめていたときに遠くで時計の鐘がひとつ鳴ったので、それは間違いない。ということは、二時から明け方のあいだだ。「いますぐ読めと言うの？」

「いや……」手紙をナイトテーブルに置く紙のこすれる音がした。「だが、ぼくが言わなければならないことは待てないんだ」ミネルヴァの目が徐々に暗がりに慣れてきて、ヒューが広い肩に上着をはおっておらず、その肩をがっくりと落としていることだけはわかった。世界じゅうの重荷がのしかかっているかのようだ。「きみの父親のことだ。きみには聞く権利がある」

ヒューに同情してはいけない。彼には同情される資格などないのだから。

「それなら、さっさと話して出ていって」

「彼は先週、ぼくたちが浜辺へ行っているあいだになんの前触れもなくここに現れた。幸いにも、対応したペインが自分の部屋に閉じこめておいてくれて、戻ってすぐにぼくは彼が来ていることを知らされた。彼はぼくに会うなり、金を要求してきた。ぼくは要求に応じたが、それきり姿を消してくれるとはとうてい思えなかったから、まず五〇ポンドを渡し、約束をきちんと守るならすべてが片付いたときに残りの五〇ポンドを払うと伝えた。そのときにきみたち三人に会わなくていいのかと申しでたが――彼は断った。自分などいないほうがきみたちはずっと幸せだからと言っていたが、彼が一度だって自分の責任と向きあおうと思ったことがないのははっきりしていた。きみに話さないことにしたのは愚かな判断だった。彼があっさり断ったことを知ってきみが傷つくのがいやだったんだ」

「話さないほうがいいなんて、あなたが決めることじゃないわ」

「わかっている。すまなかった……。本当に申し訳なく思っているが、的外れだったとしてもよかれと思ってしたことだったんだ。彼はきみたちを見放したあとも、ずっとロンドンで暮らしていたらしい。ある女性と一緒にいて、三人の子連れでは相手が受け入れてくれないからと、まるでそれがうまい言い訳のように話していた。実際、彼はまったく反省していなかった。それにすべてが真実というわけでもないように思えた。きみが父親に不信感を抱いていることも、彼を捜しに来たボウ・ストリートの捕り手がきみの家のドアを叩いたことも知っていたからね。ぼくは彼を宿まで送って荷物をまとめる様子を見守り、翌朝のロンドン行きの郵便列車に乗れるようサウサンプトンまで馬車を用意した。彼がその馬車に乗って出発するのをぼくがつけた見張りが見届けている。同じ朝、ぼくは事務弁護士のもとへ特使を派遣し、ボウ・ストリートの捕り手をひとり雇って彼についてさらに調べてもらうよう指示した」ヒューがため息をつき、頭をそらしてヘッドボードに預けた。

「その時点できみに漏れなく話しておくべきだったと思っている——だが、ぼくたちの関係はぎくしゃくしていたし、弁解させてもらえるなら、あらゆる事実を把握するまでは心配をかけたくなかったんだ。二日前、その捕り手から予備調査の報告書を受け取った。思わしくない内容だ」

「父は何をしたの？」

「いろいろなことが明らかになった。彼は六年間メリウェルの姓を名乗っていない。いまはスミスで通っていて、ときにはジョーンズの姓を使うこともあるようだ。女性も過去にはいた。実は何人かいたが、関係が数カ月以上続いたことはなく、仕事と同じくらい頻繁に相手を変えている」

「父が働いているの？　まったく予想外の展開だわ」

「それはきみが何をもって働くと定義するかによるな。彼は木版画家としての腕前を活《い》かして……紙幣を偽造していたんだ、ミネルヴァ。きみは知らないかもしれないが、紙幣の偽造は死罪に当たる」

「ああ、なんてこと……」ミネルヴァは押し殺したような息を吐いた。おかしなことに少しの驚きもなかった。「それほどうまくいっていないんでしょう。そうでなければ、脅迫なんてしてこないでしょうから」

「彼を使っている連中はとくに偽札の出来栄えや質にはこだわっていない。ある程度期間を空けてはまた再開する、危険と隣り合わせの仕事をしているのではないかと思っている。どこかに作業場を用意して印刷機と偽金を作る人間を調達し、適当に紙幣に似せたものをつかませておいて、捜査の手が伸びてきたらどこか別の場所へ移るといった具合に。その捕り手によれば、彼が八年以上前からその作業に断続的に関わってきた証拠をつかんでいるらしい――つまり、きみたちとクラーケンウェルで暮らしていたときから、犯罪行為に手を染めていたんだ」

いくつかのことがようやく腑に落ちた。不規則な生活、ドアを叩く怪しい人たち、それまでミネルヴァの簡単なデッサンになど一度も関心を持ったことのなかった父が、彼女が才能を伸ばしていくと急に注目するようになったことも。「だとしたら、あのとき父が家を出ていってくれたことに感謝すべきね。わたしを偽札作りに引きこもうとするのも時間の問題だったでしょうから。父には細部を見る目がとくにあったわけではないし、デッサンの才能だってわたしの半分もなかったから」

「昨日、条件を守らなければ当局に通報すると脅しておいた」

「それは間違いなく賢明だったわ。これでもう二度とあなたの秘密をばらそうとなんてしないでしょうね」

「自分のためにやったわけじゃない。信じてもらえなくても無理はないが、純粋にきみのためにやったんだ。いつの日か彼がきみのところに押しかけてきて、きみが自分の手で作りあげた新しい生活を台なしにするなど考えただけで耐えられなかった。彼はある点では正しかった――きみはあの男がいないほうが幸せだ」

ミネルヴァは何も言わなかった。自分の中の弱い部分がヒューを信じたがっている。一方、良識は彼が作り話をしていると言っている。「あなたは輝く甲冑をまとったわたしの騎士ですもの……わたしに対する無私無欲の勇敢な行動で、当然わたしはあなたに恩義を感じるようになるんでしょうね」

「信じてくれないと思っていたよ」

「何がお望みなの？　感謝の言葉？　あなたに出会わなければわたしの人生に舞い戻ってこ

なかったはずの人を追い払ってくれたから？」

「もっともな指摘だ――だが、きみに感謝されたくてここに来たわけじゃない。ここに来たのは、彼をどうしてほしいか訊きたかったからだ」

「どうしてほしいか？」

「きみの父親はろくでなしのペテン師だ、ミネルヴァ。まさにきみが言ったとおり、あの男が戻ってきたのはぼくのせいで、もっと言えば、ぼくの金目当ての面がかなり大きい。それに皮肉にも〝偽金は必ず戻る〟と言うが、彼がいつかまた現れるだろうとぼくは確信している――さらなる金を求めてここか、ここを去ったあとにきみのところに現れるだろう。もしきみが望むなら、ぼくにはそれを止める力がある。持っている情報を当局に渡して、捕り手を彼が向かう先へ送りこめばいい――ぼくは彼を尾行させているんだ。そうすれば、彼がきみや妹さんたちをわずらわせることは二度とない」

「父は絞首刑にされるのね」

「つかまればね。だが、ぼくがこっそり知らせれば、蛇は違う方向へ、新たな町へと向かい、また別の偽名を使うことになって、その先は運命にゆだねることができる。ぼくも二度目は監視をつけずに立ち去らせるようなばかなまねはしなかった。たった四〇ポンドのために進んで娘たちの生活を苦しめるような男は、そのうちのひとりを脅して女を武器に四〇ポンドを七五ポンドにさせようとする男は信用できない」

「わたしたちの会話を全部聞いていたの？」

「偶然ね。きみと話がしたかったんだ。もう一度友だちになりたかった。きみを泣かせるつもりは毛頭なかった。自分が情けないよ……」

「もう行って」

「きみのことを大切に思っているんだ、ミネルヴァ……」

「出ていってよ！」ミネルヴァは涙などもう残っていないと思っていた。「ひとりになりたいのよ、ヒュー」

「話しあえないかな？　ぼくたちのことを」

「ぼくたち？　ぼくたちってなんなの、ヒュー？　あなたが大切な自由を手にしたまま、わたしを利用するということ？」

「なんの話だかさっぱり……」

「父のことで助けてくれたのはありがたいと思っているわ。でも、だからといってあなたの愛人にはなりませんから！」

「愛人？」

「わたしは本物の紳士の娘ではないかもしれないけれど、紳士の娘だと信じて育ってきたの。わたしにだって紳士の娘と同じ価値があるし、同じ道徳心がある。身を落とすようなまねをするつもりは……」

「愛人！」ヒューがミネルヴァの両腕をつかんだ。彼がマットレスの上に膝をついたので、ミネルヴァの膝と触れあっている。「いったいなんの話をしているんだ？　ぼくは愛人なんんて欲しくない！　そんなものを欲しいと思ったことは一度もないし、持ったこともない！　どこからそんなとんでもない考えが出てきたんだ？」

「わたしにはっきり言ったじゃない……先週……浜辺で！」

ヒューがぽかんと口を開けて黙りこんだままミネルヴァを見つめた。ようやく話しはじめたときには、ためらいがちで言葉を慎重に選んでいるようだった。

「先週、そんなことをはっきり言った覚えはない。きみへの想いの強さにぼく自身が衝撃を受けている状態だったとはいえ、きみに身を落としてほしいなんて絶対に言っていない。愛人という言葉すら絶対に使っていない！」

「ほのめかしたわ」

「それは確実にない。ぼくはきみに心をさらけだした。自分を捧げたんだ。何もかも！」

「自分を捧げた？　あなたは結婚を申しこめる立場にはないと言ったのよ――いまの自分を与えることしかできないと！」

「自分が結婚できると確信を持てるまでのあいだは、と言ったんだ！　ぼくが父やその父と同じようにふるまわないと確信が持てるまでは、きみを縛りつけておくことなどできない。い、い、いそういうことを言ったんだ。それは覚えている」

「そんなことは絶対に言わなかったわ！」

ヒューがふたたび口を閉じた。どうやら当惑しているようだ。

「いまいましいペインの言い分は正しかった。ぼくが台なしにしてしまったんだな」ヒューが膝を折って座った。ふうっと漏らした温かい吐息がミネルヴァの頬を撫でた。「〝わずらわしい足枷から逃れようとする〟か……気づかなかったよ。きみは二度もそう言ったのに、その意味に気づかなかった。ぼくはなんてばかなんだ……きみは自分がわずらわしい足枷だと思ったんだね」

ミネルヴァも自分が誤解していたのかもしれないと思いはじめた。「だって、あなたは伯爵だし……」

「ぼくはばかだ」ヒューがミネルヴァの頬に片手で触れた。「あきれるほどのばかだ！　言葉の達人のはずなのに、愛人としてしか望まれていないときみに思わせたのなら、ぼくは無意味にとても複雑な状況を生みだしてしまったということだ」

「違うの？」

「ぼくはただきみを望んでいるんだ、ミネルヴァ」ヒューの親指が暗闇の中でミネルヴァの涙を払った。「きみと、きみにまつわるすべてを。永遠に……きみを愛している」

「わたしを……愛している？」

「そんなに驚いた声を出さないでくれ。きみは並外れてすばらしい女性だ」ヒューが奇妙な音を漏らした。笑い声と安堵の吐息が混ざったような音だ。「ぼくが自分自身をきみに捧げたとき――違った意味に伝わってしまったが――状況に慣れる時間が欲しかったんだ。きみのためにこうありたいという人間になるために、きみにふさわしい誠実で信頼できる人間になるために、相応の努力をする時間が。きみをこのぼくに縛りつけて、ぼくたちの子どもをわがままなスタンディッシュ家の血に一生縛りつける前に」

ミネルヴァの心が溶けていった。「とてもやさしいのね。気高くて……すてきだわ」

「それがあのとき思っていたことだったんだが……きみがぼくに猛烈に腹を立てても不思議ではないな。ぼくはきちんとした約束もせずにきみをベッドに誘うつもりはない。時間をかけた交際を申しでたつもりだった。きちんとした準備期間を設けたかった。そうすればいざ結婚を申しこむときには……そうできるのなら……誓いを守れるとわかったうえで申しこめるからだ。ぼくは父のようにはなりたくないんだ。あんなふうにきみを傷つけることには耐えられない」

「そんなこと、ひと言も言わなかったじゃない」

「だからきみは、きっぱりノーと言ったんだね。もう一度ぼくにチャンスをくれるかい？」

ミネルヴァはうなずいた。

「声に出して言ってほしい、ミネルヴァ。実際に言葉にして……」

「ええ、チャンスをあげる」

「それから、ジャイルズが戻ってきてもぼくを捨てたりしないか？　その不安でだんだん頭がおかしくなってきているんだ。ぼくはいままで恋に落ちたことがなかった。何もかもが新しい経験で身がすくんでしまう。自分が恋に落ちることができるなんて思ってもみなかった。だから、知らないうちに恋に落ちていたと気づいて完全に狼狽したんだ。その気持ちに抗おうとしたが、できなかった。それを欲望やただの愛情と決めつけて言い訳をしようとした。

だが実のところ、ロンドンできみと出会った日から、これまでの自分ではなくなっていたんだ。まるで欠けていた何かがあるべき場所におさまったようで、きみが去る日が来るのが怖かった。あの日、こうした気持ちを全部伝えたにもかかわらず、きみはぼくを望んでくれなかったと思っていた。その事実を受け入れようと懸命に努力をしたが、それは死も同然だった」ヒューが自分の胸をさすった。「その痛みがつねにここにあって、食べることも眠ることもできない。とことんみじめで……」ミネルヴァはヒューにキスをした。自分を抑えることができなかった。かわいそうなヒュー。それにひどく混乱している姿はこのうえなくすばらしい！

「わたしもあなたを愛しているわ」

ヒューがその言葉にキスで応えてくれた。完璧で誠実で、心のこもったこのキスがずっと続いてほしかった。けれども、キスは終わった。どちらかが体を引いたわけではない。互いに思いの丈をこめて唇を重ねているうちに、キスの持つ意味あいが変わったのだ。

ミネルヴァは両腕で引き寄せられた。離れ離れのみじめな一週間を過ごしてみると、まさにそこが自分の居場所だと思えた。たちまち情熱に火がついた。これまでに唇を重ねたときも同じことが起こったが、暗い部屋の親密さ、ベッド、互いへの新たな理解といったものが彼女にこれまでとは違う局面をもたらした。

ヒューに支えられてミネルヴァもゆっくりとマットレスに横たわった。彼の大きな体の重みを受けて体がほぐれていき、安心感と大切にされているという気持ちを抱くとともに、奇妙にも力がみなぎるのを感じた。

ヒューがわたしを愛している。

真剣な交際を望んでいる。誓いを立て、子どもを持つことを望んでいる。そして、そのことに恐れをなしている。台なしにしてしまうことに。ヒューがそれを台なしにすることなど決してないとミネルヴァにはわかっていた。

ヒューの実直さと不安、そして部屋の暗さがミネルヴァをより大胆にした。なんの咎めもなく彼が身につけた薄いシャツの上から体をまさぐり、触れたとたん盛りあがった皮膚の下の筋肉に感嘆する。舌と唇を戯れさせたまま、ミネルヴァは両手を柔らかい布地の下に滑らせて、手のひらで彼の肌の温かさやちらほらと生えた胸毛、張り詰めた平らな腹部、広い肩を堪能してから、両腕を首に回した。

ミネルヴァが誘うように体をそらしてヒューに押しつけると、彼がミネルヴァの口に吐息を漏らし、ヒップと腿にじりじりするほどゆっくりと片手を這わせた。ネグリジェの裾までたどり着くと、今度は素肌を撫であげはじめた。その手がつかの間ヒップの上をさまよってから、待ちわびている胸のふくらみを包んだ。

手のひらの下で先端がかたくなり、それと同時にミネルヴァの口からかすれたうめき声がこぼれると、彼は唇を重ねたまま微笑んだ。ヒューは臆面もなく敏感になった肌を夢中で押しつけるミネルヴァをしばらくじらしてから、ようやく人差し指で胸の形をたどった。その奇妙な新しい感覚はあまりに強烈でミネルヴァは身震いし、指に代わって口が薄い布地に当てられると思わず声を漏らした。感じやすい胸の頂を吸われ、舌でもてあそばれる。ミネルヴァはわれを忘れた。もう片方の胸が主張を始め、ネグリジェは突如として望まぬ障害になった。

布地を引きあげようとするとヒューが止め、まるでミネルヴァが繊細な贈り物であるかのように辛抱強くネグリジェを脱がせた。一糸まとわぬ姿になると、彼女の慎み深さを守るのは夜の闇だけになった。

真っ暗でもヒューの目を見ることはできた。その視線は畏敬の念をこめて一心にミネルヴァの体をたどり、彼女の情熱をいっそうかき立てた。

「きれいだ……本当に美しい」

飾り気のない、率直な言葉。博識で茶目っ気のあるヒューが、ミネルヴァのためだけに存在する男性に変わった。このひとときだけは。

「ずっと夢見ていた……この瞬間を待ち焦がれていたんだ」ヒューが両手でミネルヴァの体をたどった。彼の呼吸がさらに浅く、耳にしたことがないほど乱れていく。「こうすることを求めながらあと数カ月でも生きながらえることができたとしたら奇跡だな」

続いて唇をふさがれたとき、ミネルヴァはヒューの渇望と自制を感じた。彼女のために自分を抑えてくれている彼がいっそういとおしく思えた。本当に待つつもりなのだ。ミネルヴァを堕落させようなどとは少しも考えていない――けれどもいまは、その行為が堕落とは思えなかった。それよりもふたりで分かちあう愛を確認する行為に思える。「わたしを望んでいるの?」

「いつだって。初めて会った瞬間からずっと」

「それなら奪って」

ヒューが身を引いてミネルヴァの顔を見つめた。己と葛藤しているのか、彼の表情がころころと変化する。「そんなことをしなくてもきみを充分に愛することはできる」

「でも、わたしがそれを望んでいるの。すべてが欲しいのよ、ヒュー。あなたという人のすべてが」

「きちんと約束もできないのに? きみを傷つけないと確信が持てるまではだめだ」

ヒューにはミネルヴァを傷つけることなどできない。彼はものごとを杓子《しゃくし》定規にとらえすぎている。彼女のことを大切にしすぎなのだ。どうしてそれがわからないのだろう? 「あなたはあまりに高潔だから口約束ができないのね。あなたはわたしを愛していて、わたしもあなたを愛している。そういうことよ」

「それで充分なのか?」

「いまはね」ヒューのためらいは気高さのせいだとミネルヴァは心の底でわかっていた。自分は父親とは違うのだと気づくのにさほど時間はかからないだろう。「わたしと愛を交わして、ヒュー」

シャツを脱ぐヒューは妙にぎこちなく見えた。頭から引き抜こうとしてレースの襟のボタンにてこずり、いらだたしげに悪態をついている。

「わたしにやらせて」ミネルヴァが代わると、ヒューはあおむけになって彼女にゆだねた。

「緊張しているんだ」

「どうして？　初めてなのはわたしのほうよ。あなたは経験があるでしょう」

「こんな経験はない。これまでは完全に肉体的なもので、感情を伴うことは一度もなかった。愛を交わした経験は一度もないんだ、ミネルヴァ。もちろん経験のない女性を相手にしたこともない。大きな責任を伴うことだから」ミネルヴァがウールのズボンを引っ張るとヒューは腰を持ちあげ、ズボンの下から影となって輪郭を現したものを彼女が目にする様子を見守った。大きくてかたく、完全に雄々しい状態になっている。ヒューは彼女の顎に手を添えて上向かせ、瞳をじっとのぞきこんだ。「怖がらないで、マイ・ラブ。きみを傷つけたりしない……少なくとも、意図的には」

「怖くなんかないわ。メカニズムはわかっているもの」怖いという表現は正しくない。気がかり、好奇心をそそられる、少し圧倒されているといったほうが近い。

「メカニズム？」ヒューの目にまた光が躍っている。「メカニズムという言葉では、これから起こることはとうてい説明できないよ。だが、もしぼくがきちんとできたなら、きみはすぐに骨抜きにされてシーツの上で水たまりみたいになって、ぼくは世界一幸せでうぬぼれた男になるだろう。ほかの連中にしてみれば、ぼくはきみの貞操を奪った男ということになって、きみはほかの男に見向きもしなくなる」

「自信たっぷりの主張ね……」ヒューが体を反転させてミネルヴァの上に覆いかぶさると、

彼女はくすくす笑った。

「主張じゃない。事実だ」ヒューはふたたびミネルヴァにキスをした。大きな両手でたやすく彼女の腰をつかみ、それからヒップを包んだ。「だが、そのためには何時間か必要だ」ミネルヴァの腹部にかたくなったものが押し当てられる。執拗で熱い。

キスを受けてミネルヴァは何も考えられなくなった。その先を求める一方で、ずっとこのままでいたい気もする。するとヒューが彼女の首筋に鼻をすり寄せ、肩の上まで熱いキスの雨を降らせてから、頭をさげて両方の胸をふたたびあがめた。ミネルヴァにどのように触れてほしいかを伝え、彼自身の形と大きさを知るよう促して、彼女の不慣れな手つきに感嘆の吐息を漏らした。ふしだらにもシーツの上で身をよじっていたミネルヴァは、腿に唇を押し当てられて動きを止めた。

「何をしているの？」

「きみのすべてにキスがしたい……こうあるべきだという概念は抜きにして」ヒューの温かい息が敏感な肌を撫でたかと思うと、それが舌に代わった。歓《よろこ》びがあまりに強すぎてミネルヴァは息ができなくなった。世界が収縮して、存在するのはヒューだけになった。彼女と彼の巧みな口だけに。

ミネルヴァが最後には骨抜きにされて水たまりのようになるとヒューは約束したが、その言葉どおりにしようとしていた。傲慢だからでも自尊心を満たすためでもなく、彼女はそうした経験をして当然だからだ。ミネルヴァの生活はこれまで困難をきわめていた。妹たちを愛しているとはいえ、面倒を見るのは彼女の役目だ。彼女は無私無欲でお人好しで、自分のためだけに何かを求めることは決してない。ヒューは彼女の人生に欠けているものを埋めて、彼女が頼れる、つねに自分のことをいちばんに考えてくれていると当てにしてもらえる人間になろうと心を決めていた。いま、ここから行動を起こそう。今夜は己の欲求を満たすことは重要ではない。あらゆる危険を冒しているのはミネルヴァのほうで、その信頼がヒューを謙虚にさせた。初々しい彼女の情熱がこれまでのどんな女性との行為よりもヒューを燃えあがらせようと関係ない。彼女がすばらしく敏感で、彼が与えるあらゆる歓びに反応することも、その行為が理解できないまま身をゆだねてくれたことも。

だが、ミネルヴァもこれから理解するはずだ。

ミネルヴァの体の芯を舌でたどると、彼女のクライマックスが近づいているのを感じた。その正体がわからずに抗おうとしているのが伝わり、ヒューは初めての相手として選ばれたことを光栄に思った。こんな彼女を目にできるのは自分だけだ。キスができるのも、愛を交わせるのも。ミネルヴァはぼくのものだ。

ヒューはミネルヴァの最初で最後の男になる。彼女が彼にとって最初で最後の相手であるように。そういうことなのだ。

ミネルヴァの長い手脚に力が入り、欲求が高まっているのを察した。ぎりぎりまで来ているのがわかる。彼女の中に深く身を沈めたくてたまらなかったが、いまはそのときではない。

まだだめだ。

「力を抜いて……」ミネルヴァは両手をシーツに絡めて頭を左右に振っている。指を何本か差し入れて内部をこすると、彼女が甘い声をあげた。いままで聞いたどんな声よりも官能的だった。ついに彼女が喜悦の波にのまれて体を収縮させた。反射的に腰が跳ねあがり、あらゆる筋肉が張り詰める。やがて喉の奥から吐息を漏らすと、筋肉がひとつひとつゆるんでいった。

「いまのはなんだったの?」

「これからたくさん経験することの第一歩であるよう願っている」ミネルヴァがまぶたを震わせて目を閉じた。髪をひどく乱し、手脚をしわくちゃになったシーツの上に思いのままに投げだしている。「だが、今夜はこのくらいにしておいて、その先はまだ取っておこう」ヒューはミネルヴァの唇にやさしくキスをした。

「でも、まだ……」

「ぼくは待てるよ」

「わたしは待ちたくない」ミネルヴァがヒューの髪に指を埋めて、彼を口元へと引き寄せた。

「全部欲しいの」

あふれんばかりの情熱をこめて唇が重ねられた。彼女が情熱を使い果たしたと思っていたのでヒューは驚いた。長い脚の片方をヒューの脚に絡め、欲望の証が秘めやかな入り口にくるように腰をくねらせ、みだらなまでに体を押しつけて誘いをかけてくる。貪欲な両手は彼の背中を伝って腰へと滑った。「あなたが欲しいの……わたしの中に」

新たな活力が満ちてきてヒューを悩ませた。この女性の何が彼を未経験の臆病な若者のような気持ちにさせるのだろう。「きみが本当にそれでいいのなら……」

ミネルヴァがヒューの耳を甘嚙みした。「それでいいの」脚をずらした彼女にあからさまに誘惑されると、抗おうにも体が従わず、ヒューはますますかたくなったもので彼女の入り口を探り当てた。彼の大きさと形に慣れるようにできるだけ時間をかけてやさしく分け入ろうとしたが、ミネルヴァはそんなことは求めていなかったようだ。

柔らかくて温かい肌に触れ、潤ったぬくもりを感じただけでヒューは気も狂わんばかりになった。歯を食いしばって自制しながら、じりじりするほどゆっくりとしたペースを保って身を沈めていくと、やがてきつい場所に突き当たった。彼のためらいを察したのか、ミネルヴァが微笑んでキスを深めた。ヒューがそのまま進むとミネルヴァはいっとき身をかたくしたが、彼に満たされると同時に吐息をこぼしたので、最も苦痛を伴う瞬間は終わったのだとわかった。

ヒューはふたたびそっと動きだした。しかし、ミネルヴァがゆっくりすぎると感じているようだったので自制するのはやめ、自身の体が解放を求めるままに腰を突きあげた。ミネルヴァもその動きに合わせてヒューの名前を呼び、歓びを口にした。やがてこわばった体がヒューを締めつけて脈打つと、ヒューはもはや自分を抑えることができなかった。ミネルヴァはヒューをいままで知らなかった場所へ連れていってくれた。いつまでも留まっていたいと思える、星と正しさと歓喜に満ちた場所へ。ものごとがつねにあるべき姿であり、もしこうだったらと思う必要のない場所へ。

愛だけがある場所へ。

29

朝食を終えると、ヒューは約束どおりほかのみんなを連れて乗馬に出かけ、ミネルヴァに妹たちと話す機会を設けてくれた。ミネルヴァは朝食室へ行かなかったので、昨晩から妹たちには会っていなかった。ヒューと親密な時間を過ごしたばかりだというのに、彼の向かいの席でどうして平然と家族の食卓を囲めるだろう？

ヒューには今朝も出かける前にからかわれたが、ミネルヴァは自分が赤面したり、後ろめたそうにしたりしてしまうのがわかっていたし、彼女の様子がどこか違うとみんなに気づかれてしまうのもわかっていた。自身がそう感じているのだから。精神的にも肉体的にも。体のいくつかの部位が以前と同じように感じられることはないだろう。ヒューがミネルヴァの中にある何かを目覚めさせた。隠れていたみだらな何かを。世界じゅうの人を相手に、これまでとすべてがまったく同じだという芝居をするには、驚くほどすばらしく、完全に堕落的なその何かにまずは自分が慣れる必要がある。

それに自分が以前と違う気がするのは、もちろん互いの一糸まとわぬ姿を目にしたからでもある。

ヒューは暗闇の中でミネルヴァのあらゆる場所にキスをして、罪深いほど徹底的に愛してくれた。そして夜が明けると、キスで彼女を起こして寝室をあとにした。とはいえ、すぐに出ていったわけではない。寒い朝の光のもとで生まれたままの姿でいることや、ふたりの新しい親密な関係に少々落ち着かなくなったミネルヴァが、たしなみとしてシーツを体にしっかりと巻きつけているのを見て、ヒューは笑いながら彼女の手を引いてベッドから立たせた。彼女の慎み深さを覆うものは彼の両腕だけという状態で、ふたりは太陽がのぼるのを見つめた。それから窓辺の椅子の上で初冬のまばゆい陽光を浴びながら、ヒューはふたたび彼女と愛を交わした。もしかすると、ミネルヴァが彼と愛を交わしたのかもしれない。彼の膝にまたがって、あからさまに感謝の視線を浴びながら、自らの歓びを貪欲に追い求めたのだから――それはたまらなく心地よかった。

ヒューとまたふたりきりになるのが待ち遠しい。何も身につけず、恥を忘れて、貪欲になりたい。彼に触れてほしくてたまらない。そう思っただけで胸が重みを増し、切望のあまり子宮がうずいた。

だめ……今朝は家族がそろう朝食の席に顔を出す心の準備ができていない。代わりに安全な自分の寝室に留まって夢見心地でトレイから食事をとりながら、ときおり父親の裏切り行為をどのように妹たちに伝えるべきかと考えた。

ヴィーはその知らせをきちんと受け止められないだろう。ふたりきりで何時間かかけて彼女にわからせる必要がある。おそらくダイアナのほうはずっと素直に受け入れるはずだ。ミネルヴァがしなければならない、ほかの話に比べれば。つまりヒューから結婚ではなく交際期間の延長を求められて、ミネルヴァが受け入れたという話だ。それは、とりわけ疑い深い長妹が略奪者だと思っている男性とミネルヴァが本物の恋人同士になったと説明することでもある。

一方のヒューは、これが茶番だったと母親に切りだす最善の方法を考えることになっていた。ヒューとは夜のうちに話しあって、このまま芝居を続けることはできないという結論にいたっていた。いまは本当に愛しあっているのだし、ミネルヴァの父が現れて脅されている状況でもある。

そうした話をいきなり打ち明けるのでは解決につながらないとはいえ、ぐずぐずしている時間がないのも事実で、数日のうちには包み隠さず話さなければならない。

「使用人は最小限しか残っておりません、ミス・ミネルヴァ」ペインが居間のテーブルに紅茶のトレイを置いた。「ほかにご用はございますか?」

「割れやすいものは移動しておいたほうがいいかもしれないわ」ミネルヴァは妹たちが来るのを恐れながら、おもしろくなさそうな笑みを浮かべた。「もし悲鳴が聞こえても気にしないでね——わたしの声なら別だけど。わたしの声だったら騎兵を送りこんでちょうだい」

「すでに民兵を待機させています。マスケット銃を持った男たちを、身の毛もよだつような悲鳴ひとつで駆けつけられる場所に」妹たちが入ってくると、ペインがミネルヴァの肩を軽く叩いた。「ご用があれば、わたしは廊下の奥におりますので」

「いったい何ごと?」ダイアナはいつでも余計な前置きなしに話を切りだす。「ひそかに緊急会議をしなければならないなんて、明らかに何かあるってことでしょう」

「お父さまが戻ってきたの」

喜びで目を輝かせたヴィーが父親の痕跡を求めて部屋を見まわす様子を見て、ミネルヴァの心は痛んだ。ヴィーは六年ものあいだ父親の帰りを願い、六年経ってもまだ父親の短所に目を向けるのを拒んでいる。「お父さまはどこ? 言ったでしょう、戻ってくるって!」

「でも、わたしたちのために戻ってきたわけじゃないのよ」ミネルヴァはできるだけ配慮して伝えようとしたが、いくら配慮しようともこのひどい真実をやわらげるすべはない。「わたしたちに会うためにここへ来たわけじゃない。実際、わたしたちは必要ないとはっきり言ったの」

「どういうことかわからないわ……」希望を持ちつつも困惑したヴィーの表情が痛ましかった。けれども、ダイアナはすぐに理解した。長妹は父親になんの幻想も抱いておらず、おそらくミネルヴァよりも父親を嫌っている。

「フェアラム卿のお金目当てでここに来たのね?」

ミネルヴァはうなずいた。「わたしたちをゆすろうとしているの」

「お父さまはそんなことはしない!」ヴィーがこぶしを握った。「とんでもない大嘘よ! お父さまがそんなことをするはずない!」

「いいえ、するのよ、ヴィー。実際にゆすってきたの」ミネルヴァは末の妹の手をさすった。

「お父さまが先週、ヒューに会いに来たそうよ」

「先週？」聡明なダイアナの頭の中で歯車がうなりをあげているのが目に見えるようだ。

「先週ですって！　お父さまが来たことを知っていたのに、お姉さまはわたしたちに丸々一週間も黙っていたのね！」

「違うわ……もちろんそうじゃない。わたしも知らなかったの。ヒューは黙っていることでわたしたちを守っていると思っていたのよ」

「でたらめよ！　自分の身を守っていたに決まっているわ！」

「パーティーでそのことを知ったときは、わたしもそう思ったわ……」

「それにしたってふた晩も前の話じゃない！　ふたりでぐるになって、わたしたちを締めだすつもり？」

「フェアラム卿が嘘をついているのよ！　お父さまはゆすり屋なんかじゃない！」怒りの涙がヴィーの頬を伝った。「お父さまはどこ？　お父さまに会いたい」

「お願い……ふたりとも座って。批判をする前に最後まで話をさせてちょうだい。それからこのことについてどうするか決めればいい――深刻な状況なの……とても深刻なのよ」

ミネルヴァの口調からダイアナは何かを感じ取ったようで、怒りを気遣わしげで慎重な態度に変えてソファに腰をおろした。けれどもヴィーは癇癪を起こしている最中で、眼鏡をかけた顔が真っ赤になっている。ミネルヴァはそんな末の妹をかわいそうに思ったものの、この状況では妹の芝居がかったふるまいを許す余裕はなかった。「座りなさい、ヴィー！　座らないなら、あなた抜きでこの話しあいを進めるわ」

ダイアナがヴィーの手をつかんで自分の隣に座らせた。「ミネルヴァの話を聞くのよ！　聞きたくないかもしれないけれど、ミネルヴァの言い分は正しいわ。わたしたちはすべてを知る必要がある」

「先週、お父さまはここへ来てヒューに会わせるよう迫った」ミネルヴァはヴィーをしっかりと見つめた。ヴィーはあふれる涙を隠そうともせず、明らかに否定している。「ヒューによ。わたしたちにではなく。お父さまはこの村の宿にしばらく滞在していて、集めた情報をつなぎあわせて何が起きているのか、だいたい理解したんでしょうね。結婚予告が初めて読みあげられたときには、教会にも来ていたそうよ。そして一〇〇ポンドを払わなければこの茶番をばらすとヒューを脅した。ヒューはお金を渡すことを承知した……。そのときに、わたしたちに会う機会を設けようと申しでたけれど、お父さまは断った」

「断るはずがない！」ヴィーは立ちあがろうとしたものの、いつになく寡黙なダイアナに乱暴に引き戻された。

「断ったのよ。自分がいないほうが娘たちは幸せだからと言って。親子の関係を絶ったわけではなく、子どもたちのためにやるべきことはすべてやったのだから自分は潔白だと」

「潔白！」ダイアナが嫌悪感をむきだしにして鼻を鳴らした。「あの人らしいわ！」

「お父さまには家族に戻る理由もないし、もちろんそんなことを求めてもいなかった。わたしたち三人の様子ひとつ尋ねなかったのよ、ヴィー。明らかに誰のことも気にかけていない証拠だわ」年若い妹の夢を砕くのは楽しいことではない。たとえそうするまでにたっぷり猶予を与えていたとしても。「それだけでなく、この六年間どこにいたのかヒューに話したそうよ――それで、わたしたちの目と鼻の先にずっといたことがわかったの」

「お父さまはロンドンにいたの？　ロンドンのどこに？」

「あちこちに。ある女性と出会って、その人が三人分も余計な食い扶持《ぶち》を増やしたがらなかったと言っていたそうよ」

「つまり、明らかにわたしたちを捨てたってことね」首を横に振ったダイアナは、信じられないという顔をしているメリウェル家の末っ子を見て目をくるりと回した。「単に時間の問題だったのよ、ヴィー。ミネルヴァは正しい――お父さまがわたしたちを気にかけたことなど一度もなかった。気にしているのは自分のことだけ」

「気にかけてくれていたわ！　フェアラム卿が嘘をついているのよ――なんにでも嘘をつくのと同じで！」

「わたしもヒューがそのことを黙っていたのは間違っていたと思う――だから、彼には黙っておくべきではなかったとわたしからできるかぎり強い言葉で伝えたわ。でもヒューはよかれと思ってそうしたの。お父さまの態度と強欲さと、自分の娘たちの顔すら見たがらないことから判断して、お金を半分だけ渡してロンドンへ送り返したあと、ボウ・ストリートの捕り手にお父さまの調査を依頼した……」

「よくもそんなことを！」かっとなって毒づいたヴィーをふたりともたしなめなかった。ヴイーには理解できなくても、ダイアナはことの重大さをわかっていた。

「調査結果が気に入らない予感がするのはなぜかしら？」

「それはひどい結果だからよ、ダイアナ。本当にひどいの……」やわらげて告げる方法などなかったので、ミネルヴァはありのままを伝えた。「お父さまは偽金作りの罪で指名手配されているわ。紙幣を偽造していたの。つかまれば間違いなく絞首刑になる」

しっかりした妹がふうっと息を吐いた。「なんとまあ……」

「でも指名手配されているからといって有罪というわけではないでしょう？　きちんとした裁判が必要なはずだもの。その捕り手が嘘をついたのかもしれない。ヒューからお金をもらって嘘をついたのかも……」ヴィーが青ざめた顔で弁解できないことを弁解しようと頭をフル回転させた。「お姉さまの大事なヒューが本当のことを言っているとどうしてわかるの？」

「それはおとといの晩にお父さまがまた現れたからよ――パーティーの最中に。でも、今度はわたしのところへ来たの。お父さまはわたしのこともゆすろうとしたのよ、ヴィー。そのときはお父さまがヒューと会っていたことはまったく知らなかったし、お父さまもそのことについてはひと言も触れなかった。わたしのスタンディッシュ家の人たちに対する愛情を利用して、黙っている代わりに七五ポンドを翌朝までに用意するよう要求してきた」

「そんな……」ヴィーの声はあまりに小さく、あまりに悲痛だった。「誤解に決まっているわ、ミネルヴァ……」

「違うわ、ヴィー。お父さまはわたしにヒューを誘惑してもっとお金を引きだすように指示したの」ミネルヴァは末の妹のそばに寄って手を取った。「娘に体を売ってお金を稼いでこいなんて言う父親がどこにいるかしら、ヴィー？」

「いきなり娘たちを見捨てて六年も見向きもしなかった父親がしそうなことだわ」表向きの冷静な態度とは裏腹に、ダイアナの声には怒りがにじんでいた。「わたしたちの状況がよくなったこのタイミングでのこのこ出てくるなんて、いかにもいとしいお父さまらしい。〝偽金は必ず戻る〟ということわざどおりね」ダイアナがかぶりを振った。「それで、どうなったの？」

「ありがたいことに、わたしたちが話しているのをヒューがたまたま聞きつけて、お父さまを追い払ってくれたわ。そのときは尻尾を巻いて退散したけれど、お父さまが約束を破ってまたここに顔を出したときのために、ヒューはいまも監視をつけている」ここからがいちばん難しいところだ。「お父さまはおそらくまた姿を見せるわ。そのときにどうするか、一緒に決めないといけないの」

「フェアラム卿にお父さまをつかまえさせるなんて――」思わず叫んだヴィーをミネルヴァは片手で制した。

「ヒューはわたしたちが決めたとおりにすると言ってくれたわ。状況を見るかぎり、選択肢はふたつよ。お父さまがまた現れたら当局に通報するか……」ミネルヴァは末の妹が鋭く息を吸いこんだことにはあえて気づかないふりをした。「あるいは、ロンドンに戻らなければ当局に知らせると脅して、二度とわたしたちをわずらわせることがないようはっきりわからせてから逃がすか」

「最初の案のほうが正しいんだろうけど、父親を進んで差しだして絞首刑にはできない。とはいえ、わたしたちの人生には間違いなく関わってほしくないから、ふたつ目の案に賛成するわ」ダイアナの割りきった答えに迷いはなかった。

「わたしも同じ意見よ」ミネルヴァはそれについてダイアナよりもずっと長く考えてきたものの、やはり父親を当局に引き渡すほど冷淡にはなれなかった。「おかしなことだけど、お父さまがこれまでどこにいて、いまどんなことを企んでいるのかようやくわかってうれしいの。ほかにいろいろ勘ぐったりしなくてすむから」

ダイアナが気のない様子で肩をすくめた。「つまり、お父さまは嫌われてもしかたがないってことよね。それなら白状するわ。わたしはお父さまが家を出るずっと前から嫌いだった。二度と顔を合わせたり、連絡を受けたりしなくてすむなら大満足よ」

「こんな話を聞いているなんて信じられない……わたしたちのお父さまなのよ！　少しもかわいそうだとは思わないの？　少しは理解してあげられないの？」

「何を理解するというの？　あの人は詐欺師よ……。偽金を作っているの。自分の利益のために娘を売るような男なの。道徳心のかけらもないからわたしたちを捨てて、見向きもしなかった」ダイアナがミネルヴァの思っていたとおりのことを言った。「あなたはまだ子どもだったでしょう、ヴィー。だからわたしたちはあなたを最悪の状況から守ってきたけど、お父さまは善人じゃないのよ。大酒飲みで怠け者で……」ダイアナが奇妙な表情を浮かべた。

もっと言葉を並べられるが自制している顔だ。「……だからわたしとしては、出ていってくれてうれしかった」

「お父さまを追い返すなら、わたしはお父さまについていく！」

「お父さまがあなたを連れていくわけがないでしょう」

「連れていってくれるわ！　誰にも止められないわよ！」

末の妹の思い違いをめぐって言い争っても意味がない。父親がどれほど薄情で計算高いかは身をもって学ぶほかなく、当然ながら傷ついた心を癒すのも自分自身だ。それについては、そうなったときに考えよう。いずれそのときは来るのだから。

「結論をヒューに伝えるわ。わたしたちはお父さまを当局に突きだしたりはしないけれど、ここでは歓迎されないとはっきり知らせてほしいって。それまでのあいだにも、お父さまがあなたたちに接触してくるかもしれないと心しておいて。もし来たら、わたしかヒューにすぐに報告してちょうだい」

「突然、フェアラム卿をすごく信用するようになったみたいね。彼が自分の利益よりもわたしたちを優先してくれるとどうして信じられるの？」

「なぜなら、わたしを愛してくれているからよ、ダイアナ」

ダイアナがミネルヴァをじっと見つめ、いらだたしげに首を振った。「お姉さまはばかよ……あの人の嘘にすっかりだまされていたじゃない。まさかあの人と――」

ミネルヴァはダイアナに鋭い視線を向けた。「そんなはずがないでしょう！」とは言ったものの、あからさまな嘘に対する罪悪感で頬が燃えるように熱くなった。「適切な交際を続けることで意見が一致しただけよ」

「適切な交際？」信じられないといったダイアナの苦々しい冷笑がつらかった。「フェアラム卿の評判とつい嘘をついてしまう癖は少しのあいだ脇に置いておくにしても、彼のお母さまはふたりがすでに婚約していて、お姉さまの名前がメリウェルではなくランドリッジだと信じているのを忘れたの？　わたしたちには悲しみに暮れる母親と死んだ父親ではなく、指名手配中でぴんぴんしている悪賢いゆすり屋の父親がいることは？　お姉さまの大事なヒューは家族と村全体を巻きこんであまりにこみ入った嘘を延々とついて適切な交際を不可能にしたのよ？」

「みんなには真実を告げるわ……早急に。オリヴィアに告白したらすぐにでも」

「早急に？　明らかにフェアラム卿の言葉を忠実に伝えているだけじゃない。あの男は本当に恥知らずで、途方もない嘘つきだわ！」

「それは違う」とはいえ、ミネルヴァには昨夜の絶対的な真実を認めずに、ヒューが嘘をついていないと確信している理由を説明することはできなかった。重要なのは彼の言葉というよりもその言葉をどのように口にしたかであり、そのあとで分かちあった誠実さだった。彼女はそれを彼のキス、彼の体、彼の愛の交わし方から感じた。「わたしはばかではないのよ、ダイアナ。彼を信用している。彼はわたしを悪いようにはしない」

「フェアラム卿を好きになったのね？　そして向こうはお姉さまを誘惑して、自分もお姉さまを愛していると信じこませた！」今度はダイアナが立ちあがる番だった。「ふたりで姿を消したときに何かあったとわかっていたわ！　どうしてそんなに愚かになれるの？」

「あなたはわたしほど彼のことがわかっていない」

「もちろんそうよ。わたしはたやすく自分を差しだすほど愚かじゃありませんから！」

執事が心配そうな様子でドアからのぞきこんだ。

「お話の邪魔をして誠に申し訳ございません」執事が不当な仕打ちを受けたかのような痛々しい顔をミネルヴァに向けた。「ですが、あの女優をなんとかするのにお手を貸していただけたらと……」

30

「あの人たちはここで何をしているんですか？」

いまいましいサラが夫と母親とともにこちらに向かって朗らかに手を振りながら私道を進んでくる。ヒューの私道を。彼の屋敷だけに続く私道を。

「わたしがお茶に誘ったのよ」手を振り返す母を見て、ヒューは二時までに屋敷へ戻るよう念押しされた理由を悟った。「そろそろミネルヴァと彼女の家族を紹介する頃合いだと思ったの。サラはここ数年あなたとはほとんど会っていなかったと言うし。ミネルヴァはあなたに姉がいることを知っているんでしょう？」

「もちろん知っています！　ミネルヴァとのあいだに秘密はない」少なくともいまは……。ふたりが彼の母に隠している大きな秘密はあるにしても。「ですが、この関係が彼女の家族に与える影響はまだ見極めていないので、思いつきで設定したお茶会は名案とは思えません。お茶の席でするような話ではないでしょう」

「何を言っているの。ランドリッジ家の人たちは一方的に人を批判したりしないはずよ。自分たちにもそれなりに噂されるようなことがあるのだから。サラのことは重大でやましい秘密というわけでもないんだし」残念ながら。「この州の人たちはみんな、サラがあなたの父親の娘だと知っている。あなたたちは瓜ふたつだもの」ああ、その言葉をどれほど嫌っていることか。「それに——予定を変更するには遅すぎるわ。正面玄関から追い払うなんてとてもできないでしょう。本当に喜んで招待を受けてくれたんだから」

母が馬を速足で進め、さっさと客を迎えに行った。

「あなたもこのことをご存じだったんですか？」

「知っていたように見えるかい？」たしかにジェレマイアは少々困惑している様子だ。「きみのお母さんは思ったとおりに行動する人だからね。何を計画しているか話してくれるわけがない。この前の晩に、パーティーで彼らがおしゃべりをしているのは気づいていたが。オリヴィアはシャーロットとサラと仲がいいからね……。しかしスタンディッシュ家の型破りで特殊な事情をランドリッジ家の人たちに伝えるために、風変わりな英国式のお茶会を計画していたのを知っていたかって？　答えはノーだ」ジェレマイアがなるようにしかならないと言わんばかりに肩をすくめた。「でも大丈夫だよ。ミネルヴァの家族はいい人たちだ……少なくとも妹たちは。母親についてはまだ結論を出していないが。とはいえ、ここだけの話、ミセス・ランドリッジは素面のときよりも酔っているときのほうがずっといい……。さあ、最善を尽くそう」

ヒューは口元をゆるめて耐えるしかなかった。馬を馬番に託して父のお気に入りの愛人に社交辞令の言葉をかけ、その女性を相手に母が敵というよりも古い友人のようにおしゃべりをする様子を驚愕しながら見つめた。それからサラとピーターズ大尉にぎこちなく挨拶し、ゆっくりと屋敷へ向かう一団のあとに続きながら、ミネルヴァの妹たちが父親に関する知らせをどう受け止めたのかについて、それ以上に彼といちばん上の姉との交際をどう思ったかについて考えていた。

屋敷の中は驚くほど静まり返っており、ありがたいことに妹たちへの事実の暴露はさほどの衝撃ではなかったのかとヒューはかすかな希望をいだいた。ペインではなくメイドが急いでやってきた。外套《がいとう》を受け取ったメイドに母が急いでお茶の仕度をするよう頼んだ。「居間へお運びしましょうか？」メイドが緊張した面持ちでオリヴィアとヒューを見比べている。その様子に彼はかすかな不安を覚えた。冬に居間を使うことはめったにない。

「いいえ、暖炉があってもあそこは寒すぎるもの。お客さまがいらしたと伝えてくださる？」

軽く頭をさげたメイドが急いで立ち去ると、つねに完璧な女主人であるオリヴィアが一行を客間へと案内した。

ヒューがルクレーシャ・ド・ヴェールの見誤りようのない姿を認めたときには遅すぎた。女優は勢いよく炎をあげる暖炉脇の椅子で口をぽっかりと開けて熟睡しており、ばかげた乗馬帽が奇妙な角度にずれている。すると観客がいることに気づいたかのように彼女が目をしばたたき、ゆっくり焦点を合わせて背筋を伸ばそうとしたが、無残にも失敗した。

「お邪魔をして本当にごめんなさいね、ミセス・ランドリッジ」ヒューの母も彼と同じく、家を空けているあいだにこの丸々とした舞台女優が酒をたしなんだ証拠を求めて視線をさまよわせた。

「心からお詫びするわ。どうやら眠ってしまったみたい……」ルクレーシャのしゃべり方はまずまずしっかりしている。「この椅子と暖炉があまりに心地よくて」

「快適に過ごしていただけて何よりよ」何ごとにも動じないヒューの母が微笑んだ。「ミセス・ランドリッジ、ご紹介するわ。こちらはミセス・エジャートン、そしてお嬢さんのミセス・ピーターズと魅力的なご主人のピーターズ大尉。みなさんはわたしたち一家の特別なお友だちなの」母がちらりとヒューを見た。さりげなく話を振ったので真実は自分のやり方で伝えるようにとその表情が告げている。

「ミセス・エジャートン……ミセス・ピーターズ……大尉……お会いできてとてもうれしいわ」女優は袖椅子でくつろいだまま、公爵夫人のように堂々と新たな客を迎えた。「どなたか娘たちを呼びに行ったかしら？　あたくしには娘が三人いますのよ、ミセス・エジャートン。いちばん上のミネルヴァがこちらのすてきなヒューと婚約しましたの」

ヒューが隣にいる母の体から力が抜けたのを感じたところへ、動揺したミネルヴァがダイアナとともに部屋に滑りこんできた。

「お戻りになったのね……お客さまもご一緒に」どちらも明るすぎる笑みを顔に張りつけている。「うれしいわ……マイ・ラブ」ミネルヴァが愛情たっぷりの言葉を驚くほど食いしばった歯のあいだから絞りだした。表情豊かなエメラルドの瞳が見間違えようもなくヒューの目をまっすぐに見つめていた。ヒューは即座に彼女の合図に気づいたものの、まさに紹介が始まろうとしているいまは動きようがない。

ヒューは弱々しく微笑んだ。

「ミネルヴァ、ダイアナ。ミセス・エジャートンを紹介しよう」ヒューがそう言うと、ふたりが礼儀正しく頭をさげた。「ミネルヴァはすでにサラと夫のピーターズ大尉にはお目にかかっているので、紹介しなければいけないのはきみだけだね、ダイアナ。それからもちろんヴィーも」ヒューはあえてあたりを見まわした。「ミス・ヴィーはこちらに向かっているのかな？」

「妹は頭痛がするらしくて。でも、まもなく顔を見せると思うわ。ちょっと様子を見てくるわね」

ミネルヴァが背を向けてドアから出ていった。ほかのみんなが席につく二〇秒で、ヒューは部屋を出るためのさえない言い訳をひねりだした。

「お茶の準備ができたか見てくることにしよう。乗馬は実に喉が渇きますから」

ヒューが階段を駆けあがろうとすると、幸いにも彼を待っていたミネルヴァが甲冑の裏から顔を出した。彼女に手をつかまれて、手近な部屋へと引っ張りこまれる。「ルクレーシャは酔っ払っているの！　どうして彼女をひとりで帰したの？」

「気分が悪いから屋敷で休むと言ったんだ」

とはいえ、ルクレーシャはとくに具合が悪そうには見えなかった。ヒューが彼女を行かせたのは、母に真実を告げる絶好の機会だと思ったからだ。すべてに片をつけて嘘の重荷をおろし、彼の心を奪った目の前の天使と新たな一歩を踏みだせる状態で屋敷に戻りたかった。

だが、できなかった。ヒューは適切な言葉を見つけることができず、臆病者のようにぐずぐずと話を先延ばしにして、結局とことんみじめな気持ちになっただけだった。そのうえサラと彼女の母親の出現に追い打ちをかけられて、いまや最悪の気分だった。

「ルクレーシャは自分の寝室には行かずにあなたの寝室に入ったの。そこでブランデーを見つけて全部飲んだみたい。わたしたちは彼女を客間から移動させることができなくて、酔いをさませるようにとあそこで寝かせておいたのよ」

「どれくらい前の話だ？」

「二時間ほどかしら。彼女が完全に素面になるには足りないくらい。それはたしかよ。デカンタに入っていたブランデーをわずかな時間で飲み干してしまったんだから」

「なんてことだ」

「おまけに、ヴィーは部屋に閉じこもって出てこようとしないし」

「やっぱりヴィーは父親のことを冷静に受け止められなかったんだね」

「ダイアナもそうよ。ヴィーはわたしたちが共謀して父の名前を不当に汚そうとしていると思いこんで憤慨し、父が迎えに来たら自分はついていくと宣言したわ。おまけに父を裏切ったと言ってわたしを憎み、わたしの肩を持ったダイアナのことも憎んでいる。いとしいダイアナは、父親に幻想をいだいたことなど一度もなかったけれど、あなたとわたしのことでかんかんになっている。わたしがあなたを好きになったのは、あなたに誘惑されたせいだと思っているの……。午前中は本当に大変だったとはいえ、試練は明らかにまだ終わっていないようね」

ヒューは引きつって疲れた顔でミネルヴァを抱きしめた。いとおしい黒髪の頭のてっぺんにキスをせずにはいられなかった。「ああ、たしかに終わっていない。母は自分がいないあいだ、ぼくがサラとほとんど会っていなかったことを知って、誰にも言わずに彼らをお茶に誘ったんだ。ぼくたちの関係を修復しようとしてね。ぼくは母に激怒して、当然ながらぼくたちが巻きこまれないようにしようとしたが――きみも母のことはわかっているだろう?」

「お姉さまとの仲を取りもとうなんてすてきだと思うわ。夫がほかの女性とのあいだに家族を作ったことを知っているのは楽ではないもの」

「ぼくよりも母のほうがうまく受け止めているようだ。母がどうして彼らを許せるのか、まったく理解できない」

「お母さまに尋ねたことはあるの?」

「はっきりとはないが……」

尋ねたことはなかった。過去に母が説明しようとしたことはあったが、ヒューは聞くのを拒んだ。わがままなスタンディッシュ家の気質そのままに、全力でその話題を無視したのだ。しかしミネルヴァはいい点を指摘してくれた。なぜ母は夫の愛人を許しているのか? なぜサラの――ヒューとまったく同じ年の女性の存在に、彼と同じくらい傷ついていないのか?

「それなら訊いてみたら？」ミネルヴァがヒューの胸に頭を寄せた。ヒューはその感覚が好きだった。「お母さまに真実を告げるときに一緒に訊いてみたらどうかしら。絶好のタイミングだと思うわ。忌まわしくて飲みくだせないかたまりを一気に飲みこんでしまうの」

「実は今朝、母に話そうと思ったんだが話せなかった……」ヒューはため息をついてミネルヴァをいっそう強く抱きしめた。「といっても、つらくて話せなかったわけじゃない。あまりに気分がよくて、身勝手にもそれを台なしにしたくなかったんだ」

「どうして？」その声音からミネルヴァが微笑んでいるのがわかった。ヒューは彼女の顎に手を当てて上を向かせ、それを自分の目で確認した。彼女の笑顔が大好きだった。その笑みにはあらゆる悲惨な状況を覆す力がある。たとえば、まさにいま客間でふたりを待ち構えている状況を、それほど悲惨でもない状況へと変える力が。

「どうしてかって？」ミネルヴァにキスをしたいという衝動をもはや抑える必要はない。ヒューは唇を重ねた。不思議なことに彼女の笑顔と同じで、ミネルヴァのキスは客間の中でぶんぶん音をたてているスズメバチの巣を地上から消し去ってくれる。

「ヒュー、いったい何を……あら！　まあ……」満面の笑みを浮かべるオリヴィアの前でふたりは気まずそうに離れた。「まあいいわ。てっきりあなたたちはピーターズご夫妻を避けているのかと思ったの。わたしったらばかね！　午前中はずっとふたりを引き離していたんだから、恋人たちにはきちんと午後の挨拶をする必要があると承知しておくべきだったわ」オリヴィアがドアを元どおりに閉めた。「あまり待たせすぎないでね」

ミネルヴァの真っ赤な顔が魅力的で、ヒューはもう一度すばやくキスをした。「いい面に目を向けよう。少なくとも母は、ぼくたちの愛情が偽物ではないとわかってくれた」ヒューはミネルヴァの手を取って指を絡めた。「困っている人たちを助けに戻ろうか？」

「これ以上、神経がもつのかわからない。早く終わってくれればいいのに」

「もうじき終わる――でもいまは、明らかにまだ終わっていない」

手をつないで客間へ戻ると、ダイアナに仏頂面で迎えられた。彼女を責めることはできない。姉への深い愛情と忠誠心がそうさせているのだから。ミネルヴァを愛してくれる人はすでにそばにいる。その瞬間、ヒューはメリウェル家で最もかたくなな女性にふたりの仲を認めてもらおうと決心した。

「みなさん、ご出身はどちらなの？」いまいましいミセス・エジャートンが――彼女が一度もミセスだったことはないと、この部屋にいるほぼ全員が知っているのだが――ルクレーシャに微笑みかけた。酔っ払った女優は袖椅子にわずかに寄りかかっているものの、どうにか筋の通った話ができているらしい。

「オックスフォードシャーです。それは美しい州ですのよ。その美しさはハンプシャーと肩を並べるほどですわ」

「まさに同感です」ピーターズ大尉が笑みを浮かべて紅茶を口に運んだ。「肩を並べている、いや、もしくは勝っているとも言える」

「この人の考え方はひどく偏っているの」大尉の妻がつけ加えた。その表情はかつてヒューの父親が何かをおもしろがっているときに見せた表情とまったく同じだ。「テディもオックスフォードシャーの出身だから。彼のご家族はいまもそこで暮らしているわ」

「そうなの？」オリヴィアがペインの差しだした皿からビスケットをつまんだ。「世間は狭いわね。これまでに偶然お会いになったことがあるかしら？」

ミネルヴァの手を握っているにもかかわらず、ヒューは会話の流れが変わったことに不安を感じはじめた。「オールダーショットでの暮らしはどうだい？」ヒューの問いかけにサラが驚いた顔をした。まるでいままで彼の口からそのような気さくな質問が出たことなどないかのように。実際、ないのだろう。

「すてきなところよ。町の人も民兵に慣れているし、寛容なの」

「それについては大いに見解の相違があるようだが」どうやらピーターズ大尉はまだ思い出話がしたくてたまらないらしく、話を戻した。「オックスフォードシャーのどちらからいらしたんですか？」

「チッピング・ノートンです」ルクレーシャが答えると同時に、カップの縁から紅茶がこぼれた。

「ほう？」

「でも夫が亡くなってからは、小さなわが家に耐えられなくなってしまったんですの。あの人がいなければ、もうわが家とは感じられないものですから。あなたたちもそう思うでしょう？」ルクレーシャが偽の娘たちに問いかけながら、充血した目に予想どおり涙を浮かべて下唇を震わせた。

「世間は狭いと言うが、まさに本当ですな！　チッピング・ノートンのどのあたりでしょう？　わたしの父は医師で、ペンブローク・ストリートで開業しているんです。広場にほど近い場所で」

トランプの家のようにお粗末で危なっかしいヒューの計画のすぐそばを、いきなり突風が吹き抜けた。「ところで、お孫さんが目と鼻の先にいるというのはいかがですか、ミセス・エジャートン？」ヒューは話を振った。彼の経験では年嵩《としかさ》の女性は孫に――あるいは孫が欲しいという願望に――取り憑かれていて、彼の声が急に揺らぎはじめたことにも気づかないだろう。

「ああ、それはすばらしいわ、ヒュー！　プリシラは喜びそのもので、幼いヒューも歩けるようになったから手がかかるのよ。あの子が引き起こす騒動ときたら――」

「幼いヒュー？」ダイアナがヒューをにらむのをやめて当惑した表情を浮かべた。ミセス・エジャートンは恐れをなした貝のように口を閉じ、決まりが悪そうにダイアナを見て目をしばたたいた。

「祖父にちなんで名づけられたの」ヒューの母親が助け舟を出した。「お孫さんもヒューというのよ」

「いきなりヒューが大勢登場して覚えるのが大変だわ」ダイアナがまたヒューをにらみつけた。「ヒューというのはハンプシャーの名前なの？」

ヒューは握っているミネルヴァの指に力が入るのを感じた。しかし、ふたりのどちらかが口を開く前に彼の母親が答えた。

「スタンディッシュ家の名前なのよ、ダイアナ。幼いヒューはヒューの孫なの」

「ヒューには孫がいたのね！」

「いいえ、わたしのヒューの話よ。ここにいるヒューは父親の名前をもらったの。幼いヒューは、息子の母親違いの姉から生まれた子どもよ」オリヴィアはこの爆弾発言がまったくたいしたことではないかのように、堂々とはっきり言ってのけた。ダイアナが口に運びかけたカップを途中で止めて、ヒューとサラを見比べている。「つまりそういうこと……サラはヒューの異母姉なの」

「なるほど」

「だからダイアナ、あなたのお父さまが女優と結婚したことは噂の的になったかもしれないけれど、この家族のおいしい噂話には遠くおよばないわ」それからその爆弾だけでは足りないかのように、オリヴィアはピーターズ大尉に顔を向けた。「何かと話題のランドリッジ家についてはご存じなんでしょう、ピーターズ大尉？　好奇心をそそる話というのは、チッピング・ノートンでもこのハンプシャーと同じくらいすばやく広まるでしょうから。ドルリー・レーンの舞台に立ったばかりの女優と結婚した地方の名士の話は、静かなチッピング・ノートンで相当な話題になったのでは？」

「白状すると、今日までチッピング・ノートンのランドリッジ家については耳にしたことがなかったんです」

「辺鄙《へんぴ》なところに住んでいるものですから」ミネルヴァが初めて口を開いた。ヒューは誠実にも取り繕おうとする彼女をますます好きになった。しかしながら終末のにおいはぷんぷん漂っており、この段階で話の流れを止められるのは奇跡だとわかっていた。「あの……その……かなり人里離れた場所に」

「どちらです？　父は数マイルにひとりしかいない医者ですから、どの村もよく知っています。ぼくも子どもの頃はよく父の往診についていったものだ。ヘイスロップ？　スワーフォード？　いや、言わないでくださいよ……」いきなり辺鄙な村の名前当てクイズが盛りあがってきた。「アドルストロップ？　チャーチル？　エンストーン？　グレート・ティーかリトル・ティーのどちらかかな？」

「ああ！」ダイアナがルクレーシャのように片手を震わせながらソファから床に滑り落ちた。

「めまいが……なんだかふらふらするわ……」

「大変だ、気つけ薬を持ってきてくれ、ペイン！」ジェレマイアがすぐさま立ちあがり、ダイアナを助けるために駆け寄った。

いっときの救済がヒューを元気づけた。「窓を開けて！　外気を取りこむんだ！」ヒューはその窓から身を投げたい衝動に駆られた。

31

「いったいなんの騒ぎだ？」ベリンガム卿が入り口に立っていた。

「ダイアナが気を失ったの」ミネルヴァに言わせれば、それはかなりお粗末な演技だった。何かが起きているとジェレマイアに勘づかれているのはたしかだ。ダイアナのそばにひざまずいたヒューをちらちらと見る彼の目が無意識に細められている。

「コルセットをゆるめたほうがよさそうかな？　ぼくはコルセットをゆるめる達人なんだ」

「ジャイルズ！　会えてうれしいわ！」オリヴィアがジャイルズを盛大に抱きしめた。微笑みは過剰なほど明るく、その歓迎ぶりは大げさすぎた。「たとえコルセットをゆるめる必要があったとしても、それは間違いなくあなたの役目じゃないわ。あなたをみなさんに紹介させてちょうだい」

信じられないくらい現実離れした光景の中で、ミネルヴァはヒューとジェレマイアが妹を持ちあげてソファに戻し、ルクレーシャがまたいびきをかきはじめ、オリヴィアがのんきにベリンガム卿を紹介してまわるのを見つめていた。「こちらはミセス・エジャートン……それからピーターズ大尉と……このミセス・サラ・ピーターズは……」オリヴィアが息子をちらりとにらみつける。「ヒューの異母姉で……」

「なんだって？　ぼくが数週間いないうちに、ヒューに突然姉ができたのか？」

「あの子には三一年間、姉がいたのよ」オリヴィアがベリンガム卿の手を軽く叩き、ふたたび息子に鋭い視線を向けた。「あなたには話しているかと思っていたけれど。まあ、なんでも秘密にする子だから――そしてときおり嘘をつく」ヒューにそっくりのブルーの目が何気なくミネルヴァを見た。その瞬間、ミネルヴァはオリヴィアにも悪臭が届きはじめているのを悟った。

「たしかにそのとおりですね……ひょっとして、それはビスケットですか？　どうにもおなかが空いていて……」

間違いなく話の風向きは変わったというのに、奇跡的に危機は避けられたようだ。オリヴィアとジャイルズが会話を誘導し、轍《わだち》がついたチッピング・ノートンのほうには行かないように、より安全な話題に留まるようにと献身的に尽くし、ダイアナにつき添っていつまでもレースの扇で彼女の顔を猛烈にあおいでいるヒューを話の輪から外した。ミネルヴァは黙って紅茶を注いでまわってから腰をおろした。数秒後、ヒューの親友がミネルヴァの隣に座った。ふたりが駆け落ちをするという当初の設定のための芝居を続けているのだ。

「きみは相変わらずとても美しい、ミス・ミネルヴァ」ベリンガム卿がミネルヴァの手にキスをして、長々と握ったままウインクをした。「会いたかったよ」

「おやさしいのね」ミネルヴァは手を引き抜こうとした。

「ええ、いろいろあったけれど」ミネルヴァは急いで話しあうために部屋の外へジャイルズを引っ張っていきたかったが、それはできそうにない。

「ぼくに会いたかった？」

「わたしの義理の娘になる人の気を引こうとするのはやめてちょうだい！　あなたの口説き文句が聞き流されているのがわからないの？」

「ついそうしてしまう男を咎めることはできませんよ、オリヴィア。親愛なるミネルヴァが正気を取り戻して、ぼくと駆け落ちしてくれないかというはかない望みをいまだに抱いているんですから」ベリンガム卿がミネルヴァの目をのぞきこんだ。自分に課せられた女たらしの役になりきっている。「ぼくと一緒ならどれほどすばらしい人生が送れるか考えてみてくれ」

「ウエディングドレスはもうすぐ仕上がるし、結婚予告もされているのよ、ジャイルズ。二度もね」

ベリンガム卿がヒューに目をやった。ヒューは嫉妬するかのようにふたりを、あるいはまだ友人の手の中にあるミネルヴァの手をにらんでいる。「それなら、ちょうどいいときに戻ってきたようだ。みなさんご存じのとおり、三度目の結婚予告が行われて初めて公式なものになるんですから」ベリンガム卿がふたたびミネルヴァの手に口づけた。「ぼくはそのうち公爵になると話したかな？」

「元気だったかい？」

「あたくしがドルリー・レーンでクレオパトラを演じたお話はしたかしら？」ルクレーシャがいつの間にか目を覚ましていた。

「それは驚きだ。評論家はその演技を偉業だと認めてくれたんですか？」いつになく喧嘩腰で皮肉っぽいヒューがダイアナを見捨て、ミネルヴァとジャイルズのあいだに割りこんで小さな長椅子に座った。「よく戻ってきたな、ジャイルズ。きみに聞かせたいおもしろい話がいくつかあるんだ……」

妙な空気が流れていることには気づいていないらしく、サラと彼女の家族はその後も三〇分ほど滞在した。最後のほうにはオリヴィアとジャイルズ、それにぐっすり寝こんだ女優以外はみんな礼儀正しい話題が底を尽き、早く帰ってくれないかと願っていた。ようやく客人がいとまを告げたときには、彼らは玄関で手を振りながらこわばった笑みを浮かべていた。ドアがかろうじて閉まった瞬間に、ジャイルズが顔から笑みを消して腰にこぶしを当てた。

「いったいどういうことだ？」

「わたしも聞きたいわ――でも使用人の前で騒ぎを起こしたくないから客間へ戻りましょう」ペインはつき添いつつもオーク材の羽目板に溶けこもうと懸命に努力していたが、オリヴィアににらみつけられた。「紅茶のおかわりが必要ね」

「それから大皿にのったビスケットも」ヒューから信じられないと言いたげな視線を向けられて、ジャイルズが悪びれもせず肩をすくめた。「まさか腹ぺこのまま見学していろとは言わないだろう？」

「見学ならブランデーも持ってくればいい！」ジェレマイアはあからさまに激怒している。「それから神に誓って言っておくが、ミセス・ランドリッジのそばに一滴でも垂らそうものなら間違いなくただではおかないぞ！」

ひとりずつ重い足取りで部屋に戻った。オリヴィアが澄ました顔で座り、淑女そのものの身のこなしでみんなにも座るよう手で示した。まるでこれが儀礼的な午後のお茶会で、完全なるこの世の終わりではないかのように。

「さてと、ずいぶん恥をかかせてくれたものね」オリヴィアが全員の顔を見まわした。「それぞれどんな言い訳を聞かせてくれるのかしら」彼女の目が息子をとらえた。「経験からすると、まずはあなたから話を聞いたほうがよさそうね、ヒュー——警報を鳴らしているこのとんでもない混乱は全部あなたの仕業みたいだから」

ヒューが息を吐くのを聞いて、ミネルヴァは彼を支えようと手を握った。

「何から話せばいいのかな？　ことの始まりは……」廊下の奥でくぐもった声がして一瞬ヒューの気がそれた。「二年前、完全にやけになって……」

「中に入れろと言っているんだ！」

誰かが玄関のドアをこぶしで叩く音がした。

「これは公務だ！」廊下に響く聞きなれない声に全員が首をめぐらせた。

「みなさまご不在なんです。のちほど出直してきていただけないでしょうか」動揺して張り詰めたペインの声は、まるで怒鳴り声の主と格闘しているようだ。

「ミス・メリウェルにお目通り願いたい！　この男は彼女の父親だ！」

ヒューがうめいて両手で頭を抱えた。「イタリアのくだんの海岸はいまでもあるんだろうな……」


役人が両手で帽子をねじりながら待っているところへ、手錠をかけられたアルフレッド・メリウェルがふたりのがっしりとした体格の男に連れられて入ってきた。

「ウィンチェスターで酔っ払っているところを逮捕したんです、閣下。酒場の店主がこの男から偽金を渡されたと訴えたものですから。所持品からこれが見つかりました」役人がふた山分の紙幣をテーブルに置いた。「公平を期すために申しあげておくと、ほとんどは本物です」ヒューが渡した金なのだから当然だ。「しかしながら、こちらは明らかに偽物です。ここにいるミスター・スミスの言い分としては、この大金はあなたからもらったので、あなたが彼の無実を保証してくれるだろうと。自分の娘はあなたの婚約者だからと」

騒動を聞きつけたのだろう、ヴィーがようやくおりてきた。状況を見て恐れのあまり眼鏡をかけた顔から血の気が引いたが、立派にもひと言も発しなかった。とはいえ、無責任な父親に投げられた感情のこもった一瞥は見る者の心を痛めた。

ヒューがどのように進めるのがいちばんいいか合図を求めてミネルヴァを見やると、彼女が腕を握ってきた。「それは事実です。ヒューがお金を渡したんです。その……結婚式のためにいろいろとそろえるために」

「偽金だと知りながら渡したのですか、閣下?」

「もちろん知る由もない! それは仕事を頼んだ相手から最後に会ったときに渡された金だ。彼はいつもと同じように、ロンドンのわたしが使っている銀行から直接引きだした」ときに上流階級の人間には強みがある。そのひとつは、金持ちのための法律と貧しい人のための法律とは不公平にも異なるという点だ。アルフレッド・メリウェルは自身の無実を証明しなければならない。当局はヒューの罪を証明しなければならない。そして力のあるものは、人に自分の金を引きださせているあいだにもっと重要なことをする。たとえば〈ホワイツ〉の袖椅子に座って世の中の状況を嘆くといったことを。「銀行の人間が偽金と気づかなかったのだろう」

「それが誰にせよ、閣下、その人には眼鏡が必要かもしれませんね。実際、ひどい出来の偽金ですから」そう言いながらも役人は笑みを浮かべ、大柄な部下たちに向かって指を鳴らした。「その男を解放してやれ。お時間をいただき、ありがとうございました、閣下」役人は敬礼し、小さいほうの紙幣の山に手を伸ばした。「恐縮ですが、こちらは回収させていただきます。偽金はすべて処分しなければなりませんから。そういう決まりなんです」

「当然だな」

「おそらくロンドンの銀行が損失分を賠償してくれるのではないかと」

ヒューは片手を振って有益な助言を却下した。「ただの金だ。金ならたっぷりある」

役人はヒューがまた気づかないうちに偽金を渡されたときのために、偽金を見分けるにはどこに注目すればいいかという恩着せがましく長ったらしい説明をしてから、軽食の誘いを丁重に断って退室していった。ペインが玄関まで案内するあいだ、残りの人間は彫像のように座っていた。張り詰めた気まずい沈黙を破ったのはヴィーだった。

「お父さま！」ヴィーが父親の腕に飛びこんだ。「会いたかった」

一方のダイアナは嫌悪感を隠せずにいる。「なんとまあ、こんなところで再会するとはね」

戻った執事がヒューを見据えて首を振り、数分前にサイドボードに置いたばかりのデカンタ入りのブランデーにつかつかと歩み寄った。そしてデカンタの首をつかむと蓋を外し、直接口をつけてらっぱ飲みをした。

「ペイン？」オリヴィアがそのような光景は日常茶飯事だと言わんばかりに、急速に冷めていく紅茶を威厳たっぷりに口へ運んだ。「それを飲み終えたら、料理人に宴の準備をするよう伝えてくれるかしら？　そうしたご馳走を用意するものでしょう？　奇跡が起きてケアンゴームズ山脈で凍死した父親が解凍されてよみがえったときには」冷ややかな笑みを浮かべてミネルヴァを見る。「お母さまを起こしてさしあげてはどうかしら。夫が戻ってきたのだからきっと大喜びされるわ」

ヒューは、ミネルヴァのろくでもない父親がテーブルに残された紙幣にこっそり手を伸ばすのを目の端でとらえた。「さわるな！」もはや気遣いは不要だ。率直に言って救済の余地はない。ヒューは足早に歩み寄って札束をつかんだ。「これはぼくのものだ。一ファージングだってやる気はない。とっとと消えてくれ」

「まあまあ、早まらないでくださいよ、閣下」浅ましい男はずうずうしくも笑みを浮かべている。

「早まる？」ヒューは男の胸ぐらをつかんで持ちあげた。「早まるだと！　娘たちの寛大さと、彼女たちを尊重したぼくの行いに感謝するんだな。おまえの違法行為の詳細を記した調査書類を役人に渡さなかったのだから。そうでなければ役人におまえの本名を告げていた、ミスター・メリウェル――だが、誓って言うぞ。今後、彼女たちの一〇〇マイル以内に近づこうものなら、すべての証拠を提出して厳しく罰するよう要求する！」ヒューは男を床におろすと突き飛ばした。「放りだされる前にさっさと出ていけ！」

ジェレマイアは男の首をねじ折ってやりたそうな顔をしていたが、にらみつけるだけでヒューの隣に留まった。しかしミネルヴァの父親は蛇のような男なので、あとにどんな修羅場が展開されるかなど気にすることなくまっしぐらにドアを目指し、ヒューのこぶしが届かないところまで来たのを確かめたうえでようやく足を止めた。「こんなことをして一生後悔することになるぞ、ハンプシャー野郎！　覚えてろ！」

「お父さま！」メリウェル家の末娘が父親のあとを追い、袖にしがみついた。「待って、わたしも一緒に行く」

無情にも父親は腕を引き抜いた。「たぶん、また別の機会にな、ヴィーナス」

「でも家族みんなで一緒にいたいの。また家族になりたいの」父親は動じることなく大股で正面玄関に向かった。ヴィーが振り返り、涙があふれる目でふたりの姉を見た。「もう一度家族になりたいってお父さまに言って！　言って、言ってよ！」

廊下にたたずむ妹のそばへ最初に向かったのはミネルヴァだった。すぐあとにダイアナも続く。「ヴィー――わたしたちが家族だったことは一度もないわ。いつだってわたしたちは三人きりだった」玄関のドアが大きな音をたてて閉まった。ふたりはヴィーの気がすむまで泣けるように彼女をそっとその場から連れ去った。

32

ヒューは頭を叩かれるまで母親が席を立ったことに気づいていなかった。「メ、メリウェ、エルですって?」

ヒューはうなずいた。「ランドリッジ家は存在しないんです。ここにも、チッピング・ノートンにも」

「それにいつも三人きりだったのなら、あそこにいるのは誰なの?」震える指が指しているのはルクレーシャだった。当人はこの騒ぎのあいだも、役人が居座っているあいだも、一度として目を覚ますことはなかった。

「彼女たちの母親役として雇った女優です」

「ああ、この場面に間に合って本当によかった」ジャイルズの声は口いっぱいに放りこんだばかりのビスケットのせいでくぐもっていた。「言ったよな、ヒュー? この芝居は最初から失敗する運命にあるって」そして、にやにやしながらジェレマイアを肘でつついた。「ぼくは正しくあることが大好きなんです。〝だから言っただろう〟という古きよき言い回しは最高ですね」

「じゃあ、ミネルヴァは?」

「偶然にもミネルヴァという名前の女性と出会って、婚約が破棄されるまでのあいだ四〇ポンドで婚約者のふりをしてほしいと頼んだんです。彼女は二日目の夜にジャイルズと駆け落ちするはずだったんですが――思いがけずジャイルズが呼びだされてしまい、彼が戻るまで計画を引き延ばさざるをえなくなった」

「全部作り話だったの?」

ヒューは悲しげにうなずいた。

「でも、あなたたちがキスをしているところを見たわよ!」

「すべてはふたりの芝居の一部だったんだよ、オリヴィア」ヒューの義父が淡々とした口調で言った。「ヒューは病んでいる。浮かれた独身のままでいようとして、考えがねじ曲がってしまったんだ」

「だけどあのキスは本物だったわ、ジェレマイア! この目で見たのよ!」

「そうです」ヒューはいきなり目を見開いた友人を無視した。「よくないと思いながらも、うかつにも彼女と恋に落ちてしまった」

ヒューは母親が息をつくのを見た。「少なくとも結婚式はあるのね……」

「いいえ、ありません」母親以外の人の前で一六年間避けてきた話をすることはどうしてもできなかった。「ふたりきりで話せますか?」

ヒューは母親をダイニングルームへ連れていき、テーブルをはさんで向かいあわせに座っ

た。母親は無表情だ。ヒューは罪の意識に苛まれながらも、ようやく真実が告げられること
に妙にほっとしていた。
「すべてをわたしのせいにするつもりでしょう。わたしがさりげなく縁結びをしようとした
から、愚かにも反乱を起こしたんだって」
「見えすいていましたよ」それが非難の響きを持っていることに気づき、ヒューはため息を
ついた。「でも、母上を責めるつもりはありません──善意から干渉したのだとわかってい
ますから。全面的に自分を責めているんです。愚かで軽率で人を傷つける芝居だった。ただ、
これほど長引かせるつもりはまったくなかったし、こんなに複雑なことになるとは思っても
みなかった。ぼくは自由に誘惑されて……」息を吐いて首を振った。母親のためというより
自分のために。「弁解のしようもないですが、真実を告げて母上を傷つけたくなかったんで
す。それで傷つけまいとして、結局はもっと傷つけてしまった。父上が母上に強いたことを
繰り返すつもりはまったくなかったのに。本当に皮肉なことです」
「お願いだからはっきり言ってちょうだい、ヒュー！　あなたのごまかしにはうんざりなの。
あなたが言うようにミネルヴァを愛しているなら、なぜ彼女と結婚できないのか、その理由
がわからないわ」
「ミネルヴァはぼくの苦境を理解して受け入れ、ぼくが父親が犯した過ちを繰り返さないと
確信が持てるまで待つと言ってくれているんです」
「話についていけないんだけれど」

「女たらし？　愛人？　私生児？　そうしたことがどれほど母上を打ちのめしたか、父上が死んだとき、ぼくは見ていた。父上の都合の悪い秘密を知らされるまで、どれほどのあいだ母上がひとりでひそかに苦しんでいたのか想像もつかない」

「あの人は女たらしではなかったわ」

「父上の子どもがさっきまでぼくたちの客間に座って紅茶を飲んでいたじゃありませんか！　ぼくは祖父の愛人たちのこともちろん知っていた——父上から聞いていましたから。それでも父上を見ていて同類だと思ったことは一度もなかった。ぼくもまさに同類なんです。瓜ふたつなのは外見だけじゃない……。ぼくは妻や子どもを絶対にそんな目にあわせたくないんです」

「これはすべてそのせいなの？」

「母上が是が非でもぼくに恋愛結婚をさせたい気持ちが理解できない。自分は愛のない男と結婚したというのに。それに夫の不義の証拠を許容している理由もまったく理解できない」

「自分は祖父や父親と同じ道をたどる運命だと思っているのね？」母が椅子に深く寄りかかって首を振った。「ああ、ヒュー……こんな混乱は避けられたのに、なんて無意味なことを。何年も前にあなたにこの話をしようとしたとき、あなたはもうわかっているんだと思っていたわ」母親が磨きあげたマホガニー越しにヒューの手を握った。「でも、そういう言い方は不公平ね。この話をしたときはあなたはまだ子どもで、たぶんわたしは隠していたという罪の意識から、あなたがそのことを理解しているけれど、なんとも思っていないのだと簡単に思いこんでしまったんだわ。

あなたのお父さまは女たらしではなかった。実際、その真逆だったのよ。あの人は青春時代にシャーロットと恋に落ちて、息を引き取るまでずっと彼女を深く愛していた。彼にとってはいつだって彼女が唯一の女性だった。結婚直後のほんの数週間をのぞけば、ずっと彼女に誠実だった」

「今度はぼくが話についていけないのですが……」

「シャーロットは農夫の娘だったの。ふたりは同じ村で育ち、子どもの頃は一緒に遊んだ。時が経つにつれて友情は愛に変わり、結婚を望むようになった。けれどもヒューのお父さまは聞く耳を持とうとしなかった。伯爵になる人間が自分より身分の低い人間と結婚するものではないと言って。とても長い話をかいつまんで話すと、お父さまはヒューに内緒でシャーロットの父親と会って、彼女が婚約を破棄してヒューに二度と会わないと約束しなければ、一家を農地から追いだして破滅させると脅したの。そして、わたしとの結婚話をまとめた。わたしの父は公爵だったから、わたしのほうが息子にふさわしい有益な結婚相手だとみなされたのね。当時はそういうものだった……。わたしはまだ若くてかろうじて一七になったばかりだったし、とても甘やかされていてその話に逆らえなかった。だから祭壇へ続く通路を歩いて、自分よりほんの少しだけ年上の見知らぬ男性と結婚した。ヒューは心に傷を負ったばかりだったけれど、つねに自分の務めを果たそうとする人だったから言いつけに従った

――でもそれは、シャーロットを取り戻そうと何度も試みたものの叶わなかったからよ」

「彼女のほうが断ったんですね」

「シャーロットは家族が通りへ放りだされるのを見ていることはできなかったし、あなたがいつも聞かされてきたように、あなたのおじいさまは無慈悲で執念深い人だったから。彼女はそうしたことをヒューにはいっさい言わず、自分の愛情が足りなかったとだけ伝えた。それでふたりは打ちのめされたに違いないわ。けれども、ヒューが彼女の気持ちを変えようと最後に試みた夜、わたしとの結婚式の前夜でふたりが最後の別れを告げた日に、シャーロットはサラを身ごもった。あなたのお父さまのために言っておくと、もし彼がそのことを知っていたら絶対にわたしとは結婚しなかったはずよ。ふたりはまだ若くて無垢《むく》だったから、自分たちの行為がどんな結果をもたらすか本当の意味では理解していなかったの」

母の目には涙が浮かんでいた。怒りの涙というより、むしろ同情の涙だ。「あなたのお父さまがわたしに誓いの言葉を告げたとき、彼は本気だったし、いい夫になろうと努力もした。彼がシャーロットの妊娠を知ったその週に、わたしもあなたを身ごもっていると知った。そうして悲しい話が明らかになったの。わたしは自分が結婚したよく知らない相手に怒鳴り散らしてわめき立てた。ふたりともずいぶん長いあいだみじめな思いをしたけれど、これは彼のせいではないと気づいたの。わたしのせいでもない。ただ、そうだというだけ」

「単に、そういうことだから」

こうしたすべてを一五のときに理解できただろうか？　もちろん無理だ。自分のために憤慨するのに忙しく、理由を考える余裕がなかった。

「あなたのお父さまはああいう人だから、シャーロットたちを見捨てることはできなかった。それにはっきり言って、もし彼がシャーロットたちを見捨てていたら、わたしはこれほど彼を愛したり、尊敬したりすることはなかったわ」

「父上を愛していたのですか？」

「友人としてね。わたしたちは最後まで一緒だった。そのあいだ、ずっとみじめに過ごしていてもしかたがないし。だけど結婚といっても名ばかりで、彼は誓いを守ったうえで、あなたのおじいさまに悟られないようにひそかにシャーロットとサラを援助した。わたしたちはみんな世間体のためになんとか精いっぱいやってきた。丸二年間、あなたのおじいさまが亡くなるまで。そのあと、わたしはヒューに彼女のそばにいてもいいと言ったの。そうしたら彼がジェレマイアを紹介してくれた……これでようやくお互いに取り繕うことなく、愛する人と一緒にいる喜びを味わえるようになったの。でもヒューにとってその時間はあまり長くはなかった」

「つらいですね」ヒューの胸に父親に対する感情がこみあげてきた。亡くなったときと同じくらい痛みを伴うものだが、今回は気の毒だという気持ちも含まれている。

「あの人は亡くなる前にわたしに約束させたの。あなたを愛のためだけに結婚させるようにって。わたしはどうやらその約束を文字どおりにとらえすぎてしまったようね。あなたのお父さまはいつもわたしのお節介に手を焼いていたもの。彼ならあなたに自分で愛する人を見つけさせたでしょうね。皮肉にもそうなったけれど。わたしがちょっと背中を押してあげたおかげでもある。わたしが縁結びをしようとしなければ、あなたが嘘をつくこともなかったでしょう。嘘をつかなければミネルヴァと出会うこともなかった。お父さまもあなたの選んだ人を認めたはずよ」

ヒューは父親のありもしない醜い側面を不当に信じて、一六年を無駄にしてしまった。あの最期のひとときに醜い側面などあっただろうか？

ヒューの懸念が顔に出ていたのだろう。母親が首を振りながら彼の背後に回り、母親らしい抱擁をして頭を撫でた。「あなたはいい息子よ、ヒュー。最高の息子だわ。お父さまがすばらしい人だったのと同じように。あなたとサラの両方にとっていい父親だった――でも、あなたとは特別な絆があるといつも思っていた。あなたはあの人にそっくりですもの、あらゆる点で――ただし、いたずら好きなところとずばぬけたユーモアのセンスは別よ。そこはもちろんわたしから受け継いだと思いたいわ。あなたがあんまり自分に似ているものだから、彼が最後まで心配していたのはあなたの恋愛のことで、それはわたしも同じだった。父親とそっくりなことに絶望しているなんてまったく知らなかった」

「ぼくが独身生活にうんざりしている理由がわかったでしょう」

「あなたが正しいことをしようと必死に努力して、結局最悪なふるまいをしてしまった理由もね」やさしく髪を撫でていた手が、ヒューの頭を横からはたいた。「あなたにはそれなりの償いをしてもらいますからね！」

「わかっています」

「わたしと、ジェレマイアと、それから本当に愚かなあなたを奇跡的に待ってくれるというあの若くてすてきな女性にも……」

ぼくはなんてまぬけだったんだ。ミネルヴァに待ってもらう必要はない！

自分も待つ必要はない！　彼の中に流れるスタンディッシュ家の血は汚れてなどいなかった。誠実で寛大で、一生涯続く深い不変の愛に適した血だったのだ！

なんとすばらしい発見だろう！

「クラナム牧師とセント・メアリーズ教会の全信徒とマダム・デヴィに……」ヒューは急いで立ちあがろうとするあまり、重いオーク材の椅子を倒してしまった。「いったいどこへ行くつもり？　まだ半分も話していないのに……」しかしヒューは聞いていなかった。廊下を走って客間に飛びこみ、そこで急停止した。

ジェレマイアはいまだに激高し、ルクレーシャは相変わらずいびきをかいている。ヴィーは長椅子に座り、眼鏡の奥の真っ赤で泣き腫らした目に悲しみと痛恨の念を浮かべている。その隣にはダイアナが座り、妹に気を配りつつもヒューを見るなり目を細めた。ジャイルズはビスケットを頬ばりながら、ヒューの壮大な茶番劇の心つかまれる次の展開を待ちわびている。ペインは壁材に溶けこむ努力を懸命に続けながらそばに張りついている。

そしてミネルヴァは……。

心配そうな顔でヒューに駆け寄ってきた。すばらしくて、無私無欲で、情熱的で、運動が苦手で、率直で、完璧なミネルヴァがひたすら彼のことを心配している。彼を愛しているからだ。

「すべてうまくいった?」

「うまくいったなんてものじゃない。それはもう……」恐ろしくて、心躍る、予想外のあぜんとするような展開だった。床が傾き、頭がくらくらしている——だが、ヒューは自由だった。「本当に……すばらしい」

ヒューはミネルヴァの手をつかんでひざまずいた。

「ぼくと結婚してくれ、ミネルヴァ。来年でも、来月でも、来週でもなく。いますぐ結婚してほしい。きみと過ごす残りの人生をもう一日だって先延ばしにできない」

「でも、あなたは待ってほしいって……」

「だからその言葉は忘れてほしいんだ！　ぼくがどれほどの混乱を引き起こしたか見てくれ。ぼくはとんでもない愚か者だった！　自分にとってもまわりにとっても脅威で、自ら重要な決断がくだせるとは思えない」

「それは事実ね」オリヴィアが笑みを湛えて颯爽と入ってきた。「まったくいますぐ結婚してほしいとはね。でも最後の結婚予告が日曜日に読みあげられることになっているし、マダム・デヴィだってミネルヴァの美しいウエディングドレスを間に合うように届けられない！　そんなのだめよ！　クリスマスの結婚式のほうがいいわ。それにもう演奏家の手配もしたし、招待状も送ってあるの。でも、ちょっとむかついているのよ。花嫁の存在しない親族がケアンゴームズから来ることはないから、席の配置を変更しなくてはいけないでしょう」そこでルクレーシャがまたいびきをかきはじめると、あきれて天を仰いだ。「少なくとも、モーツアルトは遠慮しておきましょう――まあ、どんなに悲観的な状況にあっても光が差しこんできたというわけね。あなたはどんな音楽がいい、ミネルヴァ?」

「わたしには聞き分けられないから……どれも同じです」

「それはヒューの申し出を受けるということ?」

「つまり、またぼくの正しさが証明されたわけだ」得意げなジャイルズがとくに誰にともなく口にした。「ぼくはヒューに警告したんだ。偽りの婚約者を本気で好きになっても大惨事を招くだけだと。そしてこのとおり、彼はよろめいて取り憑かれたように牧師の罠に足を突っこんでいる! それこそいちばんの大惨事だ。自分の予言が当たってこれほど喜んでいなければ、親友のために意気消沈していただろう」

「ヒューは恋をしているのよ、ジャイルズ。あなたも試したらいいわ。そうよ……ダイアナはすばらしくかわいいじゃない。あなたが誰にも見られていないと思っているときにひそかに彼女を見つめているのを目にしたわ……」

「地球上にほかの男性がいなかったとしても、あの人はお断りよ!」

「ぼくだってきみみたいな口やかましい魔女とは関わりたくない!」

「みんな、ちょっと口を閉じてくれないか。彼女が答えられないだろう!」ジェレマイアの大声で室内に心地よい静けさが広がった。「きみがこの狂気から逃れたければ話は別だよ、ミネルヴァ? もしそうなら、馬に鞍をつけさせよう」

「だけど、お姉さまは馬に乗れないわ」ヴィーがジェレマイアににらまれてぎゅっと口を閉じた。「だって、みんなが急に本当のことを話しだすから、言っておいたほうがいいかと思って……」

ヒューはこのすべてがばかばかしくて唇が引きつるのを感じた。ミネルヴァに目をやると、彼女の唇も引きつっている。ふたりともなんと変わった家系の人間だろう。だからこそ退屈な人生にはなりえない。ふたりに子どもができればきっと興味深い子になるだろう。考えたこともなかったが、突如として子どもの顔を見るのが待ちきれなくなった。

「それでどうする？　結婚式のあとは、このたがが外れたようなおかしな人たちとばかげた生活を送るかい？　それとも国外へ出て、イタリアの海辺でこのうえなく静かな生活を送りたいかな？」

「この数週間で混沌とした状況にもずいぶん慣れたわ。それにマダム・デヴィのデザインはかなりすてきだし……」

「返事が欲しいんだ、ミネルヴァ。きちんとした返事が」

「それならイエスよ。あなたと結婚するわ」

ヒューがミネルヴァにキスをすると、まわりの喧騒が少しのあいだ遠のいた。人生が手に負えなくなったときはミネルヴァにキスをしようとヒューは心に決めた。「終わりよければすべてよしだ。それから、芝居がかった物言いは正真正銘これが最後だと約束するよ、マイ・ラブ」〝マイ・ラブ〟とは実にしっくりくる言葉だ。この言葉も使えるときには必ず使おう。マイ・ラブ。ぼくのいとしい人。永遠に。

「あたくしがドルリー・レーンで聖ヘレナを演じたときのお話はもうしたかしら？」

切実なうめき声の大合唱がそれに対する答えだった。

訳者あとがき

フェアラム伯爵ことヒュー・スタンディッシュは窮地に陥っていました。結婚を執拗に勧めてくる母がアメリカにいるのをいいことに、自分にはもうミネルヴァという名の婚約者がいると二年近くも嘘をついてごまかしてきたのですが、なんとその母が二週間後には英国へ戻ってきてしまうのです。親友のジャイルズに相談しても、「きみはもう終わりだ！」と言われるばかり。途方に暮れたヒューがあてどなくロンドンの街を歩いていたとき、若い女性が金の支払いをめぐって押し問答をしているところに出くわします。ヒューが助け船を出したおかげで、その女性は金を出し渋っていた相手から仕事の料金を回収することができました。感謝の言葉とともにヒューに自己紹介した彼女の名前は〝ミネルヴァ〟。彼の架空の婚約者と同じ名です。彼女は身につけている衣服こそ貧相ながら、上品な物腰、気品のあるたたずまいとも、彼のミネルヴァにぴったりでした。ヒューはこれぞ天の助けとばかりに彼女にとある提案を持ちかけます。

さて、困っていたところを助けてくれた紳士に、「偽物の婚約者を演じてほしい」といきなり頼まれたミネルヴァは、当然ながらこの申し出を断ります。いくら親切で魅力的な伯爵の頼みでも、出会ったばかりで遠くハンプシャーの田舎屋敷まで連れていかれ、彼の母親をだます芝居に加担するなど、とんでもありません。けれども「二〇ポンド、いや四〇ポンド出そう」と言われては、普段は思慮深いミネルヴァの心もぐらつきます。なにせ彼女は妹ふたりを養っていかねばならないのですから。木版画家として細々と仕事をしてはいても、姉妹三人でいつ路頭に迷ってもおかしくないほど、暮らしは苦しかったのです。報酬に目がくらみ、と言っては人聞きが悪いですが、結局、お金の誘惑には抗えず、ミネルヴァは伯爵の偽りの婚約者となることを引き受けてしまいます。

ミネルヴァ自身にもこれは思いもよらない展開でしたが、彼女の妹たちにしてみれば青天の霹靂《へきれき》、寝耳に水です。会ったこともない伯爵の馬車に突然押しこまれ、行ったこともないハンプシャーへ連れていかれては、ふたりが混乱するのは無理もありません。しかも、新聞記者志望の次女ダイアナの調べによると、ヒューは放蕩者として新聞のゴシップ欄をたびたびにぎわせていました。一五歳という多感な年頃の末妹ヴィーは、慣れない上流階級の暮らしにおどおどしてしまいます。三姉妹が巻きこまれてしまったこの芝居は、果たして成功するのでしょうか……?

本作はメリウェル三姉妹を主人公としたシリーズの第一弾。責任感の強い長女ミネルヴァが妹ふたりを守るためにスキャンダラスな提案に応じます。ヒューは「細心の注意を払って計画を立ててある」と自信満々ですが、計画どおりにいくわけもないのは言うまでもありませんね。〝ヒューは〝彼の〟ミネルヴァの母親役まで雇っており、そのせいで事態はさらにややこしいことに。随所でくすりと笑えるハッピーな物語は、みなさまにもお楽しみいただけるのではないでしょうか。
次女のダイアナがヒロインとなる二作目もすでに発表されており、好評を博しています。

著者のヴァージニア・ヒースが作家となった経緯がかなり珍しく、幼い頃から不眠症でベッドに入っても眠れないため、頭の中でずっと物語を考えていたら、それがどんどん複雑なストーリーとなり、あるときふとその話を書いてみることにしたそうです。いまでは二〇作以上もの著作がありますが、いまだに不眠症は解消されていないとか。深刻になりがちな問題をはね飛ばし、すてきなロマンスを紡ぎだす原動力とする作者の天性の明るさは本作でも思う存分発揮されています。
最後に、ミネルヴァが木版画で使う画材を買うお店として、〈アッカーマンの芸術の宝庫〉が登場します。ヒストリカルをお好きな読者なら、『アッカーマン』はイラスト入りのファッション雑誌の名前では？　と思われることでしょう。調べてみたところ、どうやら雑誌と同名の店舗が存在していたようです。こういう細かな知識が、さすがは生粋のロンドン生まれ、ロンドン育ちの作家だとうならされます。

二〇二三年五月

ライムブックス

7日間《なのかかん》の婚約者《こんやくしや》

著　者　ヴァージニア・ヒース
訳　者　岸川由美《きしかわゆみ》

2023年6月20日　初版第一刷発行

発行人　成瀬雅人
発行所　株式会社原書房
〒160-0022東京都新宿区新宿1-25-13
電話・代表03-3354-0685　http://www.harashobo.co.jp
振替・00150-6-151594
カバーデザイン　松山はるみ
印刷所　中央精版印刷株式会社

落丁・乱丁本はお取替えいたします。
定価は、カバーに表示してあります。
 ISBN978-4-562-06554-7 Printed in Japan